Par les champs et par les grèves

Gustave Flaubert

野を越え、浜を越え

ブルターニュ紀行

ギュスターヴ・フローベール

渡辺仁……訳

新評論

＊本書は,上記PAR LES CHAMPS ET PAR LES GREVESの第1,3,5,7,9,11章を訳出した抄訳である。

フローベールの肖像（ドゥザンドレ筆のデッサン）

『ブルターニュ紀行』関連地図

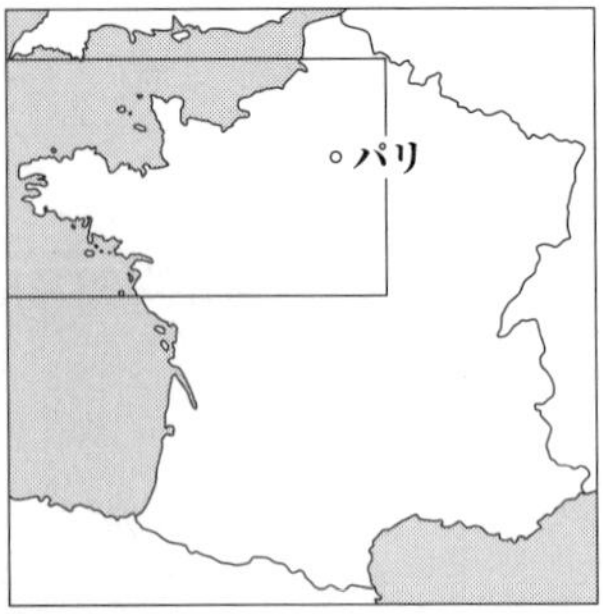

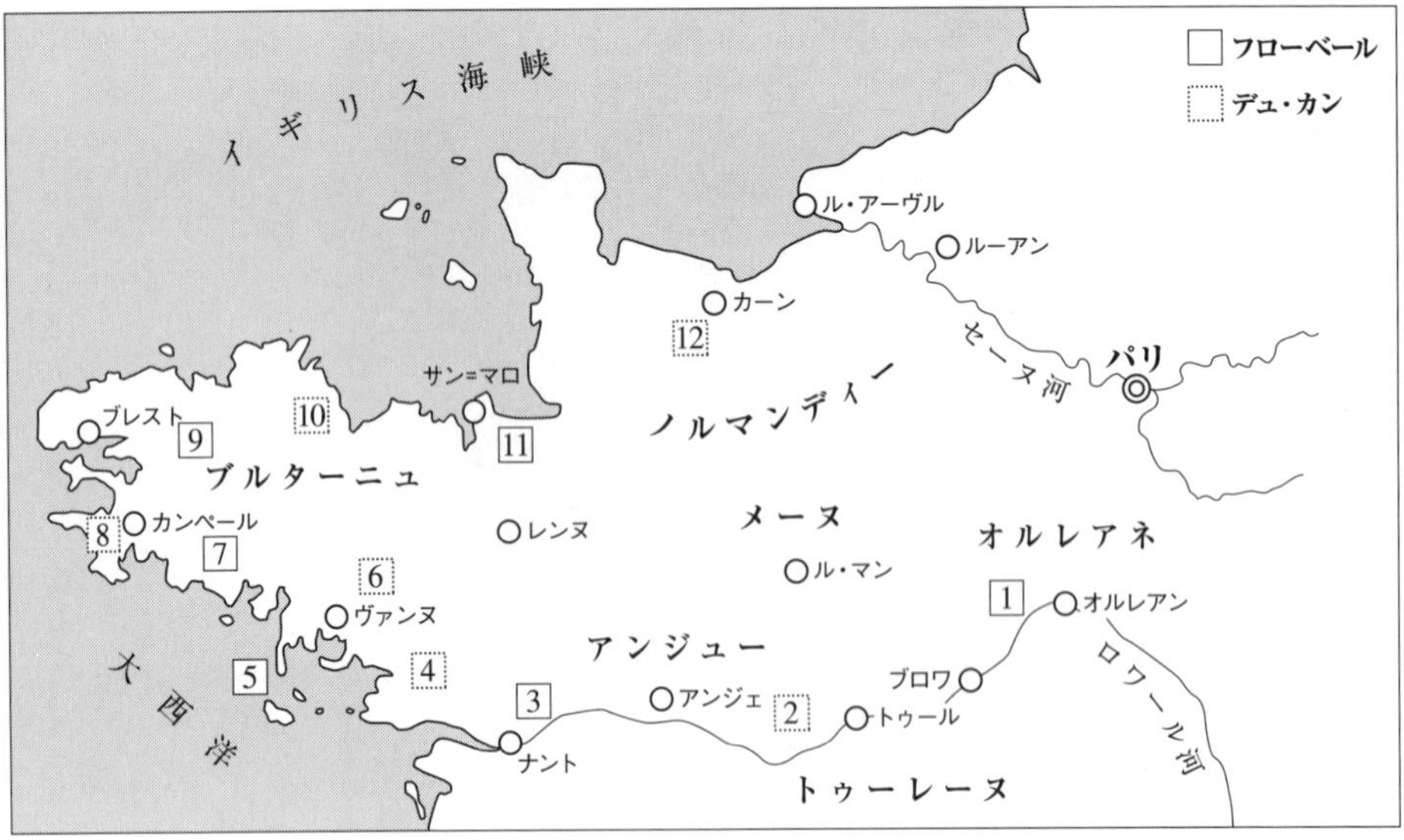

地図中の数字は各章の番号に対応する.

ブルターニュ紀行

目次

凡例

一、本書はGustave Flaubert, Maxime Du Camp : *Par les champs et par les grèves* (Edition critique par Adrianne J. Tooke, Droz, 1987) のうち、フローベールが担当した全章を訳したものである。共著者であるデュ・カンが担当した章は、扉を設け、地図と順路のみを示した。

一、フローベールによる注は＊で示して、段落の切れ目に挿入した。

一、前記の底本には、校定者による詳細な注が数多く付されている。そのうち、一般の読者にとって必要と思われるもののみを選び、アラビア数字で示し、〔底本注〕と断って脚注とした。また、そうして選ばれた注も、必ずしも全訳ではなく、抄訳したものや意訳したものがある。さらに、訳者が適宜補足した場合、引用等で正確でない箇所を原典その他に従って訂正した場合もある。

一、アラビア数字で示された脚注のうち、〔底本注〕以外の注は、すべて訳注である。

一、訳文中の——は原文に現れるものと、訳文を構成する上で必要なものとがあるが、少なくとも不自然な使い方をされているものは、原文に現れるものをそのまま訳文に取り入れたものである。

一、訳文中の〔　〕は、文意を明瞭にするために訳者が補足した言葉を示す。

一、各章のタイトルは、第一二章を除いて、アンクル版（一九八四年）によるが、読者の便宜を図って付したものであり、原文には存在しない。

野を越え、浜を越え†

† 自筆原稿に手直しされたかたちで現れる以外（『野を越え、浜を越え』（ブルターニュ紀行）というもの）、フローベールはこのタイトルを用いていない。フローベールは『ブルターニュ』というタイトルの方を好んだ。〔底本注〕

第一章　ブロワからトゥールまで

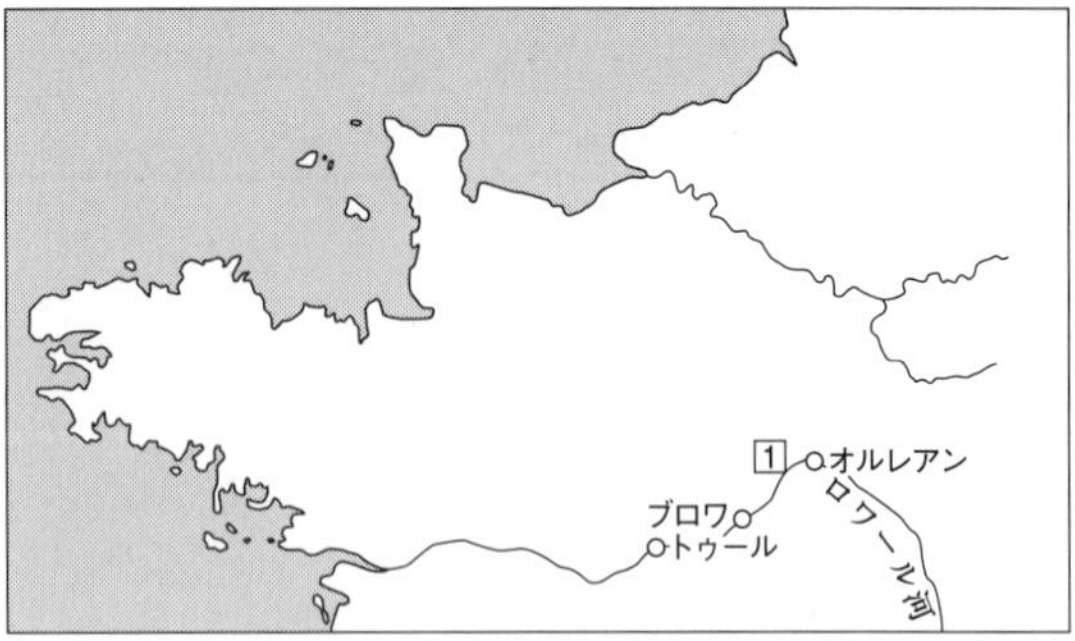
1
オルレアン
ブロワ
トゥール
ロワール河

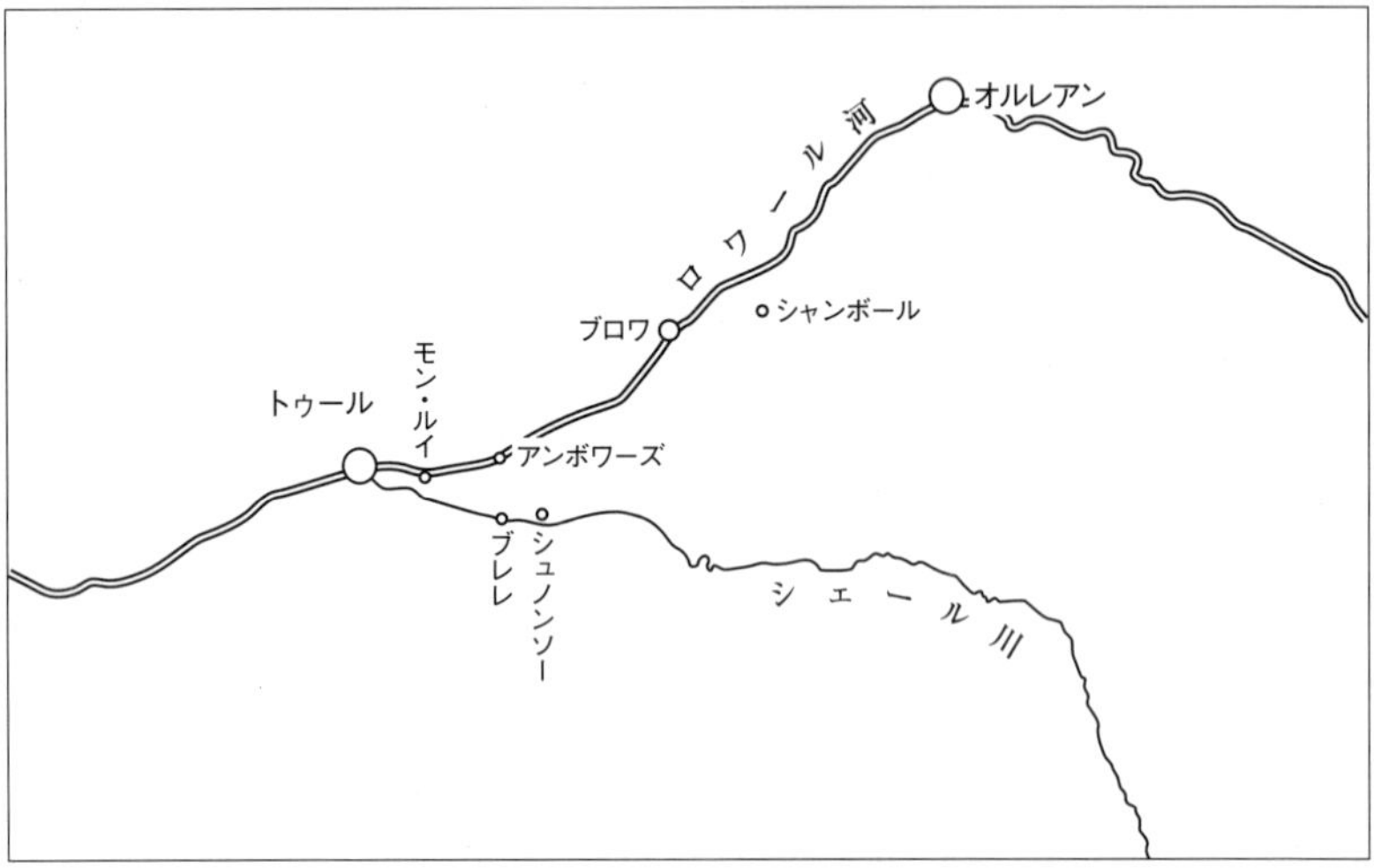
オルレアン
ロワール河
ブロワ
シャンボール
モン・ルイ
トゥール
アンボワーズ
ブレレ
シュノンソー
シェール川

一八四七年五月一日、午前八時半、ひとつに溶け合って以下に続く紙をインクで汚すことになる二個の単子《モナド》は(1)、ヒースやエニシダに囲まれて、あるいは広漠とした砂浜の波打ち際に行ってくつろぎたいと思い、パリをあとにした。われわれの望みはただ、渦を巻いたような雲がふわりふわりと浮かぶ澄みきった空を探すこと、あるいは、白い岩の裏手に、ヒイラギとコナラの下に隠れ、河と丘のあいだに位置する村――家は木造りで、壁にブドウが這い上り、垣に洗濯物が干され、水飲み場に牛の姿が見られるといった、今でも目にすることのある、あのみすぼらしい小さな村のひとつを見つけ出すことであった。

将来のいつの時か、ラクダの背に揺られ、トルコ風の鞍に跨がり、あるいは象に据え付けられた天幕の下に収まり、世界中を大旅行しよう。またいつの時か、もしもそんな折が訪れるならば、アンダルシア地方のラバの鈴の音を耳にし、夢想にふけりながらマレンマ湿地帯(2)を歩き回り、古い書物の中で夢見られるさまざまなことが実際に起こったあの地平線の奥から、たそがれ時の靄《もや》とともに立ちのぼる、歴史の憂愁《メランコリー》といったものを味わいたい。

が、今日は、炉端からさほど離れず――そこには、再会したときにまだぬくもりがほとんどそのまま保たれているようにと、パイプと夢想が残してある――、また出立にともな

(1) 二個の単子《モナド》とは、この旅行記の共同執筆者であるフローベールとマクシム・デュ・カンを指す。フローベールは全一二章のうち奇数章を、デュ・カンは偶数章を担当した。

なお、マクシム・デュ・カン（一八二二―一八九四）はフランスの作家、ジャーナリスト、旅行家。大学時代からのフローベールの友人。小説『ボヴァリー夫人』を自身が復刊した「パリ評論」誌に掲載し、フローベールを世に送り出した。

また単子《モナド》はドイツの哲学者ライプニッツ（一六四六―一七一六）が説いた実体概念。それによると、単子は力・作用を実体化したもので、広がりもかたちもなく、分割もできない単純な実体である。そして宇宙は無数の単子の集合から成っている。

(2) イタリア・トスカーナ地方西部、ティレニア海沿岸に広がる湿地帯。

う悲痛な別離の情など一切覚えず、リュックサックを背負い、鋲を打った靴を履き、こん棒を携え、パイプをくわえ、気まぐれな心を抱いて旅立つのだ。野を走り回っては宿屋の天蓋付きの大きなベッドで休み、雨が降ったならば木陰でさえずる鳥の声に耳を傾け、日曜日には、大きな白頭巾をかぶり厚手の赤いペチコートをはいた農家の女たちがミサを終えて教会のポーチに出てくるのを目にする。それからまだある。きっと肌を焼くだろうし、また、シラミにたかられることになるかもしれない。

そんなわけで、ふたりの思慮分別のある者（これが書物が下す人間の定義である）が、七カ月ものあいだ、以下に掲げる品物のデザイン、色、形態、凹凸について、さらにそれらの品物をいかに調和させるかということについて、思いを巡らすことになったのである。その品々とは、

灰色のフェルト帽ひとつ

博労《ばくろう》の使う棒《ステッキ》一本（わざわざリジュー(3)から取り寄せたもの）

頑丈な靴一足（白革製で、ワニの歯のように鋲が打ってあるもの）

エナメル革の靴一足（外交上の訪問が必要となった場合の、あるいは万が一、パフォス(4)の女神に仕える鵞鳥たちがわれわれを女神の二輪馬車に乗せて連れ去り、かの地へ赴くことになった場合の外出着として）

革製のゲートル一足（頑丈な靴と合うもの）

ラシャ地のゲートル一足（エナメル靴を履くときに、靴下を埃《ほこり》から守るために）

平織りの上着一着（馬丁の着るようなシャレたやつ）

(3) ノルマンディー地方中北部、カーンの東方四五キロ程にある、トゥック川流域の町。この地方の商工業の中心地のひとつとして繁栄した。

(4) キプロス島南西部、地中海に臨む古代都市。ギリシア神話の愛・美・豊穣の女神アフロディテ崇拝の地として有名になった。

平織りのズボン一本（ゲートルにぎゅっと巻き込めるような、並外れてだぶだぶしたもの）
平織りのチョッキ一枚（優美な裁断が生地の卑俗さを補っているもの）
これらに、ラシャ地の同じ服をもうひと揃い加える。
さらに典型的なナイフ一本、水筒二個、木製のパイプ一本、薄絹のシャツ三枚、ヨーロッパ人が毎日体を洗うのに欠かせぬもの——こうしたものを付け加えると、われわれがどんなふうにブルターニュを訪れたか、どんなふうに数週間のあいだ雨に濡れ日を浴びながら暮らしたか、その様子がお分かりいただけることだろう。舞踏会で着る服といえども、かつてこれ以上に心を込めて選び抜かれたことはなかったし、そして確かなことだが、これほどまでに遠慮なく着用されたためしもなかった。
折しも国王を祝うために大砲が鳴り響き、(5)制服に身を固めた国民軍兵士はぐっと顎《あご》を引こうとし、王室お抱えの点灯係たちは夜の祝典のために脂《あぶら》の準備をしているところだった。ふたりの友人フリッツとルイジ(6)に別れを告げたあと、われわれは指定の車両に乗り込んだ。ドアが閉められた。すると鉄製の獣が、前脚で地面を蹴る馬のように、鼻を鳴らした。そして、われわれは出発したのだった。
かつては、馬車に乗ろうが船を利用しようが、ある場所から別の場所に赴く場合、何かを見たり、思わぬ出来事に出会うだけの時間があった。パリからルーアンまで旅行したら、本の一冊も物することができた。私は、ルーアンからパリまで、若い時分に、三日もかけて旅したという人たちと知り合ったことがある。その話によると、最初の日はポン・ド・

（5） この日、五月一日は、国王ルイ＝フィリップの記念日に当たる。〔底本注〕
キリストの一二使徒のひとり聖ピリポ（フィリップ）の祝日が五月一日であることによる。
（6） フリッツとルイジは、それぞれ、デュ・カンの公証人フレデリック・フォヴァールと、フローベールの親友ルイ・ブイエであると思われる。〔底本注〕

ラルシュ(7)まで行って泊まる。二日目はムラン(8)まで、そして三日目に、夜食をとる頃合いにパリに到着できれば上出来だった。アンリ四世治世の終わり頃(9)に出版された、ある古いフランス旅行案内には、次のように書かれている。「ルーアンからディエップ(10)に行くには駅馬車があり、週に三便出ている。一日の行程。昼食はトート(11)でとり、ここに三時間とどまる」。今日泥棒ごっこをする男の子や、庭でままごとに興じる女の子は、刺繍入りのアストラカン(12)の上着をまとった乗客係と、座席の上から掛け声を響かせる仕事着姿の御者のいる乗合馬車がどんなものであったか、言い伝えによって知るばかりとなるだろう。ちょうどわれわれの世代が、ベッドを間違え、廊下のろうそくが吹き消され、女中たちが大騒ぎし、主人がののしり、女将《おかみ》が大声を上げるといった、昔の旅籠《はたご》屋の夜の情景をあれこれ思い描いてみるように、今の男の子や女の子は、乗合馬車の後部小室や屋上席を、そして、泥にまみれ湯気を立てて到着した馬が、壁に取り付けられた環《わ》につながれる宿駅のことを考えてみるだろう。泥に嵌《は》まった四輪馬車や、城館に引き返す途中、でこぼこ道のぬかるみに足をとられてひっくり返ってしまった、ごてごてと飾り立てた貴婦人たちは、今どこにいるのだろう。オーセール(13)の乗合馬車と聞いただけで、あまりに短い半ズボンをはき、過ぎ去りし代《よ》の服を着込み、リムーザン(14)訛りを響かせながらパリに降り立つプルソニャック氏(15)のことを思い起こさないだろうか。もしシャペルとバショモン(16)が、友人である地方総督や徴税請負人らの鈍《のろ》い馬車に揺られながら地方から地方へと移動して回らずに、汽車や汽船に身を委ねていたとすれば、果たして今日われわれは、ふたりが著した魅力的な本を手にしているであろうか。

(7) ルーアンの南南東一〇キロ余りに位置する、セーヌ河畔の町。
(8) パリの北西三〇キロ程に位置する、やはりセーヌ河畔の町。
(9) すなわち、一七世紀初頭。
(10) ルーアンの北五〇キロ程、イギリス海峡に臨む、ラルク河口の町。
(11) ルーアンとディエップのほぼ中間に位置する町。
(12) ロシアのアストラハン産の小羊の毛皮。
(13) ブルゴーニュ地方北西部、ヨンヌ川に臨む町。
(14) フランス中央山塊の西側に広がる地方。中心都市はリモージュ。
(15) モリエールの三幕からなる同名の舞踊喜劇《コメディー・バレエ》(一六六九年)の登場人物。リムーザン地方の貴族で、結婚するためにパリにやってくる。
(16) シャペル事《こと》クロード・エマニュエル・リュイリエ(一六二六―一六八六)はフランスの詩人、バショモン事フランソワ・ル・コワニュー(一六二四―一七〇二)はフランスの作家。ふたりは共同で、韻文と散文からなる『ラングドック地方の旅』(一六六三年)を著し、その成功は新たな文学ジャンル創始の端緒となった。

さて、パリからブロワに至るあいだわれわれが気がついたことといえば、あの無味乾燥な移動手段に絶えずいらいらさせられ、しかも、実におしゃべりで陽気な、恐らく成金であろう、自己満足に浸り切ったふたりの穀物商人に付き合わされて心底うんざりしていたので、道のりは——実際にはどんなにわずかなものであったとしても——あまりに長かった、ということだけである。その商人の一方は勲章をつけた、快活ででっぷりと太った男で、唇は厚く、首はがっしりとし、耳障りな声で話し、厚かましい買占め人、卸《おろし》の相場師を思わせた。今は町長、やがては町選出の代議士、さらにのちにはお決まりのように大臣に納まろうかという連中である。他方、その隣に座っていた商人は痩せた小男で、顔には皺《しわ》が寄り、口はへこみ、鼻は突き出ていた。口もとに満足感と茶目っ気を含んだ何とも言えぬ笑みを浮かべ、手のひらで小麦の見本《サンプル》を跳ね上げていたが、むしろ、巾着《きんちゃく》が空《から》になっても銀貨《エキュ》がまだ残っていないかと執拗に手探りするような、強欲でこそこそした商人、頑固な労働者、金のために金を好み、取引そのもののために取引に熱中している残忍な男、という感じがした。ぶどう園をもちたいとは思っても、出来上がったぶどう酒を飲もうとしない、今日よく見かける輩だ。またわれわれの隣には、病気で足の悪い、気の毒なイギリス人もいた。この男は、金とは別の問題によってさいなまれているように、私には思われた。その幼い娘は醜い顔をしていたが、母親のいない子供にありがちなませた表情をし、フランスの言葉や風習や良き趣味を身につけようと、パレ＝ロワイヤル劇場やジムナーズ座(17)に掛かる通俗軽喜劇《ヴォードヴィル》の本を読んでいた。

オルレアンでわれわれはベリエ氏(18)を見かけた。氏は駅のカウンターに腰を下ろし、一杯

(17) パレ＝ロワイヤル劇場は、一六三三年に枢機卿リシュリューのために建てられ、のちに王侯の住居となったパリのパレ＝ロワイヤルの一角に、一八世紀末になって設けられた劇場。ジムナーズ座は、一八二〇年、パリの通称グラン・ブルヴァールに創建された劇場。どちらもヴォードヴィルなどの軽演劇を主なレパートリーとしていた。

(18) ピエール・アントワーヌ・ベリエ（一七九〇—一八六八）はフランスの弁護士、政治家。正統王朝支持派として、第二帝政に反対する立場をとった。

やっているところだった。また、何らかの公職に就いていそうなふたりの愛想のよい若者と一緒になった。ふたりの違いは、馬鹿と阿呆との、無能とからっぽとの違いだった。

ブロワに入るとすぐに、この地で青春を過ごした詩人(19)の思い出がわれわれをとらえた。しいんと静まり返った、曲がりくねった通りをいくつも進みながら、われわれは考えていた。詩人もまた二〇年程前にこのあたりを歩き回り、そのマリオン・ド・ロルム(20)の住居を定めるべく、われわれと同じようにこれらの家の一軒を眺めていたのだ、と。そしてわれわれは大気や木々や壁に対し、ある場所に存在し、その色合いを作りなし、その魂となっている何やら執拗で個性的なものに対し、尋ねていた。初期の詩集の無題の諸作品(21)において、その詩情《ポエジー》が、蔓《つる》植物のように垂れ下がる豊かな詩節にあふれ、無数の太陽のように隠喩を咲かせ、多様なリズムと間断なき諧調のうちに打ち震えていたとき、あの偉大な男の最初の開花の秘密は何であったのか、と。どんなに多くの想念《イデー》が作品となって花開いたことだろう、この壁の隅で、この河(22)のほとりで、この木の下で、露が草に玉をつくる朝に、あるいは夏の夕べに――長くまっすぐ伸びる筋が空に縞模様を描き、羽虫の群れが黄金の車輪のように空中をぐるぐる回る時分の、初恋にも似た、燃えるような、そしてまた物悲しいこの美しい夕べに。

ブロワがわれわれを魅了したのはそのためだろうか。船着場の近くには、葉が裾広がりに生い茂り、がっしりした枝が、まるで雑嚢《ざつのう》を吊るすためであるかのようにわざわざ下の方から生え出た、楡《にれ》の並木道もあるではないか。それは正真正銘の一八世紀の楡の木だ。村のヴァイオリン弾きが奏でる音に合わせてその下で踊れるように、たっぷりと成長した

(19) 詩人・小説家・劇作家ヴィクトル・ユゴー(一八〇二―一八八五)のこと。
(20) ユゴーによって一八二九年に書かれた〔初演は一八三一年〕五幕からなる韻文劇『マリオン・ド・ロルム』のヒロイン。最初の二幕はブロワが舞台となっている。〔底本注〕
(21) ユゴーが出版した初期の詩集は『オード集』(一八二二年)、『オードとバラード集』(一八二六年)であるが、無題の作品はとりわけ『秋の木の葉』(一八三一年)に見いだされる。〔底本注〕
(22) ロワール河。

やつだ。大樽の上に乗ったヴァイオリン弾きは足を鳴らして拍子をとる。スカートが風に舞い、髪粉を振った巻き毛がほどけ、男たちは娘らの腰に手を回す。すると娘たちは驚いて笑い、うれしさに我を忘れる。

ブロワの通りはどこも人影がない。石畳のすき間から草が生え出ている。通りの両側には灰色の壁が長く伸び、大きな庭を取り囲んでいる。その庭々にはつつましい小さな出入口のようなものが設けられているが、夜中に謎の訪問者を迎え入れるときにしか開かない、といったふうである。ここでは毎日が同じように過ぎてゆき、味わいのある憂愁《メランコリー》や心を打つ気だるさに満ち、教会の時計の文字盤が示すような静かな単調さに支配されているに違いない、と感じられる。こうした平穏な屋敷にも、何か深くて壮大な秘めたる物語が、死に至るまで持続する病的な情熱が、たとえば敬虔なオールドミスや貞淑な人妻の隠された恋が潜んでいるのではないか、と想像してみるのは楽しい。誰か爪の長いほっそりした手をもつ蒼白い美女を、気難しい男、けちな男、嫉妬深い男の妻の身で、胸を病んで死に瀕している、物腰の冷やかな貴婦人を、おあつらえ向きの場所とばかりに、思わずそこに配してしまう。

こうした考えは、のちにアンボワーズ、シノン、そしてトゥーレーヌ地方(23)の他の町でもわれわれに浮かんできた。してみると、この地方の出身であるバルザック氏(24)は、その女主人公たちの着想をこのあたりで得たのではないか。三〇女(25)を見つけ出したのも、やはりこの地においてではなかったか。三〇女——キリスト教に属し、それゆえキリスト教と同様に古代には知られておらず、近代産業の多くが生み出したものより私が高く評価するあの

(23) トゥーレーヌはフランス中西部のトゥールを中心とする旧地方名。アンボワーズとシノンはロワール河流域(後者は、厳密には、ロワール河の支流ヴィエンヌ川に臨む)の城下町。
(24) 小説家オノレ・ド・バルザック(一七九九—一八五〇)はトゥールの出身。
(25) バルザックの初期を代表する小説『三〇女』(一八三一—三四)を念頭に置いたものであろう。小説は、不幸な結婚生活を送る美貌の人妻ジュリーが、三〇歳の年に不倫の恋に走り、以後、さまざまな不運に見舞われてゆく様を、生涯の六つの場面を通して描いたもの。

不滅の創作物（ただし、黄燐《りん》マッチと「トルトーニ」[26]の若鶏の冷製フリカッセは除く）！　お払い箱とばかり打ち棄てられたものの中から、造形や感情の点で新しい宝物を掘り起こすこと、愛の世界に新大陸を発見すること、そして己の開拓地に、そこから追放されていた無数の存在を呼び集めること――こうしたことは、精神的で崇高なことではあるまいか。ひとつの性の鍛練を推し進めることは、ほとんど、それとは別の性を創り出すことではないのか。それゆえ、われわれは何という熱狂を目にしたことだろう。それは、アメリカの発見と比肩し得るものであった。食いっぱぐれた野武士や破産したユダヤ人が一儲けしようと新大陸へ駆けつける代わりに、窮地に陥った感傷派やまだ元気のある頽廃派の連中が大挙して、この三〇女という大変な掘り出し物に激しく襲いかかったのである。最初はみんなが夢中になり、次いで逆の反応が現れた。が、すべての真なるものへ、すべての善なるものへ、ガリレイの説へ、そして長めのチョッキへと帰ってゆくように、いずれはみんなこの三〇女に戻ってゆくことだろう。ちらっと目にしただけのものを、しかと見るようになろう。ちょっと触れただけのものを、詳しく調べることになろう。鉱山はまだ新しく、鉱脈は深い。この問題によって準備され、この問題に引き続く問題が他にいくつもある。そしてそれらが明るみに出されるには、偉大なモラリストや偉大な芸術家が出現しさえすればよいのだ。たとえば、その一切の重要さと的確さが偉大なる友プラディエ[27]によって私に明かされた、叙情的な乳房という問題のように。

先程のわれわれの問題に関して言うと、書物に及ぼす土地の影響と土地に及ぼす書物の影響は、卵と雌鶏の問題、つまり雌鶏が卵を産んだのか、それとも卵から雌鶏が生まれた

(26)「トルトーニ」はパリのイタリアン大通りにあった高級カフェで、特に一九世紀初頭に人気があった。

(27) ジャン＝ジャック（通称ジェームズ）・プラディエ（一七九二―一八五二）はフランスの彫刻家。簡潔な古典主義的手法によって記念碑的な作品を制作する一方、優美な女性像など、彫像作品に腕を揮った。

のかという問題と、事情がいささか似ている。バルザックの作品がブロワの通りで私にそこで起こることを考えさせたのか、あるいはそこで起こることがバルザックの作品を生み出したのか。神と人間のどちらが事物をわれわれが目にしているように配置したのか。

これらの人気《ひとけ》のない通りのひとつを当てもなく進んでゆくと、皮肉にもその奥の方で、女が営む婦人服飾店の赤く塗られた立て札に出くわした。それからわれわれは狭い路地に入り込んだ。路地は、聖ニコラ教会の後陣を取り巻く袋小路のようなところに通じていた。そこはアスファルトを使ったかのように陰鬱で、鼻につんとくる一隅であった。何もかもが黒かった。石も、地面も、空気の色さえも。そのために、僧服を思わせるような、いかめしい、厳しい雰囲気が漂っていた。そこにあるのは、剝き出しの、生々しい、あけすけの美であった。広場では、教会の正面入口《ポルターユ》の前で、陽光を浴びながら、石工たちが石を刻んでいた。ロマネスク様式の柱頭の角々に大きなニオイアラセイトウが吊るされていたが、その黄色い色調はひょうきんな感じがし、古い建造物の黒ずんだ色と好対照をなしていた。ふざけているように大気に揺らめくニオイアラセイトウは、何とも可憐なその姿を示すためにのみ、そこに存在していた。

北の方では、巨大な壁の上にそそり立つブロワ城が、心引かれる二層の拱門《きょうもん》をもつ歩廊を見せている。アンリ三世の寝室があったのはそこである。その隣には王の礼拝室がある。これらの部屋が隣り合っていること自体は何ら珍しいことではないが、快楽が宗教によって研ぎ澄まされ、好奇心が恐怖によってかき立てられていたあの魂を思うと、その事実がここでは心を打つ。渦巻状の丸天井の下を通り、広場を横切ると、われわれはすぐに

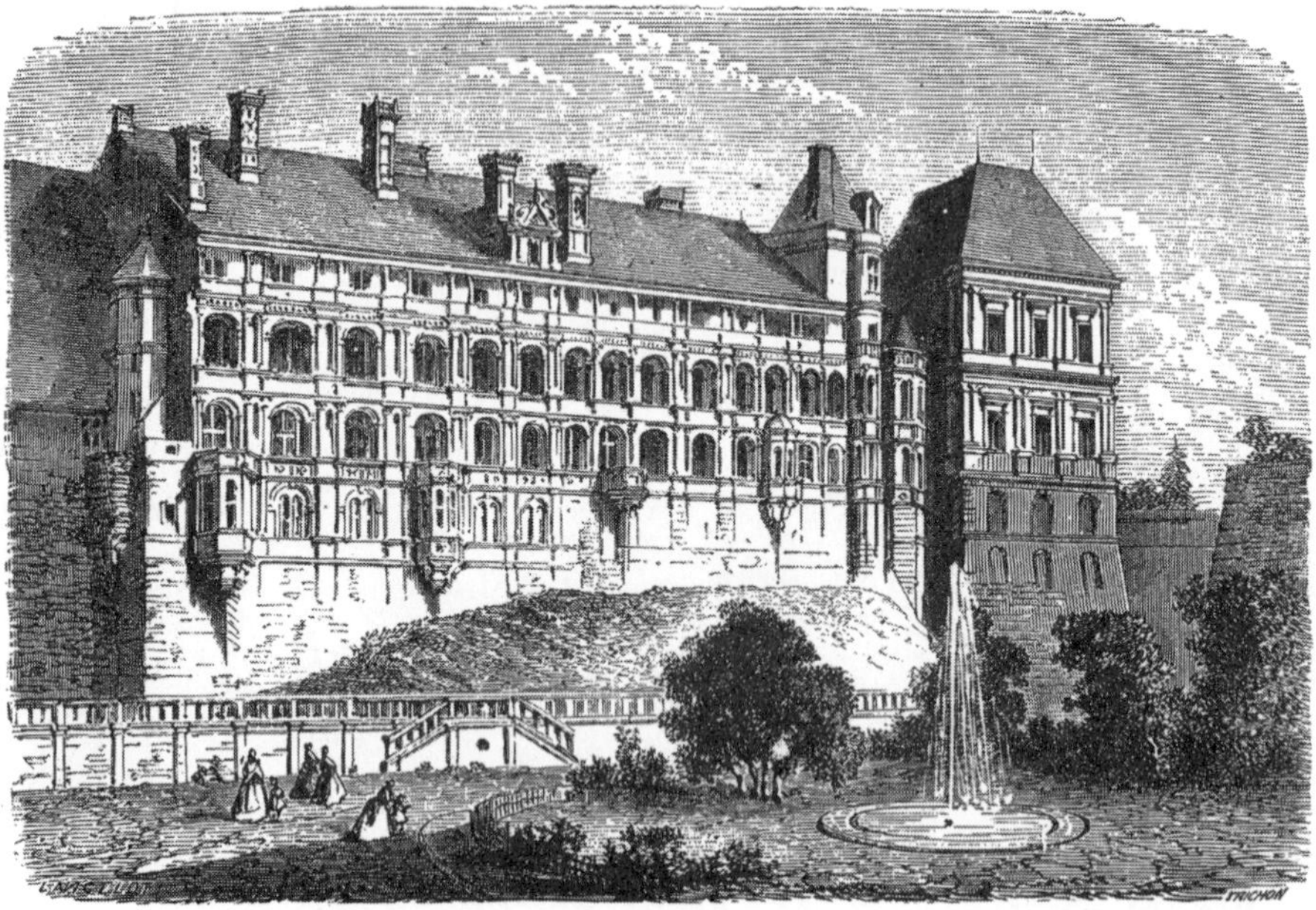

ブロワ城

(28) アンクル版(一九七九年)の注によると、フローベールとデュ・カンが一八四七年五月初めにブロワ城を訪れたのは、三八年(一八一〇—四八)にわたる占拠を経て、歩兵部隊が城から撤収しようとしていた時期に当たる。〔底本注〕
(29) ぶどう酒のことだが、特に、いくらか青みを帯びた安物の赤ワインを指すと思われる。
(30) 国王ルイ＝フィリップ。
(31) アンヌ・ド・ブルターニュ(一四七七—一五一四)はブルターニュ公フランソワ

城の中庭に入った。すると、そこは大賑わいだった。ぶどう酒の瓶をひとり一本ずつ受け取った駐屯部隊の兵士(28)が、青い液体(29)がなみなみと注《つ》がれた酒壺を手にし、今まさに君主(30)の健康を祈って乾杯しようとしていたのである。その人の祝いの日のおかげで、兵士らはこうした楽しみにありつけたというわけだ。城の中庭は正方形である。入口側の建物はルイ一二世時代のもので、二階までしかない。ここには、菱形模様で覆われた低い円柱に支えられた歩廊がある。また棟の至るところ、王妃アンヌ(31)の紐形縁飾りと、ブルターニュの銀地黒斑模様《アーミン》が施されている。左側の少し前方（南）にある建物は、未完成のままである(32)。装飾はより簡素で、全体にもっと粗野で、建てられた時期は中世の遥か昔にまで遡る。その正面には、愚劣極まりない母屋がある。これはルイ一四世が建てさせたものであるが(33)、教科書に出てくるようなその古典主義や地味な趣味——それは貧しい趣味である——とはひどく調和を欠いている。が、その傍らでは、一六世紀の見事な建築が盛大に花開き、輝いている。アッティカ風の付け柱(34)が侵入する前の、ルネサンスがマリー・ド・メディシス(35)の堕落したギリシア語のうちで平板になってゆく前の、良き時代の建築である。この母屋には、とびきりすてきな階段がふたつ掛かっている。透かし細工が施され、力強い鑿《のみ》によって彫られ、三〇〇年前にここを一段一段上った貴婦人らの高い飾り襟《コルレット》のように、きれいに切り抜かれている。一階では、一五八八年の三部会(36)が開催された広間をわれわれは見た。この三部会には、ボルドーの貴族階級を代表して、ガスコーニュ出身のひとりの貴族が出席した。私が思うに、この貴族は、広間の木製の丸天井の下に響き渡る討議に、ほとんど参加しなかったに違いない。その気品ある黒い衣服に身を包んで独り離れたところに

二世の娘。一四八八年、父の後を継ぎブルターニュ公妃となり、一四九一年には公国の独立を守るため、フランス王シャルル八世と結婚。王の死後、次のフランス王ルイ一二世と再婚（一四九九年）。王とともにブロワ城滞在を好み、ここで亡くなった。

(32) アンクル版の注によれば、実はこの建物は未完成なのではなく、取り壊されたのである。〔底本注〕

(33) 同じくアンクル版の注によれば、この母屋はルイ一四世ではなく、自身の兄ルイ一三世によって一六二六年ブロワに追いやられた、ガストン・ドルレアンによって建てられたものである。フローベールの記述にはこの種の誤りがいくつか散見されるが、当時、ブロワ城に関する正確な研究がまだ存在しなかったことを考えれば、やむを得ないことである。〔底本注〕

(34) 壁面や支柱にはめ込まれ、わずかに張り出した恰好になっている柱。

(35) マリー・ド・メディシス（一五七三—一六四二）はアンリ四世の妃。王の死後摂政となるが、やがて息子ルイ一三世と対立し、ブロワ城に幽閉される（二年後に脱出）。王と和解後、リシュリューの失墜を謀るが失敗し、亡命する。

(36) ブロワでは一五七六年と一五八八年に全国三部会が開催されている。後出のギーズ兄弟が暗殺されるのは、この一五八八年の三部会開催中のことである。

座り、いつも携えている細身の杖をもてあそびながら、恐らく、現下の状況が思い出させるサルスティウス[37]のある一節を、もしくはルカヌス[38]のある詩句を心のうちで反芻していたことだろう。広間を満たすあの喧々囂々《けんけんごうごう》たる熱狂のさ中にあって冷静を保ち、幾多の激しい信念の披瀝に接しながら何をも信ずることなく、あたかも過ぎゆくものの傍らで残り続けるものを象徴するかのように、その場に臨んでいたのである。貴族の名は、ミシェル・ド・モンテーニュといった。

城の外の高台に――そこからは町全体が、岸辺にポプラが立ち並ぶロワール河が、そしてほんの少しずつゆるやかに遠ざかって空に溶け入る付近の田園が見渡せる――、小さな塔が立っているのを私は目にした。今は駐屯部隊の火薬庫になっているこの塔は、かつてアンリ三世お抱えの占星術師ルッジエーリ[39]が住まったところである。見晴らし台には洗濯物がぴんと張られていた。門番のシャツが干してあるロープがジグザグと四方八方に伸びている。火薬庫の戸口で警備にあたる歩哨は銃を下ろしている。その銃を揺り動かしながらバランスをとったり、撃鉄のばねをいじってカチカチいわせたりしながら、交代の歩哨が来るのを待っているのだった。

この壁の下で、名だたる滞在者たちが眠ったのである。ヴァランティーヌ・ド・ミラン[40]、イザボー・ド・バヴィエール[41]、アンヌ・ド・ブルターニュ、シャルル八世[42]、ルイ一二世[43]、フランソワ一世[44]、クロード・ド・フランス[45]、アンリ三世[46]、カトリーヌ[47]及びマリー・ド・メディシス、そしてここで血を流したギーズ兄弟[48]。血はこの場所に流れた――が、床にその血の跡を、そして金瘡《きんそう》公[49]が近衛兵の控えの間で「欲しい者にくれてやるぞ」と言って傍ら

(37) サルスティウス（前八六頃―前三五）は古代ローマの歴史家。カエサルの下でヌミディアの総督となるが、カエサル死後は歴史に専念。『カティリナ戦記』、『ユグルタ戦記』などの著作がある。

(38) ルカヌス（三九―六五）は古代ローマの詩人。セネカの甥。膨大な作品のうち今日残っているのは、カエサルとポンペイウスの内戦を歌った叙事詩『ファルサリア』のみ。

(39) コジモ・ルッジエーリはフィレンツェ出身の占星術師。一六一五年にパリで亡くなった。

(40) ヴァランティーヌ・ド・ミランはオルレアン公ルイ（一三七二―一四〇七）の妻で、一四〇八年、ブロワで亡くなっている。

(41) イザボー・ド・バヴィエール（一三七一―一四三五）はシャルル六世の妃。王が発狂したのち、政権を握った。

(42) シャルル八世（一四七〇―一四九八）はフランス王（在位一四八三―九八）。アンヌ・ド・ブルターニュと結婚し、公領を併合した。

(43) ルイ一二世（一四六二―一五一五）はフランス王（在位一四九八―一五一五）。アンヌ・ド・ブルターニュの再婚相手。

(44) フランソワ一世（一四九四―一五四七）はフランス王（在位一五一五―四七）。

(45) クロード・ド・フランス（一四九九―一五二四）はルイ一二世とアンヌ・ド・ブ

に投げたダマスカス原産のプラムを見つけようとしても、無駄である。金瘡公が王[50]の寝室に降りていった階段はふさがれてしまったのであるから。もはや何も見えない。だがそれでも、じっと目を凝らすのだ。

アランソン公とマルグリット・ダンジューとの婚礼、[51]アンリ四世[52]とマルグリット・ド・ヴァロワ[53]との婚礼、そしてギーズ兄弟の血なまぐさい悲劇の舞台となったブロワ城は、その後も完全に開かれた場であり続け、他の諸々の運命を受け入れた。マリー・ド・メディシスはここに閉じ込められ、今も見学できるあの窓から逃げ出した。一七一六年にはポーランドの王妃マリー＝カジミール[54]が住み、一八一四年にはマリー＝ルイーズ[55]がパリ奪取のあと逃げ込んだ。そして今日では兵隊たちがパイプをふかし、卑猥な冗談を口にしている。血は洗い流され、サラバンドやメヌエットのざわめきは、小姓の立てる笑い声やドレスの引き裾の擦れる音とともに、消え去ってしまった。こうしたことについて歴史が知ることのうちの何が残っているだろうか。そして歴史が知らないすべてのことのうちの何が！　こうしたことがいっそう知りたくなる。そして次第にそれを、古い羽目や、こちらをじっと眺める物言わぬ古い肖像画や、半開きとなったからっぽの墓に尋ねるようになる。それは、それらのものがただ己のためにのみ守り、孤独のうちにささやき合う秘密である。歴史は海のようなものだ。洗い流すがゆえに美しい。打ち寄せた波の跡を次の波が砂浜から消し去る。波は打ち寄せ、そしてまた打ち寄せるだろう、と思うばかりだ。ここにこそ、歴史の詩情《ポエジー》と倫理性の一切があるのではなかろうか。

翌日、われわれは荒廃がさらに進んだ廃墟を訪れた。シャンボール城のことである。城

ルターニュの娘で、フランソワ一世の最初の妻となる。

(46) アンリ三世（一五五一―一五八九）はフランス王（在位一五七四―八九）。

(47) カトリーヌ・ド・メディシス（一五一九―一五八九）はアンリ二世の妃。王の死後、シャルル九世の摂政となり、サン＝バルテルミーの虐殺（一五七二年）を導く。

(48) ギーズ公アンリ一世（一五五〇―一五八八）と弟のルイ二世（一五五五―一五八八）。前者は旧教同盟のリーダーとしてユグノーを弾圧。政敵アンリ三世によってブロワ城内で暗殺される。後者もその直後に城内で殺された。

(49) ギーズ公アンリ一世の異名。

(50) アンリ三世。

(51) このアランソン公がシャルル四世（一五二五年、パヴィの戦いのあと死去）であるとするなら、その結婚（一五〇九年）の相手はマルグリット・ダンジューではなく、フランソワ一世の姉、マルグリット・ダングレーム（別称マルグリット・ド・ナヴァール、あるいはマルグリット・ド・ヴァロワ、一四九二―一五四九）である。

(52) アンリ四世（一五五三―一六一〇）はフランス王（在位一五八九―一六一〇）。

(53) マルグリット・ド・ヴァロワ（一五五三―一六一五）はアンリ二世とカトリーヌ・ド・メディシスの娘。一五七二年、アンリ・ド・ナヴァール（のちのアンリ四

シャンボール城

世）と結婚するも、やがて王室から遠ざけられ、一五九九年に自らの意志で婚姻を破棄。「マルゴ王妃」として美貌と才能を謳われた。

(54) マリー＝カジミール（一六三五頃—一七一六）はポーランド王ヤン三世ソビエスキの妃。王の死後、最晩年をブロワ城で過ごした。

(55) マリー＝ルイーズ（一七九一—一八四七）はオーストリア皇帝フランツ二世の娘。一八一〇年にナポレオン一世と結婚。一八一四年、同盟国側がパリに侵攻し、ナポレオンは退位した。

の周辺に広がるいまいましい平地で道に迷った挙句、貧弱な森の真ん中の砂地につけられた長い道を通り、われわれはようよう目的地にたどり着いたのだった。ちなみに、この森は金利生活者が所有しているのだが、この男は金に困り、木が育ち切らぬうちに伐採してしまうのだ。城のまわりには庭も庭園も、ちょっとした小灌木も一本の花もない。正面にひょろ長い草の生えた大きな広場があり、そこを下ったところには小さな川が流れている。城の中に入ると、一匹の犬がほえ始めた。雨が降っていて、雨水が屋根の上を流れ、壊れた窓から流れ込んでいた。われわれは衛兵の宿泊所に通された。ここで、管理人の代わりをしている衛兵の女中がミサから戻ってくるまで、見学者名簿にざっと目を通した。それは、ブルボン王家支持派の不平、君主や家系(56)に関する泣き言、追放された王族の復帰の祈願、といったもので埋め尽くされている。xxx司祭館付司祭であるサム……(Sam...)神父なる人物が、こんな結構な詩句を書きつけていた。

「足を引きずっても、正しい姿勢を保つことはできる」

もっと大胆な匿名の人物が、それをこんなふうに作り変えた。

「追放されても、王のままでいることはできる」

恐らく憤慨した何者かが、名簿のちょうど真ん中にこう記した、「ああ、狂ってる!」。

(56) シャンボール城の所有者は、ベリー公の死後生まれた息子であり、一八三〇年のシャルル一〇世退位に際しフランス王位継承権を主張した最後のブルボン王家支持者である、ボルドー公である。〔底本注〕

しかし、何にも増してわれわれを釘付けにしたのは、次のわずかふたつの単語である、ルイーズとアルフレッド！　これらの名は、侯爵、伯爵、聖ルイ勲章佩用《はいよう》者[57]、キブロンの犠牲者[58]の息子たち、ベルグレーヴ広場[59]の巡礼者、そしてあれらすべての下らない偽貴族ども——すなわち、マルシャンジー氏[60]のロマン主義と同様に、小塔、姫君、儀仗馬、百合の花[61]、聖ルイ[62]の王旗、白い羽飾り、神授権、そしてその他の同じように無邪気な数々の愚かなことどもを長々と詠んだ詩を糧に生きる連中——の下に埋没してしまっている。が、あまたの愚痴っぽい、気取った、尊大な主張の中にあって、これら誰とも知れぬ者たちのただの名前は、何か素朴で善良なものをもち、他のどれよりも趣味がよいようにわれわれには思われたのだった。

　われわれはがらんとした歩廊に沿い、打ち捨てられた寝室から寝室へと歩き回った。蜘蛛がフランソワ一世の火とかげ[63]の上に巣を張っている。それは、黒く、緑がかった残骸にあふれ、しゃれた花の織り成す刺繍や、ダマスク[64]の切れ端のように風に波打つ草木の緑の垂れ布が見られる、どこにでもある廃墟ではない。それとは反対に、そこにあるのは、擦り切れた服にブラシをかけ、何とかきちんとした身なりをしようとしている、恥ずべき貧困である。こちらの部屋では床を修理しているかと思うと、あちらの部屋では床を腐るに任せている。そのために、奇妙なことに、死んでゆくものを保持し、過ぎ去ったものを思い起こさせるための空しい努力が、至るところに感じられてしまうのだ。それは何と悲しいことか、何と偉大さを欠いていることか。

　そのうえ、ル・プリマティス[65]が設計し、ジェルマン・ピロン[66]とジャン・クーザン[67]が彫り

(57)　一六九三年、ルイ一四世によって創設された軍功章。一七九二年に廃止されたのち、王政復古期（一八一四—三〇）に復活した。

(58)　キブロンはブルターニュ半島南岸にある町。テルミドール国民公会統治下の一七九五年六月、亡命していた王党派がイギリスの支援を得てキブロンに上陸したが、オッシュ率いる軍によって攻撃され、多数の犠牲者を出した。

(59)　ロンドンのピムリコ街にある広場。七月革命（一八三〇年）後に亡命したシャンボール伯（前述のボルドー公　一八二〇—一八八三）が、一八四四年にこの界隈に住んでいた。

(60)　ブルボン王家支持派の行政官（一七八二—一八二六）。浩瀚《こうかん》な『詩的なガリア』（一八一三—一七）など、さまざまな著書がある。〔底本注〕

(61)　三つ叉の白ユリはフランス王家の紋章。

(62)　フランス王ルイ九世（一二一四—一二七〇）の尊称。王領内の集権化を促進する一方、二度の十字軍に参加。道徳や文化の充実にも努めた。

(63)　火の中に棲むとされた伝説上の怪物。フランソワ一世の標章。

(64)　同じ紋様が表側ではタフタ織（光沢のある薄い平織絹）の地合いに繻子《しゅす》で、裏側では反対に繻子の地合いにタフタ織で現れる織物。五、六世紀頃、シリアのダマスカ

刻んだこのシャンボール城を、哀れにも、あらゆるものが寄ってたかって侮辱しようとしたように思える。屈辱的なマドリード条約(68)（一五二六年）を締結してスペインから帰国したフランソワ一世によって建てられたこの城は、敗北に甘んじるために己の気を紛らわそうとする自尊心の記念碑と言うべきものであるが、まずここに追いやられてくるのは、王位継承争いに敗れたガストン・ドルレアン(69)である。次いでルイ一四世が、二階建てにすぎなかった城を四階建てにし、床からてっぺんへと渦を巻くようにして一気に昇っていた見事な二重階段を台無しにしてしまう。そしていよいよモリエールがここで、火とかげや彩色した装飾——今はもう色が褪《あ》せているが——に覆われたこの美しい天井の下*、『町人貴族』を初演することになる。それから城はザックス元帥(70)に、ポリニャック家(71)に、一介の軍人ベルティエ(72)にと渡っていった。募金によって買い戻されると、今度はボルドー公の手に渡った。こうして城は、誰ひとりとして引き受けようとする者がいない、あるいは維持できる者がいないとでも言うように、あらゆる人間の手に渡ったのである。役に立ったためしがなく、いつの時代にあっても大きすぎたようだ。それは、旅人が自分の名前を壁に書き残すことさえしなかった、荒れ果てた宿屋を思わせる。

＊　三階の、正面に面する側の。

私がシャンボール城で目にした唯一の家具は、子供の玩具であった。それは、ラングロワ連隊長(73)がボルドー公に贈った、砲廠《ほうしょう》の模型である。上には布の覆いが掛けられ、大事に保存されていた。

われわれは外側の歩廊を通ってオルレアンの階段の方に進みながら、フランソワ一世、

スから高級絹織物としてヨーロッパに輸出された。

(65) ル・プリマティス（本名イル・プリマティッチョ　一五〇四―一五七〇）はイタリアの画家、装飾家。一五三一年、フランソワ一世に招かれフランスへ。のちに王室建築総監に任命される。

(66) ジェルマン・ピロン（一五三七頃―一五九〇）はフランスの彫刻家。フランス・ルネサンスを代表する彫刻家のひとりと見なされている。

(67) ジャン・クーザン（一四九〇頃―一五六一頃）はフランスの画家、素描家、彫刻家、版画家。フォンテーヌブロー派によって発展させられたマニエリスムの代表者。

(68) 神聖ローマ皇帝カール五世（スペイン国王カルロス一世）を牽制し、イタリア遠征を図ったフランソワ一世は、パヴィアで捕虜となり（一五二五年）、マドリードに移送され、厳しい要求を突きつける条約を受け入れざるを得なくなった。

(69) ガストン・ドルレアン（オルレアン公ガストン　一六〇八―一六六〇）はアンリ四世の三男でルイ一三世の弟。リシュリューやマザランに対する陰謀を企むが、いずれも失敗。ルイ一三世の死後、国王代理官としてフロンドの乱に係わり、一六五二年、マザランによってブロワに追放され、そこで生涯を終えた。

(70) モーリス・ド・ザックス（一六九六―

シャトーブリアン夫人、そしてデタンプ夫人(74)を彫り込んだと見なされている女像柱《カリアティッド》(75)をつぶさに眺めた。また、大階段の終わりにある名高い頂塔のまわりをうろつきながら、手すりから幾度も顔を突き出し、下の中庭で、小さなロバの仔が母親の乳を吸ったり、母親に体をこすりつけたり、耳を動かしたり、鼻面を伸ばしたり、ぱっと飛び上がったりするのを見た。シャンボール城の前庭にいたもの、そして今や城の主《ぬし》となっているのは、草むらでたわむれる犬と、かつて王たちを迎えた門口で乳を飲み、いびきをかき、鳴き声を上げ、糞をし、跳ね回るロバである。

　天候は和らいできていた。雨はすでに通りすぎ、夕方の穏やかな日が輝いていた。われわれがアンボワーズに着いたのは、そうした頃合だった。ブロワと同様、ここにもまた地方特有のすてきな通りがある。人びとが戸口でおしゃべりをしている。外で働いている。女たちはほとんどみな褐色の髪をし、顔立ちがやさしく、目立ってきれいで、欲望をそそるような寛大さにあふれ、女性らしくてすてきに思われる。実際ここは、かの肥沃で穏やかなトゥーレーヌ地方、うまくて安い白ぶどう酒を産し、数々の美しい古城がそびえ、フランスのどの河よりもフランス的なロワール河が潤す地方なのだ。態度や振舞いには北フランスの落ち着きといったものが保たれ、その一方で、表情や微笑みは南フランスの快活さによって活気づけられている。しかしながら、正反対の趣の融合から普通生じる折衷的な性格をもちながらも、トゥーレーヌ地方は、ある明瞭な独創性を帯びているように私には思われる。その独創性は、確かにそれほど強烈なものではないが、微妙で、親密なものである。それは散文的なものでもなければ、詩的なものでもない。過度に高尚な意味にと

一七五〇）はフランスの元帥。ザクセン選帝侯アウグスト二世の私生児。ルイ一五世に仕え、オーストリア継承戦争で戦略家として類まれな才能を発揮し、その武勲に対する褒賞としてシャンボール城を与えられた。

(71) ポリニャック家はヴレ地方（フランス中央山塊東部）出身の政治家一族。

(72) ルイ・アレクサンドル・ベルティエ（一七五三―一八一五）はフランスの元帥。ナポレオン軍の幕僚長であった一八〇九年に、ナポレオンより世襲財産としてシャンボール城を与えられた。

(73) ジャン＝シャルル・ラングロワ（一七八九―一八七〇）はフランスの士官にしてパノラマ画家。軍務に服しながら数多くの戦争画を描き、とりわけ戦闘場面のパノラマ（回転画）の制作によって大きな成功を収めた。

(74) シャトーブリアン伯夫人（一四九五頃―一五三七）、デタンプ公夫人（一五〇八―一五八〇）は、どちらもフランソワ一世の愛妾。

(75) 古代ギリシア建築に見られる、軒蛇腹や天井蛇腹を頭で支える女人像。

られてしまうことを恐れずに言うなら、それはただの一語で言い表されるだろう、と私は思う。その一語とは、歌われた散文、というものである。

われわれがアンボワーズの橋を渡っていたときのことである（橋は二本ある。この町は河の両岸にまたがっていて、その河の真ん中には島がある）。橋は二本あるのだが、何ともすばらしいのは二番目の橋の方である。それはあの由緒ある橋、あのでこぼこした、狭い、灰色の、日や水を浴びて固くなった古い橋――甲冑や並足で進む馬の脚の音を響かせながら、騎兵が陸続と渡ってゆけばさぞ映えるであろうような、そして、境界標石に座った盲目の乞食がハーディ・ガーディ(76)を回しながら、あるいは埃《ほこり》まみれになった裸足のジプシー女がタンバリンを振り、アーチの下を流れる水の轟音に掻き消されてしまうその短い、ぶっきらぼうな響きに合わせながら歌う歌声が聞こえないのが残念に思われる橋――こうした橋のひとつなのである。さて、われわれがその橋の上にいると、閲兵式から戻る当地の国民軍が、城の下を通る遊歩道から不意に姿を現すのが目に入った。三〇人程いたが、そのうち軍服を身につけていたのは五、六人といったところだったろう。それはみな士官であり、残りは平服兵士(77)にすぎなかった。とは言っても、それは実際、まれに見る平服兵士だった。連中は燕尾服に黄色のチョッキ、そして手には黒手袋といった礼装で身を固めていたのである。思うに、当地のダンディズムは、こんなふうに装うことで、市民の服装を軽蔑することにあるのだ。アンボワーズの名誉のために言っておかなくてはならないが、数列だったか一列だったか、その国民軍の一行の中には、砲兵のなりをしてパパの手を引く子供の姿は（私の予想に反して）ひとつも見られなかった。こうした恐るべき事態は、

(76) 一端に取り付けたハンドルで回転盤を回し、それが弦をこすることで音が出る中世の楽器。ブルターニュ地方やオーヴェルニュ地方に民俗楽器として残る。
(77) 軍服を身につけずに兵役を務めた国民軍兵士。

アンボワーズ城

この幸運な町には知られていないということなのだろうか。あるいは、そのような流行は過ぎ去ってしまったのか。それとも、個人の資産が、こうした馬鹿げた出費に応じられるほど豊かではないということなのか。いずれにしても、それはアンボワーズにとって名誉なことである。子供が狙撃兵(78)の恰好をして寓話を朗誦するなどということは、人間にとって恥ずべき最低の振舞いなのであるから。

アンボワーズ城は、その足下に無数の小石でも投げつけたかのように広がる、岩山の麓の町を見下ろしつつ、高貴で堂々たる城砦の威容を見せている。高く太い塔には半円アーチ形の細長い窓がつけられ、塔と塔を拱門《きょうもん》をもつ歩廊が結んでいる。そして鹿毛《かげ》色の壁は、上の方から垂れ下がる花のせいで、もっと黒っぽく見える。まるで、老いた傭兵の日焼けした額の上に、愉快な羽飾りが立っているといった感じだ。われわれはたっぷり一五分程、左側の塔に見とれていた。塔がいとおしかった。それは見事な、暗褐色の塔で、ところどころ黄色かったり、黒かったりする。銃眼には可愛らしいニオイアラセイトウが掛けられている。詰まるところそれは、モデルになっている人物を知らないにもかかわらずなぜか好きになり始めてしまう肖像画のように、まるで生きているように見え、その下でただ呆然として立ち尽くすほかない、表情豊かな大建造物のひとつなのである。

こうしたことがおかしいと言うのであれば、笑うがよい、まじめな人たちよ。これらの文は、あなたがたのために書かれたのではないのだ。

城には、なだらかな坂を上ってゆく。坂はテラスになった高い庭園へ通じ、そこからは、周囲の田園風景が楽しめる。田園は淡い緑だった。ポプラ並木が河の両岸に沿って伸びて

(78)「狙撃兵(tirailleur)」となっているが、前出のように「砲兵(artilleur)」とすべきところを書き間違えたのかもしれない。〔底本注〕によれば、『〈初稿〉感情教育』(一八四五年完成)や書簡には「砲兵の恰好をした子供」という表現が散見され、またコナール版では「砲兵」となっている。書き違えであるとしても、フローベール自身というより、原稿を清書した筆耕の責任である可能性が少なからずあるだろう。

いた。牧草地は岸辺に突き出ていたが、その果ては遠くの方で、丘の輪郭がおぼろげに取り囲む、青みがかってぼうっと霞む地平線のうちに、灰色となってぼんやり溶け込んでいた。真ん中をロワール河が流れ、島々を洗い、牧草地の縁《ふち》を濡らし、橋の下を通り、水車を回していた。銀色に光りながら蛇行する河の上には、大型の船がひと繋がりになって滑っていた。穏やかに、並んで、船を動かす舵がのんびり響かせるギイ、ギイという音に半ば眠り込んだかのように、ゆっくり進んでゆく。そして奥の方には、陽光を受けて白く輝く帆船が二隻浮かんでいた。

　鳥が塔の頂から、石落とし(79)の隅から飛び立ち、どこか他の場所に巣を作りに行った。宙を舞い、空に小さな囀り声を響かせ、そして遠ざかって行った。われわれの足下より三〇メートル余り下には、町のとがった屋根や古い館の人気《ひとけ》のない中庭、そして煙を出している煙突の黒い穴が見えた。われわれは銃眼の窪みに肘をつき、美しい陽光と、廃墟に生える草木の放つ芳香がたっぷり染み込んだ心地よい大気とを味わいながら、眺め、そして耳を澄ましていた。その場にあって、私は、何をもまったく瞑想しなかった。どんなことに関しても、心のうちでさえ、空疎な言葉を連ねることをしなかった。私が思い浮かべていたのは、とても柔らかな鎖帷子《くさりかたびら》、汗に濡れた水牛革の肩帯、赤く光る目が覗く面頬《めんぼお》の下りた兜、壁に火をつける松明《たいまつ》や体を切り刻む戦斧《いくさおの》を手に叫喚のうちに試みられる決死の夜襲、そしてルイ一一世(80)、〈恋人たち〉の戦争(81)、ドービニェ(82)、それからニオイアラセイトウ、鳥たち、つやつやした美しい木蔦《きづた》、すっかり葉の落ちた木苺《きいちご》であった。こうして私は幾人かの男たちを、その男たちがもつこの上ない偉大さを、その男たちの思い出を、自然を、

(79)　城壁や城塔のてっぺんに設けられた突出部で、床の開口部から敵を偵察したり、石・矢などを放ったりした。

(80)　ルイ一一世（一四二三―一四八三）はフランス王（在位一四六一―八三）。有力諸侯との戦いを経て、国家統一を実現。妃のシャルロット・ド・サヴォワをアンボワーズに住まわせていた。

(81)　フランスにおける第七次宗教戦争（一五七九―八〇）。

(82)　アグリッパ・ドービニェ（一五五二―一六三〇）はフランスの詩人、作家。プロテスタントとして宗教戦争に加わる。代表作に、宗教的信条を歌った叙事詩『悲愴曲』（一六一六年出版）がある。

自然が湛える無上の美しさを、自然の幾度もの皮肉な侵入を、そしてその変わらぬ微笑を、夢心地でのんびり味わい、心ゆくまで楽しんだのだった。

庭園には、リラと小灌木の茂みの真ん中から、礼拝堂がそびえ立っている。外側よりも内側の方にいっそう細工が施され、中国の日傘の柄のような透かし模様を刻まれた、一六世紀の金銀・宝石細工術による傑作である。(83) 扉の上には、聖フベルトゥス(84)と、角《つの》と角のあいだから十字架が生え出た神秘的な鹿との出会いを描いた、大変愉快な浅浮彫りがある。聖人はひざまずいている。頭上には天使が舞い、縁なし帽の上から冠をかぶせようとしている。傍らでは、お供の馬がにこやかな顔つきで見守り、付き従う犬たちがきゃんきゃん鳴いている。そして、いくつもの切断面が結晶をなす山の上には蛇が這い、その平べったい頭をカリフラワーに似た木の根元に突き出している。その木というのは、古い聖書に出てくる、葉が乾き、枝と幹が太く、枝を伸ばし実をつけるが青葉を茂らすことのない木、象徴的な木、神学的で敬虔な木であり、その信じがたい醜さは幻想的ですらある。遠からぬところで、聖クリストフォロス(85)がイエスを肩にのせて運び、聖アントニウス(86)が岩の上に建てられた庵《いおり》に潜んでいる。豚が穴に戻ろうとしている。見えるのは尻ばかりで、しっぽがぴんと跳ね上がっている。そしてその傍らでは、野ウサギが巣穴から耳を出している。

この浅浮彫りは、なるほどいくらかごてごてし、造形も厳密ではないが、あのお人好しや動物たちは生命力や躍動感にあふれ、細部は優しさや善意を湛えているので、これを運び出し、我が家に置くために多大の犠牲が払われてもおかしくはない。それは、理髪店で見かける中世風の小立像、囲われた娘たちのところで見かけるアルフレッド・ド・ドルー(87)

(83) 実際には、この礼拝堂は一四世紀末のものである。〔底本注〕

(84) 聖フベルトゥスは七二七年にリエージュで亡くなった司教。アウストラシア（フランク王国の東部地方）で狩猟パーティーをしているときに、枝角のあいだに十字架を生やした白い鹿に出会ったという伝説がある。狩人の守護聖人。

(85) 聖クリストフォロスはキリスト教伝承に登場する伝説上の人物。子供の姿をしたキリストを肩にのせて川を渡り、以後、キリストに仕えたという。

(86) 聖アントニウス（二五一―三五六）はエジプトの隠者。隠遁生活によるキリスト教の修行法を確立した。若いころからこの隠者に惹かれていたフローベールは、多年にわたって『聖アントワーヌの誘惑』を書き続けることとなる。

(87) アルフレッド・ド・ドルー（一八一〇―一八六〇）は一八三一年の美術展《サロン》デビュー以来、馬の画家として注目された。その人気はフランスとイギリスで絶大だった。〔底本注〕

の馬を主題にした絵、そして、幸いにもどこにも見かけないストゥーバン氏の「ポテパルの妻」(88)に匹敵しよう。

城の内部の各部屋には、第一帝政様式の無味乾燥な室内装飾が再現され、神話的もしくは歴史的な振り子時計や、金色の釘を打ちつけたビロード張りの肘掛椅子が置かれている。ほとんどの部屋にも、ルイ＝フィリップ(89)とアデライッド夫人(90)の胸像が飾ってある。王家は、肖像となって繁殖しようと、激しい情熱をたぎらせているのだ。そこで、飾ることのできるありとあらゆる壁面、コンソールテーブル(91)、そして暖炉を、王家の肖像で埋め尽くしている。それは、成り上がり者の悪趣味、商売で大もうけした俗物の奇癖というべきものである。赤や白や黄の衣装をまとい、腹には宝石の類をぶらさげ、顎《あご》にはひげを伸ばし、脇には子供たちを配し、そうした己の姿を眺めるのが好きな連中だ。

塔のひとつには、もっとも一般的な良識に反して、食堂として供するために、ガラス張りの円形の建物《ロトンダ》(92)がつくられている。そこからの眺めはすばらしい。が、その建物があまりに不快な印象を与えるので、思うに、ここを訪れる人びとは、むしろ何も目にしない方がいい、あるいは、炊事場へ行って食事をする方がましだ、という気持ちになるであろう。

町に戻るために、われわれは、馬車が要塞の中にまで上って来れるようにつくられている塔を下りた。砂を敷きつめたゆるやかな斜面が、階段の段《ステップ》のように石の軸のまわりを巡り、丸天井がところどころ、狭間《はざま》から射す微かな日の光によって照らし出されている。丸天井のアーチの下の端を支えるコンソール(93)には、グロテスクな、あるいは猥褻な主題が描かれている。それらの主題を構成するに際して、ある教義上の意図が重要な役割を果たし

(88)　ストゥーバン男爵シャルル・ルイ（一七八八―一八五六）は歴史および肖像画家。一八一二年の美術展《サロン》でデビューし、一八四三年まで定期的に応募し続けた。『ヨセフとポテパルの妻』は一八四三年の美術展に出品された。〔底本注〕なお、ポテパルについては第五章・注（1）を参照のこと。

(89)　ルイ＝フィリップ一世（一七七三―一八五〇）はフランス王。一八三〇年の七月革命後に即位した（四八年退位）。

(90)　アデライッド夫人（ウジェニー・ルイーズ　一七七七―一八四七）はルイ＝フィリップの妹。兄の即位に尽力し、即位後も助言者として振舞った。

(91)　壁に取り付けられた小型の装飾用テーブルで、渦形やS字形の二本の脚をもつ。

(92)　アンボワーズ城はルイ＝フィリップの夏の王宮であった。ガラス張りの円形の建物《ロトンダ》はこの王が建てさせたものであるが、現在は存在しない。〔底本注〕

(93)　軒や梁の上部材を支える、渦形もしくはS字形の持送り。

(94)　中世の伝説によれば、アリストテレスは弟子のアレクサンドロス大王に、女を信用しないように忠告したという。アレクサンドロスの愛人であったカンパスプは、仕返しをしようと、老哲学者が自分に惚れるように仕向け、成功した。そうして愛の証として、馬のようになって自分を背中に乗せてくれるよう頼んだ。アリストテレスは

たように思われる。作品を、馬になったアリストテレス Aristoteles equitatus(94)(すでに言われるとおりにした。女性の強さを示すこの寓話は、一時期大変流行した。とりわけイタリア・ルネサンスのいくつかのフレスコ画や、一五世紀のドイツの版画に姿を見せている。〔底本注〕)によって始まる下の方から鑑賞してゆかなければならないだろう。そうして、さまざまな主題の変遷を経て、ルーアン大聖堂の聖歌隊席のミゼリコルド(95)のひとつで扱われた主題)によって始まる下の方から鑑賞してゆかなければならないだろう。

たように思われる。作品を、馬になったアリストテレス Aristoteles equitatus(94)(すでにルーアン大聖堂の聖歌隊席のミゼリコルド(95)のひとつで扱われた主題)によって始まる下の方から鑑賞してゆかなければならないだろう。そうして、さまざまな主題の変遷を経て、ルクレティウス(96)や『夫婦の愛(97)』によって勧められている不実な姿勢《ポーズ》で御婦人と楽しんでいる殿方の図に至るであろう。ただし、滑稽な空想を追い求める人びとはさぞやがっかりするであろうが、両者のあいだに介在する主題の大部分は取り除かれてしまっている。平然と、故意に、品位を保つために、取り除かれたのである。陛下の家臣がわれわれに、「御婦人に対しぶしつけな図柄がたくさんありましたので」と、確信に満ちた口調で言っていたとおりに。

どんな荒廃であろうと、どんな瓦礫《がれき》や残骸であろうと、それらのために私が嘆くのを耳にしたといって私を責めることは誰にもできない。私は天変地異による被害、天候のもたらす災厄に関して、ため息をついたことなど一度もない。パリが地震でめちゃめちゃになろうと、ある朝目を覚ましてみると、ひげの中に煙を吐き出す巨大な短いパイプさながらに、その家並のど真ん中に火山が出現していようと、私はむしろうれしいくらいのものである。そこからマーティン(98)風のかなり粋《いき》な水彩画や雄大なラタトゥイユ(99)が生まれるかもしれないのだから。しかし私は、もっと美しくしようと木を刈り込んだり、おとなしくさせようと馬を去勢したりする者に対しては誰であれ、激しい、変わらぬ憎悪の念を抱いている。犬の耳や尾を切り落とすすべての者、イチイで孔雀をこしらえたり、ツゲで球体や角錐を作ったりするすべての者、修復し、上塗りし、訂正するすべての者――不穏当な文章

(94) 言われるとおりにした。女性の強さを示すこの寓話は、一時期大変流行した。とりわけイタリア・ルネサンスのいくつかのフレスコ画や、一五世紀のドイツの版画に姿を見せている。〔底本注〕
(95) 教会の聖職者席の垂れ板の下に付けられた出っ張り。参事会員や修道士は聖務のあいだここにもたれたり座ったりしても、立っているように見せることができる。
(96) ルクレティウス(前九八頃―前五五)は古代ローマの哲学者、詩人。エピクロスに基づく自然学を提示した叙事詩『自然について』六巻を著した。
(97) 『夫婦の愛』はニコラ・ヴネットによって一六八八年に出版され、『人の生殖について、または夫婦の愛総覧』の題の下、繰り返し再版された。フローベールは書簡等でしばしばこの本に言及している。『ボヴァリー夫人』に登場する薬剤師オメーの弟子ジュスタンの枕頭の書でもある。〔底本注〕
(98) ジョン・マーティン(一七八九―一八五四)はイギリスの画家。ターナーのライヴァルと目され、歴史や宗教を題材とする大作を描いた。立体感のあるその幻想的な風景は、自然の大異変を感じさせるものとなっている。
(99) 野菜の煮込み。

の削除を命ずる出版者、世俗的な裸体画に覆いをかけようとする初《うぶ》な心の持ち主、要約や省略を事とする連中——、手当たり次第剃ってはかつらをかぶせるすべての者、そして、恐ろしく衒学的で徹底して愚劣なために、あの神様の美しき御業《みわざ》である〈自然〉を絶えず切り刻み、エホバが〈自然〉を宿すように人間が己のうちに宿すあのもうひとつの自然である〈芸術〉——〈自然〉の妹、いや姉かもしれない〈芸術〉——に絶えず唾するすべての者に対して。少なくともこれが〔〈芸術〉に関する〕ヘーゲルの考え方であり(100)、経験論者たちが、いつも、ひどく滑稽なものと見なしてきた考え方である。で、私はどうかというと……私は、「立派な家庭が子供たちに安心して手渡すことのできる」モリエールの版を刊行した男(101)を、この十の指で絞め殺さなかったことを悔やんでいる。ジル・ブラース(102)を己の徳が吐き出す同じ汚物で、糞尿責めで、侮辱的な苦悶で穢《けが》したひどい男(103)を、この手で自由にできないのが残念なのだ。そして、ラブレーの削除版を出した愚かなベルギーの聖職者(104)については、私の復讐欲のうちに眠る巨獣を目覚めさせ、そいつがこの男の上に途方もない唸り声を放つのを聞けたら、と思うのだ。

たいそう見事なものが見られたに違いないこれら哀れなコンソールは、しかし無傷のまま残されていたとしても、実際、大変困ったものではあったろう。したがって、それらを目にした旅行者たちはひどく顔を赤らめた。指にしもやけができ、洗濯べらのような足をし、ボア(105)を首に巻いたイギリスの老婦人たちはびっくり仰天し、また、青眼鏡をかけ、女房を寝取られたどこかの名誉公証人、どこかの受勲者は、道徳心を傷つけられたといって憤慨したのである。だが、少なくとも、コンソールに描かれたものを古代の風習やルネサ

(100) この考えは、シャルル・ベナールによって仏訳された（一八四〇—五二）、五巻からなる『美学講義』に由来する。「芸術は、不完全で粗雑なこの世界の見せかけの、偽りの形態から真理を引き出し、精神自身によって創出されたもっと高尚で純粋な形態をその真理に与える。こうして芸術の形態は、見せかけだけの単なる外観であるどころか、現実世界の現象的な存在以上に、現実と真理を多く含んでいるのである。芸術の世界は、自然や歴史の世界よりも真なるものである」（第一巻）。〔底本注〕

(101) 一八四六年に出版された、ルジューヌ神父による削除版『選集』。〔底本注〕

(102) ジル・ブラースはアラン・ルネ・ルサージュ（一六六八—一七四七）のピカレスク小説『ジル・ブラース物語』（一七一五—三五）の主人公。無論、ここでは、作品自体を指していると考えることもできる。

(103) 「ジル・ブラースを穢した」のはモリエールの削除版を刊行したのと同じルジューヌ神父である。すなわち、『ジル・ブラース物語』のルジューヌ神父による改訂新版（一八四五年）。〔底本注〕

(104) フローベールはここで、自らが修正し、増補し、注や序文を付した多くの作品の刊行者であるガブリエル＝ルイ・カラーブル・ペロー神父を念頭に置いているのかもしれない。神父は一七五二年、ジュネーヴでラブレーの『〈削除版〉選集』（全三巻）

ンスの思想、そして近代の流儀と比較することもできたであろうに。そしてこの近代の流儀は、それが実行されるようになったときから甚だしく衰えてしまった良き伝統によって鍛え直されもしたろうに。そうではありませんか、殿方。どう思われます、奥方。

しかし、気分がもっとよいときもある。アンボワーズでとったすばらしい夕食、われわれにとって必要だったその夕食（というのも、われわれは一日中、動物たる我が身以上に詩の女神《ミューズ》を養ったのであるから）のおかげで、われわれはいくらか落ち着きを取り戻し、晩には、シュノンソーへ向かう街道を、軽快に、速歩《はやあし》で進む馬車に揺られつつ、パイプをふかし、森の匂いをかぎ、実に心満たされる気分であった。

床に就く前に、われわれはふたりとも、城を取り囲む木々の下に赴き、同じ暇つぶしに身をゆだねた。緑の葉の上に雨が注いでいた。われわれは葉の下に身を隠し、太いクマシデの幹に背をもたせかけ、濡れた苔で靴の革を磨きながら、帽子の上に落ちてくる滴《しずく》の音に興じていたのだった。

シュノンソー城からは、何やら独特の甘美さ、高雅な静けさといったものが漂い出ている。うやうやしく脇に控える村からしばらく行ったところ、長い並木道の奥に位置し、水の上に建ち、森に囲まれ、芝の美しい庭園を四方に広げるこの城は、空に小塔や四角い煙突を突き出している。いくつか連なる城のアーチの下をシェール川が微かな音を立てて流れ、その水の流れをアーチのとがった角が切り裂いている。城の優美さはたくましくも穏やかなものであり、また、その静かな佇まいは憂いを帯び、といって倦怠や苦しみとは無縁である。城の中には、尖頭形の天井をもつ広間から入る。そこはかつて剣術場だったと

を出版している。しかし、ペローはどうやらベルギー人ではなく、フランス人であったと思われる。〔底本注〕

(105) 羽毛製の長い婦人用襟巻き。

シュノンソー城

ころで、甲冑がいくつか置いてあった。こうしたものを広間にうまく収めるのは難しいことであるが、ここではそれらがまるで違和感を与えず、あるべきところにあるといった感じがする。しかも、至るところで、当時の壁掛けや家具が、分別をもって保存されているのである。一六世紀の由緒ある暖炉のマントルピースの下に、それよりもっと小さな暖炉の下にも入ってしまう、プロシア風の、卑しい、安上がりの暖炉が隠されている、といったようなことはない。われわれは、城のアーチのひとつに収められた調理場も見学してみたが、そこでは、女中が野菜の皮むきをしていた。見習いコックが皿洗いをし、かまどにはコックが立ち、昼食のためにと、かなりの数に上るぴかぴかの鍋を煮立てていた。これらすべてが心地よく、品があり、きちんとした城の生活、生まれのよい者のゆったりとした知的な暮らしぶりを感じさせる。私はシュノンソーの城主たちを愛する。

そのうえ、至るところに、古き良き肖像画が掛かっていて、そのモデルたちが生きていた時代を思い描きながら何時間も過ごすことになる。頬をばら色に染めたあの美しい貴婦人たちがヴェルチュガダン(106)をくるくる回して踊るバレエ、あの貴族たちが細身の長剣で激しく突き合う決闘が目に浮かぶようだ。これは、歴史の試み(107)のひとつである。あの人たちはわれわれと同じように愛したのか、あの人たちの情熱とわれわれの情熱はどう違うのか、知りたくなる。あの人たちが口を開き、心のうちなる物語を、たとえ取るに足らぬことであってもかつて何をしたのかをわれわれに語ってくれたら、と思う。あの人たちの不安とは、喜びとはどんなものだったのか。じれったい、抗しがたい好奇心に駆られる。ちょうど、恋人の知られざる過去を穿鑿し、自分がいない頃その女性《ひと》がどのような毎日を送って

(106) 一六、七世紀に、腰のまわりでスカートを膨らませるために使用した詰め物、輪。またこの詰め物等を用いたドレス。
(107) 「試み (tentative)」はコナール版では「誘惑 (tentation)」となっている。

いたのかを打ち明けてもらい、それらの日々を分かち持とうとするように。それから、画布に虫が食い、額縁が腐り、あの人たちが粉々になってしまうと、今度はわれわれを描いた絵を前にして、あの時代には何がおこなわれていたのか、人生はどんな様相を帯びていたのか、もっと情熱的なものではなかったのか、などと自問しつつ、後世の人びとが夢想にふけるのであろう。

肖像画の中に、騎馬姿のボーヴィリエ両氏(108)を描いた、二枚の大きな絵がある。ひとりは提督、もうひとりは騎兵連隊長である。ふたりは腿《もも》まである長靴を履き、緑色の礼服をまとっているが、その肩のところは、かつらの髪粉を振りかけた巻き毛によって白くなっている。手には剣術用の手袋をはめ、頭には小さな三角帽をかぶっている。そして、後ろ脚の飛節を縮め、血気盛んなところを見せるために作法どおり後ろ脚で立つメクレンブルク(109)産の大型馬に、姿勢正しく跨がっている。絵を眺めていると、ルイ一四世の騎馬パレードの思い出や、白い斑点のある黄色いグレーハウンドを使った大がかりな騎馬猟の思い出、といったものが蘇ってくる。お仕着せを着た一群の猟犬係、ほえ立てる猟犬の群れ、そして獲物を追い詰めた合図に林間の空き地に長く響く、体にまとわせた大きな狩猟らっぱが目に浮かぶ。

扉の上部に飾られた小ぶりの絵には、腰まで裸になった美しいガブリエル・デストレ(110)が、正面から描かれている。その肌と同様に黄金色に輝く真珠の大きな首飾りが、胸に下がっている。高く結い上げられ、細かくカールした金髪が、無邪気な媚態にあふれた、驚きの表情を顔に与えている。傍らでは、やはり腰まで剝き出しになった後ろ姿の妹が、浅黒い

(108) サン゠テニャン公フランソワ・オノラ・ド・ボーヴィリエ（一六〇七―一六八七）は軍人で、トゥーレーヌ地方の総督。もう一方は、息子のボーヴィリエ公ポール（一六四八―一七一四）であろう。これらの絵は、現在、シュノンソー城には存在しない。〔底本注〕

(109) ドイツ北東部、バルト海に臨む地方。

(110) ガブリエル・デストレ（一五七三―一五九九）はアンリ四世の愛妾。王とのあいだに三児をもうけた。

顔をそむけ、物珍しげにこちらを眺めている。一方、奥の方では、赤い帽子をかぶり、白いケープをまとった農婦が、可愛らしい赤ん坊のヴァンドーム公殿下(111)に乳房を差し出している。肌着にきつくくるまれ、身動きできない乳飲み子は、目を大きく見開き、両腕を差し伸べ、そして、気を引こうとする善良な乳母に、その小さなばら色の口で笑いかけている。

われわれはまた、現在は客間として使われ、テーブルの上にフランソワ一世の槌矛《つちほこ》が置いてある部屋に、ラブレーの見事な肖像画があるのに気づいた。笑いを誘うような、血色のよい、たくましい、浅黒い顔、小さいが生き生きとした目、薄い髪、サテュロス(112)を思わせるひげと顎。これはまさしく、偉大な男の肖像を描くのに、誰もが拠り所としてきた原型というべきものである。その下の、やや左の方にあるイザボー・ド・バヴィエール(113)の肖像画は、たいそう表現力に富んでいる。このイザボー・ド・バヴィエールは、私がほかのところで目にしたような、とがった、大きな縁なし帽をかぶっていないし、その顔は、ヴェルサイユ美術館で見られるような、蒼白く、哀れっぽいものではもはやない。イタリア風の平たい帽子のようなものが、半ば乱れた長い金髪を包み、そしてその真ん中から分けた髪は、優柔不断さと、それと相反する情熱に満ちた、無気力そうでありながら同時に激しそうな色白の顔を縁取っている。唇は突き出ていて、顎は小さい。そして緑の大きな目は悲しげな表情を湛え、それを下瞼の赤いたるみが引き立てている。

ここでは壁という壁に、ほかにもたくさんの絵が掛かっていて、もっと長い時間——独りきりで——心行くまで——扉の鍵を手にし、早く切り上げるようにと身振りで促す守衛

(111) ヴァンドーム公セザール・ド・ブルボン(一五九四—一六六五)はアンリ四世とガブリエル・デストレのあいだに生まれた私生児。リシュリュー、マザランに対する陰謀に加わるが、フロンドの乱に際しては国王側についた。
(112) 人間の体にヤギの角と足をもつ、ギリシア神話の山野の精霊。好色で、酒好き。
(113) 本章・注(41)を参照のこと。

に後をつけられることなく、それらを見ていたくなる。私はアポロンの姿を借りた、ルイ一三世の全身像をまだ覚えている。とがった顎、ぴんと伸びた短い口ひげ、そして肩に垂れ下がり、その悲しげな顔に覆いかぶさる大きな黒髪のかつら。私はルイ一三世のことを考えると、いつも心にある痛みを感じずにはいられなかった。この世にあって、この人ほど退屈を覚えた人はいなかった、と私には思われるのだ。

　われわれは、『村の占い師』[114]が上演された劇場に入ることはできなかった。修理中だったのである。しかし、ナティエ[115]作のデュパン夫人[116]の見事な肖像画を目にした。顔は褐色で、生き生きとして、なまめかしく、鼻は上を向き、唇はばら色、目は黒く、まっすぐ前を見据え、全体の印象は、率直で、親しげで、いたずらっぽくて、人が好いといったもので、たとえば、ひどく色っぽい、たっぷりと濡れたおちょぼ口をしたデュミエール夫人[117]と比べると、ずっと精神的なものを感じさせる。白い、ゆったりした部屋着をまとったデズリエール夫人[118]の立ち姿は（もっとも顔立ちは高貴で、この女流詩人の随分とけなされ、ほとんど知られていない才能同様、多分、一見したときより、再度目にしたときの方がもっと感じがいい）、その厚く、突き出た、肉付きのよい、官能的な口のために、ジェラール[119]の手になるスタール夫人[120]の肖像画のもつ露骨さを私に思い出させた。私はこのスタール夫人の肖像画を二年前にコペで見たとき[121]（窓が開いていて、日が正面から絵を照らしていた）、あの赤い、赤ぶどう酒色をした唇、あの洟をすすったり、息を吸い込んだりする大きな鼻の穴に、強い印象を受けずにはいられなかったのである。G〔ジョルジュ〕・サンドの顔にも、どこか似たところがある。半ば男性といった趣のこうした女性たちの誰にあっても、

(114)　一七五二年にフォンテーヌブローで初演された、ジャン＝ジャック・ルソー作（台本と音楽）のオペレッタ。〔底本注〕

(115)　ジャン＝マルク・ナティエ（一六八五―一七六六）はフランスの画家。当初は歴史画などを描いていたが、一七二〇年頃から肖像画に専念し、四二年には王家の肖像画家となる。神話から想を得て、優雅なポーズをとらせたモデルを女神や寓意とともに描くのを得意とした。

(116)　デュパン夫人（ルイーズ＝マリー・フォンテーヌ　一七〇六―一七九九）は徴税請負人クロード・デュパンの妻。夫がシュノンソーの所有者になると（一七三三年）、城で華やかなサロンを開いた。息子の家庭教師でもあったジャン＝ジャック・ルソーに対しては変わらぬ友愛を抱き、庇護を惜しまなかった。

(117)　恐らく、アンリ四世の愛妾であった、ジャクリーヌ・デュミエールのことであろう。王はやがてこの女性を顧みなくなり、ガブリエル・デストレに心を移した。〔底本注〕

(118)　デズリエール夫人（アントワネット・デュ・リジエ・ド・ラ・ガルド　一六三七―一六九四）はフランスの詩人。サロンを開き、コルネイユらが出入りした。二巻からなる『詩集』で知られる。

(119)　フランソワ・ジェラール男爵（一七七〇―一八三七）はフランスの画家。歴史画、

精神性が感じられるのは、目より上の部分に限られる。残りの部分は、女性の本能の領域にとどまっているのだ。また、こうした女性のほとんどが太っていて、男のような体つきをしている。すなわち、デズリエール夫人、セヴィニェ夫人(122)、スタール夫人、G・サンド、そしてコレ夫人(123)。私が知るところでは、アナイス・セガラ夫人(124)だけが痩せている。

われわれはディアーヌ・ド・ポワティエ(125)の寝室で、すべて青とさくらんぼう色のダマスク(126)でできた、王の愛妾の天蓋付き大型ベッドを目にした。このベッドがもし私のものであるとしたら、時には、そこに身を横たえるのがどうにも耐えがたくなることだろう。何しろ、ディアーヌ・ド・ポワティエのベッドに寝るのだ。ベッドが空《から》であっても、それは、多くのもっと具体的な現実と一緒に寝るのと同じことなのだ。こうした問題に関しては、悦びはただ想像力によってのみもたらされる、と言われてこなかったろうか。そうであるなら、想像力をいくらかもつ者たちのために、フランソワ一世の愛妾(127)が使った枕の上に頭をのせ、その女性《ひと》が横になったマットレスの上で寝返りを打つことで得られる、特異な、歴史的な、一六世紀に遡る悦楽を、是非とも分かっていただきたい（ああ！　クレオパトラのミイラを手に入れるためなら、私は地上の女という女をよろこんで進ぜよう！）。しかしそんな私も、食堂にあるカトリーヌ・ド・メディシスの磁器類には、割ってしまうのではないかと思うと触れることもできず、フランソワ一世の鐙《あぶみ》には、抜けなくなるのではと思うと足を置くこともできず、剣術場にある巨大なラッパの吹口には、吹けば胸が破裂するのではないかと思うと唇を当てることもできないだろう。

そうこうするうち、われわれはこのいとしいシュノンソーに別れを告げた。大きな木々

そしてとりわけ滑らかな筆致で優雅な肖像画を描いた。

(120) スタール夫人（ジェルメーヌ・ネッケル　一七六六―一八一七）はフランスの作家。財政家、政治家ジャック・ネッケルの娘。その自由主義思想のためにナポレオン一世に追われ、亡命生活を余儀なくされる一方で、フランスにおけるロマン主義を基礎付ける『文学論』、『ドイツ論』を著す。また小説に『デルフィーヌ』、『コリーヌ』がある。

(121) フローベールは一八四五年の三月から五月にかけて、家族とともにイタリア、スイスを旅し、レマン湖畔の町コペにあるスタール夫人の館を訪れている。そのときの旅行記には、次のように記してある。「ジェラールによるスタール夫人の肖像画は、夫人の作品の巻頭で目にする、赤いターバンの服を着たものである。たくましい鼻、色欲も感じられるものの、恋よりぶどう酒のほうが好きよと言わんばかりの、突き出た、厚い、血色のよい口。誇りに満ちた、燃えるような、知的な目」。〔底本注〕

(122) セヴィニェ侯爵夫人（マリー・ド・ラビュタン＝シャンタル　一六二六―一六九六）はフランスの書簡文作家。二五歳で未亡人となるが、宮廷やサロンへの出入りを続ける。友人、とりわけ娘に宛てて夥しい量の手紙を書き、死後、当時の世相を生き

に隠れ、緑の草の上で、甘くささやく川の音を聞きながら眠る城を、そのすばらしい思い出、美しい肖像画、見事な甲冑、そして古い家具とともに、後にしたのだった。われわれはすっかり上機嫌になっていた。水筒に水を詰め、初めてリュックサックを背負い、徒歩でブレレに向かった。そこからトゥールまで〔馬車で〕(128)行くためである。

　このコースは、歩くには、まるで面白味に欠ける。だいぶ痩せた牧草地が延々と続き、たまに元気のないポプラ並木が目に入るばかりだ。ブレレでは、馬に燕麦をやったり、戸棚に置き忘れた古いロックフォール・チーズさながらに虫に食われた二輪馬車を車庫から引っ張り出したりしているあいだ、われわれは教会に出かけ、つぶさに見学した。そこでは、数里先のアンジュー地方の町々でことに目をひく、造花、巻きリボン飾り、玉房、壁紙の花づな模様といった、あのロココ式装飾への好みがすでに見られる。アンジュー地方は、かつての支配者たちに由来するイタリアびいきを保持してきたところらしい(129)。

　トゥールまでの街道は本当に美しい。田園は広々として豊かで、見るからに肥沃で健やかであり、ノルマンディーの鬱蒼と繁茂する樹木も、南フランスの鋭い光もここにはない。アーケードのように道を覆い尽くす木々の下を通り、あるいはまた、村や鐘楼があちらこちらで彩りを添える広大な牧草地を抜けてゆく。そしてモン・ルイからはずっとロワール河に沿って進み、その間、丘の頂に立つ城、麦畑と隣り合うぶどう畑、ポプラの冠を戴き、葦の総《ふさ》飾りを付けた細長い島――こうしたものが、次から次と絶え間なく続き、繰り返し現れる。風は生暖かく、快感をもたらさない。太陽は穏やかで、灼熱を感じさせない。要するに、景色はどれをとってもきれいで、単調な中にも変化があり、軽やかで、優美であ

生きと描き出したその「書簡集」が高く評価される。

(123) ルイーズ・コレ（一八一〇―一八七六）はフランスの女流詩人、作家。フローベールはブルターニュ旅行の前年（一八四六年）に、彫刻家プラディエのアトリエでルイーズと出会う。それを機にふたりのあいだに恋愛関係が生まれ、以後、絶縁期間を挟み、関係は一〇年近く続くことになる。

(124) アナイス・セガラ（一八一四―一八九五）はルイーズ・コレの友人。詩作品（『アルジェリア女』一八三一年、『渡り鳥』一八三六年、『女』一八四七年）や小説を出版し、また戯曲（『臆病者』一八四九年、など）が上演された。一八四五年から一八五二年まで、文学・演劇雑誌「海賊」を編集した。〔底本注〕

(125) ディアーヌ・ド・ポワティエ（一四九九―一五六六）はアンリ二世の愛妾。一五四七年、アンリ二世は王位に即くと、シュノンソー城をディアーヌ・ド・ポワティエに与えた。しかし一五五九年、王が馬上槍試合で不慮の死を遂げると、この愛妾は王妃カトリーヌ・ド・メディシスによって城から追い出されてしまう。

(126) 本章・注（64）を参照のこと。

(127) ディアーヌ・ド・ポワティエはアンリ二世の愛妾であるが、それ以前に、短いあいだであるが、アンリ二世の父フランソワ一世の愛妾であったとする言い伝えがある。

る。が、その美しさは、愛撫することはあっても心を虜《とりこ》にすることはなく、魅了はしても誘惑はしない。一言で言えば、その美しさに備わっているのは、偉大さよりも良識《ボン・サンス》であり、詩《ポエジー》よりも才気《エスプリ》なのである。そしてこれがフランスというものなのだ。

もっとも、「フランソワ一世の愛妾」としたのは、フローベールの勘違いである可能性もある。

(128) コナール版では「二輪馬車で」という語句が付け加えられている。実際、次の段落で明らかなように、ブレレからトゥールまでは馬車で移動することになる。

(129) アンジェを中心とするアンジュー地方を治めたアンジュー伯シャルル一世(一二二七―一二八五)らカペーおよびヴァロワ王家の諸侯は、シチリアやナポリの王位をも占めてきた。

第二章　トゥールからラ・メユレまで

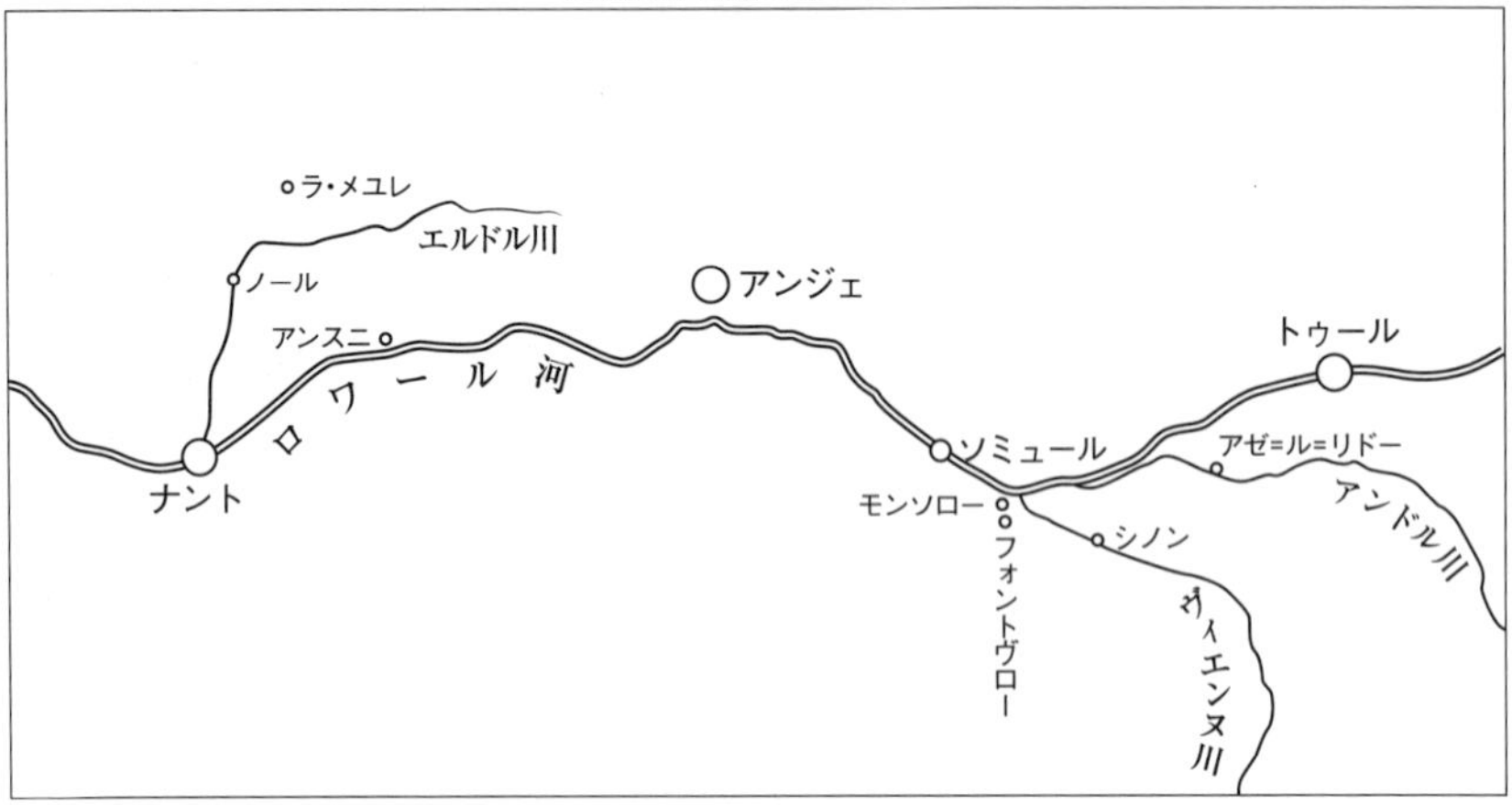

■順路：トゥール►アゼ＝ル＝リドー►シノン►フォントヴロー►モンソロー►ソミュール（およびその周辺）►アンジェ►アンスニ►ラ・メユレ►ノール►ナント

第三章　ナントとクリッソン

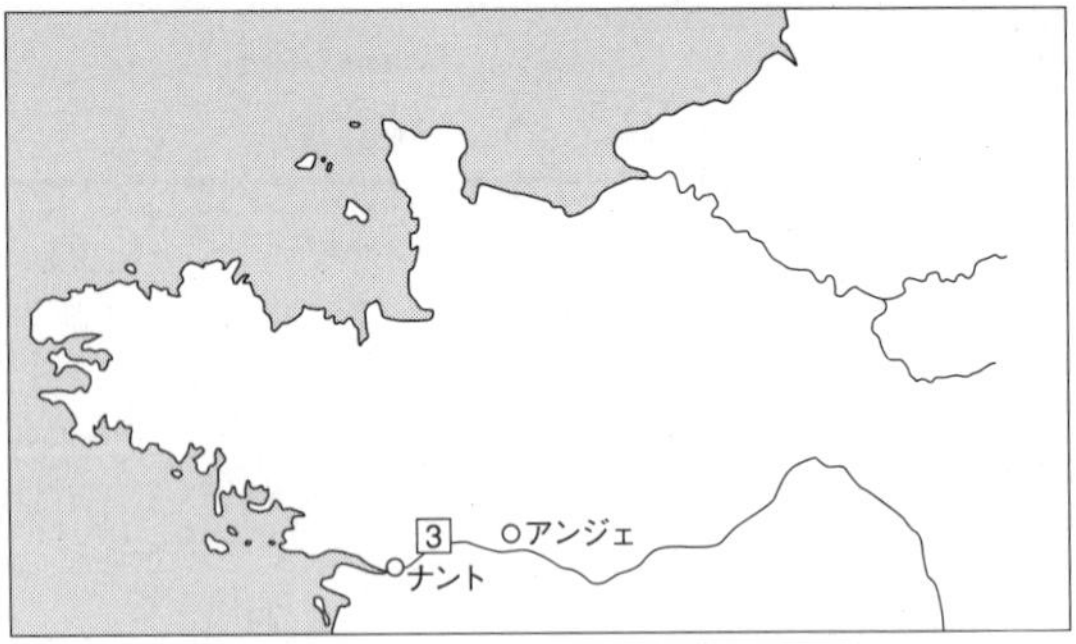
3
アンジェ
ナント

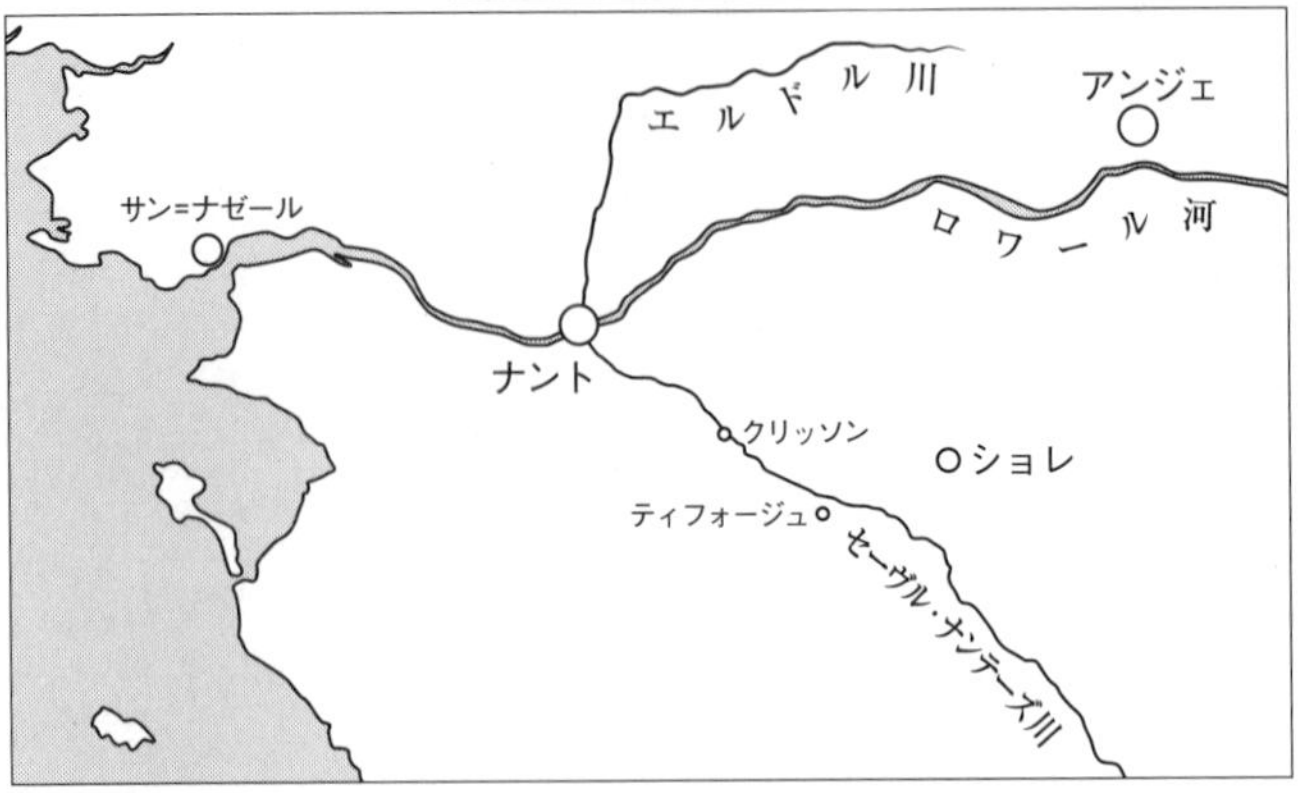
エルドル川
アンジェ
サン=ナゼール
ロワール河
ナント
クリッソン
ショレ
ティフォージュ
セーヴル・ナンテーズ川

トラピスト派の修道士たち(1)のところを出ると、人らしい姿やアンチョビ・バターを添えたビフテキにまたお目にかかれて、われわれは快適な気分になった。ナントに着いた晩は、まだノールのフレスコ画(2)に酔いしれ、メルレでの思い出(3)におののきつつ、心ゆくまで食事を楽しんだ。ホテル・ド・フランスに然るべく身を落ち着けたわれわれは、そこで一週間のあいだ、とても気持ちのよい生活を送った。給仕をしてくれたのは、生まれのよい連中が好む、あの身が軽くて愛想のよい小僧っ子のひとりだった。それは、うまい葉巻や上等な香水を売る利口な子だった。われわれは涼しい部屋で書きものをし、大きなたらいで体を洗った。中庭では小猿とたわむれた。この猿はわれわれの古びた白手袋を、それがまるで自分のために考案されたといわんばかりに、歯と爪で引きちぎるのである。また、われわれはポムレのアーケード街(4)へ出かけては、中国産の日よけ、トルコのサンダル、ナイル河のかごなどを買い込んだ。海の向こうから渡って来たがらくたのすべて、神々の像や履物や日傘や角灯《ランタン》といったものを好きなように眺めまわし、手で触れてみたいがためである。色とりどりに輝くくだらない品々は、さまざまな別世界へと夢想を誘ってくれるし、使い途のないばかばかしいものが、われわれにとっては、大事なものなのだ。

私は、ナントはかなり愚かしい町だと思う。だが、私はここで小エビをたらふく食べた

(1) ナントの北北東三〇キロ余りに位置する町ラ・メユレ近郊にある大修道院の修道士たちを指す。フローベールとデュ・カンは、ナントに入る前に、この大修道院に宿泊したのだった。

(2) ノールはラ・メユレからナントへ向かう途上にある町で、ここの教会で、ふたりは筆舌に尽くしがたいフレスコ画の傑作を見たのである。第二章の地図も参照のこと。

(3) ラ・メユレ近郊にあるトラピスト派のメルレ大修道院に宿泊しているあいだに修道士たちの厳格な生活ぶりに接し、恐れを抱いたことを指す。なお、この大修道院やノールでの出来事は、第二章でデュ・カンが記述している。

(4) 一八四三年にオープンしたこの四階からなるアーケード街(passage)は、シュールレアリストたちを熱狂させた。

〔底本注〕

ので、いまでもこの町のことは懐かしく思い出す。

われわれがナネット族(5)〔の町〕にうんざりしなかった証拠に、この町をまさに出発しようというときになって、でもやっぱりここを見ておかなくては、とわれわれは思ったのである。

ナントにはリヨンの黒ずんだ汚さも、ル・アーヴルやマルセイユの活気もないし、きちんとネクタイを締めた美男子にも似て、たいそう小ぎれいではあっても間の抜けた町ボルドーの整然とした家並も見られない。また、ルーアン――きれいに見せようとしなければ美しくもあろう、そして私が生まれたところでなければ好きにもなっていようルーアンほどの価値もない。とはいいながら、大聖堂の塔の上から得られる眺めは、息を切らして階段を上ってきた甲斐があったと思わせるだけのものがある。下の方には、垂直に立った家がひしめき合い、まるで肩を寄せ合う群衆の頭にのったとんがり帽子といったふうに屋根が突き出ている。左の方には、ロワール河のほとりから牧草地がずっと広がっている。河は分かれ、湾曲し、他方、エルドル川とセーヴル川のふたつの流れは、島が増えるとともにどんどん分流してゆき、何本もの太い灰色の筋で平野を切り分けている。その日は、空に淡い光が射していて、その色合いが水の濁った色と調和し、全景に静かで悲しげな趣を与えていた。平野は広々とどこまでも伸び、トゥーレーヌ地方の方へロワール河を遡るにしたがって緑を増し、いっそう生き生きとしてゆく。しかし海辺の砂地の方へ出てくると、単調で、まどろんでいるように見える。要するに、眺めは広大で美しい。が、雄大であって美しくない眺めなどというものがあるだろうか。それに、どんな眺めも、高いところか

(5) フローベールが旅行記を書くにあたって参考にした著書の一冊『ブルターニュ今昔』(一八四四年)の著者ピートル・シュヴァリエは、ナントを「ナネット族(Nannètes)の古都」と呼んでいる。〔底本注〕

なお、ナネット族(普通 Namnètes と表記される)は、紀元前七〇年頃、この地域に住んでいたガリア人。

ら見渡してみれば雄大ではないだろうか。どこでもかまわない、ともかく高いところに登りさえすれば、景色がどこまでも水平に広がる、並外れて雄大な見晴らしが得られるであろう。同様に、その果てまで走って行くとき、遠大でない思想というものがあるだろうか、その深さを測ってみるとき、無限だと思われないような心など存在するだろうか。

かつて私は、教会の鐘楼でたっぷり何時間も過ごした。手すりにもたれて、雲が空を流れ、水落としに巣を作ったカラスがしゃがれた鳴き声を上げ、羽をばたばたいわせながら飛び立つのを眺めていた。修辞学級(6)にいるあいだ、これが大抵の場合、授業についてゆく私のやり方であった。それによって私は多くのものを失っただろうか。が、それもまた、ひとつのスタイルではなかったろうか。

ひどくありふれたひとつのものが、私を不快にし、また笑わせた。すなわち、振り返った私の視界に突然入ってきた、正面の、塔の上の通信器である。器械からぴんと張り出された腕木はじっと動かず、一方、その足下に降りてゆく梯子《はしご》の上では、スズメが一羽、横木から横木へとぴょんぴょん跳びはねていた。あたりに存在する一切のものの上に、教会とそのてっぺんに載る十字架の上に突き出たこの醜い器具は、私には、現代世界の奇怪なしかめっ面のように思われた。鐘の音が響き渡っては消え、地の香りが立ち昇るこの清らかな土地にあって、いま大気の中を、雲と鳥たちのあいだを、何が通うのであろうか。それは、金利が下がるだの、油脂がまた上がるだの、イギリスの女王が出産しただのという情報なのだ。

あそこ、つまりあのちっぽけな小屋にずっといて、二本の棒を動かしたり、紐を引っ

(6) かつての中等教育(コレージュやリセ)における古典文学《ユマニテ》課程の最終学年。

張ったりする人間の生活とは、何と妙なものであろうか。それは、何も語ってくれぬ器械の愚鈍な歯車のようなものだ。あの男は、自分が伝えた出来事のたったひとつも、自分が言ったはずの言葉のたったひとことも、知らずに死んでしまうのかもしれない。その目的は？　意味は？　そんなこと誰が知ろう！　水夫は、自分が揚げる帆によっていずこの陸地へ運ばれてゆくのか、などと心配するだろうか。同様に、郵便配達人は自分が配達する手紙について、印刷工は自分が印刷する本について、兵隊は自分が殺したり殺されたりする理由について、気にかけたりするだろうか。程度の差はいくらかあっても、われわれは皆あの律儀な男のように、誰かに聞かされた言葉を分かりもせずに口にし、そしてそれをそのまま他人に伝えているのではなかろうか。諸世紀は、幾本もの平行線をなして並び、それらを隔てる深淵越しに見つめ合い、そうやって、遠くからやってくる果てしない謎を一方から他方へと伝え合い、先へと進む。諸世紀は、霧の中で盛んに身振りをし、動き回る。そして、峰々に配置されてそれらを動かしている者たちは、そこに何かを見抜こうとして顔を上げる下の方の哀れな連中同様、自分が何をしているか分かっていない。

　ところで、話はどこまで進んでいたのだったか。そう、確かナントの、大聖堂のことだった。この大聖堂は一五世紀イギリス風のものであり、分厚く彫刻が施され、頽廃期のゴシック様式特有の空疎な装飾によって重ったるくされ、外観は醜悪で、内部はあまりにちんまりとしている。身廊はそれでもすうっと伸びているが、丸天井は相当に醜く、ひしゃげた曲線を描いている。われわれは、尖頭アーチ形のリブ(7)の柱間《はしらま》にある扉口の下に、木の幹を模した石の柱身のようなものがあるのに気がついた。そこからは、切り落とされ

（7）　曲線状の肋材。ゴシック建築では柱から伸び上がるようにして上部で交差し（交差リブ）、高い丸天井を支える。また、尖頭アーチはゴシック様式の特徴。

た枝の付け根が生え出ていて、まるで剪定されて棒のようになった西洋ヒイラギといった塩梅であった。こうした特徴は、ブルターニュ地方のいくつもの教会で、繰り返し見られる。類まれな醜悪さについていえば、側廊の小聖堂のひとつに見られる、壁の上張りのようなものを指摘しておかなければなるまい。嘆かわしい中世風の優雅さを帯びてこしらえられ、しかも擬ロココ様式のぎりぎりの限界にまで達しているのだ。しかし、実に美しいものがひとつある。フランソワ二世(8)と、その二度目の妻マルグリット・ド・フォワの墓である。ふたりは当時の衣装を身にまとい、それぞれ公と公妃の冠をかぶり、大理石の上に横たわっている。その公の足元には獅子が、公妃の足元にはグレーハウンドが侍《はべ》っている。ふたりは目を閉じ、三人の幼い天使が持ち上げるクッションに頭を載せている。

墓の四隅には、象徴的な大きな彫像が据えられている。公妃の顔は丸々として、悲しげであり、鼻は上を向き、瞼はぼってりとしている。フランソワ二世の顔はかなりきつく、理知的で、抜け目なさそうであり、そこに、その人生と同じように、力強さと弱々しさがいくらか混じっている。そうした顔は、やはり玉虫色の条約を締結し、秘密の同盟を結ぶのに長《た》けた男ルイ一一世(9)の宿敵を、よく物語っている。両雄は、競ってだまし合いをしたのだった。アラスの和解(10)(一四七七年)では、平和の誓いは望みのどんな聖遺物に掛けて立てることもできるが、聖体と真の十字架(11)は除かれることが明記された。これらに掛けて偽りの誓いを立てた者はその年のうちに必ず命を失う、というのがその理由であった。フランソワ二世は王と交渉する一方でイングランドと同盟を結び、イタリアから軍隊を招き寄せていた。王は王でスコットランド人にブルターニュを譲る約束をし、公の顧問である

(8) フランソワ二世(一四三五—一四八八)はブルターニュ公。なお、以下のフランソワ二世とルイ一一世に関するフローベールの記述は、ピエール・ダリュ、F・ディド父子著『ブルターニュ史』(一八二六年)、第三巻に基づいている。〔底本注〕

(9) ルイ一一世は当時のフランス王。第一章・注(80)も参照のこと。

(10) アラスはフランス北部、旧アルトワ地方の都市。一四七七年、ブルゴーニュ公国の支配下あったアラスは、ルイ一一世によってフランスに奪回された。

(11) キリストが磔《はりつけ》にされた十字架。

レカン侯を買収していた。それでもフランソワ二世は、一度などは、聖ミカエル頸《けい》章の授与を断るといった見事な振舞いを示しもした（一四七〇年）。というのもこの騎士団[12]の規約に従うならば、どんなことがあっても王に仕え、他のあらゆる同盟を放棄しなければならなかったからである。そこで公は、正当にも、シャロレー伯[13]やベリー公[14]との同盟を望んだのだった。王に忠誠を誓い、安易に服従することもできたことを思うと、こうして確保された自由を公に感謝しなければならない。生涯にわたってフランソワ二世と戦い、王位につく前からすでに公に対して憎悪の念を抱いていたルイ一一世は、勝利を収めることなく死んだ。しかしそれから四年後、凡人が時には偉大な人びとを打ち負かし、次いで今度は自分より弱い者に負ける場合もあることを示すかのように、フランソワ二世は屈辱的なヴェルジェ条約[15]（一四八八年）を受け入れざるを得なくなり、失意のうちに亡くなるのである。公はヴィトレ[16]に絹織物工場を、レンヌ[17]につづれ織り《タピスリー》工場を設立したのではあるが（こうしたことは、公をブルターニュ独立の献身的な擁護者として描く書物の中に、注意深く記述されている）、私はこのぱっとしない男には、常々、あまり好感を抱いてこなかった。なにしろライオンとロバを闘わせたり、*はなはだ卑劣にも、顧問のショーヴァンを寵臣ランデの手に、そして今度はそのランデをショーヴァンの敵方の手にゆだねたりした男なのだ[18]。多くの関係を絶ち、また多くの影響を次から次とこうむることによってあらゆる方向に引っ張られた公は、思いやりに欠け、性格が冷淡である点において、冷酷で偽善的なアンヌ[19]——私にとっては一六世紀におけるもっとも不愉快な人物のひとりであるアンヌの父親にふさわしい。

（12） 一四六九年にルイ一一世によってアンボワーズ城に設立された、聖ミカエル騎士団。

（13） シャロレー伯（一四三三—一四七七）はシャルル豪胆公と呼び習わされるブルゴーニュ公。

（14） ベリー公（一四四六—一四七二）はルイ一一世の弟で、しばしば兄王と対立し、特にフランソワ二世やシャロレー伯らと公益同盟を結んで王権強化に対抗した。

（15） フランソワ二世は国王シャルル八世の摂政アンヌ・ド・フランスに対抗し、オルレアン公（のちの国王ルイ一二世）らと組んで戦いを挑んだが敗れ、娘を国王の同意の下に結婚させることを約束させられた。

（16） ブルターニュ地方東部、レンヌから東へ三〇キロ程に位置する、ヴィレーヌ川に面した町。

（17） イル川とヴィレーヌ川の合流点にある、ブルターニュ地方の中心都市。

（18） 当初フランソワ二世の衣装係にすぎなかったピエール・ランデは、公の信頼を得、やがて財務・収税の責任者となり、ブルターニュ公国の実権を握るようになる。そして聖職者、貴族と手を組み、大法官のショーヴァンを裁判によって死に追いやる。しかし、元来町民の商業活動の擁護に力を入れていたランデは、今度は自身が貴族らによって汚職、殺人の嫌疑をかけられ、裁判の末、処刑されてしまう（一四八五年）。

＊　モントーバン提督(20)が死ぬしばらく前に贈ったライオン。

歴史の話ということならば、そこからしばらく行くと、古い城の向かいに、一八三二年にベリー公妃が不意を襲われた家がある。(21)

家具ひとつなく、薄汚れた灰色の壁紙が張られ、黄ばんだ窓ガラスからかろうじて明かりを採っているこの小さな部屋にいると、胸が締めつけられる。われわれは、王女と仲間たちがそのうしろに身を隠した〔暖炉の〕背板を見た。こんなところで我慢できたとは信じがたい。この住居は全体がひっそりし、またひんやりしている。子供が遊び興じる声も犬のほえ声も、何ひとつ聞こえてこない。ここには信心深い老嬢がふたり住んでおり、中庭は狭くて薄暗く、廊下は湿り、木の階段は雨のせいで腐りかけている。そして、建物の石の中にまであの苦い思い出が染み込んでいるかのように、気落ちしたような、崩れ落ちたような、恥じ入ったような雰囲気が漂っている。

古い城で残っているのは、入口の二基の塔だけである。すなわち、跳ね橋の左手にあるピエ・ド・ビッシュの塔と、右手にあるブーランジュリの塔である。さらに、一五世紀末の窓が取りつけられた、ほぼ無傷の母家が別にあり、中庭には、滑車を掛けるための鉄製の優美な縁飾りをもつ、美しい古井戸がある。長靴のように磨きのかけられた大砲が草の上に一列に並べられ、その脇に砲弾が、沿道に積み上げられた砂利山さながらに、大きさ別に置かれている。兵士が二、三人、仰向けに横たわり、日を浴びながら静かに眠っていた。恐らく、うつらうつら考えていただろう。何を？　いまはもう壊されてしまったロレーヌ十字形(22)の稜《りよう》堡《ほ》を築かせたメルクール公(23)のことでもなければ、ここから脱走したレ

その間、フランソワ二世は手を拱《こまね》くしかなかった。

(19) フランソワ二世の娘、アンヌ・ド・ブルターニュ。第一章・注(31)を参照のこと。

(20) ジャン・ド・モントーバン（一四一二—一四六六）は、最初はブルターニュ公国の元帥としてフランソワ二世らに仕え、のちにルイ一一世によってフランスの提督に任ぜられた。

(21) ベリー公妃（一七九八—一八七〇）は両シチリア王フランソワ一世の娘で、一八二〇年に夫ベリー公が暗殺されたのち、シャルル一〇世に従って亡命生活を送りながら、熱烈なブルボン王家支持者として活動を続ける。一八三二年にフランスに帰国すると、国王ルイ＝フィリップに対抗すべく、プロヴァンスおよびヴァンデ地方の蜂起を画策するが、失敗に終わり、ナントに逃れる。隠れ家に五ヵ月間身を潜めていたところを、密告者に手引きされた憲兵らによって発見され、逮捕された。

(22) 長短二本の横木をもつ十字で、アンジュー公国、次いでロレーヌ公国の紋章に用いられた。

(23) メルクール公フィリップ＝エマニュエル・ド・ロレーヌ（一五五八—一六〇二）は国王アンリ三世の義弟にあたり、一五八二年、王によってブルターニュ地方の総督に任ぜられた。一五八八年、公はブルターニュにおける旧教同盟のリーダーに宣せら

ナント城

れ、この地の首都にナントを選んだ。一五八二年から九二年にかけて、城の外部防衛施設の手直しをおこなった。〔底本注〕

ス枢機卿(24)のことでもなかろう。ましてや、今日では火薬庫となっているフェール＝ア＝シュヴァル礼拝堂(25)で、ルイ一二世との婚礼に臨んだアンヌ王妃のことなどではあるまい。兵士たちがぼんやり考えていたとすれば、それはむしろ、毎日曜日、晩課のあとにおこなわれる楽しい球戯のことではなかったろうか。自分たちの村の木々の上に鐘楼の風見鶏が見えてくる日のこと、あるいは村に残してきた娘のことではなかったろうか。消滅した過去の時代の情熱を頭の中に詰め込んでいるのは、考えることを仕事としている連中だけである。善良な人びとは、自分たちの時代のことだけで十分なのだ。そして、こうした人びとが歴史をつくるのであり、われわれは、その歴史を読むのである。

兵舎の中ではシャツ姿の二、三人の男が、服にブラシをかけ、白亜《チョーク》で銅製のボタンを磨きながら、歌っていた。三階のすてきな四角い窓の縁には、思いっきり広げられた赤いズボンの二本の足が壁を伝って垂れ下がり、裏地が灰色のその大きな前垂れが馬鹿みたいに、恥ずかしげもなく翻っていた。

城から出ると、われわれはすぐに美術館を見学しに行った。学芸員が隅の方で忙しそうに何かにごてごて色を塗っていたが、仕事を中断すると、親切にもこちらへやってきて、われわれと芸術の話をした。が、やがて、われわれがドラクロワの絵(26)に見とれるのを目にすると、この律儀な男はハンチングをまたかぶり、その場から立ち去ってしまった。察するに、男はベルタン(27)風の風景画、あるいは、ビリヤードのキューのような槍や水がめのような兜《かぶと》にあふれた、古代ローマを題材とした歴史画にご執心だったのだろう。われわれは、東方の三博士の礼拝を描いた一枚の古ドイツ派風の絵(28)の前で、長いこと佇んでいた。この

(24) レスは一六五二年に逮捕され、ヴァンセンヌに拘置される。そののちナントに移送されるが、一六五四年、なかなかに巧妙なやり口で脱走した。この脱走劇は、自著『回想録』の中で、枢機卿自身によって語られている。〔底本注〕

(25) アンクル版の注によると、「フェール＝ア＝シュヴァル礼拝堂は一八〇〇年にすべての建築物および古文書とともに破壊されたのであるから、フローベールはこの礼拝堂を目にすることはできなかった。一八四七年に実際に火薬庫として使用されていた同名の塔と混同しているのである」。〔底本注〕

(26) 一八三八年に美術展《サロン》に出品され、一八三九年に美術館が購入した『カイド――モロッコの頭《かしら》』。〔底本注〕

(27) ジャン・ヴィクトール・ベルタン（一七七五―一八四二）は、五〇年のあいだ、歴史的風景画の諸原則に忠実であった。〔底本注〕（なお、最近の研究書等では、ベルタンの生年は一七六七年となっている――訳者記）

(28) この絵は一八四六年に購入されたもので、美術館の一九一三年の目録ではボッシュ派のものとされ、一九五三年の目録では、ボッシュの弟子で師の作品の模倣者であったフランドルの画家フランツ・モスタエルト（一五三四頃―一五六〇?）のものと見なされている。〔底本注〕

作品における描写《デッサン》は、ほとんど皮肉を感じさせるほど無邪気なものである。司教用のケープのようなものをまとった博士のひとりがキリストの足下にひれ伏しているが、ひどく間の抜けた様子をし、額がずいぶん偏平なので、画家の悪意がはたらいているのでは、と思われるほどである。それから、赤いパンツをぴちっと穿き、珊瑚の首飾りを身につけた奇妙な黒人が何人かいる。窓のひとつからは、女や男が顔を出し、あっけに取られたような表情を見せている。これらすべては生き生きとし、滑稽で、赤と緑の色調が激しい対照を生み出し（いくらかブリューゲルの『聖アントニウスの誘惑』(29)に似ている）、表現は強烈で、細部は面白く、全体は独創的で、絵を見ていない者には分かってもらえないような印象がある。

われわれはまた、ランクレの描いた『謝肉祭《カーニバル》の光景』(30)にも目を止めた。板張りの大きな部屋で、肘まである長袖の黄色いブラウスと、ばら色のペチコートをまとった美しい婦人が、ダンサーとピエロに挟まれ、メヌエットに誘われている。その両側では、椅子に腰掛けた友人らが微笑み、おしゃべりをしている。手前では、幼児がおもちゃを引っ張っている。まさしく良き家、暖かく、誰もが楽しい家である。外はどうやら雨で、仮装した人びとがぬかるみを走ってゆく気配がする。どんよりした天気は、紛れもない謝肉祭の天気だ。やがて喜劇が演じられ、そして今夜は揚げ物《フリッター》が食されるのであろう。

私は同じ画家の手になるラ・カマルゴの肖像(31)も、とても好きである。ラ・カマルゴは、青いリボンとバラの花飾りをあしらった白繻子のドレスをまとい――野外で――草の上で踊っている。その右側では鼓手が枹《ばち》を動かし、ファイフ(32)吹きが頬を膨らませている。左側

(29) フローベールは一八四五年に、ジェノバで初めてこの絵を見ている。〔底本注〕

(30) この絵がランクレの作品であるかどうかは確かではない。（「一九五三年のナント市美術館の目録」には、ランクレ作と推定される『仮装舞踏会』とある。）〔底本注〕

なお、ニコラ・ランクレ（一六九〇―一七四三）はヴァトーの好敵手として人気を博したフランスの画家で、音楽会、舞踏、生涯の諸場面などを主題にして、軽妙で精彩に富んだ絵を描いた。

(31) 『踊るラ・カマルゴ』（一七三〇年頃）は一八一〇年に市が購入。〔底本注〕

（ラ・）カマルゴ（一七一〇―一七七〇）はパリ・オペラ座に君臨したフランスのバレリーナで、それまで男性の踊り手が専らにしていた技《わざ》を女性の踊りの中に次々と取り入れていったことで知られる。

(32) 六つの孔《あな》をもち、高音を出す小型の横笛で、特に旧制度《アンシャンレジーム》期のフランスの軍楽隊で用いられた。

にはバイオリン弾きとファゴット吹き、そしてじっと見つめる女がいる。ラ・カマルゴ！何という名だ！　その名を聞けば、真紅の鈴の音が鳴り渡る。その名を聞けば、陽気なリトルネロ(33)が奏でられでもしているように、くるくる回るスカートが立てる熱い風に乗って、アイリス粉やソケイの香りが届けられ、また、マイセン磁器があふれ、パステル画で埋め尽くされた閨房《けいぼう》の中の、黄色い絹の足かけ布団の上でこわばる、白い膝頭が垣間見える。

絵として、また顔つきや着想の点において、これと好対照をなすものが、向かい側の、ムリリョ作とされる女性の肖像画(34)のうちに見出される。この女性は、着古されて色褪せた、青いドレスをまとっている。ほとんど櫛も入っていない、煤けたような黒髪が、緑がかった顔に力なく垂れ下がっている。憂いを帯びた低い額の下にある褐色の目は、上目使いに、魅力的であると同時に不快な、白痴的な深みを湛えた視線を送ってよこす。手には、祈禱書であろうか、一冊の小さな本が握られている。女性は教会の低い側廊で、石柱の湿り気を帯びた陰に身を潜めて暮らしている――祭壇の明かりに目がくらみ、贖罪のための厳しい苦行に打ち込み、神秘の愛の熱狂に絶えず我を忘れ、そして夜になると、屋根裏部屋に帰ってくる。そこには聖母マリアが姿を現し、そして天使の声が女性の名を呼ぶ。

ここには、珍しい、優れた肖像画が、すなわち、ティバルディ作の英国のエリザベス女王の肖像画(35)がある。本人に似ていないとしても、知らなかった人たちのことを思い描くのは諦めねばならない。普段知っている人びとが、皆が皆それほど面白いわけではないことを思えば、それは悲しいことではあろうが。糊のきいた厚ぼったい丸襞《ひだ》からなる、黒糸に縁取られた並外れた襞襟《ラフ》が、頰骨が突き出て、唇が赤い、女王の骨ばった面長の顔を取り

(33)　歌曲の前後または中間部において器楽によって演奏される短い動機《モチーフ》。また、リフレインを含む歌曲、さらにはそのリフレインそのものを指すこともある。

(34)　この絵は確かにムリリョのものであるらしい。題名は『受胎告知を受ける聖母マリアの姿をした若い娘の肖像』であり、スタンダールも『ある旅行者の手記』（一八三八年）の中でこの絵について語っている。〔底本注〕

なお、バルトロメ・エステバン・ムリリョ（一六一八―一六八二）はセビリア出身のスペインの画家で、多くの宗教画のほか、子供や乞食を題材にした絵などを描いた。

(35)　この肖像画は、現在では、フランソワ・プルビュス・子（一五七〇―一六二二）作の『女の肖像』と推定されている。〔底本注〕

なお、ペレグリノ・ティバルディ（一五二七―一五九六）はイタリア・ルネサンス期の建築家、画家、彫刻家。また、父も同名の画家であったフランソワ（フランツ二世）・プルビュスは、当時ヨーロッパ中で名声を博した、フランドル出身の肖像画家。

巻いている。蒼白い額は狭くて[36]高く、知性を誇るかのようである。ブロンドの眉は内寄りが薄く、その下に突き出た青い目は大きく見開かれ、くりくりとし、生き生きとした、思慮深いまなざしを向けている。とがった顎、ぽっちゃりした鼻の頭、歯が長いことを思わせる突き出た口――これらが官能の激しさを示している一方で、赤みがかったブロンドの、豊かに結い上げられた髪、次々と半円を描きながら波打ち、左側が赤いカーネーションで飾られた髪が、かたくなで威厳のある雰囲気を、堂々たる気品といった妙な魅力を女王に与えている。この女王こそが、当時、「大海原のエメラルド、西洋の真珠」と呼ばれたひとであり、また、リチャード三世を演じていたシェークスピアが急に動きを止め、ハンカチを拾い上げたのも、この女王のためであった[37]。

　私は子供のころ買った非の打ち所のないヴィルマン[38]（こんな非常識な行為をしでかしてもお咎めがなかったところに、私の家庭のお人好しの面が現れている）を差し上げよう。また、ルネ[39]が言うように、「これから先、あらゆる喜びの感情を自分から奪うために」持ち続けているサン＝マルク＝ジラルダン氏[40]の講義も差し上げよう。そこに、夏にはとても重宝するモロッコの古い部屋履きを、さらに私の市民権、同郷の人びとが私に対して抱く敬意、そして固まり始めた瓶詰のすばらしいワニス[41]の残りをも付け加えよう。そう、これらすべてを喜んで差し上げよう――しかも、いますぐにでも――、ナントの美術館の彫像のために、自慰を妨げる器具のように見えるブリキ製のブドウの葉を考え出した御仁の名前、年齢、住まい、職業そして容貌を知ることができるならば。ベルヴェデーレ[42]のアポロン、円盤を投げる人、フルート吹きなどが、鍋のようにぴかぴか光るこの恥ずべき金属製

(36) この女性の額は「狭い」ものではまるでない。〔底本注〕（コナール版では「まっすぐな」となっている――訳者記）

(37) 当時流布していた逸話によれば、エリザベス女王はシェークスピアの注意を引こうと、わざと自分の手袋（あるいはハンカチ）を落とした。このとき芝居を演じていたシェークスピアは、その手袋を拾い上げると、それまで口にしていたセリフとぴたりと合う即興の詩二行を当意即妙に言ってのけ、芝居をそのまま続けたという。〔底本注〕

(38) アベル・フランソワ・ヴィルマン（一七九〇―一八七〇）はソルボンヌ大学の文学教授（一八一六―三〇）で、『フランス文学講義』（一八二八―二九）を出版。フローベールは幾度か手紙の中でヴィルマンを引き合いに出している。「（ヴィルマンの）どんな美しい頁（！）も新聞記事の域を出るものではなく、ある程度の文法的な正確さを別にすれば（それは、真の美的な正確さとは何ら係わりがありません）、文体《フオルム》はまったく無価値、ええ、無価値なものです」（ルイーズ・コレ宛、一八五三年四月三〇日付の書簡）。フローベールは一五歳のときに、ヴィルマンの『中世文学講義』を読んでいる。〔底本注〕

(39) ルネはシャトーブリアン（一七六八―一八四八）の同名の小説の主人公で、フローベールの次の引用文は、修道院に入る

のパンツを身に付けさせられているのだ。しかも、これは長いあいだ練られ、愛情を込めて作られた品であることが見て取れる。縁が折り曲げられ、哀れな石膏像の下肢にねじ釘《ビス》で打ち込まれており、そのためにそのあたりの石膏は、痛々しくもうろこ状にはげ落ちてしまっている。この平々凡々たる愚鈍な時代にあって、われわれを取り巻くいつもながらの阿呆らしさのただ中において、少なくとも気違いじみた愚鈍さや途方もない阿呆らしさに遭遇することは、たとえそれが気晴らしにすぎないとしても、なんと愉快なことであろう。できるだけの努力を払ってみたが、私はとうとうこの上品ぶった穢《けが》らわしい振舞いの創案者に関して、なにひとつ思い描くことができなかった。私としては、市議会がこぞってこの措置に加わり、そもそも聖職者のお歴々がそれを請願したのであり、また御婦人方がそれをもっともなことと判断したのだ、と思いたい。

それからわれわれは、自然誌博物館に行った。ここの収集は貧弱なので、学者にとっては面白味がないだろうと思う。それでもその中には、彩色した棺の脇に立つエジプトのミイラ——ばら色も鮮やかな珊瑚——真珠のような光沢をもつ貝殻、天井から吊るされたワニなどがある。さらに、エチルアルコールを湛えた瓶のひとつには、腹部でくっついて一体となった二匹の子豚が入っている。後脚で立ち、しっぽを上に向け、目を細めている様は、確かにとても面白い。こんなふうにして、似たような奇形をもつ二体の人間の胎児の脇に置かれた子豚たちは、われわれが生み出した大方の著作以上に多くのことを語りかけているのかもしれない。しかし、こうした生命の不揃いな表れの中に、あの誰も知らぬ技《わざ》——その神秘的な不動性のうちに、大洋の底に、地球の深部に、光の源に潜み、これらの

ことを告げる姉アメリーの手紙をルネが読む場面による。「私は暖炉の上に私宛ての包みがあるのを見つけた。私は震えながらそれをつかみ、開けてみた。そして次のような手紙を読んだのだが、これから先、あらゆる喜びの感情を自分から奪うために、私はその手紙をとっておいた」。〔底本注〕

(40) フランソワ・オーギュスト・マルク(あるいはマール)・ジラルダン(一八〇一—一八七三)は修辞学の教師で、また「デバ」紙の編集者。教育者としての仕事と並行してジャーナリストとして旺盛な活動をおこない、一八三四年から一八四八年にかけては代議士を務めた。ギゾーの後任としてソルボンヌの教授となり、フランス文学を講じ、ロマン主義者に敵対する己の立場を示した。その講義から、『劇文学講義』(五巻、一八四三—六八)が生まれた。フローベールは手紙の中で、「サン＝マルク＝ジラルダンという名の偉大な男の『劇文学講義』を読みました。人間がどこまで愚かで厚かましい存在になれるかを知る上で、こいつは知っておいて損はない代物です」(アルフレッド・ル・ポワトヴァン宛、一八四五年九月一六日付の書簡)と書いている。〔底本注〕

(41) (エマニュエル・ヴァス・ド・サン＝トゥーアン宛、一八四五年一月の手紙を参照)「僕は東《レスト》通りで僕たちが過ごした、コーヒーとタバコに囲まれた夏の夜のこと

場所で次々に新たな創造をおこない、かくして存在を永続させる技——の多様で段階的な表現を見ることができるようになるのはどのような者だろうか。それを六千年にわたって研究してきた人類は、このオメガ(43)をもたぬアルファベットの最初の文字が分かり始めたところかもしれない。人類がひとつの文を読めるようになるのはいつのことだろう。

造化の奇形(44)と呼ばれるものが、相互間に解剖学的な——すなわち造形に係わる——諸関係を、そして生理学的な——すなわち生存に必要な——諸法則をもつならば、どうしてそれらの奇形は（この原理から出発し、したがってわれわれを、われわれの世界の否定であるように思われるが、われわれの世界の系であるかもしれないその世界のうちに導き）、つまりどうしてそれらすべてもその独自の美、独自の理想をもたないことがあろうか。古代人はそういうことを思ってもみなかったろうか。古代の神話とは、われわれの造化では考えられないにもかかわらず美しいかたち、それだけそれ自体では正しく、互いに調和のとれたかたちにあふれた、奇形的で、怪奇的な世界にほかなるまい。誰もがナイアス(45)の海緑色の髪や、船を旋律の渦に巻き込んで旋回させるセイレン(46)の声をとても愛している。誰もがキマイラ(47)に魅力を感じ、その獅子の鼻の穴を、ばたばたいう鷲の翼を、緑の光沢を放つ尻を愛したものだ。誰もが、銀梅花《ミルテ》(48)の茂みのうしろにとがった耳を出し、その山羊の脚で庭の芝を——夜に——拍子をとって踏んだ冷笑家のサテュロスの存在を、まるで実際に生きていたかのように信じている。そしてこうした空想も、造化における空想と同様に、ひとりの人間によって創り出されたものでも、一日にして生み出されたものでもない。これらの空想は、金属のように、岩のように、河のように、金鉱のように、真珠のように、

をいつまでも思い出すことでしょう。あのとき僕はろうそくの火で部屋を飾り、すばらしくワニスを塗った僕のブーツを得意になってお見せしていました。あの情熱は僕の靴磨き根性から出たものではないこと、最近になってやっとパリから例の瓶の残りを受け取ったこと、そして靴をぴかぴかにするというこの偉大な技《わざ》の習練に僕はいまも励んでいるということを、ぜひお伝えしたいと思います」。〔底本注〕

(42) ベルヴェデーレはもともと一五世紀末に教皇インノケンティウス八世のために建てられた離宮で、のちにヴァチカン宮殿に接合された。その中庭には古代彫刻の傑作が集められ、アポロン像はそのひとつ。

(43) ギリシア字母の最終字。

(44) フローベールは奇形（monstruosités）に関して、フランスの進化論者エティエンヌ・ジョフロワ・サン＝ティレール（一七七二—一八四四）の業績とその「組成の統一性」の理論を念頭に置いている。「奇形の正当性を示したあの偉人」（ルイーズ・コレ宛、一八五三年一〇月一二日付の書簡）ジョフロワ・サン＝ティレールは、その『解剖の哲学』（一八一八年）の中で次のように述べている。「したがって、奇形性（Monstruosité）は盲目的な無秩序といったものではないし、同じように規則的な別の秩序ですらない。そうではなくそれは、表れ方は別様であるものの、動物の

次々と重なる層によってかたち作られ、おのずから生じ、またその内的な力によって無から抜け出すなどして、少しずつ、ゆっくりと現れ出てきたのである。われわれは生まれる以前に、それらと同様に、かつて存在していたのではないか、われわれの想念は、かたちと化したそれらの想念と共通の祖国に住んでいたのではないか、われわれ自身のかたちの原理はかつて宇宙の蛹《さなぎ》のただ中で、コナラの種子や海のもととなった泉と一緒に準備されたのではないか——恐らく記憶のかなたにこのように探りを入れ、回顧しては不安に茫然自失となりながら、われわれもまたそうした空想を眺めている。

未開人の首とはなんとすばらしいものだろう。私はそこに陳列してあった、日に焼けて黒光りのする、銅《はがね》やくすんだ銀の色合いを帯びた褐色がとても美しい、ふたつの首を思い出す。最初の首はアマゾン河流域に住んでいた男のもので、その目には歯が差し込んである。首は驚くべき趣味の装身具に飾られ、あらゆる種類の羽毛からなる冠をかぶり、歯茎を剝き出しにし、ぞっとするような、かつ魅力的なしかめっ面をこしらえている。脇には、かつてサバンナで叫んだり動き回っていたりした時分に打ち負かした敵から奪い取った、鳥の羽でできた色さまざまな首飾りが吊るしてある。その首飾りの数の多さは、この首が、アレスクイ(49)のもとにたくさんの人間を送り込んだ勇者のものであることを示している。これらのささやかな品は、われわれの人命救助勲章とは反対の意味をもつものなのだ。

この首の近くに、ニュージーランドの男の首が置かれている。飾りといえば、顔に刻みつけられた象形文字のような入れ墨と、頰の褐色の皮膚の上にいまも見分けられる日輪模様のみ、また、かぶり物といえば、柳の枝のように濡れて見える、カールが伸びて垂れ下

種の全体においてわれわれを感服させる秩序そのものなのである」。「奇形（Monstres）は自然のいたずらではない。それらの組織は厳密に決定された諸規則、諸法則に従っている。そしてこれらの規則・法則は、動物系を支配する規則・法則と同一のものである。つまり、奇形もまた正常な存在なのである。というよりむしろ、奇形というものは存在しないし、自然はひとつなのである」。〔底本注〕

(45) 泉、また一般に水を司る女神。

(46) 鳥もしくは魚の体に女性の頭部、胸をもつ、ギリシア神話に登場する架空の存在で、その美声によって水夫を難破へと導いたとされる。

(47) ライオンの頭と胸先、ヤギの腹、竜の尾をもち、火を吐くとされる神話上の怪物。

(48) 芳香のある白い花を咲かせる常緑低木で、古代人がこの花をヴィーナスに捧げていたことから、その葉は愛の象徴と見なされる。

(49) 戦《いくさ》の神。シャトーブリアンの小説『アタラ』で言及されている。〔底本注〕

がった長い黒髪のみであり、鬢《びん》に緑の羽飾りを付け、長い睫毛を伏せ、瞼を半ば閉じたその顔には、狂暴さと悦楽と物憂さの入り交じった、えも言われぬ表情が浮かんでいる。首を眺めていると、この未開人の人生のすべてが、すなわち生肉《なまにく》への嗜好、妻に対する子供っぽい愛情、戦《いくさ》で発する叫び声、己の武器への愛着、突然の身震い、急に訪れる無気力、そして砂浜で波を見ていると不意に襲ってくる憂愁といったものが、分かってくる。

　こうしたことは、みな実在しているのであり――つまり、架空の話ではないのだ――、いまだに裸で歩き回り、木の下で生活している人びとがいる。その国では、新婚の夜を過ごす寝室は森全体であり、天井は空全部なのである。だが、そうした人びとに会いたいと思うならば、すぐに出発しなければならない。なぜなら、走って吹き出した汗が泡立ち、野獣の凝結した血が張りついて赤くなった髪をきれいにするために、べっこうの櫛やイギリス製のブラシがすでにあの人らの元に送られているからである。ズボンをこしらえてやるために、アンダーストラップ(50)が裁断されているからである。町を建設してやるために、法律が準備されているからである。小学校の先生、宣教師、そして新聞が送り込まれているからである。

　一般にわれわれは、これは面白い、とひとがわざわざ教えてくれるものを避けることにしているので、トゥールの近くにあるメトレ感化院(51)、ナントにある癲《てん》狂院、アンドレの製鉄所(52)、パンティエーヴル砦(53)、ベ＝リルの灯台(54)は、いずれも見学しなかった。またわれわれは、通りかかる町のすてきなカフェのどれにもまだ入っていなかった。しかしわれわれは、クリッソンに行ったのである。

(50) 靴や足の下に通し、ゲートルやズボンの脚の裾の両側に固定し、それらが上にずれるのを防ぐ革あるいは布製のバンド。

(51) 一八四〇年、ドゥメッス氏によって創設された農業教化院。〔底本注〕

(52) アンドレはナントの西一〇キロ程、ロワール河に浮かぶ島で、一八三九年、政府によってここに大きな造船工場が建造された。

(53) パンティエーヴル砦は後出（第五章・129頁）。

(54) ベ＝リルの西側にある大灯台のことであろう。第五章・116頁に、「どうでもよい灯台」として触れられている。

小さな丘の上――その麓では、二本の川が合流している――、ユベール[55]のスケッチに出てくるような、イタリア風に低くなった、ひとかたまりの瓦屋根の明るい色が映える涼しげな風景の中で――水車を回す長くて低い滝の近く――、葉陰にすっぽり隠れたクリッソンの古い城が、大木越しにその縁の欠けた先端部を見せている。その付近は静かで穏やかだ――小さな家々が、暑い空の下でのように華やいで見える――水が音を立てている――青葉の柔らかな茂みを濡らす流れに、泡がふんわりと浮かんでいる――視界は、一方では牧草地を先の方へと伸びてゆき――他方では急に遮られ――樹木豊かな小さな谷に囲まれる。そこでは緑の水流が幅を広げ、底の方まで流れ落ちている。

橋を渡り、城に通じる急な小道の下に出ると――見えてくる――立っているのが――毅然として、厳しく――支えとなる壕《ほり》の上に――活力にあふれ、並外れた様子をして、大きな穴のあいた幅広の石落としを冠し、木々ですっかり飾り立てられ、木蔦《きづた》で一面覆われた巨大な壁面が。――裂け目やひびだらけの灰色の石の上に鮮やかに映える、その木蔦のたっぷりとした、豊かな塊《かたまり》は、全長にわたって風に打ち震え、まるで、横になった巨人が夢見ながら肩の上で揺り動かす、とてつもなく大きな緑のヴェールのように見える。草は背が高く、黒ずんでいる。植物が力強く、密生している。節が多く、ざらざらし、ねじれた木蔦の幹は、てこでも使っているかのように城壁を持ち上げ、あるいはまた、枝を網のように張り巡らせて固定している。青葉の茂った一本の木が、厚い城壁を突き抜け、水平方向にはみ出し――宙吊りになり――、小枝を四方八方に気儘に伸ばしていた。縁から細かく砕け出た土によって、また銃眼から落下する石によって傾斜がなだらかになった壕は、

(55) フランスの画家ユベール・ロベール(一七三三―一八〇八)のことと思われる。ロベールは、イタリアやフランスに残る古代の廃墟を主題とした風景画を得意にした。

クリッソン

深々とした曲線を描いている。そして、曲がりの小さな力強いアーチと、跳ね橋を上げる際に必要なふたつの開口部をもつ門は、さながら面頬《めんぼお》の穴から覗《のぞ》き見する大きな兜《かぶと》といったところだ。

城の中に入ると、廃墟と木々が入り交じった様に、あっと驚嘆させられる。建物の崩壊が木々の緑の若々しさを引き立て、逆に木々の緑が、建物の崩壊の荒涼たる様をいっそう耐えがたいものにしている。そこにあるのは、まさしく、永遠の美しい笑い、物の残骸に対する自然の高笑いであり、自然の豊かさが示すあらゆる無礼な振舞い、自然の気まぐれが生み出す優美さ、自然の沈黙の侵入なのである。厳かな感激が心をとらえる。石が剝がれ落ち、壁が崩れゆく同じ瞬間に、樹液が木々の中を流れ、草が伸びてゆくのを感じる。卓越した技《わざ》によって二次的な不調和がこの上なく見事に調和され、木蔦のとりとめのないかたちと廃墟の曲がりくねった輪郭が、茨の葉叢《はむら》と崩れた石の堆積が、透明な大気と時間《とき》に耐えて突き出た建物の塊《マッス》が、空の色と地面の色が、それぞれうまく釣り合っていた。そして、このふたつの生命が己のうちに働いているような気がして、誰もが心を震わせることだろう。それほど突然、たちどころに、それらの調和の知覚、それらの成長の意識が生じてくるのだ(56)。幹が絡み合う二本の大木の根元では、緑がかった日の光が苔の上を通過している。そして、こんもり茂って丸屋根をなす葉のあいだからは、明るい光が頭上に洩れ落ちてくる。光はそこにある破片という破片をたっぷりと照らし出し、そのために破片は陰影を深め、そこに微妙な趣が現出している(57)。

外堡《がいほう》に沿ってぶらつき、大きく裂けてしまったアーケードの下を通って、歩を進める、

(56)「それぞれうまく（……）生じてくるのだ。」の部分は、カンタン版およびシャルパンティエ版では大きく異なり、以下のようになっている。

「（……）かつてあったものと今あるものが、互いのうちに顔を映し合い、それぞれうまく釣り合っていた。こうして常に歴史と自然は、消え去る人類と生え出るマーガレットの、瞬き始める星と眠りに就く人間の、高鳴る胸と高まる波の不断の関係を、永遠の婚姻を、世界のこうした限られた一隅で成立させることによって、明らかにするのである。そしてそのことが実にはっきりとこの場で実現され、完全で、まるで言葉で語られているかのようなので、このふたつの生命がわれわれのうちに働いているような気がして、心が震えてくる。それほど突然、たちどころに、これらの調和の、これらの成長の知覚が生じてくるのだ。目にもまたその大饗宴が、思想にもその祝賀があるということなのである。」

(57) 同じく「幹が絡み合う（……）現出している。」の部分は、カンタン版およびシャルパンティエ版では、以下のようになっている。

「幹が絡み合う二本の大木の根元では、苔の上を流れる緑の日が光の波のように通過し、このひっそりした場所全体を温めている。頭上では、こんもりと繋った葉の丸屋根を空が穿《うが》ち、それが紺碧の断片となっ

移動する。アーケードの周辺には、何か背の高い植物が広がり、揺らめいている。歩く足下で、死者がいまもその下に眠る埋もれた丸天井が、鳴り響く。トカゲが茂みの下を走り、虫が壁を這い上がり、空は輝き、そしてまどろむ廃墟はいつまでもその眠りを続ける。クリッソンの古城は、三重に巡らせた壁、主塔《ドンジョン》、中庭、石落とし、地下室、そして樹皮の上に樹皮を、甲羅の上に甲羅を重ねるように積み重ねられた城壁とともに、すっかり再建され、人びとの前に再びその姿を見せることもあるかもしれない。かつての厳しい生活の思い出が、おのずからとでもいうように、イラクサの発する香りや木蔦の放つ涼気と一緒に、そこいらから立ち昇ってくる。幅が六メートル近くあるあの暖炉で薪が燃えていた時代にいるかのように、長くて黒い炎の跡が幾筋も、いまも壁に沿って斜めに昇っている。積み上げられた石に左右対称に並んだ穴は、いまや壊れかけ、深淵に向けてからっぽの扉を開けているあの螺旋階段を使って、かつて人びとが上っていた各階の位置を示している。時折、壁の薄暗い隅の奥に茂る茨にひっかかった巣から、鳥が飛び立った。鳥は翼を広げて舞い降り、窓のアーチを通り抜けると、野原の方へと去っていった。

高い——剝き出しの——灰色の——乾いた壁面の上部に設けられた、大きさも並びもまちまちの四角い開口部には、十字に組んだ格子の向こうに空の強烈な青《ブルー》が弾け、その色の魅力に目が引きつけられた。木にとまったスズメが甲高い声で繰り返し鳴き、雌牛が一頭、草を食んでいた。牛はひびの入った角の底部を草に圧《お》しあて、まるで牧草地にいるといった風情で城内を歩いていた。

騎士の牧草地と呼ばれる草地に面した窓がある。当時の貴婦人たちが、騎士が鎧で固め

て葉と鮮やかな対照をなし、そこから緑がかった、明るい光が射している。光は城壁に遮られ、その破片という破片をたっぷりと照らし出し、そのために破片には皺《しわ》が刻まれ、陰影が深まり、そこに隠されている微妙な趣が残らず現出している。」

た馬の胸をぶつけ合い、鎚矛《つちほこ》が兜の頂《いただき》飾りに打ち下ろされ、槍が折れ、男たちが芝の上に倒れるところを目にすることができたのは、壁を刳《く》り貫いて作られたこれらの石のベンチの上からである。恐らく今日のような夏のある日のこと、舌をカタカタいわせ、あたりの景色をやかましい音でいっぱいにする水車がなかった時分、これらの城壁の上に屋根があり、これらの内壁にフランドルの革製品が飾られ、これらの窓に角《つの》製の半透明のガラスがはまり、こんなにも草が生えておらず、生きている者たちの声やざわめきが聞こえていた時分——そう——そんなとき——赤いビロードのペチコートに締めつけられた——胸がひとつならず——不安と愛に高鳴り、ほれぼれするような白い手が、いまはイラクサが覆い尽くすこの石の上で震え、大きな円錐帽《エナン》(58)の刺繍を施された垂れ布が、いま私のネクタイの端を動かし、かつて貴族たちの兜の羽飾りをたわめたこの風の中で、不意に揺れたのだ。

われわれはジャン五世(59)が閉じ込められた地下室に降りていった。男性用の牢屋では、絞首刑に用いた大きな鉤《かぎ》がまだ天井に残っているのを目にした。それからわれわれは、女性用の牢屋の扉に、わくわくしながら指で触れた。扉は厚さが一〇センチ程あり、ねじ釘で締めつけられ、鉄の箍《たが》がはめられ、鉄板が張られ、いわば鉄のキルティングが施されている。中央に設けられた、格子のはまった小窓から、受刑者を死なせないために必要なものが牢の中に投げ入れられていた。というのも、ここの扉は、ぞっとするような打ち明け話を他人《ひと》に漏らさぬ堅い口のようなもので、閉じるだけで、開くことがないからである。憎悪を抱く者にとって、何と良き時代であったことか。誰かを憎んでいて、不意を襲って連れ出したり、会見中に裏切って捕らえたりしたとしても、ともかく相手は自分の手のうち

(58) 一四、五世紀のヴェールの付いた婦人帽。
(59) ジャン五世(一三八九—一四四二)はブルターニュ公。「賢明公」と称され、フランスとイギリスのあいだで二股政策をおこなった。

にあり、自由を奪われているのであれば、その相手が時々刻々死んでゆくのを、また、己の死期を推し測っては流れる涙を飲み込むのを、思いのままに感じとることができた。相手を閉じ込めた牢に降りてゆき、話しかけ、責め苦を値切っては恐怖心を嘲り、身の代金の交渉をし、こうしてその相手を食い物にし、糧《かて》にして、すなわち消えゆく相手の命や奪い取った財産を糧にして、生きていたのだった。塔の頂から堀の底に至るまで、自分の住まいのすべてが相手にのしかかり、押しつぶし、葬り、こうして一族の復讐が家庭において、そしてその家庭の勢力をなし、思想を象徴する家そのものによって、なし遂げられたのである。

しかしながら時には、この哀れな人物が大貴族や金持ちで、死を間近に控えているときに、もうそれで満足がゆくような場合、そしてその目から流れる涙が支配者の憎悪の念に、いわばすうっとする瀉血《しゃけつ》を施していたような場合、そのような場合には、釈放が話題となることもあった。囚人はあらゆることを約束した。要塞を明け渡し、いちばん良い町を開放しよう。娘を嫁がせよう。教会に寄進しよう。聖墓(60)に歩いて赴こう。そして金を、いくらでも金を進ぜよう。いっそのこと、ユダヤ人にそれを工面させることにしよう……こうして条約に署名し、連署し、前日付とし、聖遺物を持ってきてそれに誓い、かくして囚人はお天道さまを再び拝むことができたのである。解放された囚人は馬に跨り、駆足《ギャロップ》で立ち去り、城に戻り、張り出し櫓《やぐら》を設け落とし格子を下ろすよう命じ、部下を召集し、剣を壁から外すのだった。憎しみが爆発し、狂暴な表情となって現れる。すさまじい腹立ちと勝利を誓う熱狂に身を震わす瞬間だ。誓約は教皇が帳消しにしてくれ、身の代金も支払わ

(60) エルサレムにあるキリストの墓。

れなかった。クリッソン[61]はエルミーヌ城に監禁されたとき、そこから出るために金貨一〇万フラン、パンティエーヴル公の所有になるすべての要塞の返却、娘マルグリットのパンティエーヴル公との結婚の不履行を約束した。そして城から出るや、まずシャトロードラン、ガンガン、ランバル、そしてサン＝マロに対して攻撃を開始した。これらの町は攻略されたり、降伏したりした。パンティエーヴル公はクリッソンの娘と結婚し、支払われた一〇万フランの金貨はクリッソンに返された。だが、支払ったのはブルターニュの民衆だったのである。ジャン五世はロルー橋でパンティエーヴル伯によって連れ去られたとき[62]、身の代金として一〇〇万フラン出すことを約束した。また、シチリア王とすでに婚約していた長女を差し出すことを約束した。さらに、モンコントゥール、セッソン、ジュゴンの要塞を譲ることも約束した。が、ジャン五世は娘も金も要塞も与えなかった。聖墓に赴くことを心に誓っていたが、代理人に行かせて済ませた。人頭税や御用金の徴収の廃止を決意していたが、教皇が無効にしてくれた。ナントのノートルダム教会に自分と同重量の金《きん》を献上すると心に決めていたが、体重が一〇〇キロ近くもあったので、借金がたっぷり残った。ジャン五世は、寄せ集め、奪い取ることのできたあらゆるものを元手にすぐさま同盟を作り、最後には、かつてパンティエーヴル家によって売りつけられた講和を、同家に購《あがな》わせたのである。

セーヴル川の向こう側には、川に裾《すそ》を浸したラ・ガレーヌの森[63]が丘の上に広がっている。その美しさは人為的に作り出されたものであるとはいえ、それ自体とても美しい公園である。帝国の画家であり、賞を授与された芸術家であったルモ氏[64]（現在の公園の所有者の父

(61) 偉大なる戦士オリヴィエ・ド・クリッソン（一三三六―一四〇七）は、ジャン・ド・モンフォール（ブルターニュ公ジャン四世）家の敵であるパンティエーヴル家の味方であった。ジャン・ド・モンフォールは、ヴァンヌにある己の城、エルミーヌ城をクリッソンに訪問させておいて、捕らえたのである。この件りはP・ダリュの『ブルターニュ史』に基づいている。〔底本注〕

ここではブルターニュ継承戦争（一三四一―六四）が問題となっている。ブルターニュ公ジャン三世は姪のジャンヌ・ド・パンティエーヴルを継承者に指名して亡くなるが、公の異母弟ジャン・ド・モンフォールが継承権を主張し、両者のあいだで継承を巡る戦いが開始される。ジャンヌとその夫シャルル・ド・ブロワはフランス王らを味方につけ、一方ジャン・ド・モンフォールはイギリスの支援を仰ぎ、こうして争いは二〇年以上続いたが、一三六四年、オレーの戦いでシャルル・ド・ブロワがジャン・ド・モンフォールの息子によって殺され、幕を閉じる。翌一三六五年のゲランド条約によって、その息子ジャン（つまり父と同姓同名）が晴れてブルターニュ公ジャン四世となる。

(62) ジャン五世（一三八九―一四四二、ブルターニュ公、在位一三九九―一四四二）はジャン四世の息子であり、一方、パン

親）が最善を尽くして取り組み、カノーヴァ(65)やスタール夫人の時代に大いに流行《はや》ったあのイタリア風の、共和国風の、ローマ風の冷たい趣味の再現をこの地で図ったのである。当時の人びとは荘重で、雄大で、威厳があった。それは墓石の上に水がめを彫った時代、コートを着て髪を風になびかす姿が描かれた時代、ロシア風の長靴《ブーツ》をはいたオズワルドの傍らでコリーヌが竪琴に合わせて歌った(66)時代、そして詰まるところ、あらゆる者の頭の上に夥しい量の乱れた髪がなければならず、またあらゆる風景の中に数多くの廃墟が認められなければならないような時代であった。

こうした崇高な趣味はラ・ガレーヌの森に不足していない。ウェスタ(67)の神殿があり、また正面には〈友情〉の神殿がある。この〈友情〉の神殿というのは大きな墓で、ここにはふたりの友人（ルモ氏と元老院議員のカコー氏(68)）が眠っている。そう思うと、共同の狭い家のためにふたりが選んだ〈友情〉という名前の滑稽さも、多少大目に見てやってもいいという気になる。実際、勿体ぶった感情や芝居がかった熱狂を否定しないでおこう。ハンカチを取り出すためにわざわざ肘を曲げながらも本気で泣くことができたり、幸につけ不幸につけ詩を作りながらも、詩を作らぬ者と同じように幸や不幸を感じることができたりするのだ――それに、我が女神とか、我が麗しの愛の天使と呼ぶ女性を愛することなどありえないと、まだ完全に証明されたわけではいささかもないのだ。碑文、こしらえられた岩山、人工の廃墟といったものが、ここには無邪気に、確信をもって、惜しげもなく並べられている。花崗《かこう》岩の断片のひとつに、次のようなドリール(69)の有名な詩句が読み取れる。「その〔＝遺跡の〕不滅の塊《かたまり》は時間《とき》を疲れさせた」。もっと行くと、同じドリールの二〇行

ティエーヴル伯夫人であるマルグリットはオリヴィエ・ド・クリッソンの娘である。つまり、ジャン五世を誘拐させることは、マルグリットにとって父の仇《かたき》を討つことにもなるのである。〔底本注〕

(63) 一七九八年に創設されたこの公園は、当時の典型的なものである。〔底本注〕

(64) フランソワ・フレデリック・ルモ（一七七三―一八二七）は国民公会およびナポレオンの時代に、パリであまたの作品を請け負った著名な彫刻家。学士院会員で、芸術アカデミー教授。〔底本注〕

(65) アントニオ・カノーヴァ（一七五七―一八二二）は新古典主義を代表するイタリアの彫刻家。パリに招かれ、ナポレオンの胸像なども制作している。

(66) イギリスの青年貴族オズワルドとイタリアの女流詩人コリーヌとの恋を描いた、スタール夫人の小説『コリーヌ、またはイタリア』（一八〇七年）の一場面。

(67) 火とかまどを守る古代イタリアおよびローマの女神で、ギリシア神話のヘスティアに相当する。

(68) 元老院議員フランソワ・カコー（一七四三―一八〇五）は外交官で、イタリアで数年間を過ごしている。弟の画家ピエール＝ルネ（一七四四―一八一〇）も兄に従い、イタリアに滞在している。ふたりがクリッソンと一体のものにした「美術館」を、一八〇五年以降守り続けたのは、このピエー

の詩句がある。また別のところには、墓のかたちに切られた石の上に、「われ、アルカディアに在り(70)」とある。無意味な文言で、私にはその意図するところが分からなかった。しかし、セーヴル川の岸辺にある天然のドルメンともいうべきエロイーズ(71)の洞窟には、あらゆる豊かさが集められている。「この場所でわれわれが味わうことは」とリシェール氏*は言う、「エロイーズも味わったのだ。かの女性《ひと》もわれわれと同じように感じ、感嘆し、夢想にふけったのである」。なるほど、だが正直言って、私はリシェール氏ともエロイーズとも違う。私はほとんど何も感じなかったし、感嘆したものといえば、樹木だけだった。木々が陰を落とす洞窟は、夏に数人の友人と、それから誰でもいいからエロイーズのような女性たちを交えて昼食をとるには、うってつけの場所であろうと思われたのである。水がそばにあるので、酒びんを冷やすことができるからだ。また、私は何も夢想したりなどしなかった――しかるに、どんなときでも周囲の状況にうまく対応できる幸せな人びと、非常に天分が豊かで、感受性が鋭く、想像力に富んだ人びとがいる。この連中は、いかなる葬式に際しても必ず涙を流し、誰の結婚式に出席しても笑い声を上げずにはいない。そして、どんな割れ瓦や時代遅れのあばら家を前にしても、必ずや思い出すことがあるといった連中なのだ。海を見ていると偉大な思想が浮かんでくるし、森を眺めていると魂が神の方へ昇ってゆく、と連中は言う。月を見ると悲しくなり、群衆を見るとうれしくなる、というわけだ。「この神聖な名」とリシェール氏は続ける、「それは、この洞窟が示すべき唯一のものであった。ここに読まれる碑文は、無用なものかもしれない。感情は常に言葉より敏速なものであるからだ」。やはり碑文がたいして役に立たぬと考える点において、

ル＝ルネである（墓には、実はこの弟も埋葬されている）。やがて「美術館」はナント市長の興味を引くところとなり、市長は市に「美術館」を購入させることになる。〔底本注〕

(69) ジャック・ドリール（一七三八―一八一三）はフランスの詩人。ウェルギリウスの『農耕詩』を翻訳したのち、自らも詩作を開始し、自然を主題とした啓蒙的、絵画的な詩集『庭園』（一七八〇年）などを発表した。（本文中でフローベールが記している詩句も『庭園』による――〔底本注〕）

(70) アルカディアは、古代ギリシアのペロポネソス半島中央部にあった地方。牧人が多く住む山岳地帯であったアルカディアは、理想郷として、古くから詩や絵画に描かれてきた。また「われ、アルカディアに在り *in arcadia ego*」は、「われ、アルカディアにも在り et in Arcadia ego」という言い回しでルネサンス以降有名になったラテン語の文言で、この場合の「われ」は「死」を意味し、理想郷にすら死が存在するという警句であった。しかし時代が下ると、別様の解釈も生まれてくるようになる。

(71) エロイーズ（一一〇一―一一六四）はパリ司教座聖堂参事会員フュルベールの姪。家庭教師であった高名な哲学者・神学者アベラール（一〇七九―一一四二）と恋に陥り、ひそかに結婚し、一児をもうける。親

私はよろこんでリシェール氏の意見に与する者であるが、それでも問題の碑文を書き写す楽しみに逆らうことはできない。

＊　ロワール河下流の旅行記の作者。

エロイーズは、恐らく、この岸辺をさまよった、
嫉妬深い者の目をして、その滞在を隠しながら、
ル・パレ(72)の城壁のうちに生み落としにやって来たとき
息子を、人目を忍ぶ悦びとやさしい愛の
いとしくも哀れなあかしを。
恐らくこの荒涼たる逃げ場に、
たったひとり、一度ならず、女はやってきては溜め息をついた、
そして涙を流せる喜びを心ゆくまで味わった。
恐らくこの岩に腰掛けて、
女は我が身の不幸せを思っていた。
私もここで思いを巡らせたい！　我が心を満たしたい
エロイーズの懐かしい思い出で。

そして無邪気な訪問者は岩の上で、幼いアストロラーベの手を引いて岸辺をさまようエロイーズの姿を、心に描こうと努める。訪問者は、この人目を忍ぶ悦びとやさしい愛の結

族によってアベラールとの仲を引き裂かれ、アルジャントゥイユの修道院に入る。のちにパラクレトゥス修道院長となり、師と仰ぐアベラールと書簡を交わした。
(72)　ル・パレはクリッソンの北西五キロ程にある町。アベラールの父の城があったところであり、エロイーズはこの地で息子を産んだ。

果に同情を寄せる。とは言え、やさしい愛のことを考えると深い悲しみにとらわれる一方で、人目を忍ぶ悦びの情景を思い描くといくらか励まされる気がしているのは間違いない。訪問者は、この逃げ場を荒涼たるものと見なそうとしている。ついさっきまでは、そんなことは思ってもみなかったのが、いまは、確かに荒涼としていると感じられるのだ。ついに、訪問者は女を目にする、——岩の上で涙を流し——我が身の不幸を思っているその姿を。そして自分も思いを巡らせたくなる。心をエロイーズの懐かしい思い出で満たしたい、と思う。そこで訪問者は己の心を満たす、少なくとも満たすべく、できる限りのことをする。だが、だめだ、十分満たせない、思い通りに満たせない、心をエロイーズの思い出で完全に満たしたいのに、埋めたいのに、ぎゅうぎゅう詰めにしたいのに、はち切れさせたいのに……どうでもいいか、訪問者は引き返し、守衛室のサイン帳に自分の名前を書き入れ、二〇スー貨を取り出すと、幸せな気分で帰る。かくして、訪問者は感動を味わったのであり、思い出に浸ることができたのである。

とても気品があり、高貴であったあのエロイーズの人物像を、いったいどうして何か平凡で間の抜けたものに、すべての叶わぬ恋のつまらぬ典型に、感傷的な小娘の狭い理想のようなものにしてしまったのだろう。偉大なアベラールのあの哀れな恋人エロイーズは、しかしながら、もっと価値ある存在であった。アベラールは厳格で、陰気で、エロイーズに容赦なく厳しい言葉を投げつけたり、手を上げたりしたのだが、それにもかかわらず、エロイーズは実に献身的な賛美の念をもってその恋人を愛したのである。「エロイーズは、神そのものよりもアベラールに背くことの方を恐れていた。そして神よりもアベラールに気に入られたいと願っていた」。しかし、結婚してもらいたいとは思わなかった。「自然が万人のために造った人をひとりの女が奪い取り、独り占めにすることは、ぶしつけで嘆かわしいことである」と思っていたからである。エロイーズは言った、「妻や皇妃と呼ばれるよりも、こうして愛人とか内縁の妻と呼ばれる方が心が和《なご》みます(73)」と。そして、アベラールに対してへりくだることによって、その心の中にもっと大きな場所を占められると思っていたのである。

エロイーズの瀟洒《しょうしゃ》な霊廟(74)を日曜ごとにムギワラギクで埋める感じやすい女たちよ、ロマンチックな娘どもよ、エロイーズが教えていた神学やギリシア語やヘブライ語を学べとは言わない、だが、小さな心を膨らませ、狭い考えを広げ、エロイーズの知性と献身のうちに、あの果てしない愛のすべてを、驚きをもって見られるよう努めるべきだ。

それでも、公園がとても気持ちのよい場所であることに変わりはない。小道が雑木林の中を曲がりくねり、木の茂みが川の中に垂れている。水の流れる音が聞こえ、葉の芳香があたりに漂う。われわれがそこに存在する悪趣味にいらいらしたのは、揺るぎない美しさを帯びたクリッソンを後にするところだったからであり、それに、あの悪趣味は、詰まるところ、われわれ自身の悪趣味ではもはやないからである。だが、そもそも、悪趣味とはいったい何であるのか。それは常に、ひとつ前の時代の趣味ではないだろうか。どんな子供も自分の父親を滑稽だと思わないだろうか。ロンサール(75)の時代において、悪趣味といえばマロ(76)であった。ボワロー(77)の時代においてはロンサールがそうであった。ヴォルテールの時代においてはコルネイユ(78)がそうであったし、シャトーブリアンの時代にあってはヴォル

(73) エロイーズとアベラールの書簡は、当時、何度も出版された。フローベールは、知悉していたミシュレの『フランス史』から引用していると思われる。〔底本注〕

(74) エロイーズは、アベラールとともに、パリのペール＝ラシェーズ墓地に葬られている。

(75) ピエール・ド・ロンサール（一五二四—一五八五）はフランス・ルネサンス期最大の詩人。恋愛抒情詩を始め、哲学詩・風刺詩・叙事詩など幅広い分野で革新的な詩作品を残した。

(76) クレマン・マロ（一四九六—一五四四）はフランスの詩人。優雅で清新な風刺詩・書簡詩に優れ、フランス近代詩の祖とされる。

(77) ニコラ・ボワロー（一六三六—一七一一）はフランスの詩人、文学理論家。『詩法』（一六七四年）によって古典主義文学の美学を不動のものとした。ほかに『風刺詩集』、『書簡詩集』がある。

(78) ピエール・コルネイユ（一六〇六—一六八四）はフランスの劇作家。いくつかの喜劇を書いたのち、『ル・シッド』（一六三六年）によってフランス古典悲劇を確立した。

テールがそうであった。そして今日では、多くの人びとが、シャトーブリアンはいささかつまらないと思い始めている。未来の諸世紀の趣味のよい人びとよ、私はあなたがたに今の時代の趣味のよい連中をお勧めしよう。あなたがたはお笑いになるだろう、連中の胃痙攣を、尊大に見下す態度を、子牛の肉や乳製品に対する偏愛ぶりを、そして生焼《レア》けの肉やあまりに情熱的な詩を供されるとこしらえるしかめっ面を。美しいものはやがて醜くなり、優美なものは愚かに見え、豊かなものは貧しいと思われるようになるのだ。われわれの心地よい閨房《けいぼう》、魅力的な客間《サロン》、うっとりするような服装、おもしろい新聞の連載小説、息もつかせぬ劇《ドラマ》──そして、われわれのまじめな本……おい、おい、オレたちゃ屋根裏部屋に押し込められちまうぞ──物置に──便所に──こうしたものも、詰め物や紙や堆肥や肥料に変えられてしまうのだ。ああ、のちの世の人びとよ、忘れずにいてほしい、とりわけわれわれのゴシック様式の応接間を、ルネサンス様式の家具を、パスキエ氏[79]の演説を、われわれの帽子の形状を、そして「両世界評論」誌[80]の美学を。

こうした哲学的考察に身をゆだねているうちに、われわれを乗せた二輪馬車は、ティフォージュ[81]に到着した。その間、ふたりしてブリキの桶のようなものの中に収まっていたわれわれは、梶棒のあいだを上下する、姿のよく見えない馬を、体の重みで苦しめ続けていた。そいつはまるで、残忍なネズミの体内でのたうち回る鰻のようであった。下り坂になると馬は前に押し出され、上りにかかるとうしろに引っ張られ、道路の縁にぶつかると脇にはじき飛ばされ、また風によろめきなどして、ひっきりなしに振り下ろされる鞭《むち》を浴びていた。哀れな奴！　あの馬のことを考えると、なにがしか心にやましさを覚えずには

(79)（男爵、のちに公爵となった）エティエンヌ・パスキエ（一七六七―一八六二）は、ルイ＝フィリップ治世下、フランス大法官を務めた。一八四八年に政界を引退。〔底本注〕
　パスキエは一八四二年に、『一八一四年―一八三六年の議会における演説集』（全四巻）を刊行している。

(80) 一八二九年に創刊された、芸術・文学・歴史・哲学等の諸分野にわたる雑誌。

(81) クリッソンから南東へ一五キロ程、セーヴル・ナンテーズ川左岸にある村。多くの幼児を誘拐、虐殺し、青ひげ伝説の素材ともなったジル・ド・レ（一四〇四―一四四〇）の城跡があることで知られる。本章の地図も参照のこと。

いられない。

斜面を削って作られた道は、曲がりながら下ってゆく。道端は、ハリエニシダの茂みや幅広の帯をなす赤茶けた苔に覆われている。右手の丘の麓では、小さな谷の底から隆起する土地が起伏をつくり、その上に、かたちもまちまちの大きな壁面が、ぎざぎざになったその頂を前後に突き出している。生け垣に沿い、小道を行き、ぽっかり開いているポーチの下に入る。ポーチは尖頭アーチの三分の二のところまでが地面にめり込んでいる。かつて馬に乗ってここを通った男たちは、今では身をかがめなければ通ることができないだろう。地面はあまりに長いあいだ大きな建造物を支えてうんざりすると、下の方からもこもこ盛り上がり、建造物の上に出て、潮のように寄せてくる。そして空が建造物の頭部を削ぎ落としているあいだ、地面はその脚部を埋めるのだ。中庭には人気《ひとけ》がなく、囲いの中はからっぽで、木蔦はそよともしない。堀にたまった水は丸い睡蓮を浮かべ、さざ波ひとつ立てずじっとしている。

空は白く、一点の雲もないが、日も出ていなかった。その空が淡色のアーチとなってゆったり広がり、田園は悲しげな単調さに覆われていた。物音は何ひとつ聞こえなかった——しんと静まり返っていた——。鳥のさえずりも聞こえなかったが、そもそも、見渡す限り、さざめきといったものがどこにもまったく感じられなかった。田畑には人影がなく（この日は日曜日だった）、カラスが飛び立つときに上げるかん高い鳴き声も、犂《すき》の刃の立てる快い音も、耳に届けられることはなかった。

われわれは茨をかき分けながら、深い堀の中へと降りていった。堀は、水と葦《あし》に浸る塔

ティフォージュの城跡

の裾に隠れてしまっている。塔にはひとつだけ窓があり、その黒々とした四角い穴は、灰色の縞のように見える石の横桟によって仕切られている。窓の縁には野生のスイカズラがひと叢《むら》、おどけたふうにぶら下がっており、かぐわしい緑の香りを外に放っている。顔を上げると、いくつか大きな石落としが口をぽかんと開けており、そこからは空だけが、それと何か見知らぬ小さな花が見上げられる。その花は、嵐の日に風に運ばれてそこに根を下ろしたのだ。恐らく、種が石の割れ目の中で護られ、生長していったのだろう。突然、一陣の風が吹いた。穏やかに、たっぷりと、まるで溜め息が洩れたといったふうに。すると、堀の中の木々、石の上に生え出た草、水中のイグサやアオウキクサ、廃墟に生える草木、そして輝く緑の層となって塔を土台からてっぺんまでむらなく覆い尽くす壮大な木蔦——これらがみなその葉を震わせ、ざわつかせた。畑では、小麦が黄金色の波となってうねり、穂の頭が次々と揺れていった。堀の水たまりには風紋ができ、塔の足下に波をかぶせた。木蔦の葉はいっせいにそよぎ、花の咲いたリンゴの木はそのばら色の蕾《つぼみ》を落とした。

何もない——風が通りすぎ——草が生えていて——空は剝き出しだ。ぼろをまとった子供——小石に生える苔を食む牛の番をする子供もいない。他の場所では見かける、ぽつんと一匹でいるヤギ——城壁の割れ目からひげの生えた顔を外に出し、怖くなると藪《やぶ》を揺らして逃げてゆくヤギといったものさえいない。さえずる鳥もいなければ、巣もないし、物音もしない。この城はまるで幽霊だ。口をきかず、この無人の野原に打ち捨てられ、呪われているふうであり、また残忍な追憶に満ちているふうである。だが、今やミミズクさえ寄りつきそうにないこの陰鬱な住居にも、かつて人が住んでいたのだ。四方を鉛色の壁に囲まれ、古い水飼い桶の底にでもいるような気分にさせられる主塔《ドンジョン》の中に、われわれは五つの階の跡を認めた。床から一〇メートル程のところには、二本の丸い支柱と黒くなった背板がまだ残っている、暖炉が宙吊りになっていた。その上には土がたまり、植物が育っていて、ここに植木箱《プランター》が残っていればかくやと思われた。

ふたつ目の城壁の向こうにある鍬《くわ》の入った畑には、尖頭式の扉口《ポルターユ》の柱身が壊れた、礼拝堂の残骸が認められる。そこには燕麦が生え、円柱の代わりに木が立っている。この礼拝堂はかつて金襴緞子《きんらんどんす》の飾り、吊り香炉、燭台、聖杯、宝石をちりばめた十字架、金めっきした銀製の皿、ミサ用の金製の小瓶などであふれていた。三〇名の歌い手、司祭、音楽家、子供たちからなる聖歌隊が、オルガンの音に合わせてここで賛美歌を歌っていた。そのオルガンは旅先にまでついてきた。司祭らが着ていたものは、裏にリスの毛皮のついた深紅の服である。この中には〈司教代理〉と呼ばれる者がいた。また〈司教〉と呼ばれる者もいた。そして、司教座聖堂参事会員と同じように司教冠をかぶることを許可してもらいたい、と教皇に願いが出された。というのも、この礼拝堂は、贋金造り、人殺し、魔術師、男色家、無神論者として一四四〇年一〇月二五日にナントのマドレーヌの草地《プレ》で火刑に処せられた、ブルターニュ公の総代官にしてフランス軍の元帥、そしてルーシ侯、モンモランシー侯、レ侯およびクラン侯であった、ジル・ド・ラヴァルの礼拝堂であり、この城はそのジル・ド・ラヴァルの城のひとつであったからである。

ジル・ド・ラヴァルには一〇万エキュ金貨以上の動産が、三万リーヴルの金利所得があり、それに封土からあがる収益や元帥の役職による報酬もあった。華やかに着飾った五〇人もの男が馬に乗って護衛した。侯は誰かれなくもてなし、とびきり珍しい肉や遥か遠方より取り寄せたぶどう酒が振舞われた。そして城内では、王の登場に合わせて町なかでおこなわれるように、聖史劇が上演された。金が尽きると、侯は領地を売った。領地を売り払うや、〔錬金術によって〕金《きん》を手に入れようとした。そして〔それが不首尾に終わり〕竈《かまど》を壊すと、悪魔を呼び寄せた。侯は悪魔に、魂と命のほかは何でも進ぜようと書き、悪魔のために生贄《いけにえ》を捧げ、香を焚《た》き、施しをし、盛大な儀式をおこなった。この男は、まさしくそうした場で生きていたのだ。城の地下倉は、不思議なふいごが絶え間なく送る風を受けて赤くなった。壁は夜になると、西インド諸島産のぶどう酒(82)がなみなみと注がれた大盃の真ん中や、諸国を巡る吟遊詩人のあいだで燃える松明《たいまつ》の光に照らされた。地獄に加護を祈り、死が御馳走となった。子供たちが喉をかき切られていった。身の毛もよだつ喜びが、残忍な楽しみが享受された。血が流れ、楽器が鳴る。あらゆるものが悦楽、恐怖、そして熱狂で沸き立っていた。

ジル・ド・ラヴァルが死ぬと、四、五人の高貴な女たちが遺骸を火刑台から下ろさせ、屍衣で包み、カルメル会修道院へ運ばせた。修道院の教会でたいそう立派な葬儀がおこなわれたのち、遺骸は同じ場所に厳かに埋葬された。

ロワール河の橋の上、ブル・ドール・ホテルの向かいに、ジル・ド・ラヴァルのために贖罪の碑が建てられた。それは、乳母に乳を授ける霊験のある〈お乳のマリア様〉の像が収まった壁龕《へきがん》であった。ここにはバターをはじめ、田舎くさい捧げ物が持ち込まれた。

壁龕はいまも残っているが、マリア像はもうない。同様に、市役所にある、アンヌ王妃

(82) コロンブスの西インド諸島（アンティル諸島）到達が一四九二年であるから、ここにはアナクロニズムが認められるが、それはフローベールのものというより、ジル・ド・レについて記述する際に依拠した文献（ピートル・シュヴァリエやモリス師の著書）中に認められるものであろう。

の心臓を収めていた箱はからっぽである。われわれはこの箱を見てみたいとはほとんど思わなかった。というより、箱のことなど考えもしなかった。私はアンヌ・ド・ブルターニュ妃の心臓より、〔ジル・ド・〕レ元帥の短袴《キユロツト》を眺めてみたいと思った。後者には、前者のもつ偉大さを凌《しの》ぐ激しい情念が潜んでいたのである。

第四章　ナントからカルナックまで

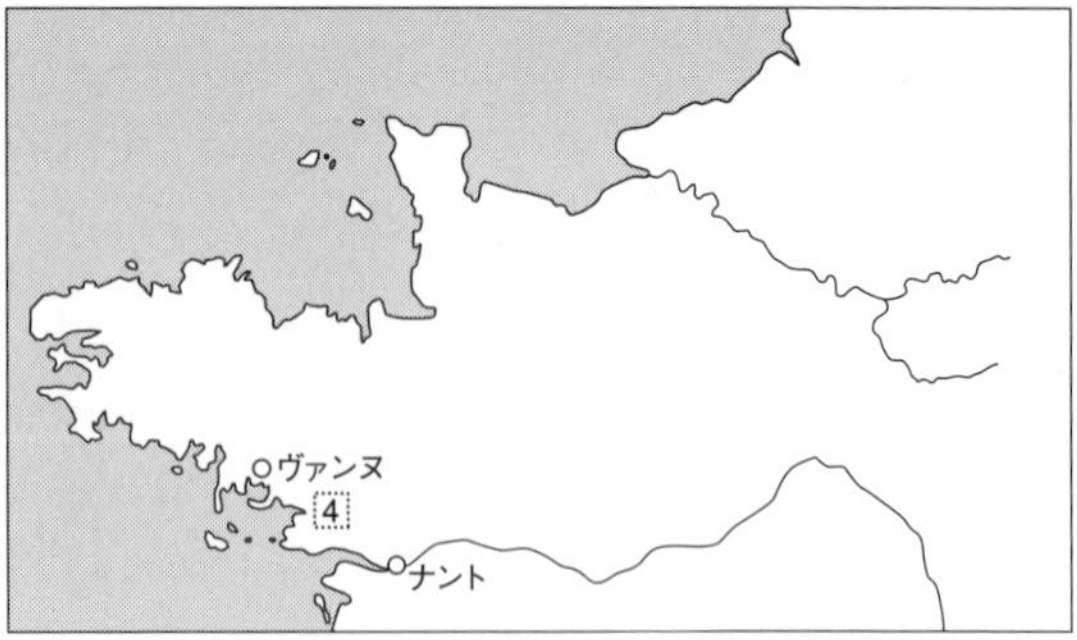

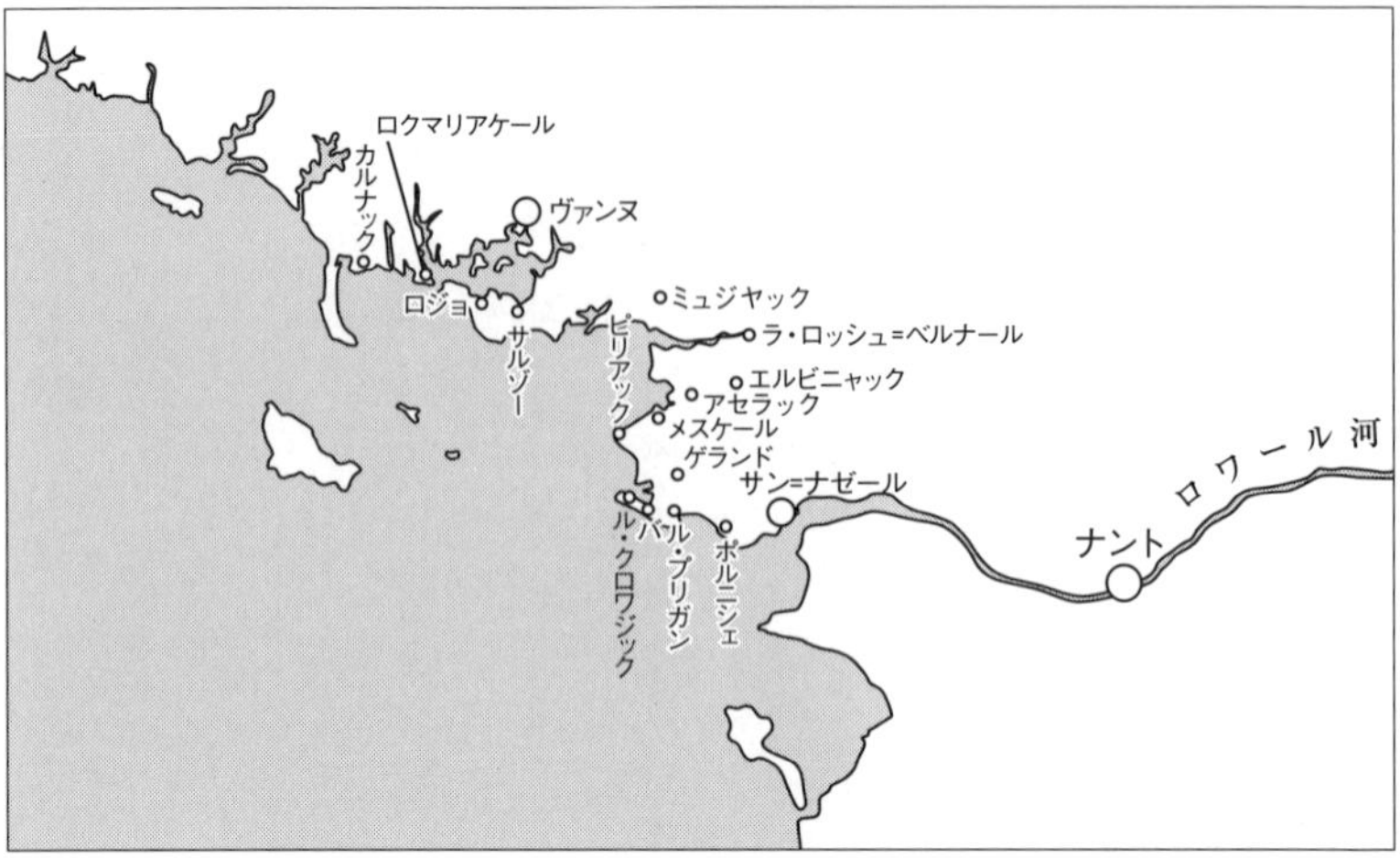

■順路：ナント►サン＝ナゼール►ポルニシェ►ル・プリガン►バ►ル・クロワジック►ゲランド►ピリアック►メスケール►アセラック►エルビニャック►ラ・ロッシュ＝ベルナール►ミュジヤック►ヴァンヌ►サルゾー►ロジョ►ロクマリアケール►カルナック

第五章

カルナックからプルアルネルまで

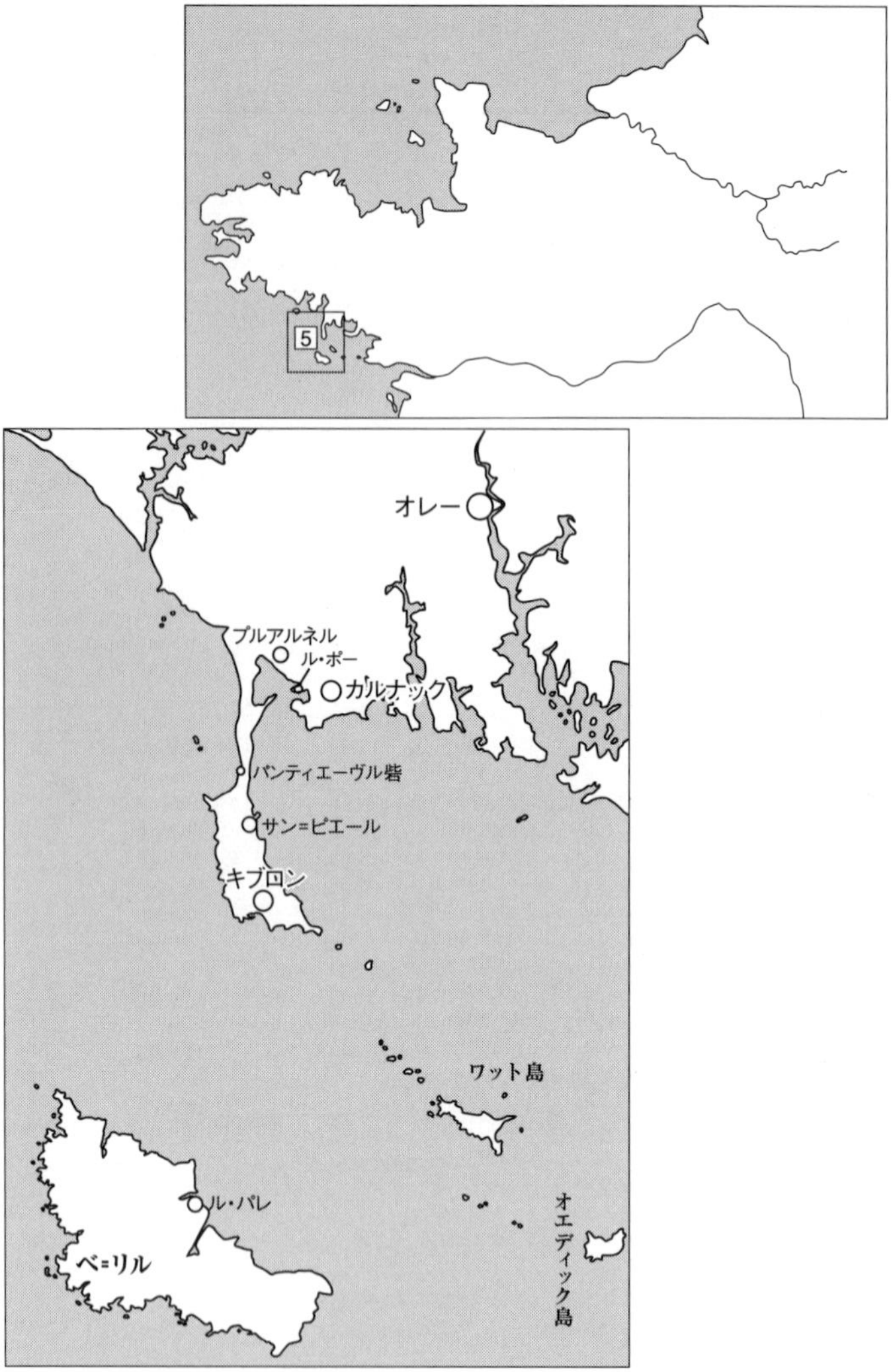
5
オレー
プルアルネル
ル・ポー
カルナック
パンティエーヴル砦
サン=ピエール
キブロン
ワット島
ル・パレ
ベ=リル
オエディック島

暑かった――五月のたっぷり降り注ぐ日差しが首にちくちく感じられ、ふたりが着ている絹のシャツは背中にぺったりと張りついていた。そこでカルナックに着き、ジルダ未亡人の宿屋で何をおいてもわれわれがしたかったのは、白ビールの瓶を開けて体を冷やすことであった。ひと瓶開けるとまたひと瓶、こうしてわれわれの腹は膨らんだ――これは是非とも報告しておきたいことである。

宿は小ぎれいで、見たところまずまずであった。われわれは大きな部屋に通された。部屋の主だった家具は、インド更紗で覆われた天蓋付きのベッドが二台、そして中等学校《コレージュ》の食堂にあるのと同じような細長いテーブルが一脚、というところだった。ベッドの裾の方はベッドカバーが折り込まれておらず、そのためにカバーの端に、縁取りの赤い太縞が見えるようになっているところには洗練されたおしゃれが感じられたし、テーブルに美しい――青銅《ブロンズ》のような緑色の――オイルクロスが鋲で留めてあるところには、清潔さへの心配りが見て取れた。壁に掛かった黒木の額縁には、ポテパル夫人との場面を含んだヨセフの物語(1)、聖スタニスワフ(2)の肖像、まさしくこの上なく愚かな聖人である聖ルイ・ド・ゴンザーグ(3)の肖像などの絵、そして、教会内部と各自の衣装をまとった聖体拝領者および参列者を描いたカット入りの、初聖体拝領の証明書が収められている。金色の文字で「自由、

(1) 旧約聖書「創世記」第三九章に、エジプトの宮廷の役人で侍衛長を務めるポテパルの奴隷となったヨセフを、ポテパルの妻が執拗に誘惑する場面がある。
(2) スタニスワフ(一〇三〇―一〇七九)はクラクフの司教を務めたポーランドの聖職者。
(3) ルイ・ド・ゴンザーグ(一五六八―一五九一)はイタリアのイエズス会修道士。ペスト患者のために献身した。

公共の秩序」と銘の入ったコーヒーカップが暖炉に沿って、ふたつの水差し《カラフ》に挟まれて並んでいる。ああ、その何という水差し！　そのうちのひとつを割りでもしたら、悔やんでも悔やみきれないことになる。同じ一組をどこで見つけられるだろうか。それらはヴェネチアガラス製ではないし、彫りがあるわけでも、カットが施されているわけでもない。ひたすらガラス製であるというだけのただの水差しにすぎず、栓すら付いていない。しかし一方の水差しには、玉形飾りが刻まれ、羽飾りで覆われた墓の上にばったり倒れて横たわる背丈一センチ余りのナポレオンのまわりを、階級の異なる六人の軍人が、銘々、手に小キュウリのような細長い棕櫚《しゆろ》の葉をもって厳かに取り囲んでいる図が、またもう一方の水差しには、ミサ聖祭(4)が執り行われている図が描かれている。司祭、聖杯、祭壇、内陣の四隅に置かれた玉形飾りのある四本の円柱が見える。さらには、巨大な赤い円錐に押しつぶされそうになったふたりのミサ答え(5)の姿が見られる。この円錐は、この腕白小僧たちのキャロット(6)のつもりなのだ。

この部屋はとてもきちんとしていて穏やかで、あの純真な香り、ひどく間が抜けているが実に優しい謙虚さというものが感じられた。銅製の金具の付いた大きなたんすは、上部の縁取りを飾る格好となったロシア風の洗面器を載せて、ピカピカと輝いていた。また楣《まぐさ》(7)に吊るされた柳細工の籠は、他のすべてのものと同様に、とても静かで素朴な雰囲気を漂わせていた。そんなわけで、カルナックは気に入った、しばらくここに滞在しよう、とわれわれはすぐに宣言したのだった。

われわれの部屋の窓は教会前の広場に面していた。広場では子供たちが菩提樹の木陰で

(4) 最後の晩餐でのキリストの犠牲を反復する儀式。
(5) ミサで司祭の助手を務める少年。
(6) 聖職者がかぶる椀形の帽子。
(7) 出入口の扉や窓の上に渡した横木。

ビー玉遊びをしていたが、村から聞こえてくる音といえばそれっきりだった。馬車も通らなければ、店の一軒もない。村人が食べるパンはすべて、半分をパン屋に当てた階下の台所で焼かれるのである。

そういうわけで、フランス語を話さず、室内をこんなふうに飾ってはいても、ここの人びともやはり生活しているのだ。われわれの土地におけると寸分違わず、眠り、飲み、愛の営みをし、そして死んでゆくのだ。こうして存在するものもまた人間には違いないのである。だが、何とまあ、ここの人びとは、美術展《サロン》どころか産業博覧会にさえほとんど関心を抱こうとしないことか。やがて再開するオペラ座や閉店した「ロシェ・ド・カンカル」(8)のことがあまり気にならないし、世間でおしゃべりの種となっていること、つまりジョッキー＝クラブ(9)、シャンティイーの競馬(10)、デュマの借金(11)、ランビュトー氏の連音《リエゾン》の誤り(12)、イヤサントの鼻(13)といったことについておしゃべりをしないのだ。

自分とはまったく別なところで生活し、自分とは違うことをして時を過ごす人びとを眺めていると、驚きのあまりぼうっとしてしまうのは避けられないことである。朝、日が昇るころ、ある村を通り抜けようとしているときに、家の鎧《よろい》戸を開けたり、戸口の前を掃いていたりするひとりの村人が、こちらが通るのを見て手を止め、ぽかんと口を開けているのを見かけた、という思い出はよくあるだろう。その村人はこちらの顔を見ていないも同然だし、こちらにしても事情は同じなのだが、それにもかかわらずその一瞬、ふたりとも、同時に、驚愕の念に襲われたのである。村人の方はこちらが過ぎ去るのを眺めながら、「あの男はいったいどこへ行くのか。なんだって旅などしているのか」と考え、こちらは

(8) パリのモントルグイユ通りにある、牡蠣《カキ》などの魚介類を専門にしたレストラン。バルザックなどパリの名士が集った。一八四六年に一度閉店し、五〇年に場所を移して再び店を開いた。

(9) 馬の品種改良を目的に設立され、競馬の組織化に携わったサークル。フランスのジョッキー＝クラブは、イギリスのそれに倣い、一八三三年にパリに設立された。一八四七年頃は、同種の組織が全国各地にも次々と設立されてゆく時期にあたる。

(10) シャンティイーはパリ北方四〇キロ程に位置する町。広大な森、壮麗な城があり、ジョッキー＝クラブによって創設された競馬場でも名高い。

(11) アレクサンドル・デュマ（一八〇二―一八七〇）は、『モンテ＝クリスト伯』、『三銃士』などで知られるロマン派の小説家、劇作家。作品は成功を収めたが、浪費癖ゆえに借金に付きまとわれた。

(12) ランビュトー伯爵クロード・フィリベール・バルトロ（一七八一―一八六九）は、七月王政期にセーヌ県知事を務め、首都において多くの美化工事（ガスによる照明など）を実現させた。〔底本注〕

連音《リエゾン》の誤りとは、必要がないのに語と語のあいだに音（特に（t））を入れて発音すること。ランビュトーに実際にこうした癖があったかどうかは不明。また、連音の誤りを意味するcuirには「革製品（特に革

こちらで足早に立ち去りながら、「あの男はあそこで何をしているんだろう。ずっとあそこに住み続けるのだろうか」と口にしている。

　みんながみんな同じ町に住んでいるわけではなく、自分と同じ靴屋で靴を買い、自分と同じ洋服屋で服を仕立てるのでもなければ、自分と同じ考えをもっているのでもないということをはっきりと理解するためには、それ相応の考察と洞察力が必要である。しかし、公証人をしている者がどんな暮らしをしているのか、いったいどうして事務員などというものになれるのか、どうすれば朝は一〇時前に起きて夜は一二時前に寝られるのか、私はまだ全然理解できないでいる。そして私はまじめにこう思うのだ、文章を組み立て、形容詞を探し求めること以外のことをして時を過ごすような輩《やから》がこの地上に存在し得るのだろうか、と。

　カルナックにいて例のカルナックの石を見学しない法はない。こうしてわれわれは棒《ステッキ》を再び手にして、石が横たわる場所へと向かったのである。われわれが下を向いて何か話をしながら草の中を歩いていると、ものが軽く触れる音がしたので目を上げた。すると女がひとり、下りになった小道を進んでくるのが見えた。裸足で、脛《すね》を露《あらわ》にし、肩掛けは着《つ》けず、大きな頭巾を揺らし、スカートを風にぱたぱたさせ、片方の手を腰に当て、もう片方の手で頭に載せた大きな干し草の束を抑え、赤いブラウスに包まれた胴を挑発するように美しくくねらせながら歩いていた。女はわれわれのそばを通った。その息は深く、強かった。そして、ふっくらした腕の褐色の肌の上を汗が幾筋にもなって流れていた。

　そのうち、列をなして平原に並ぶ黒い石がようよう見えてきた。石は平行に伸びる十一

の上着）」というより一般的な意味もあるので、ここでは、ランビュトーの衣服等の趣味を話題にしている可能性も否定できない。

(13)　イヤサント（一八一四―一八八七）はフランスの俳優。笑いを誘わずにはおかないその巨大な鼻によって評判を呼んだ。

カルナックの列石

の列をつくって等間隔で並び、海から遠ざかるに従ってだんだん小さくなってゆく。最も高いものは六、七メートルあるが、一番小さいものは地面にころがる単なる石ころにすぎない。多くの石は先端を下にしているので、根元がてっぺんよりも細くなっている。カンブリ[14]は石は四千個あったと言っているが、フレマンヴィル[15]は千二百個数えた。確かなことは、石がたくさんあるということだ。

　つまりこれがかのカルナックの平原であり、この平原のために、ここにある小石の数よりも多くのばかげた文が書かれてきたのである。確かに、このように石のごろごろした散歩道には、毎日お目にかかれるというものではない。だが、何もかも目にして感動を味わいたいというわれわれの自然の性向にもかかわらず、われわれが目にしたのは、考古学者の心を刺激し[16]、旅行者をあっと驚かす目的で、いつとも知れぬ時代にこの地に仕掛けられた、確固たる信念に基づく悪戯《いたずら》にすぎない。人びとは無邪気に目を見開き、これは並のものではないと思いつつ、その一方で、美しいものではないなと心のうちで認める、というわけだ。それゆえ、ドルイド僧[17]のころから、見学にやってくるすべてのばか者どもを目にしては緑の地衣のひげの奥でほくそ笑んできたこれら花崗岩の皮肉ぶりが、われわれには完全に飲み込めたのである。学者たちは、昔のひとはこれらの花崗岩をどうしようとしたのかを探究して、その生涯を送ってきた。しかしながら、あらゆるものに何らかの有用性を見いだしたがる、羽のはえていない二足動物〔＝人間〕のこの果てしない執着ぶりに感心してはならない。そのエゴイズムは、火にかけた鍋に塩味をつけるために海水を蒸留したり、ナイフの柄をこしらえるために象を殺したりするだけでは飽きたらず、用途の分か

(14)　ジャック・カンブリは『フィニステールの旅』（一七九九年）の著者。

(15)　フレマンヴィルは『モルビアンの遺跡』（一八三四年）の著者で、フローベールはカルナックに関する記述の多く（カンブリの説も含め）を、この著書に拠っている。

(16)　ここには exerciter という、フランス語には存在しない動詞が使われている。コナール版ではイタリック体になっていることを考えると、誤記というより、exercer（鍛える／試す）と exciter（刺激する）というふたつの動詞の合成に基づくフローベールの造語と見なすことも可能であろう。そうであるならば、「心を刺激し」と訳出した部分は、同時に、「精神を鍛え／試し」と訳すこともできるだろう。

(17)　ドルイド僧は古代ガリア、ブリタニア、アイルランドに勢力をもったケルト族の祭司。教育、裁判にも携わった。

らない何らかの破片が掘り出されるのを目の当たりにすると、またしても苛立つのだ。

　こうした石はいったい何の役に立ったのか。墓なのだろうか。それとも神殿だったのだろうか。ある日、聖コルニーユ(18)は殺害を企てる兵士らに追われ、息が切れ、海に身を投げようとした。そのとき、敵の手に落ちないために、追手を一人ひとり石に変えてしまおうという考えが浮かんだ。すぐさま兵士たちは石に変えられ、聖人は助かった。しかしこの説明が有効なのは、せいぜい間抜けな連中や幼児、そして詩人に対してだけだった。そこでまた別の説明が求められることになった。

　一六世紀に、ウプサラの大司教オラウス・マグヌス殿(19)（この御仁はローマに追いやられ、自国の古文物に関する書物を著すことに興じ、その書物は、誰も翻訳する者のなかった同国、すなわちスウェーデンを除いて、いたるところで高く評価された）は、自身で次のことを発見していた。「石がただ一本の長い直線上に立てられているのは、決闘によって死んだ戦士がその下に埋められていることを意味する。——四角形に排列された石は、敵味方入り乱れての戦いで命を落とした戦士に捧げられたものである。円形に並べられた石は、一族の墓である。そして最後に、楔《くさび》形に、もしくは角をなすように排列された石は、とりわけその味方が勝利を収めていた場合には、騎兵、さらには歩兵の墓石である」。この説明は明快で、明瞭で、満足の行くものである。しかしオラウス・マグヌスは、一騎打ちで、一撃のもとにふたりの敵を打ち倒したふたりの実のいとこに捧げられたと思われる墓がどれであるのか、われわれに語ってしかるべきであった。決闘はおのずから、石がまっすぐに並ぶことを欲した。一族の墓は、石が円形に並ぶことを要求した。だが騎兵であれ

(18)　J・マエの『モルビアンの古代文化財試論』（一八二五年）には、「小教区の守護聖人である聖コルネイユ」とある。なお、マエのこの著書は、前出のフレマンヴィルの著書と並び、フローベールがカルナックを論ずるにあたって依拠したもうひとつの主要著書である。〔底本注〕

(19)　オラウス・マグヌス（一四九〇—一五五七）はスウェーデンの司祭で外交官。特に一六世紀スウェーデンに関する著作（『海図』一五三六年、『北欧民族史』一五五五年）で知られる。〔底本注〕

ば、石を楔形に排列しなければならなかった。といっても、必ずそうしなければならなかったというわけではない。そのように埋葬されたのは、「とりわけその味方が勝利を収めていた者」にかぎられていたのであるから。ああ、善良なるオラウス・マグヌス！　あなたはモンテ・プルチアーノ(20)がとてもお好きだった。で、われわれにこうしたまことしやかなあれこれを教えてくれるのに、そいつを何杯飲む必要がおありだったのですか。

　コルヌアーユ(21)で同じような石群を観察したことのあるボルラーズとかいう博士も、この点について、自分の考えを少々述べている。この博士によれば、「兵士は戦ったその場所に埋葬されたのである」。兵士が通常墓地へ運ばれてゆく様を、博士はいったいどこで目撃したというのか。「兵士の墓石は」と博士は付け加える、「いくつかの大規模な戦闘の舞台となった平野に、軍の最前線をかたち作るかのように、一直線に並べられている」。この比喩はあまりに雄大な詩情にあふれているので、私は思わずうっとりとし、ボルラーズ博士の意見に多少賛同したくなる。

　それから人びとはギリシア人、エジプト人、そしてコーチシナ人(22)のところに調査に出かけた。その結果、エジプトにカルナックなる名が見えるし、低地ブルターニュにもカルナックなる地名がある、と思った。われわれにはコプト語(23)のこともブルトン語(24)のことも分からない。さて、〔その説によれば〕多分ブルターニュのカルナックはエジプトのカルナックから出たものであろう。それが確かである証拠に、エジプトにはスフィンクス像が並び、ここブルターニュには塊《ブロック》が並んでいる。どちらにおいても、物は石である。ここから次の結論が導かれる。エジプト人（旅をしなかった民族である）はここの海岸地帯（エジプト

(20)　イタリア・トスカーナ地方のモンテプルチアーノ産の赤ワイン。中世の教皇たちを虜《とりこ》にし、一六世紀には聖職者によって造られ、海外の宣教師にも送られていた。
(21)　ブルターニュ半島南西部、カンペールを中心とした地方。
(22)　コーチシナは、フランス人による、ベトナム南部のメコン・デルタを中心とする地域の呼称。
(23)　古代エジプト語。
(24)　ブルターニュ地方で話されるケルト語派の言語。

人はその存在を知らなかった）にやってきて、植民地を築き上げたのであろう（というのも、当時、エジプト人はどこにも植民地を築いていなかったからである）。そしてそこに、あの野性的な数々の像を残したのであろう（エジプト人は実に美しい像をこしらえていた）。それは、（誰も語らないが）エジプト人がこの地を通過したことの確たる証拠である。

神話を好む者たちは、そこにヘラクレスの柱を見た(25)。また博物学を好む者たちは、そこに大蛇ピュトン(26)のイメージを見たのであるが、それというのも、パウサニアス(27)の報告によると、テーベからエレウシス(28)へ至る街道上に置かれた似たような石の集積が〈蛇の頭〉と呼ばれていたからであり、しかも「カルナックの列石《アリニュマン》は蛇のようにくねくね曲がっている(29)」からである。宇宙形状誌《コスモグラフィー》を好む者たちは、そこに黄道帯を見た(30)。なかんずくカンブリ氏は、あの十一の列石のうちに黄道十二宮を認め(31)、こう付け加えている。「というのも、言っておかなければならないが、古代ガリア人においては、黄道帯には十一宮しかなかったからである」。

学士院会員であったある紳士は、あれは、カルナックから六里のところにあるヴァンヌに住んでいた、そして周知のようにヴェネチアを築いたウェネティ族の墓地である可能性が大きい、と思った。また別の紳士は、カエサルに打ち破られたこの善良なウェネティ族が、ひたすら謙虚な気持ちから、そしてカエサルを敬うために、敗北後、あれらの石を建てたのだ、と考えた。

しかし、人びとは墓地だとか大蛇ピュトンだとか黄道帯だとかには飽き飽きし、別のものを探しにかかり、そしてドルイド教の神殿を見つけたのである。この時代に関する信憑

(25) ジブラルタル海峡の東の入口のふたつの岬。巨人アトラスはこれらを支柱にして天を支えていると考えられた。

(26) ギリシア神話に登場する大蛇で、パルナッソス山の麓デルフォイでアポロンに殺された。ニシキヘビの語源であり、本文で大蛇をニシキヘビと解することも可能であろう。

(27) パウサニアスは二世紀ギリシアの旅行家、地理学者。著書に一〇巻からなる『ギリシア記』がある。

(28) テーベ（古代ギリシア語名テバイ）は古代ギリシア、ボイオティア地方の重要都市。エレウシスは古代ギリシア、アッティカ地方の町（その神殿で、デメテルと娘のペルセフォネに対する神秘な礼拝の儀式がおこなわれたことで名高い）。後者は、フローベールが一八五八年に「ラルティスト」誌に発表した論文「カルナックの石とケルト考古学について」に見られる地名(Elissonte)をもとに推測したもの。底本の版およびマエの著書に見られる地名(Glissante)をもとにすると、これはエレウシスではなく、テーベの北東の町グリサスである可能性もある。

(29) マエが引用したプヌエの説を、フローベールがさらに書き換えたもの。〔底本注〕

(30) 天球の黄道の南北に、それぞれ約八度ずつの幅をもって描かれた、帯状の域。太

性のある文献はわずかしかなく、プリニウス(32)やカッシウス・ディオ(33)の著作のうちに散見されるにすぎないが、それらはどれも、ドルイド僧は宗教的な儀式をおこなうために薄暗い場所、すなわち森の奥を選び、そこでは「静寂があたりに広くゆき渡っていた」という点で、見解が一致している。そこで、カルナックはこれまで紹介してきた諸氏の推測以外のものが育ったためしのない海辺の不毛の平地にあるというので、フランス最高の擲《てき》弾《だん》兵(34)——だからといって、この人物が一級の知性の持ち主であったとは私には思えないが——、そしてそのあとに続くペルティエ、またヴァンヌの大聖堂の参事会員マエ氏は、これはドルイド僧の神殿であり、「そこでは政治的な集会も招集されたに違いない(35)」と結論づけたのである。

しかしながら、すべてのことが言い尽くされたわけではなかった。すなわち、列石において、石が置かれていないからっぽの空間が何の役に立ったかが明らかにされなかったとすれば、この科学によって得られた事実も完全なものとは言えなかったであろう。「その理由を探ってみよう、いまだ誰も思いつかなかったことだが」と、マエ氏は考えた。そして、「ドルイド僧は貴族に多くのことを教える。その教育は、人里離れた洞窟や森の中でひそかにおこなわれる」というポンポニウス・メラ(36)の文に拠《よ》りながら、マエ氏は、したがってドルイド僧は神聖な場所で祭務を執り行うだけでなく、そこに自分たちの住まいをこしらえ、学校を開いていた、ということを明らかにした。「それにカルナックの遺構は、そういうわけで、ガリアの森がそうであったように神聖な場所であるのだから（おお、推理の力よ、おまえはヴァンヌの司教座聖堂参事会員にしてポワティエの農業協会の通信会

陽、月、惑星は主としてこの中を運行する。

(31) 春分点を起点にして黄道帯を三〇度ずつ一二に等分して、それぞれに星座名を配したもの。

(32) プリニウス（二三—七九）は古代ローマの政治家、博物学者。同時代の知の百科全書ともいうべき『博物誌』（全三七巻）で知られる。

(33) カッシウス・ディオ（一五五頃—二三五頃）はギリシアの歴史家。著書『ローマ史』（八〇巻）の一部が今日残されている。

(34) 革命軍の士官テオフィール・マロ・コレ・ド・ラ・トゥール・ドーヴェルニュ（一七四三—一八〇〇）のこと。退役後、ケルト語を研究。その後軍に復帰し、ボナパルトに「共和国最高の擲弾兵」と呼ばれるも、その直後、オーバーハウゼン（ドイツ西部の町）で戦死。ケルト学に関する著書がある。〔底本注〕

(35) 前出のマエの著書からの引用。〔底本注〕

(36) ポンポニウス・メラは古代ローマ（一世紀）の地理学者。スペイン出身。著書に三巻からなる『地誌』（四三—四四頃）がある。

員であるマエ爺さんをどこへ向かわせようというのだ）、列をなす石と石のあいだの何も置かれていない場所には家が立ち並んでいた、と思ってしかるべきである。そこにはドルイド僧が自分の家族や多くの弟子とともに住み、また、盛大な儀式のおこなわれる日に神聖な場所へ赴いてくる国の有力者のための宿泊所が用意されていた」。善良なドルイド僧よ！　立派な聖職者よ！　どんなにか中傷を浴びてきたことか、かくも誠実に家族や多くの弟子とともにそこに住み、心優しくも国の有力者のために宿泊所の用意までしたあの人びとが。

だが、とうとう、ひとりの男が現れた。古代文明への才能にあふれ、ありきたりのやり方を軽蔑するこの男は、己の世紀を前に、あえて真実を述べ立てたのである。男はこのあたりにローマの野営地の跡、正確にはカエサルの野営地の跡を認めた。カエサルはただ「自軍の兵士のテントの支柱にしようとして、また風でテントが吹き飛ばされないために」あれらの石を建てさせたのであった。アルモリカ(37)の海岸には、かつて、さぞ激しい突風が吹き荒れていたことであろう。

この卓越した備えを怠らなかった栄誉をカエサルのもとに返した男はラ・ソヴァジェール氏といい、工兵将校であった。

こうしたすべての優しい心遣いが集積し、ケルト考古学と呼ばれるものを構成している。われわれはこの学問の魅力を読者に伝えずにはいられない。水平であろうと垂直であろうと、他のいくつかの石の上に置かれた石はドルメンと名付けられる。そのてっぺんが薄い石で隙間なく覆い尽くされて立つ石が集まり、ひと続きのドルメンをかたち作っているも

(37) ブルターニュ地方の旧名。

ドルメン

のは、妖精の洞窟、妖精の岩、妖精のテーブル、悪魔のテーブル、あるいは巨人の宮殿である。異なるラベルを貼って同じぶどう酒を客に出すような一家の主人と同様、差し出すものをほとんどもたない〈ケルト狂〉たちは、似たようなものをいろいろな名で飾り立てたというわけだ。

これらの石が頭に帽子のような石をひとつも載せていずに、楕円形に並べられているなら、これは環状列石である、と言わなければならない。垂直に立てられた他のふたつの石の上に水平に置かれた石を見かけたなら、石卓もしくは三石門と係わりをもったことになる。私としては、より学問的で、よりこの地にふさわしく、またより本質的にケルト的な石卓[38]という用語の方が好きではあるが。時折、ふたつの巨大な石塊の一方が他方に支えられ、たった一点で接触し合っているようにしか見えないことがあるが、物の本には次のような記述がある。「それらは均衡《バランス》をとっているので、時には、風が吹くだけで、上に載った石塊が揺れ動くのがはっきり見て取れる」。私は（ケルトの風なるものを少々疑いつつも）この主張を否定しまい。もっとも、これらのいわゆる揺れる石は、われわれが無邪気にも何度も蹴りを食らわしたにもかかわらず、微動だにしなかった。これらの石は、そんなわけで、転がるあるいは転がされる石、ひっくり返されるあるいは運ばれる石、ゆらゆら揺れる石あるいはゆらめく石、回る石あるいは回転石などと呼ばれる「杭石」、打ち込まれた石、固定された石が何

(38)「三石門（trilithe）」はギリシア語の trilithos（三つの石から成る）に由来するが、「石卓（lichaven）」は後期ブルトン語の lech（卓）、van（石）に由来する。

であるのか、高い標石、貫石、乳石が何を意味するのか、溶ける石が引き伸ばされた石とどう違うのか、そして悪魔の座と直立石のあいだにはどんな関係があるのか(39)——まだこうしたことを知っていただく必要がある。そうなれば、ペルティエ、ドゥリック、ラトゥール・ドーヴェルニュ、プノエその他、マエによって裏付けられ、フレマンヴィルによって補強された連中が総掛かりで知ったと同じだけのことを、自分ひとりで知ることになろう。そこで、知っていただきたいことは、以上すべてのものは立石、別名メンヒルを意味するということ、すなわち、野原の真っただ中にぽつんとひとつだけ置かれた、多かれ少なかれ大きな石以外の何ものをも表してはいないということ、である。してみると、歩道側から見て、大通り《ブルヴァール》の中が空洞の広告塔は、パリの人びとをほっとさせるために警察が父親のごとき心遣いをもって置いた同じ数の立石なのである。しかるにパリの連中は、哀れなことに、カプセル錠〈モット〉のポスターを読んでいる自分たちが小さなメンヒルの中に一時的に収容されているなどとはほとんど思わない。石塚《テユミユリユス》のことを忘れるところだった。小石と土からなる石塚は初期様式のバロウと呼ばれ、単なる小石の堆積はガルガルと呼ばれる。

メンヒル

　こうしたさまざまな種類の石の下で発掘作業がおこなわれてきたのだが、何らまと

(39) このあたりの石の呼び名(特に「杭石 *Fichade*」や引き伸ばされた石 *pierre fiette*)は、語形から意味を類推するしかないものがある。

もな結論は得られなかった。ドルメンと三石門は墓碑でなければ祭壇である、妖精の岩は集会場もしくは墓である、当時の教会財産管理委員会は環状列石で召集されている、といった主張がなされた。カンブリ氏は揺れる石のうちに、宙吊りとなった世界の象徴を垣間見た。が、その後、それは被告の罪状を究明するために使われる判定用の石にすぎないことが確認された。被告は動くこともある岩を動かせないと、嫌疑をかけられた罪を犯したと見なされたのである。ガルガルとバロウは恐らく墓碑であった。そしてメンヒルに関しては、熱心に探究を押し進めた結果、それが男根に似ていることが発見された。ここから、低地ブルターニュの至るところに男根崇拝が広まっていた、という結論が引き出された。ああ、学問の汚《けが》れなき卑猥さよ、おまえは何も尊重しないのだ、立石さえも。

カルナックの石に戻るなら、あるいはむしろそこから離れるなら、他の誰かのように、石がこれほど黒くなく、地衣もまだ生え出していないころに眺められたらどんなにかよかったろう、と私は思う。夜——月が雲の中を移動し、海が砂浜で唸り声を上げるころ、金の半月鎌を携えてこれらの石のあいだをさまようドルイド尼僧の姿は（ここをさまようと仮定しての話だが）、確かに美しかったに違いない——クマツヅラの冠を頭に戴き、男たちの血で赤く染まった白い寛衣の裾を引きずって……亡霊のようにすらりとした尼僧たちは軽やかに歩いていた——髪を乱し——弱い月明かりの下、青白くなって。

われわれと別の者たちはすでに、これらのじっと動かぬ巨石はかつてドルイド尼僧の姿を見ていたのだ、と考えた。また別の者たちは、われわれと同様、ここにやってきても何も理解できないだろう。そして来るべき諸世紀のマエたちは、ここで鼻をへし折られ、骨折り損をすることになるだろう。
想像力がある定点から出発し、そこから離れることなくその光輪のうちを飛び回るとき、夢想は偉大なものとなり得る、少なくとも豊かな憂愁《メランコリー》を生み出し得る。しかし想像力が、かたちをもたず歴史を欠いたある対象に執着し、そこからひとつの学問を引き出し、ある失われた社会を復元しようとするとき、想像力はそれ自体、おしゃべりな連中が虚栄心からそのかたちを見つけ、編年史を作成すると主張する当の無機物よりも、もっと不毛でもっと貧しいものにとどまるのである。

先に挙げたすべての学者の意見を述べ来たったところで、カルナックの石に関して、今度はこの私がどのように推測しているのかと尋ねられるならば——誰にも自分なりの推測があるのだから——、私は反駁し得ぬ、否定し得ぬ、有無を言わさぬ意見、ラ・ソヴァジェール氏のテントを引っ込めさせ、エジプト好きのプノエを悔しがらせるような意見、カンブリの黄道帯を粉砕し、大蛇ピュトンを筒切りにしてしまうような意見を表明しよう。で、その意見とは、こういうものである。カルナックの石は大きな石である。

さて、われわれは宿屋に戻った。宿屋では、青い大きな目をし、なかなか得がたいほっそりとした手をもつ、修道女の恥じらいを含んだ優しい顔立ちの女将に給仕してもらい、夕食をとった。五時間も歩いたので、腹はぺこぺこになっていた。まだ眠るには早かった。といって、何かするにはもう暗い——そこでわれわれは教会に出かけた。

小さな教会である。それでも、貴婦人を思わせる町の教会のように、身廊と側廊はちゃんと備えている。どっしりとした短くて太い石柱が、青い木製の丸天井を支えている。天井からは小さな船がいくつかぶら下がっているが、これは嵐の際の加護を託した奉納物である。帆の上を蜘蛛が走り、綱《ロープ》は埃のせいで腐っている。

ミサは何もおこなわれていなかった。内陣のランプだけが、黄色い油を湛えた受け皿の中で燃えていた。上の、丸天井の奥の方には、閉まっていない窓から、幅の広い白色の光線が、木々をたわめる風の音をともなって射し込んでいた。ひとりの男がやってきて――椅子を並べ――柱に掛けられた鉄製の枝付き燭台に、ろうそくを二本置いた。そして中央に、脚の付いた担架のようなものを引っ張り出した。その黒木には、大きな白い染みが点々と付いている。ほかの人びとが教会に入ってきた――白短衣《スルプリ》をまとった司祭がわれわれの前を通っていった――小さな鐘の鳴る音が、止んだかと思うとまた聞こえてくる。教会の扉が大きく開いた。小さな鐘の音はとぎれとぎれ聞こえ、それに応える別の音に混じる。ふたつの音はどちらも大きくなっていって互いに接近し、その乾いた銅の音色を一段と鳴り響かせるのだった。

牛に引かれた荷車が一台、広場に現れ、教会の正面入口《ポルターユ》の前で止まった。死体がひとつ載っていた。洗った雪花石膏のように青白く、艶のない足が、白いシーツの端からはみ出している。死者をくるむそのシーツは、衣服を身に着けた死体がどれも帯びるあの曖昧な輪郭を描き出している。集まってきた群衆は黙っていた――男たちは帽子をとったままだった――司祭は灌水器《かんすい》(40)を振って祈りの文句をつぶやき、荷車につながれた二頭の牛は、頭をおもむろに動かしては、革製の太いくびきを軋ませていた。教会の向こうに星がひとつ光っている。教会は大きな黒い影となって広がり、雨もよいのたそがれ時の緑の光が、

(40) 教会の儀式で聖水撒布《さっぷ》に用いる棒状の、もしくは柄をもつ金属の球形の器具。

それを外側から押し戻そうとしていた。そして教会の敷居を照らす子供は、風で吹き消されないように、ろうそくの前にずっと手をかざしていた。

死体が荷車から降ろされた——頭が梶棒にぶつかった——死体は教会に運び込まれる——例の担架の上に載せられる——男と女が続々とあとに従う——一同が床にひざまずく——男たちは遺骸の近くで——女たちはもっと離れて扉のあたりで。そうして、儀式が始まった。

儀式は長くかからなかった——少なくともわれわれにとっては——詩篇の朗唱が低い声ですばやくおこなわれたからである——朗唱は、身廊の下の方では、黒いケープの下から漏れる弱々しい嗚咽《おえつ》によって、時折掻き消された。手が私に触れた。私はうしろにさがり、ひとりの女を通してやった。女は身をかがめ——胸の上で両の手を握りしめ、うつむいて、前へ出ようとして足が動かず、眺めようとするが実際目にするのは怖いといった様子で、担架に沿って燃える灯火の列の方へ進んでいった。ゆっくり、ゆっくりと、まるでその下に身を隠そうとでもいうように片腕を挙げて——肩の先の方に顔を背けると、女は椅子に倒れるように座った——打ちひしがれて——身につけた衣服のように生気なく、だらりとして。

大ろうそくの光に照らされて、私には、激しい火傷《やけど》にでもあったように充血した女の目が赤い瞼《まぶた》の中でじっと動かずにいるのが、馬鹿になったような引きつった口が絶望のあまりぶるぶる震えるのが、そして雷雨のようにさめざめと泣くその哀れな顔全体の様が見えた。

死体は女の夫のものであった——海で姿を消し——砂浜で見つかったところだった。そしてこのあとすぐに埋葬されるのだ。

墓地は教会に隣接していた——一同は脇の扉から墓地へ移動した。聖具室で死者を収めた柩に釘が打たれているあいだ、銘々は元の順に並んだ——小糠《こぬか》雨が空気を湿らせていた——寒かった——下はぬかるんで歩くのが難儀だった。墓掘り人夫たちはまだ仕事を終えておらず、スコップに粘りつく重い土をやっとのことで放り投げていた。奥の方では、草の中にひざまずく女たちがもうケープのフードや白い大きな頭巾を脱いでいた。その頭巾の糊のきいた垂れ端が風で持ち上がり、遠くから見ると、地面から昇ってゆらめく一着の大きな屍《し》衣のようであった。

死者が再び登場した。また祈りが始まり、すすり泣きが起こった。降り続く雨の音を通してそれらが聞こえてくる。

われわれの近くから、笑い声に似た、くっくっという鳴き声を押し殺したようなものが、同じ間隔をおいて漏れ出ていた。この場以外のところでそれを聞いた者は、何か激しい喜びが爆発するのを抑えようとしているのだろう、あるいは、狂おしいまでの幸福が絶頂に達するのを押しとどめているのだろう、と思ったに違いない。未亡人が泣いているのだった——それから、女は墓穴の縁《ふち》まで近寄って——ほかの人びとと同じように振舞った。地面が少しずつ元通りに埋まっていった。そして、各人帰っていった。

われわれが墓地の階段を大股で下っていると——そばを通りかかった若い男が、もうひとりの男にフランス語でこう言った。「あいつ、臭かったな。全身ほとんど腐ってたね。

三週間も水に漬かってたんだから、驚くこともないけどさ」。

宿に帰ると、女将が子供に乳を飲ませていた。椅子の上で体を左右に揺すって、抱いた子を寝かしつけているところだった。

カルナックには、われわれの好奇心をそそるものはもう何もなかった。われわれは教会の脇扉口の醜悪な天蓋をすでにゆっくり見ていた。それは菓子職人の建築趣味に属すものである。私の言うのは、デコレーションケーキの名で知られるあのひどい発明品を通例飾りつける建築のことである。そこでは砂糖漬けしたオレンジの薄切りがアーケードをつくり、チョコレートのかけらが柱になり、ピンクの砂糖でできたオベリスクの先端には花があしらってある。われわれはまた聖コルニーユ(41)の像も眺めていた。像は、リヨン・ソーセージが紐で巻かれる以上にぐるぐると綱で巻かれていた。聖人に触れた綱は、病気にかかった動物を治す効能があるのだ。そういうわけで、教会の大扉の上には彩色した看板のようなものがあるが、そこには、この獣の病を癒《いや》してくれるありがたい聖人のもとに、それぞれ雌牛と去勢牛を連れてゆくふたりの農夫の姿が描かれている。これらの綱は聖人像のまわりにしばらく巻きつけられていると、証書を得ることができた。その綱を人びとが持ち帰り、自分の家で保存するのである。また隣同士、村同士で貸し借りするのである。「国民新聞(42)」なら、「良識あるフランスが追放した迷信の恥ずべき名残」と言うだろう。

それでもわれわれはまだ三日間カルナックにとどまった。その間、ひたすら海岸を散歩し、浜辺で寝そべっていた。浜辺では持参した棒《ステッキ》でアラベスクを描き、それを潮が満ちてきて洗い消していった。そしてまたわれわれは日の光をたっぷり浴びながら横たわり、ト

(41) 本章・注(18)を参照のこと。
(42) 一八三〇年にティエール、ミニェ、カレルによって創刊され、一八五一年に廃刊処分を受けた自由主義新聞。

カゲさながらに眠ったのだった。

砂浜に隣合って腰を下ろし、手に砂をとり、それが指のあいだからこぼれ落ちるのを眺めた。空《から》になった何か古いカニの干からびた残骸をひっくり返した。インク壺にしようと、窪みのある小石を探した。貝殻を拾い集めた。こんなふうにして一日が過ぎていった。日が海に傾くと、海は色を変えてゆく。しかし波音は変わりなく聞こえ、浜には海草と泡とが織りなす長い花づな模様が残された。われわれは胸を押し広げ、波の香りを吸い込んだ。水と風と草の混じった、大洋の底から湧き出てくる甘美でつんとする香りだ。そして、暖かい息吹が砂丘の孔《あな》から上がってきた。砂丘に生える細いイグサが、ゲートルの留め金にまつわりついた。日が暮れると、真紅の太い帯がいく筋も青空に棚引くのを眺めながら、われわれは宿に引き返した。

ところが――ある朝、われわれはいつもの朝のように出かけ、同じ小道をとった。若い楡《にれ》の垣根や斜面をなす牧草地を通り抜けた。そこでは、前の日に、ひとりの少女が家畜を水飼い場の方へ追い立てているのを目にしていた。だが、われわれがそこを通るのも、それが最後の日、そして恐らく最後の機会となったのである。

足首までめり込むぬかるんだ土地が、カルナックからル・ポー村まで広がっている。村では一艘《そう》の小舟がわれわれを待っていた。中に乗り込んだ。船頭が櫓《ろ》で水底を突き、帆を揚げた。

われわれの船頭（陽気な顔つきをした老人であった）は、艫《とも》に腰を下ろし、その平らな船べりに、魚を捕《と》るために糸を結びつけた。そしておもむろに舟を出発させた。風はほとんど凪《な》いでいた――真っ青な海にはさざ波もなく、舵《かじ》のつける細い航跡がいつまでも残っていた。爺《じい》さんはおしゃべりをした――われわれに話してくれたのは、気に入らない司祭たちのこと――小斎日(43)であろうが食べるうまい肉のこと、兵役に就いていたころの苦労、税関吏をしていたときに食らった銃撃のこと……われわれは静かに進んでいった。ぴんと張られた釣糸がずっとあとからついてくる。そして船尾の三角帆の端が海水に浸かっていた。

サン＝ピエールからキブロンに行くには、まだ一里ほど歩かねばならなかった。砂地を通る道は起伏が多く、照りつける日のせいでリュックサックの負い革が肩でキュッキュッと音を立て、平原にはメンヒルがたくさん立ち並んでいたにもかかわらず、われわれはこの行程をやすやすとこなした。

キブロンでは、ホテル・パンティエーヴルを経営するロアン・ベ＝リル氏のところで昼食をとった。この紳士は、暑いので古スリッパを裸足でつっかけ、石工《いしく》と一杯やっていた。そんなふうではあっても、この人物は、ヨーロッパにおける最初の家族のひとつの子孫なのである(44)。旧い家柄の貴族、本物の貴族が、畏れ多くもわれわれのためにオマールをすぐに茹でてくれ、ビフテキを作るために肉を叩き始めてくれたのだ。そのために、われわれの自尊心は隅々まですっかり満足させられた。いまでも私はこの栄誉のことを考えると、私の人生を満たしてくれたすべての栄誉を神にいっぺんに感謝せずにはいられなくなるのである。私は王家の血筋を引く女性たち(45)の接吻を賜ったことがあるし、モンモランシー家(46)の人と夕食をともにしたこともある（このお方は私にりんご酒を注《つ》いでくれさえした）。

(43) 教会が肉食を戒めている日。

(44) ここで貴族として描かれているロアン・ベ＝リルなる人物は、その後の調査の結果、ブルターニュ地方の旧家ロアン一族とは無縁であることが報告されている。〔底本注〕

(45) ベリー公妃（第三章・注（21）参照）のことである。ルイーズ・コレ宛の書簡の中で、フローベールは、行列を眺める群衆の中にいた少年の自分に目を留め、接吻してくれたベリー公妃の思い出を書いている。〔底本注〕

(46) モンモランシーは一〇世紀より続くフランスの名門貴族の家門。家名はパリ郊外のモンモランシー村に由来するが、ブルターニュに地盤をもつモンモランシー＝ラヴァル家など多くの傍系がある。ここで言及されている「モンモランシー家の人」とは、マクシム・デュ・カンが担当した第四章に登場する人物。ラ・ロッシュ＝ベルナールという町の宿屋で、フローベールらはこの人物と夕食をともにしている。

ロアン家の人に食事を出してもらえたし、ルイ・フェサール(47)と一緒に飲んだこともある。そして枢機卿たちとかなり親しく交わったこともあるのだ。

キブロンの過去は大量殺戮(48)の一語で要約される。この町の最大の見所は、墓地である。墓地はいっぱいで——はちきれんばかりだ——塀は壊れ——墓地が通りにまではみ出している。ぎっしり詰め込まれた墓石は角が崩れ、互いに積み重なり合い、侵入し合い、飲み込み合いして、見分けがつかなくなっている。まるで、石の下で窮屈な思いをしている死者たちが、墓から出ようとして肩を持ち上げているかのようである。その光景は、それら墓が波をなす、何か石化した大海という感じで、十字架は難破船のマストといったところだ。

中央にある、すっかり開け放たれた大きな納骨堂には、ほかの死者に場所をあけるために掘り出された死者の骸骨が収容されている。人生は宿屋であり、柩こそが家である、とはいったい誰の考えだったろう(49)。ここに収容された死者は、自分の家にとどまることができない。家を借りているにすぎず、貸借契約が切れると、そこから追い出されてしまうのだ。中に収められた骸骨の山が雑然と積み重ねられた小枝の束のように見えるこの納骨堂のまわりには、それぞれが一五平方センチ余り(50)ある黒木の小さな箱がひと続き、人の背丈ほどのところに並べられている。箱には屋根がかぶせてあり、その上に十字架が載り、また表面には透かし細工でハート型が刳《く》り貫かれ、それを通して中に髑髏《どくろ》が見える。そのハート型の上方には、採色した文字で、「これなるは某年某日に亡くなりしｘｘｘの頭骨なり」とあるのが読み取れる。これらの頭蓋骨は、ある程度地位のある人びとのものと限られていた。そして、死後七年経っても親の頭蓋骨にこの小さな櫃《ひつ》を捧げるのを惜しんで

(47) ルイ・フェサールはルーアンの水泳教師。〔底本注〕（フローベールは書簡の中で、「世界最高の泳ぎ手のひとり」と形容している——訳者記）

(48) 一七九五年六月二七日の、革命に対する王党派の決定的敗北を告げる大量虐殺のこと。〔底本注〕
なお、第一章・注（58）も参照のこと。

(49) ギリシアの歴史家ディオドロス（前九〇頃—前二〇頃）の著書『歴史文庫』中に見られる考え。〔底本注〕

(50) 原文に則して訳すと「一五平方センチ余り」となるが、これが箱のひとつの面の面積であると考えると、髑髏を収めるものとしてはあまりに小さい。そこで、「一五平方センチ余り」は、箱の一辺の長さ「一五センチ余り」を示すつもりで（誤って？）書かれたものと解すべきではないかと思われる。

いるようなら、親不孝な息子と見なされることになる。死体の残りの部分はどうなるかといえば、納骨堂に投げ入れられるのである。そして二五年後には、頭蓋骨もまたそこに捨てられるのだ。数年前に、こうしたしきたりを廃止しようという動きがあった。ひと騒動あり、結局、しきたりは残った。

　思想を宿したことのあるこれら丸い玉を、恋が高鳴っていたこれら空洞の輪を、このようにもてあそぶのはよくないことかもしれない。納骨堂に沿って、墓の上に、草の中に、塀の上にと――雑然と置かれたこれらの箱すべては、ある人たちには恐ろしいものと、また別の人たちには滑稽なものと思われるかもしれない。だがこれらの黒木は、その中に入っている骨が白くなって崩れるにつれ、腐ってゆくのである。こちらを見つめる頭蓋骨は、鼻が蝕《むしば》まれ、眼窩《がんか》はうつろで、額はかたつむりが通ったねばねばした跡がところどころ光っている。大腿骨は、聖書に出てくる大納骨所さながらに積み重ねられている。頭蓋骨の破片は転がって土にまみれ、時に、磁器製の壺ででもあるかのようにそこに何か花が育ち、目の穴から顔を出す。碑文は、それが示す死者たちがそうであるようにどれも似たり寄ったりで、俗悪そのものである――で、こんなふうに並べられたこの人間のあらゆる腐敗は、われわれにはひどく美しいものに見えたのであり、われわれに揺るぎない、有益な景観を呈示してくれたのである。

　オレー[51]の郵便配達が到着していたなら、われわれはすぐにベ＝リル[52]に向けて出発していただろう。だが、オレーの郵便配達を待つはめになってしまった。連絡船の船員たちはシャツ姿になって腕をまくり、宿屋の台所に腰を下ろし、酒を飲み飲み辛抱強く待ってい

(51)　ブルターニュ半島南岸、ロックもしくはオレー川の河口にある町。本章の地図を参照のこと。

(52)　ブルターニュ半島の南、キブロンの沖合一〇数キロに位置する島。なお、「ベ＝リル」はフランス語で「美しい島」の意。

た。

「オレーの郵便配達はいったい何時に着くんだい」

「その時々だが、普通は一〇時だね」と船長が答えた。

「いや、一一時だ」と言う者があった。

「一二時だよ」とロアン氏が言った。

「一時だ」

「一時半」

「二時前に来てないのはしょっちゅうだ」

「決まってないってことさ」われわれは納得した。三時になっていた。べ＝リルに陸からの至急便を届けるこのままならぬ郵便配達が到着しないうちは、出発できなかった。諦めるほかはなかった。みんなはドアの外に出て、通りを眺め、戻ってきてはまた出ていった。「ああ、今日は来ないな――途中で止まってんだろう――ここを出なきゃ――いや、待ってみよう――あの旦那たちがあまり暇をもてあましてくると……実は、手紙がないっていうことかも――いや、もうちょっとだけ――あっ、奴だ」が、そうではなかった。こうしてまた会話が始まるのだった。

とうとう、踝《くるぶし》をぶつけて走る疲れた馬の速足《トロット》が――鈴の音が――鞭《むち》を打つ音が――「どう！　どう！」と叫ぶ男の声が聞こえてきた。「郵便配達だ！　郵便配達だ！」

馬は戸口の前でぴたりと止まると、背中を反らせ、首を突き出し、鼻面《はなづら》を伸ばして歯を剝き出し、後脚を開き、体を起こした。

駄馬は背が高く、膝が内を向き、骨ばっていて、たてがみの毛はなく、蹄《ひづめ》は蝕まれ、蹄鉄はがたがたいっていた。尾は鞦《しりがい》(53)によって傷み、胸には串線《かんせん》(54)の処置が施されていた。行嚢《こうのう》(55)によってうしろから、鞍骨《くらぼね》に通した手紙を入れる大きな折り鞄によって前から支えられる恰好となった馬の乗り手は、鞍に飲み込まれて姿が見えないほどで、馬上高く跨がり、体を丸く縮めている様は猿のようであった。ブロンドのひげもまばらな、レネット(56)のように皺《しわ》くちゃで干からびたその小さな顔は、フェルトの裏を付けたオイルクロス地の帽子の下に隠れていた。灰色のズック製のハーフコートのようなものは腰までめくれ上がり、腹のまわりに皺を集めていた。一方、アンダーストラップ(57)のないズボンの裾は膝まで持ち上がり、また青い長靴下が靴の縁までずり落ちているので、鐙《あぶみ》革にこすれて赤くなったふくらはぎが剝き出しになっていた。馬具は紐で結びつけられ、乗り手の衣服は黒糸や赤糸の切れ端で繕われていた。あらゆる色を使った修繕、あらゆるかたちの染み、ぼろぼろになった布、脂で汚れた革、乾いた糞《ふん》、かぶったばかりの埃《ほこり》、垂れ下がる綱、てかてか光る古着《ぼろ》、男にこびりついた垢《あか》、馬の皮膚に現れた疥癬《かいせん》。一方は弱々しげで、汗をかき、もう一方は瘦せこけ、息を切らしている。前者は鞭を手にし、後者は鈴をつけて。これらすべてが同じひとつのもののみを形成していた。同じ色合と動きをもち、ほとんど同じ仕種をし、同じ用途のために役立っていた。そしてその全体が、オレーの郵便配達と呼ばれるものなのである。

さらに一時間して、この地の小包やことづけの品をたっぷり受け取り、来るはずになっていた二三の乗客を待ったのち、やっと宿屋を出て、船に乗ろうということになった。初

(53) 荷鞍《にぐら》がずれないように、馬の尾の下に通して荷鞍を固定する革紐。
(54) 皮膚に二ヵ所孔《あな》を開け、ガーゼを通して排膿をおこなうこと。
(55) 郵便物を入れて運ぶ袋。
(56) 香りの強いリンゴの品種。
(57) 第三章・注(50)を参照のこと。

めのうちは、荷物と人間、歩く邪魔になるオール、鼻先に落ちてくる帆でごった返しとなり、それらが互いに動きがとれず、どこに落ち着いたらよいかわからない、といった有り様だった。それからすべてが静まり、それぞれが片隅におさまり、落ち着き場所を見つけた。荷物は奥の方にやられ、船員たちはベンチの上に立ち、乗客はどこでも空いているところに身を置いた。

風はそよとも吹かず、帆はマストに沿ってだらりと垂れ下がっていた。重い艇は、すやすや眠る者の胸のように穏やかに盛り上がっては下がるだけの、ほとんど動きのない海の上に、かろうじて浮かんでいた。

われわれは平らな船べりにもたれながら、空のように青く、空のように静かな水を眺め、波を打ち、橈承《かいうけ》の中で軋《きし》む大きなオールの音に耳を傾けていた。帆の下に交互に座った六人の漕ぎ手がゆっくりと、拍子をとってオールを持ち上げ、前方に押し出す。オールは水中に沈み、また引き上げられる。その先端のへらの先からは、滴《しずく》が真珠となって連なり落ちていた。

藁《わら》の中に仰向けに横たわる者、ベンチに腰掛け、足をぶらぶらさせ、顎に両手を当てている者、暑さのために夕ールが溶け出している肋《ろく》材でできた太い支柱のあいだの、隔壁に寄り掛かっている者——乗客たちは、沈黙したまま頭《こうべ》を垂れ、鏡のように平らな海に照りつける日の輝きに目を閉じていた。

白髪の男が私の足下の床の上で寝ており——三角帽をかぶった憲兵が汗をかいていた。——ふたりの兵士が背嚢を下ろし、その上に横になっていた。斜檣《しゃしょう》(58)の近くでは、少年水

(58) 帆船の船首から斜め前方に突き出た帆柱。

夫が三角帆《ジブ》の中に目をやりながら、風を呼び寄せようと口笛を吹いていた。——船尾では船長が立って、舵柄《だへい》を動かしていた。

凪は起こらず、帆が畳まれた。帆はすべり環《わ》の鉄の音を響かせながらゆっくりゆっくり下りてきて、その重い垂れ布がベンチの上にどさっと落ちた。そのあと船員はみな上着を脱ぎ、船首の下に詰め込んだ。そうして全員が、胸と腕で押しながら巨大なオールを再び動かし始めると、オールはその全長がしなった。

大気は透明で青みがかっていた。大気を渡って一切を包み、一切に照りつける剝き出しの光は、小船の古びた灰色の木材、目の詰んだ帆、汗がしたたり落ちる男たちの皮膚に深く染み込んでくる。男たちはそろって息を弾ませていた。胸が息を吸い込む音と、オールが水の中に沈む音とが一緒に聞こえた。

その腕という腕が伸ばされ、下ろされるたびに、われわれは音もなくすうっと前方へ引っ張られた。舵のまわりで海水がぴちゃぴちゃ音を立てるのが、もっとはっきり聞こえる——そしてこの静寂に包まれて小船は前進し、それから揺れ、そしてまた進み出すのだった。

うしろの方には、キブロンの砂浜が少しずつ遠のいてゆくのが見える。左手には、ワット島とオエディック島が濃い緑に包まれたその威容を、淡い青色《ブルー》の海面にこんもりと浮かべている。そして草で頂を覆われた岩々の断崖と、壁が海へと溶け入る城砦が大きくなり、ベ＝リルが波の下からゆっくりと立ち上ってきた。ふたりの兵士がベ＝リルの懲治連隊へ、憲兵によって護送されてゆくところだった。兵士らをおとなしくさせる助っ人として憲兵に雇われた射撃兵が、ふたりに手をつくして説教していた。すでに今朝、われわれが朝食をとっているあいだに、兵士のひとりは憲兵隊の班長と一緒に宿屋に入ってきた。いばったふうで、口ひげをぴんとはね上げ、両手をポケットに突っ込み、円筒帽《ケピ》を斜めにかぶり、「早いとこ」食い物と飲み物を出してくれ、何でもいい、「砒素だってかまいやしない」と言い、呼びつけ、ののしり、わめき、もっている硬貨をちゃりんちゃりん鳴らし、気の毒に憲兵をかりかりさせていた。今もまだ笑っている。だが、笑っているのは唇だけで、大きな白壁が水平線に浮上してくるにつれ、浮かれた様子も次第に見られなくなってきた。あの白壁の中で地面を鋤《す》き、鉄の球を引くことになるのだ。相棒の兵士はもっと静かだった。ぶくぶくっとした醜い顔をしていて、あまりの品のなさゆえ、この生きた肉塊を砲弾のやってくる方へ押し出す者たちが示す途方もない軽蔑ぶりや軽視ぶりがすぐにも理解できる、といった類の人間だった。

この男は海を見たことがなかった。男は両の目を見開いて、海を眺めていた。そして自分自身に話しかけるように言った、「とにかくおもしろいもんだ。見ていると、とにかく、存在するもののだいたいのことが分かるな」。私は深遠な意見だと思った。多くの婦人方に捧げられるのを耳にしてきたあらゆる叙情的な真情の吐露と同様に、物そのものの印象に心動かされた者の意見だと思った。

もう一方の兵士は、この男に対する軽蔑の念を隠さなかった。ふたりは朋友だったが、兵士は相棒を見やっては、憐れんで肩をすくめた。まわりを取り囲む人びとを相棒を種に笑わせようとし、十分に楽しむと、相棒をその場に眠らせてやってから、われわれの方を向いた。それから兵士は自分自身のこと、これから服役する営倉のこと――うんざりする連隊のこと――やりたいと思っている戦争のこと――飽きあきしている生活のことなどを、われわれに語った。そうやっているうちに少しずつ、わざとらしい陽気さは失《う》せ、作り笑いは消え、兵士は率直に、穏やかに、もの憂げに、そしてほとんど優しくなっていった。苛立つ己の心にずっと前からのしかかる一切のことに耳を傾けてもらえる、とようやく分かって、兵士はわれわれに兵隊のつらさ、兵舎の不愉快さ、礼儀作法の馬鹿ばかしいまでのやかましさ、軍服の耐えがたさ、伍長らの剝き出しの横柄さ、盲従を余儀なくされることの屈辱、義務の一語のもとに強いられる本能と意志の絶えざる圧殺について、長々と述べたのである。

この兵士は、なんとズボンを一本売ったために一年の懲治を言い渡されたのだ。

「多くの連中にとっちゃ」と兵士は言った、「そんなことは何でもないんだ、（相棒を指しながら）たとえばこんな奴にとっちゃね。百姓は土を耕すのに慣れてんだから。でも俺にとっちゃ、手を汚すことになるんだ」

おお、〈うぬぼれ〉よ！　お前のアプサント(59)の味は誰の口にもまた上ってくる、そして誰の心もお前を反芻するのだ。

どんな人間だったのか、他人との交わりがあんなにもつらいとこぼしていたこの兵士は。庶民の子、パリの労働者、鞍具工の見習いだったのだ。私は哀れんだ――激しやすくて淋しい男、常に欲求不満でいらいらし、いつまでも尾を引く欲望にさいなまれ、桎梏《しっこく》に我慢できず、仕事でくたくたになるこの男を、私は哀れんだ。してみると、われわれだけでは

(59) ニガヨモギを主な香味料とする緑色のリキュール。苦みがあり、アルコール分は約七〇％と高い。

ないのだ。われわれは暖炉の片隅で、部屋の中のこもった空気を吸いながら、心に味気なさを覚え、ぼんやりとした怒りを感じ、そんな状態から、恋を試みたり書こうとしたり、大騒ぎして逃れ出ようと努めているのだが、あの男にしても、程度の低いその生活圏のうちで、リキュールやはすっぱ女相手に同じようなことをしているのだ。あの男もまた、金や自由や外の空気を欲している。居所を変えたい、どこでもいい、ほかの場所に逃げてゆきたい、と思っている。退屈し、望みなく待っている。

　進歩した社会は、人込みの臭いに似た、むかつくような瘴気《しょうき》を発散している。そのために気を失うのは、ひとり公爵夫人ばかりではない。手袋をしていない手はしている手より丈夫である、と思ってはいけない。何も知らなくても何もかもがいやになることもあるし、『ウェルテル』[60]や『ルネ』[61]を読んだことがなくても外套を着て歩くのにうんざりすることもある。そして、銃で頭を撃ち抜いて自殺するためには大学入学資格試験《バカロレア》に受かっていなければならない、などということはないのだ。

　出発があまりにも遅れたので港には海水がほとんどなく、入港するのにひどく苦労した。船の竜骨《キール》が海底の小石を軽くこすり、陸に降り立つためには、綱渡りさながらにオールの上を歩かなければならなかった。

　城砦と城壁に挟まれ、ほとんどからっぽの港によって真ふたつに分けられるル・パレは、われわれには相当に間の抜けた小さな町と映った。そこには駐屯地の倦怠が滲《にじ》み出ていて、町全体が、何やら暇をもてあましてあくびをしている下士官といった感じがするのだ。

　ここではもう、寸詰まったかたちをし、つばがたっぷり大きくて肩まで包み込むような

(60)　ドイツの文豪ゲーテ（一七四九—一八三二）の書簡体小説『若きウェルテルの悩み』（一七七四年）。

(61)　フランス・ロマン派の作家シャトーブリアン（一七六八—一八四八）の半自伝的小説（一八〇二年出版）。『アタラ』と対をなす。

ル・パレ

モルビアン(62)の黒いフェルト製の帽子は見かけない。女たちは、顔の前に修道女の頭巾のように突き出し、うしろは背中の中程まで垂れ下がり、幼女なら体の半分も覆ってしまうあの大きな白頭巾をかぶっていない。女たちのドレスには、肩に縫い付けられ、肩甲骨の線を浮き出させ、わきの下までいって見えなくなるビロードの幅広の飾り紐は付いていない。女たちの足もまた、先が丸くてかかとの高い、地面をかすめる長い黒リボンの飾りのある、あの足の甲が剝き出しになる靴をまったく履いていない。ほかのどことも変わらない。人びとの顔つきはどれも似通っているし、服装も独特のものではなく、境界標も、舗石も、家々も、そして歩道さえも代わり映えしないのだ。

われわれにはほとんどどうでもよい城砦、それ以上にどうでもよい灯台、あるいはもうすでにうんざりしているヴォーバンの城壁――こんなものばかりを眺めるために、船酔いの危険に身をさらす必要があったのだろうか（もっともわれわれは船に酔わずにすんだので、寛大な気持ちになってはいたが）。しかし、ベ＝リルの岩のことは人から聞かされていた。そこで、われわれは直ちに城門を通り過ぎ、野原を横切ってずんずん進み、海岸の方に向かった。

われわれが目にしたのは洞窟、たったひとつの洞窟だけであった――日が傾きかけていた――だが、その洞窟はとても美しく思われたので（海草と貝殻に一面覆われ、上から滴《しずく》がぽたぽた落ちていた）、翌日もベ＝リルにとどまり、同じような洞窟がまだあるなら探し、こうしたあらゆる色彩による饗宴に目を心ゆくまで楽しませることに決めた。

そんなわけで、翌日、夜が明けるや水筒に水を入れ、リュックサックのひとつにパンと

(62) ブルターニュ半島中南部の県。

肉を一切れずつ詰め込むと、われわれは逃げ出すように出発したのである。ガイドブックもどんな予備知識ももたず（これこそがよいやり方なのだ）、遠くでありさえすればどこへでも行こう、遅くなりさえすればいつでも帰ろうと心に決め、歩き始めた。まず、草の中の小道を進んだ。道は断崖の高いところをたどり、突端へ上り、小さな谷へ下り、そうしてずっと断崖の上に続き、断崖とともに島をひと巡りしていた。

　地崩れのために道が途絶えると、平原の方へずうっと上ってゆき、そして、青い筋となって空と接する海の水平線を頼りに進んでゆくと、不意に、われわれの傍らにぽっかりと深淵をのぞかせる斜面の頂に戻るのであった。われわれは切り立った斜面の頂を歩いていたので、そこからは岩々の腹はまるで見えず、足の下の方から、岩を打ちつける海の激しい音が聞こえてくるばかりだった。

　時折、岩はその雄姿を現した。ほとんどまっすぐに立つその両の壁面をいきなり見せるのだったが、そこには燧《すい》石の層が幾筋も刻まれ、また、こじんまりとした黄色い木立が繁茂していた。石を投げてみると、石はしばらく宙吊りになったように見え、それから岩壁にぶつかり、跳ね返りながらころがり落ち、粉々に砕け、土をずり落とし、小石を巻き添えにし、砂利の中に紛れ込んでその一連の動きを終えるのだった。そして、飛び立つ鵜《う》の鳴き声が聞こえてきた。

　ここではにわか雨や雪解け水が、上の方の地層の一部を峡谷に頻繁に押し流していた。土は少しずつ流れ出し、傾斜をなだらかにしていたので、そこを下ってゆくことができた。われわれはそうした峡谷のひとつに挑んでみた。足をつっかい棒にし、手で体を支えながら尻で滑り、ようやく下に広がる濡れた美しい砂の上に降り立つことができた。

潮が引いているところだった。が、通り抜けるには、波が引くのを待たなければならなかった。われわれは波が寄せるのを眺めていた。波は水面すれすれに顔を出す岩のあいだで泡立ち、岩の窪みで渦を巻き、マフラーが舞うように跳ね上がると、滝とも真珠ともなって落ちてきて、しばらく揺れ動いているうちに、元の広大な緑の水面に戻るのだった。波が砂浜を引くと、たちまち幾筋もの水流が低い方へと流れ去ろうとし、絡まり合った。海草はそのねばねばした細長い葉を揺らし、水は砂利からあふれ、石の割れ目から出てきて、ぴちゃぴちゃと無数の音を立て、至るところで噴き出した。濡れた砂は海水を吸い込み、それから日を受けて乾くと、その黄色い色調を白くしてゆくのだった。

波が引いて足を置くほどの場所が現れるや、われわれは岩を跳び越しながら、前進を続けた。やがて、乱雑に積み上げられた岩が増えていった。岩は互いに押し合いへし合いし、重なり合い、ひっくり返し合っている。われわれは手足を使ってしがみついた。だが、手は滑るし、足はぬるぬるした岩の出っ張りを踏みはずしてしまうのだった。

断崖は高かった。見上げるたびにほとんど恐怖を覚えるほど、高くそびえていた。平然と静まりかえった様には圧倒されたが、しかしまた断崖に魅了されてもいた。というのも、ついつい見とれてしまったし、またいくら眺めても倦むことがなかったのだから。

ツバメが一羽通った。われわれはその飛翔ぶりを眺めた。海の方からやってきてはゆっくり上昇し、光にあふれた大気の流れを羽で切り裂いてゆく。翼《つばさ》は大気の中に完全に浮かび、のびのびと広げられるのを楽しんでいるふうだった。

ツバメはまた上昇し、断崖を越え、さらに上昇を続け、姿を消した。

われわれは、それでも岩山を這って進んでいった。岩山の斜面の曲がり角では、そのつど新たな眺めが広がった。岩山は、時折、途切れた。するとわれわれは、敷石のように平らな四角い石の上を歩くことになる。そこには、ほとんど左右対称に割れ目が走っていたが、それは、別世界へ通ずる何か古《いにしえ》の道にできた轍《わだち》のように思われた。

ところどころに大きな水たまりが広がっていた。水たまりはその緑がかった底と同様、静止していた。森の奥深く、クレソンが敷きつめられた川床から湧き出る、柳の木陰の澄みきった泉のように透明で、静かで、動かなかった。それからまた岩山が出現するのだが、岩は前よりさらにぎゅっとひしめき合い、高く積み重なっていた。一方には海が広がり、波が低い岩に当たってしぶきを上げている。もう一方には——切り立った——険しい——征服しがたい——岩の斜面がそびえている。

われわれは疲れ、目が回ってきたので、抜け道を探した。しかし、断崖はどこまでいってもわれわれの前に突き出しているし、黒ずんだ海草が果てしなく密生する岩山は、その不揃いな頂を次から次と見せている。頂は、土の下から出てくる黒い幽霊のように、数を増しながら大きくなってゆく。

こうして当てもなくさまよっていると、突然、岩の中をジグザグに蛇行する小さな懸谷《けんこく》が目に入ってきた。この懸谷のおかげでわれわれは、梯子《はしご》を伝うようにして平地に戻ることができるのだ。

懸谷を登り終えると、島のこちら側が見渡せる高原に出た。それから、木の生えていない、まるで緑の彩《いろど》りといったものの見当たらない野原を通って、われわれは同じ方向を歩き続けた。とはいっても、あとはただ足を動かし前方へ押し出すだけでよいというのは、なんとも楽しいことだった。ひょろ長い樅《もみ》の木立が現れた。われわれはその中に入った。そして、私の肩で四時間ものあいだ激しく揺れていたリュックサックの留め金を外すと、パン切れにぶつかりぶつかり揺れていた子牛の冷肉の薄切りを、ふたりして、爪と手でずたずたに裂き始めた。

落ち葉の敷かれた地面に横になり、脚のあいだに食べ物を並べて、昼食をとった。その間、海水ですっかり濡れてしまった靴下と靴を、木の枝の先にひっかけて乾かしておいた。広げてあったテーブルクロスを仕舞い、うまいパイプを一服して疲れがとれると、われわれはすぐに棒《ステッキ》を拾い、出発した。

島を端から端まで横断したいと思っていたので、太陽を頼りに方向を定め、前方をまっすぐに進んでいった。だが、やがてわれわれは平原で道に迷ってしまった。それからは、ただもう海にまた出ようとのみ努めた。ずっと岸に沿って進んでゆけば、夕方になるか夜になるか、はたまた翌日になるか、ともかくわれわれは最後にはル・パレに戻れるはずだった。われわれはル・パレがどこにあるのか、そして自分たちがどこにいるのかさえも、もう分からなくなっていたのである。

構うものか、野原が醜くとも、ふたりして——ずっと横切って——歩き回るのはいつだって楽しいことなのだ——草の中を歩き——垣を通り抜け——溝を飛び越し、棒《ステッキ》でアザミを打ち倒し、手で葉や穂を引きちぎり、気の向くまま足の向くままあてどなく進み、歌を口ずさみ、口笛を吹き、おしゃべりをし、夢想にふけり、誰に聴かれることもなく、誰にあとをつけられることもなく——まるで砂漠にでもいるように自由になって。

ああ！　空気を——空気を——もっと空間を！　われわれの締めつけられた心は窓辺で息が詰まり、死に瀕しているのだから、われわれの捕らえられた精神は、穴の中に入れられた熊のように、いつも己を中心にくるくる回り、周囲の壁にぶつかっているのだから、せめて、私の鼻孔に地上のあらゆる風の香りを送り届けてほしい——私の視線をあらゆる地平線へと向かわせてほしい。

遠くにスレート葺《ぶ》きのきらきら光る屋根を見せてくれる鐘楼はひとつとてなく——藁葺き屋根や四角い中庭が木立ちと見事に調和した小さな集落も、隆起した土地の向こう側にひとつも姿を見せない。誰にも出会わない。農民は通らないし、草を食む羊もうろつく犬もいない。

ここの畑地には、どこにも人が住んでいる様子はない。ここで仕事はするものの、ここで生活しているわけではまったくない。畑地の所有者はみな自分の土地を利用はするが、愛してはいないらしい。

一軒の農家が目にとまった。われわれは中に入っていった。粗末な服をまとった女が、氷のように冷たいミルクを、炻器《せっき》(63)のカップに入れて出してくれた——みな奇妙に押し黙っていた。女はわれわれをじっと眺めていた——そうして、われわれは出ていった。

峡谷が海へと広がってゆくように思われる小さな谷を下った。黄色い花をつけた背の高い草が、われわれの腹のあたりまで伸びている。われわれは大股で進んでいった。水の流

(63)　細かい砂の混じった粘土の器。

れる音が近くに聞こえ、沼地に足がめり込むようになってきた。不意に、両側の丘の間隔が広がった。丘の乾いた斜面には、相変わらず短い芝といった感じの地衣類が、間《ま》を置きおき、張りつくように生えていて、まるで黄色い大きな染みのように見える。片側の丘の麓には、小川が一筋、岸辺に生えた発育の悪い灌木の低い小枝を縫うようにして流れていた。小川はもっと先に行って静かな沼に注ぎ込んだ。沼では、脚の長い昆虫たちが睡蓮の葉の上を動き回っていた。

日が照りつけていた――羽虫が微かに羽音《はおと》を立て、そのわずかな体の重みでイグサの先端をたわめていた。われわれしかいなかった――ふたりっきり――この人気《ひとけ》ない静けさに包まれて。

ここでは小さな谷は幅が広くなって盛り上がり、そのまま折れ曲がっていた。その向こうに何があるのか見ようと、小さな丘を登った。しかし、視界はまた別の丘に囲まれてすぐに遮られてしまい、あとは新たな平野が広がっているのが見えるばかりだった。それでもわれわれは勇気を奮い起こし、前進を続けた。島に置き去りにされ、自分たちの方へやってくる帆船でも遠くに見えないかと岬によじ登る旅人たちのことを考えながら。

地面が乾きを増し、草の丈が低くなった。と、突然、われわれの前に海が現れた――海は狭い入江に押し込められた恰好だった。じきに、ビワガライシ(64)や貝殻のかけらでいっぱいになった砂浜が、足下でキュッキュッと音を立て始めた。すっかりくたびれたわれわれは、浜辺にひっくり返ると、そのまま眠り込んでしまった。一時間して、寒さで目が覚め、また歩き始めた。今度は、道に迷うことはないという確信があった。われわれはフランス

(64) イシサンゴの一種。

本土に面した海岸に出ていた。左手にはル・パレがある。前の日に、われわれの心をすっかり虜《とりこ》にしたあの洞窟を目にしたのは、この岸辺だった。ほかの洞窟、もっと高くてもっと深い洞窟を見つけるのに、さして時間はかからなかった。

洞窟は決まって、まっすぐな、あるいは傾いた大きな尖頭アーチ状の口を開けており、均整のとれた、巨大な岩の切断面に、水しぶきを奔放に噴き上げていた。黒に紫の石目模様が入った――または火のように赤い――あるいは褐色に白く線の入った――洞窟は、見学に来ているわれわれに、そのありとあらゆる種類の色調とかたちを、その優美さを、その壮大な幻想味あふれるたたずまいを見せてくれた。血管を思わせる石目が縦横に走る銀色の洞窟があるかと思うと、また別の洞窟では、赤みを帯びた花崗《かこう》岩のゆるやかな斜面の上に、いく房か桜草に似た花が咲いており、また天井からは、いつ絶えるともなく滴《しずく》が細かい砂の上にぽたりぽたりとゆっくり落ちていた。ある洞窟の奥には、長く伸びたアーチ型の天井の下に、満ち引きする潮が恐らく日々かき混ぜては作り直すのだろう、つやつやと磨かれた白い砂礫《れき》の層があったが、まるで、海から上がるナイアス(65)の体を迎え入れるためにそこに用意されているかのようだった。が、その褥《しとね》はからっぽであり、永遠に主《ぬし》を失ってしまったのだ。残されたのは、まだ濡れている海草ばかり。ナイアスはここで、泳ぎに疲れたその美しい剥き出しの肢体を伸ばし、月の光を浴びて夜明けまで眠ったのだ。

日は沈みかけ、潮は入江の奥の、夕方の青い霧の中に消えゆく岩に満ちてきた――そして青い霧は、跳ね返る波の立てる泡のせいで、海面の高さが白くなっていた。水平線のほかの部分を眺めると、空にオレンジ色の長い筋が何本か引かれていて、突風にでもひと掻《か》

(65) 第三章・注(45)を参照のこと。

きされたといった趣だった。波に反映した空の光は、きらきらと多彩な波形模様を描きながら、海原を金色に染めていた。一方、砂に投げかけられた光は、浜辺を褐色に変え、さらにその上を、鋼《はがね》をまき散らしたようにきらめかせていた。

南へ半里程のところでは、海岸から海へ岩が一列になって伸びていた。そこまで行くには、朝歩いたと同じくらい、また歩かねばならなかった。われわれは疲れていたし、距離はだいぶあった。だが、あっちの方へ——この視界の向こうへ行ってみたいという思いがわれわれを駆り立てていた。そよ風が石の窪みにまで吹いてきて、水たまりにさざ波が立っていた。断崖の腹にへばりついた海草が小刻みに揺れていた。そして、これから月が出る方面では、淡い光が海水の下から立ち昇っていた。

影が長くなる刻限だった。岩は大きさを増し、波は緑を一段と濃くしていた。空もまた大きく広がり、自然全体が表情を変えつつあるようだった。

こうしてわれわれは、その先へ向けて前進を始めたのである。潮の満干《みちひ》のことも、陸地に帰り着くための路《みち》があとになってもまだ残っているかということも、気にかけてはいなかった。われわれにとっては、自分たちの楽しみをとことんむさぼり、細大漏らさず味わうことが必要だったのだ。朝よりももっと身軽に跳び、走り、疲れを感じることもなければ、行く手を遮るものもなかった。体にみなぎる生気が思わずわれわれを突き動かしていた。そして、確固とした特別な悦びに筋肉がさまざまに痙攣《けいれん》するのが感じられた。風に突き出した頭を振りふりし、また、手が草に触るとうれしくなった。波の香りを吸い込みながら、ここに存在するあらゆる色を、光線を、ざわめきを味わい、心に呼び起こしていた。

海草があやなす模様、砂粒の快い手ざわり、足の下で音を立てる岩の硬さ、断崖の高さ、波のつくる総飾《ふさ》り、海岸線の凹凸《おうとつ》、水平線から響いてくる音、それから、顔を伝う目に見えない接吻といった感じで通りすぎる微風――雲が――金粉をきらめかせながら――すばやく移動する空――昇る月――現れ出る星々。われわれの心は、こうしたあふれんばかりの壮麗な事象に浸っていた。それらを飽かずに眺めていた。それらを嗅ごうと鼻の穴を広げ、それらを聴こうと耳を開いていた。恐らくわれわれのまなざしに引きつけられたのだろう、大自然の力がおのずと発散し、そこに宿る生命の何かがわれわれのところにまで到達していた。そしてその何かはわれわれと同化し、こうしてさらに複雑な結びつきが生まれたおかげで、われわれは大自然の力をもっと身近なものとして理解することができ、もっと深く感じることができたのだった。それにたっぷり満たされ、その中に深々と入り込んだために、われわれもまた自然と化していった。われわれは自然の中に拡散していった。自然はわれわれを奪い返しにきた。自然がわれわれに勝つのだ、と感じていた。そしてそのことが、われわれには途方もない喜びとなった。自然の中に消え入りたい、自然に捕らえられたい、あるいはわれわれのうちに自然を持ち去りたい、と思った。恋に陶酔している者が、触れるためにもっと多くの手を、接吻するためにもっと多くの唇を、見るためにもっと多くの目を、愛するためにもっとたっぷりした情《こころ》を、と願うように、熱狂と歓喜に包まれてはしゃぎ回り、自然の懐《ふところ》のうちに体を思い切り伸ばしながら、われわれは残念に思っていた、われわれの視線が岩の内部にまで、大海原の底にまで、空の果てにまで届いて、石がどのように大きくなり、波がどのようにつくられ、星がどのように輝き出すのかを見ることができないことを、またわれわれの耳が、地中で花崗岩がうごめきながら形成され、植物の中に樹液が生まれ、大洋のひっそりとした場所を珊瑚《さんご》虫が動き回るのを聞くことができないことを。そしてわれわれは、次から次とあふれ出るこうした瞑想に共感を覚えつつ、われわれの魂があらゆる場所に拡散し、この生命全体のうちで生き、これらすべてのかたちを帯び、それらのように生き続け、そして絶えず変化してゆき、永遠の太陽めざしてその変身をいつまでも推し進められれば、と思ったのだった。

しかし、人間は一日のうちに、ほんのわずかの糧《かて》、色、音、感情、思考を楽しむことしかできない。度を越すと、疲れたり、酔ったようになったりする。すると、飲んだくれ特有のわけのわからない言葉が生まれ、恍惚となった者のおかしな言動が見られるようになる。ああ！ われわれのコップは何と小さなものであろうか、われわれの渇きは何と大きく、われわれの頭脳は何と貧弱であろうか。

その夕べ、われわれの頭はもうあまりまともな状態ではなくなっていた。引き返すあいだ、われわれは上気し、感動し、ほとんど猛り狂っていた。心臓は高鳴り、神経は爪弾き過ぎたハープの弦のように震えていた。体は疲れ切り、頭はぼうっとしていたが、反対に足の方は、おのずとぎくしゃくしたその動きのままに、われわれを前方に押し出し、ほとんど飛び跳ねさせんばかりであった。

城門が閉められようとする町に帰り着いたとき、われわれは一四時間も歩いていた。靴から足がはみ出していた。シャツを絞ってもらったが、二日たっても乾かなかった。

キブロンに戻るには、翌日、七時までに起きねばならなかった。元気を出す必要があった。疲労のためにまだ体は硬直し、眠気のためにがたがた震えたまま、われわれは小船に詰め込まれた。一頭の白い馬と、ふたりの行商人と、行きに乗り合わせたあの隻《せき》眼の憲兵と射撃兵が一緒だった。射撃兵は、今度は、誰にも説教を垂れていなかった。酔っぱらってベンチに寝転がり、頭の上で定めなく揺れ動くシャコ(66)を押さえたり、脚のあいだで跳びはねる銃から身を守ったりするのに苦労していた。この射撃兵と憲兵とではいずれの方が馬鹿なのか、私には分からない。憲兵は酔ってはいなかったが、愚かな男だった。射撃兵の行儀の悪さを嘆き、こいつはいくつ罰を受けることになるのかと数え上げ、相棒のしゃっくりに腹を立て、その態度に気分を害していた。目の失われた側を斜め前から見ると、三角帽をかぶり、サーベルをさげ、黄色い手袋をはめたその憲兵の姿は、確かに、人間生活におけるもっとも惨めな様相のひとつを呈していた。それに、憲兵とは何か本質的に滑稽なものであり、それをじっと見ていると、私は笑わずにはいられなくなる。それは、この治安の基盤たる憲兵が、すぐれて、主席検察官や誰であれ行政官、そして文学の教授らとともに私に引き起こす、説明のつかないおかしな結果である。

横に傾いた船は、波をかき分けかき分け進んでいた。かき分けられた波は、ねじるようにして泡を立てながら、船体に沿ってさっと走り去ってゆく。風をたっぷりはらんだ三枚の帆がゆるやかなカーブを描いていた。マストが軋《きし》んだ音を立て、風が滑車のあいだでヒューヒュー鳴っていた。舳《へさき》では少年水夫がそよ風を顔に受けながら歌を歌っていた。歌詞は聞こえなかったが、ゆっくりとした、静かで単調な節《ふし》であり、強くも弱くもならずにいつまでも繰り返され、長く伸ばされたあと抑揚を引きずりながら消えてゆくのだった。

(66) 羽根などの前立てと庇《ひさし》をもつ円筒形の帽子。

それは、心のうちをぼんやりした記憶がよぎるように、海の上に穏やかに、そしてもの悲しく消え去っていった。

馬は四本の脚を精一杯踏んばって立ち続け、あてがわれた秣《まぐさ》の束をしきりに噛んでいた。腕組みをした水夫たちは、帆を眺めながら笑みを浮かべていた。

キブロンでは、ロアン氏と赤ら顔で背の高いその夫人、そして氏の宿屋にある「卓上玉通し《トゥルー・マダム》」(67)なるゲームと再会した。このゲームは、ロアン氏の宿屋にあっては、通常欠かせないビリヤードに取って代わるものであり、またこの地方の珍しいもののひとつであるようだ。船で一緒になったふたりの行商人は、このゲームがうまかった。ふたりと昼食をともにしたあと、われわれはプルアルネルへ向けて出発した。それまで以上にゲームに熱中し、この地の知人のひとりとコーヒーを賭けている最中だったふたりは、宿屋に残していった。行商人はふたりとも、ラシャを売りながら旅をしていた。(68)ひとりは二十歳《はたち》ぐらいのかなりの美男子だった。髪はブロンドで、血色がよく、胸が突き出ていて、ハンチングを斜めにかぶり、踵《かかと》の高い靴をはき、膝まであるチョッキを着ていた。まるでアシャール(69)のヴォードヴィルを地でいっているようにわれわれには思われた。その種の粋《いき》なところがあったし、それがスタイルとなっていた。もうひとりはどうかというと、たぶん若い頃は、相棒と同じような愛すべきだらしなさを身につけていたのだろう。この男もまた、かつては女中の腰に手を回し、親しみを込めて給仕《ボーイ》をののしり、キャノン(70)を見事に決め、二輪馬車に揺られてベランジェ(71)を歌っては本街道につきものの不安を吹き飛ばしていたのだ。だが、老いがやってきた。心は雪のように冷え、内なる炎が消え、声が鎮まった。

(67) 一七世紀に流行した球戯。点数の決められたゲートに象牙製の小さな球を通し、得点を争う。

(68) 原文では、底本の版だけがイタリック体となっている。これが、行商人が語った言葉をそのまま引き写した文であることを示す狙いがあると考えられる。しかしそれだけではなく、「ラシャを売りながら（dans les draps）」はそのまま「ベッドに入って」というフランス語の熟語表現になるので、その意味の重なりのおもしろさを強調しようとした可能性もあるだろう。

(69) フレデリック＝アドルフ・アシャール（一八〇八―一八五六）は喜劇俳優にしてシャンソン・コミックの歌手。〔底本注〕

(70) ビリヤードで、突き手の手玉がふたつの的玉に次々に当たること。

(71) ピエール・ジャン・ド・ベランジェ（一七八〇―一八五七）は詩人でシャンソニエ。多くのリベラルで、愛国的なシャンソンによって人気を博す。反教権的、政治的な風刺によって投獄されたこともある。

売上げを気にかけ、商品の包みを心配しているうちに皺が寄ってしまったその額には、賢者の経験や哲学者の節度が読みとれた。これまでの人生で、商用の手紙を何通書かなければならなかったろう。何軒の家から追い出されたことだろう。何回夜の定食をとったことであろう。

この連中も夕方にはわれわれと同じようにプルアルネルに赴くことになっていたので、リュックサックを自分らの馬車に載せたらどうか、と言ってくれた。われわれは申し出を受け入れたのだが、そうしておいてよかった。というのも、キブロンからプルアルネルまでは道路がひどい砂地になっているので、背中に一二、三キロ余計に重みが加わっていたら、歩くピッチを上げることができなかったろうから。パンティエーヴル砦までの土地はもうほとんど知っていたので、新たなものは何も目にしなかった。われわれはただ、草の上に間の抜けた影を伸ばすあの立派なメンヒルのいくつかを、うんざりしながら再び目にしたのだった。

パンティエーヴル砦には入らなかった。それを見て、砦の歩哨《ほしょう》はとても驚いた。歩哨は、われわれが通るのを見つけると、親切にも遠くから「砦を見物するなら許可が必要だ」と大声で教えてくれていたのだった。中には入らず、砦の斜堤の下の、芝の生えた小高い丘の斜面に腰を下ろした。斜面は砂浜へと下っている。日が輝き、海は泡立ち、乾いたきつい風が砂丘に生えるイグサの上を渡っていた。風を受けたイグサは、一面に水が注がれたとでもいうように、一本残らずいっせいにたわむのだった。

われわれがいたこの高台の向かいでは、プルアルネルが対岸に姿を現し、その教会の鐘楼にはたやすくたどり着けそうに思われた。農民たちが言うように、まっすぐついてゆきさえすればよかった。農民たちは、鐘楼や風見を目の前にしているときでも、どんなものであろうとそのあとをまっすぐついてゆくのは至極簡単なことであるかのように、そう言うのである。

海の真ん中で切り分けられた半島が淡い黄色となって遠くに伸び、そのふたつの岸辺では、波が白い泡で長い縁飾りを描いていた。海は真っ青で、空は真っ白だった。真上から日に照りつけられた砂浜は、われわれの前できらきらと褐色に光っていた。その反射のせいで、砂浜もまたうねり、広がりを増しているように思われた。風に吹きつけられて出来上がった丸い砂山——あちこちに針のように細いイグサが何本か突き刺さったように生えている砂山が、次から次と絶え間なく姿を現した。われわれはその砂山を登っては下った。砂ぼこりがゆっくりと起こり、たなびきながら舞い上がった。波の上でぎらぎら輝き、砂の上で多彩にきらめく日の光がまばゆくて、目をつぶった。風のせいで顔が紅潮した。風は顔を叩きつけるように激しく吹いてきた。この見捨てられたような砂浜を、ゆっくりと、わびしさを感じながら進んでいった。

そんなわけで、われわれは口もきかずに歩いていった——だが、最善を尽くしたにもかかわらず、プルアルネルがあるとおぼしい入江の奥に到達することはなかった。いや、入江の奥に着くことは着いたのである。しかし、そこに着いてみると、われわれは海に出てしまったのである。つまり、岸の左側に沿って行くべきところを、われわれは右側を行ってしまったのだ。道を引き返し、途中から歩き直さなければならなかった。

鈍い音が聞こえた。鈴が鳴り、帽子が現れた。オレーの郵便配達だった。相変わらず同じ男が同じ馬に跨がり、同じ郵袋《ゆうたい》を携えている。男は泰然としてキブロンの方に立ち去ろうとしていた。ほどなくキブロンから戻り、そして明日またそこへ出かけてゆくのだろう。岸辺の主《ぬし》である。朝、岸辺を通り、夕方また通る。岸辺を走り回るのが男の人生なのだ。この男ひとりが岸辺を活気づけている。岸辺をいくらかおもしろ味のある、いやほとんど風情さえある場所にしている。

男は馬を止め、われわれはちょっとの間《ま》、話をした。男は挨拶をすると、また出発した。あれは何という組み合わせだろう。何という男であり、また馬であろう。何という光景《タブロー》か。恐らく、カロ(72)ならあれを再現したであろう。書くとなれば、セルバンテスしかいなかった。

近道になるようにと入江の奥を裁断するように海の中に並べられた大きな岩塊の上を通り、われわれはようやくプルアルネルに着いた。

村は静かだった。通りでめんどりがこっこっと鳴き、乾いた石塀で囲まれた庭では、燕《えん》麦《ばく》畑の真ん中にイラクサが生えていた。

外の空気を吸おうと、やっかいになっている人の家の前で腰を下ろしていると、ひとりの年老いた乞食が通った。ぼろをまとい、ノミやシラミがうようよたかり、ぶどう酒のような赤い顔をし、髪は逆立ち、汗をかき、胸がはだけ、口からはよだれを垂らしていた。ぼろ服が日を受けて光っていた。紫色の、ほとんど黒いといってもいい皮膚からは、血が滲み出しているように思われた。乞食は隣家のドアを続けざまにたたきながら、恐ろしい

(72) ジャック・カロ(一五九二―一六三五)はフランスの版画家、素描家。鋭い観察と細密な描写によって、風俗、風景、戦争、宗教を主題とした、独創的な銅版画を数多く残す。

声でわめき散らしていた。

　われわれは、商いのために旅をしているあのふたりと夕食をともにする光栄に浴した。ふたりの礼儀正しさに報いるため、どうしてもシャンパンを一本おごらないわけにはいかなかった。そうやって、ふたりの心はわれわれの心に対してすっかり開かれ、極々《ごく》プライベートな事柄まで打ち明けてくれたのだった。とても興味深い話をいくつか聞いた。たとえば、若い方の男はリジュー(73)の商店のセールスをして回っているのだが、前の年、ジョゼフィーヌという名の胸の豊かな女を愛人にしたのだという。もっともこの若者は、恋に関しては酸いも甘いも知ったたくましい男だった。か弱き恋人たちについて語るうちに高まる己の官能を鎮めることもしばしばで、黒繻子のシーツにくるまって床に就く女たちと寝た(74)ということだった。——「何だってお前さんは」と相棒が言った、「その女たちからシーツを少し頂戴してチョッキでもこしらえなかったんだね」

　われわれが世話になったのはここの村長なのだが、デザートのときにやってきて、われわれと乾杯した。シャツの両肘をテーブルにつき、もっとよく聞こえるようにと黒い絹製の縁なし帽をあみだにかぶり、われわれの友人たちの駄弁、そしてそれと代わり映えしないわれわれの駄弁に耳を傾けていたが、その間ずっと口をきかず、あっけにとられていた。ともあれ、この夕食はわれわれには退屈ではなかった。馬鹿な連中とおしゃべりするのは、時として、とても楽しいことなのだ。

　翌日は日曜日だった。オレーに向けて歩き出す前、階下に下りて台所でオニオンスープを飲もうとしたところ、そこは、酒を飲みにやってきた農民たちですでにいっぱいになっ

(73)　第一章・注(3)を参照のこと。
(74)　前出(本章・注(68)参照)のイタリック体と同様、基本的には、行商人の語った言葉そのままであることを示そうとしたものと考えられる。が、同時に、「床に就く」「(女たちと)寝る」と訳し分けたが、どちらもフランス語では同じ動詞(coucher)であること、さらに、前出の「ラシャを売りながら(dans les draps)」(「ベッドに入って」)と類似した「シーツにくるまって(dans des draps)」という表現がここでも使われていること——こうした表現上のおもしろさ、呼応関係といったものを示そうとしたと考えることもできるだろう。そこでは「ラシャ」「シーツ」「寝る」という語が、卑猥さをまといつつ連関し合っている。

ていた。

酒場には農民たちの声や鋲を打った木底靴(75)の音が響きわたり、壁に吊るされた籠《かご》に閉じ込められた一羽のきじ鳩の鳴き声が、その上にかぶさるように聞こえていた。そのクークーという鳴き声は、何と甘美な響きをもっていたことだろう。あなたは古い鳩舎《きゆう》がお好きであろうか——鳩たちが胸を反らし、翼を広げ、ピンクの脚を樋《とい》に溜まった水に浸し、日がな一日、また始まるかと思えば止む嘆くような唸りを発しながら、瓦《かわら》屋根の上を歩くのが見られる古い鳩舎が。

われわれは立ち上がっていた——出発しようとしていたのだ——そのとき、そいつが通るのを見たのである。しかし、うしろから見かけただけだった——前の方はどうだったのか。いったい誰のことかって? 帽子のことである——では、どんな帽子か?

それは、かぶっている者の肩を覆ってしまうほどの、ゆったりとした、とてつもなく大きな帽子で、柳の枝で編まれていた——その何という枝! ブロンズ——と、むしろ言うべきである。雹《ひょう》や霰《あられ》にも耐えられるように作られ、雨などまったく通さず、時がたてばますます堅固で丈夫になる、堅くて目の詰んだ——平面地球図。この帽子ですっかり覆われていた男はその下に姿が隠れ、体の半分までその中に入ってしまったように見えていたが、それでもやっぱりその帽子をかぶっていたのだ(私はその男が頭の向きを変えるのを目撃した)。この男は何という体格、何という体質をしていたのか。何という頸《くび》の筋肉をもち、椎骨《つい》に何という力を秘めていたのか。だがまた帽子の何とたっぷりとしていたことか、何という円を描いていたことか。この帽子はそのまわりに影を投げかけるので、持ち

(75) 泥よけなどのため、普通の靴の上から履く、厚い木底の革靴。

主は陽光に恵まれることは決してあるまい。

ああ、何という帽子だ。円柱を戴いた蒸気ボイラーの蓋《ふた》だ。狭間《はざま》を穿《うが》てば櫓《やぐら》になってしまう。

揺るぎないものがある。シンプロン峠(76)、そして批評家の厚かましさ。堅固なものがある。エトワール広場の凱旋門、そしてラ・ブリュイエール(77)のフランス語。重たいものがある。鉛、ゆで肉、そしてニザール氏(78)。巨大なものがある。私の兄(79)の鼻、シェークスピアの手になるハムレット、そしてブイエ(80)の嗅ぎタバコ入れ。しかし、私はあのプルアルネルの帽子ほど堅固で、揺るぎなく、巨大で、そして重たいものを見たことがない。

しかも、オイルクロスのカバー付きときている。

(76) スイスとイタリアを結ぶアルプス山脈中の通路。海抜二〇〇五メートル。

(77) ジャン・ド・ラ・ブリュイエール（一六四五―一六九六）はフランスのモラリスト。箴言《しんげん》と人物描写《ポルトレ》からなる鋭い人間観察の書『人さまざま』（一六八八年）によって知られる。

(78) デジレ・ニザール（一八〇六―一八八八）はフランスの文芸評論家。「国民新聞」や「デバ」紙に共和派の立場から論説記事を書く。第二帝政に賛同。著書に『フランス文学史』（一八四四―六一）がある。
〔底本注〕
コレージュ・ド・フランスやソルボンヌの教授でもあったニザールを、フローベールは書簡の中で、サン＝マルク・ジラルダン（第三章・注（40）参照）らと並べて腐している。

(79) ブルターニュ旅行の前年（一八四六年）に亡くなった父の後を継いでルーアン市立病院の医長となった、八歳年上の兄アシルのこと。

(80) ルイ・ブイエ（一八二二―一八六九）はフランスの詩人、劇作家。フローベールの生涯にわたる友人。

第六章

プルアルネルからジョスランまで

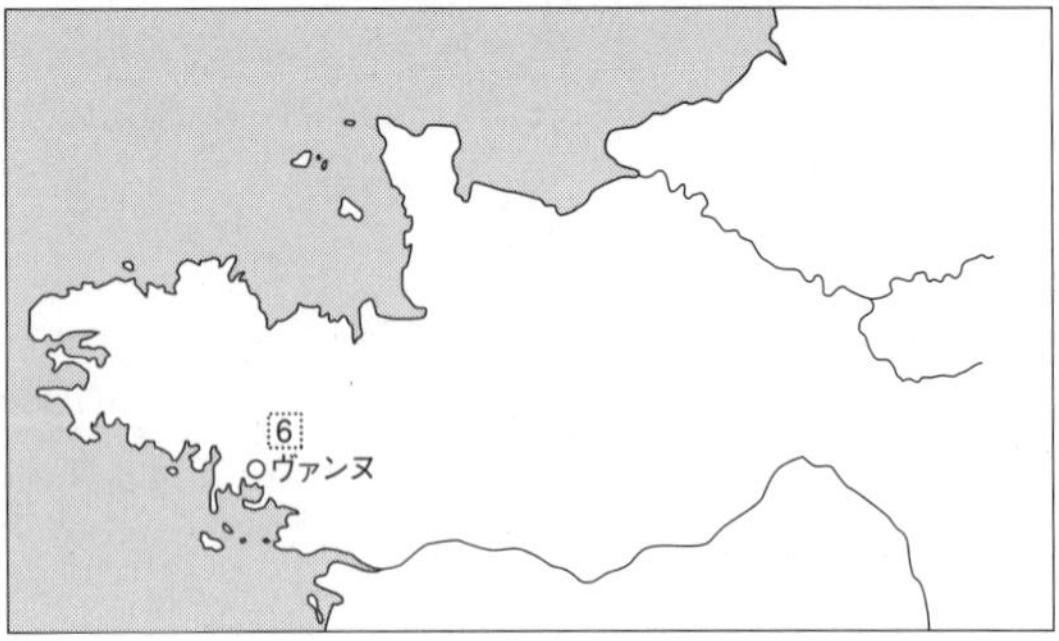

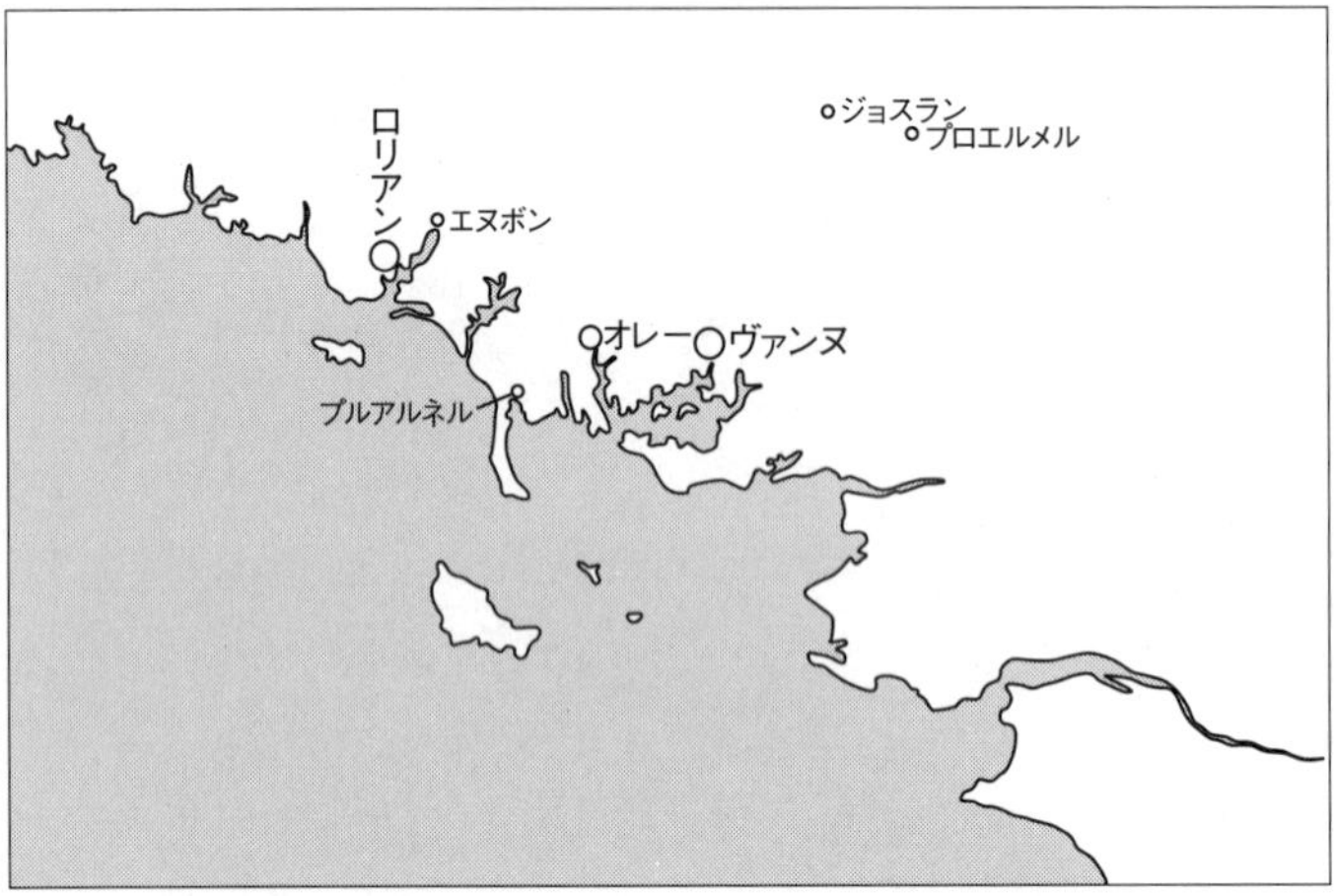

■順路：プルアルネル►オレー►ヴァンヌ►ロリアン►
エヌボン►（ヴァンヌ経由）プロエルメル►ジョスラン

第七章　ボーからポン＝ラベまで

カンペール
7

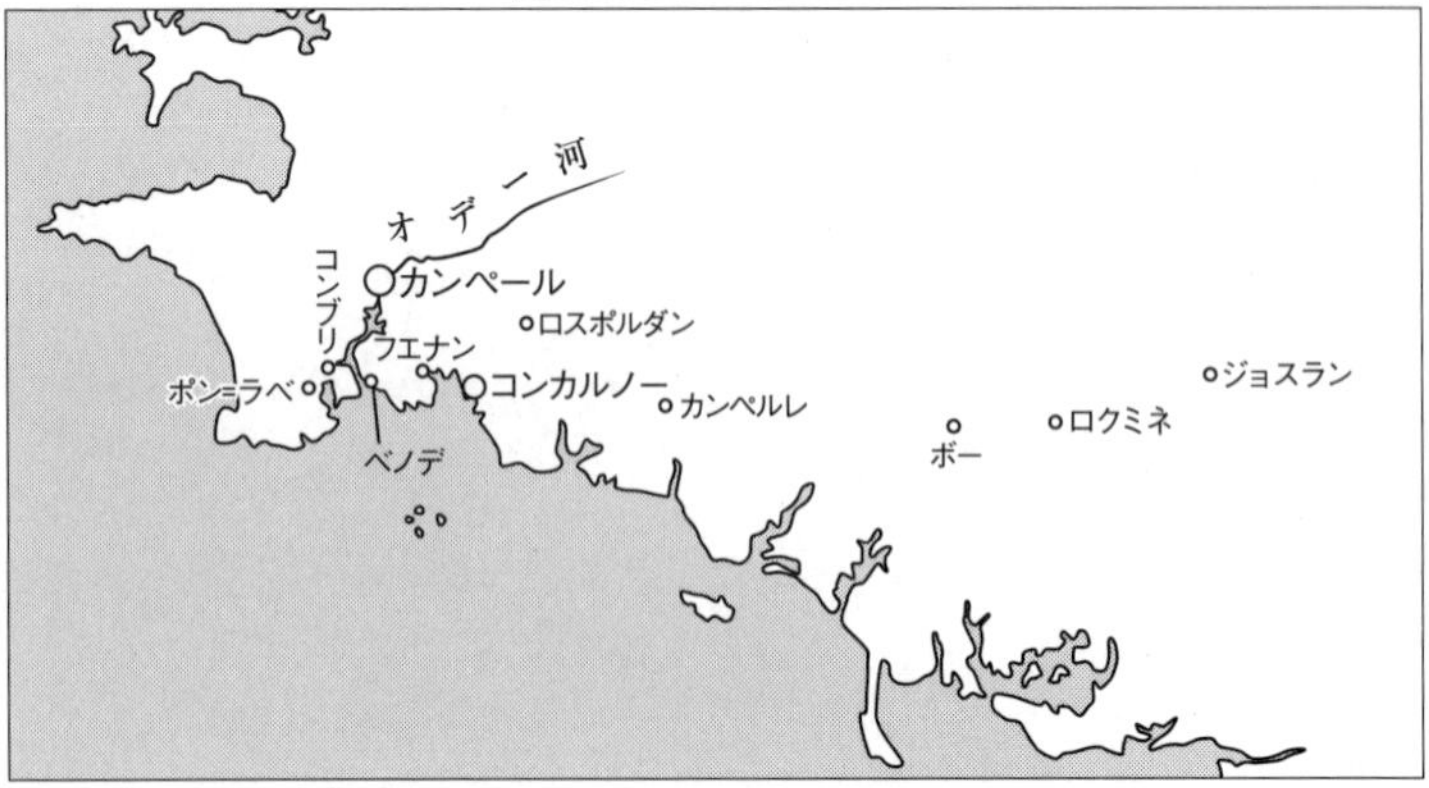
オデー河
コンブリ
カンペール
ロスポルダン
フエナン
ポン=ラベ
コンカルノー
カンペルレ
ベノデ
ボー
ロクミネ
ジョスラン

ボーという小さな村から半里程のところに、ブナ林の奥に隠されたようにして、キニピリのヴィーナス像がある。これは花崗《かこう》岩で作られた高さ二メートル近くの彫像で、胸の上に両手を置いた裸の女性が描かれている。首のまわりにかけた頸垂帯《ストラ》(1)のようなものがお腹のあたりにまで垂れ下がり、そこで、ちょうどサモエード人(2)がはくパンツのように、三角形をつくって止まっている。波打つ髪を束ねる二本の細い帯が頸垂帯の下にまとわれ、腰部のうしろにいって交差する。その太い腿《もも》、肉付きのよい尻、かがんだ膝、肩にめり込む大きな頭を横から見ると、女性像は、とても野性的であると同時に洗練された官能性を帯びているように思われる。顔は平らである。鼻は低く、目は突き出ていて、口は手足の指と同様、単に一筋の線によって示されているにすぎない。胸部には、乳房を描こうという意図が認められる。

台座の下には、同じ花崗岩でできた大きな桶がある。細長い四角形をしていて、その一方の端は半円形に閉じられている。大樽一六杯分の水を入れることができる、ということだ。

この像は、その細い帯ゆえにエジプトのイシス(3)と見なされたり、台座にある碑文ゆえに古代ローマのヴィーナスと見なされたりした(4)。しかし、確認されているように、この碑文

(1) 祭服の一部をなす帯状の布で、司教、司祭、助祭が聖務に際して首のまわりにかけて垂らす。

(2) シベリアの北西部、エニセイ川・オビ川の下流域から極北部にかけて居住する先住民の総称。多くはツンドラや森林でトナカイの飼育や漁業を生業《なりわい》としてきた。

(3) 古代エジプトの女神、最高神。

(4) 第五章のカルナックと同様、このあたりのキニピリのヴィーナス像に関する記述も、フレマンヴィルの著書(『モルビアンの遺跡』)に基づいている。ド・ラニョン伯やプヌエ等の人物も、同書で言及されている。〔底本注〕

なお、フローベールが本書中で多くプノエ Penhoët と表記している人物は、フランスの考古学者プヌエ Penhouet(一七六四—一八三九)のことと思われる。

がピエール・ド・ラニョン伯によって一七世紀に刻まれたものにすぎないのなら、それに基づいて決定を下すことはできない。それではわれわれは、それがイシスであるとする仮説に戻るべきであろうか。だが、この不器用で、あらずもがなの、無気力な作品のうちに、エジプト人の格調高い、すらりとした、律動的なスタイルを認めるには、プノエ氏のように、エジプトに対して絶えず夢中になっていなければなるまい。他方、ローマ人が、あんなにも美女を愛していたローマ人が、かくも醜い女性像を作り得たなどと仮定することは、あまりにひどい、無礼な態度ではないか。

　知られていることは、一七世紀までこの彫像がカスタネック山の上に置かれていたということだけである。山上では、ブルターニュの農民が彫像を偶像のように崇め、供物を持ち運んで捧げていた。彫像は病人を治した。産褥《じょく》を離れた女は彫像の足下の桶に身を浸し、また結婚を望む若者たちは駆けつけてきてその桶に飛び込み、それから女神の見ている前で、愛の憂愁にとらわれつつ孤独な慰みに熱中するのだった。一六七一年、ボーにいた宣教師たちはそうしたことが好みに合わなかったとみえ、憤慨し、この地の総督であったド・ラニョン伯に、偶像を壊して偶像崇拝を一掃するよう促した。伯は彫像を倒し、山頂から麓を流れる川の中へと転がり落とすにとどめた。と、洪水が起こった。農民たちは女神の怒りを買ったのだと考え、彫像を水から引き揚げ、しかるべき場所に置き直した。そして、当時の言い方に倣えば、紳士たち[5]の顰蹙《ひんしゅく》を買っていたのと同じ儀式によって、彫像の崇拝を再び始めたのである。そこで、今度はシャルル・ド・ロスマデックなるヴァンヌの司教が、ド・ラニョン伯（この司教の息子にあたる）に、哀れな彫像を粉々に打ち砕

（5）「紳士《オネットム》」は一七世紀の社交界で重視された道徳的な概念で、礼儀や教養において秀でた温厚な紳士を指した。

いて始末するようにと懇請した。ところが伯は頼みをきかず、桶も女性像もそっくりキニピリの自分の館の中庭に運び入れてしまったのである。この彫像奪取はやすやすとおこなわれたわけではなかった。それを自分たちのもとに置いておきたいと願う農民に対して、総督付きの兵士が防御に務めなければならなかったのである。

農民たちは彫像に執着せざるをえなかった。この荒々しく厳しい田野のただ中にあって、彫像は農民にとって豊かで穏やかな偶像、励まし、刺激し、癒してくれる偶像、健康と肉体の化身、そして欲望の象徴そのもののような存在だったのである。

したがって、芽生え始めたある芸術の試みであろうが、ある失われた文明の腐った果実であろうが、またどんな信仰に属するものであろうと、どんなオリンポス山から降りてきたものであろうと、それにまつわる伝承やその体つきからして、われわれにとってこの彫像は、人間の心の奥底に潜むあの変わることのない宗教の無数の表れのひとつにほかならない。ここでいう宗教とは、他のあらゆる宗教の下、至るところで再生する宗教、昨日広がったかと思うと今日消えうせてしまうが、人間より先に滅することのあり得ないような宗教のことである。というのも、あの変わらぬ願望とは人間の心が抱く各自の願望だからであり、またあの崇拝とは人間存在に対する崇拝、言い換えれば、生命を生み出す根源において生命を熱愛することだからである。

彫像を引き取った館は崩れ、取り壊され、消えてしまった。ヴィーナスは緑の葉がなす丸天井に覆われて、茂みの真ん中に立っている。聖なる囲いも、儀式も、熱烈な崇拝も、もうない——残っているのはただヴィーナス像だけ、つまり信仰を失った神である。それは取るに足りないもの、あるいはまったき無を意味する。したがってここにあるのは、ひとつの宗教であったかもしれないものの屍《しかばね》、数世紀にわたる信仰のなれの果てなのだ。

とはいえ、偶像は苦しい喘ぎを漏らしながら死んだのである。それは今も聞こえる。かつて偶像のために造られた神殿があった場所にキリスト教の礼拝堂が建てられたのだが、その礼拝堂に、ひとつの思い出をいつまでも侮辱するかのように、偶像の名が再び現れる。この礼拝堂は、〈臆病女〉の小修道院と名付けられているのである。*

＊ヴィーナス像は、土地では「老いた〈臆病女〉」(Groah goard)と呼ばれている。

キニピリには、かつて、ほかにふたつの彫像があった。それらはロクミネ(6)に運ばれたのだが、この移動はヴィーナス像のケースを思い起こさせる。それらは、ひげをはやし、髪がふさふさとし、頭の後部に角錐台形の縁なし帽をかぶった、ずんぐりとした男たちの像である。葉でつくった帯が体に巻き付けられている。それぞれが左手にこん棒を持っている。誰か村のへぼ芸術家によって彫られたこれら二種類の女像柱《カリアティッド》(7)が、かつて重大な価値や重要な意味をもっていたとは、私には思えない。しかも女像柱はそれ自体何やら卑しい様子をしているので、たいして古いものではないのではないか、と疑いたくなる。そこに人びとがガリアのヘルクレスやらエジプトの神官やらお望みのものを見ようとも——「というのも、ひげや髪について言うなら」とプヌエ氏は言う、「私にとって、それらはそのまま彫像が太陽崇拝もしくはセラピス(8)信仰の神官であることを示すしるしとなっているからである」——、それらが醜く、それも並外れて醜く、さらに悪いことに下品であることに変わりはない。

(6) ブルターニュ半島中南部、ヴァンヌの北方二五キロ程、キニピリの東一五キロ程に位置する町。本章の地図を参照のこと。

(7) ここで言及されているふたつの彫刻に関する説明や描写は、J・マエの『モルビアンの古代文化財試論』に負っている。その著書でマエは、プヌエらの説を紹介しながら、ふたつの彫像がどこかの古い城から持ってこられた女像柱であるとする自説を展開している。〔底本注〕

この場合に限らず、参考文献に依拠したフローベールの記述は、文献中の説明をかなり自由に圧縮しているので、文脈がつかみにくくなることが少なくないが、ここで突然のように登場する「女像柱」は、したがってマエの説を念頭に置いたものである。

(8) セラピスは、ヘレニズム時代のエジプト王プトレマイオス一世（前三六七—前二八三）によって、エジプト人とギリシア人の信仰を融合する目的でエジプトに導入された神で、ギリシアのさまざまな神の特性をあわせもっている。

これらふたりの醜悪な男たちと別れて一時間後、われわれはカンペルレに到着した。カンペルレにはケルト的なものも、古代ローマ風のものも、フェニキア的なものも、何もないのだが、それでもこの町はわれわれが旅で巡り合った最も快い幸運のひとつに数えられる。

ここには列石《アリニユマン》も——歩道も——ないし、また、少なくともわれわれが知っているような裁判所もまったく見当たらない。ギリシア神殿風の取引所も、兵舎もまるでなく、三色のぼろ布で飾られた愚劣な正面《ファサード》を見せる町役場さえない。あるものは、葉の束やクレマティスの房が垂れ下がる古い壁のあいだを、野山の小道のように蛇行する小さな通りである。木造の家々はとがった屋根と黒いバルコニーをもち、そうした家々の近くを通ると、中で糸車が紡ぐ音や、白い柳の枝で編んだ籠に入れられ、窓に吊るされた鳥の騒ぐ音が聞こえてくる。山々の麓を流れる二本の川が、銀の腕輪のように町を取り囲んでいる。川は合流し、絡み合い、分かれ、姿を消し、そしてどのあたりを流れているのか、流れは何本もあるのか一本だけなのか定かではないが、再び姿を現す。こうして川は、庭に付けられた階段の一番下の段をその流れの縁で濡らし、川床の緑の小石に当たってごぼごぼ音を立て、底に生える背の高い細い草をいっせいにたわませながら、家々と通りのあいだを流れてゆく。川を取り囲む、さまざまな様相をした岸では、木蔦の根の下で石が剝がれ、崩れている。石は川底に岩礁のようになって残り、そこに水の流れがぶつかり、その上では滑らかな水の層が引き裂かれる。水の中に印されたこうした痕跡は、この淡い青色《ブルー》の水面のところどころで、風が吹けばめくり上がりそうな、一面に広げられた大きなヴェールにできた白い裂け目のように見える。岸から岸へと、ただひとつのアーチからなる橋がゆるやかなカーブを架け、投射されたそのシルエットが、アーチの天井からぶら下がる草と一緒になって、川面に微かに揺れている。草は髪のように垂れ、下の方にまで伸びて、流れゆく水にその先端がそっと触れている。空中に漂うこの緑の草の絡まるアーチ越しに、川の曲がり角のいずれもが、遠くの牧草地に再び姿を現すのが見える。川が戯れ跳ねるようにして流れるその牧草地には、草の上に列をなすポプラ並木や水辺の背後に茂る木立も見えるし、また、黄色い梁《はり》や黒ずんだ漆喰の壁を水に斜めに映している、傾きかけたあばら屋が二、三軒、川縁《べり》のそこここに見える。さらに奥の方、視界がぐうっと狭まる遥か奥の方には、霧の中に姿を消す丘や森がぼんやりとながら見て取れる。

町はだんだんに重なって、正面の丘へと上ってゆく。この水、これらの木々、色を塗られたり虫に食われていたりする家々の厚板、鉛色の切妻《きりづま》、すき間なくぎっしりと並べられているかと思うと、垣であろうか、緑の線によって整然と仕切られていたりもする瓦葺きの屋根——こうしたものを目にしていると、カンペルレはひとえに水彩画の題材となるために生まれた町である、と思われてくる。

聖ミシェル教会が、その足下に広がる町の頭上に、塔を飾る四つの小尖塔と拱門《きょうもん》を連ねた歩廊を見せている。しかし、そばに来てみると、かなりありふれた教会があるばかりなので、ひどく驚かされる。扉口《ポルターユ》といえば、対になったふたつの戸によって分けられたものが、脇にひとつあるきりである。その戸のかたちも、全体に施された装飾が重過ぎなければきれいであろうに、と思われる。後陣の扶壁《ふへき》には、隣接する二軒の家が、張り出した二階部分をもたせかけている。町から教会へ上ってくると、それらは、それぞれの通りに架けられた橋のように見える。二軒の家のうち一軒の家の正面は黒々とくすみ、虫に食われているが、その木組みの外側の梁の上には、とても愉快な人物の彫像が何体か載っている。それらの人物は丸い縁なし帽をかぶり、いかめしい顔をし、丈の長い服を着ている。そして幅広の留め金の付いた帯を締めているため、腰のまわりには皺《しわ》が寄っている。各人がとても大事そうな、いろいろな仕事に従事している。そのうちのひとりはすりこ木を握り、すり鉢で何かをすりつぶしている。恐らくこれは、かつての優れた薬剤師にして本草《ほんぞう》家が住んでいた、人びとの敬愛を集めた家であったのだろう。それは霊薬と甘い水薬が流行った古い時代のことであり、人びとはこの家に東洋の薬、蜂蜜で甘くした薬、延命効果のある金を溶かした飲み薬、それからまた夜中に店の第二の奥の間の、大きな蒸留器とはっかの袋の陰でこしらえられる神秘的な薬、人の頭蓋骨の削り屑と首を斬《き》られた者の血からつくられる癲癇《てんかん》用の水薬、年老いた夫向けの精力増進シロップなどを手に入れようとやってきたのである。この家を建てさせたのは、私が思うに、教会の内陣に聖職者席を、また町の外に小作地をもつ、当時の誰か富裕なブルジョワであった。教区財産管理委員であったこの人物は、教会のどこかに埋葬されているに違いない。

聖ミシェル教会の内部には、まったく何もない。で、教会を出ようとしていると、われわれは一体の木像と一枚の油絵があるのに気づいた。彫像の方はピエタだが、ちょっと誰にも思いつかない類のものである。聖母は青と赤で、キリストは黄と緑で塗られている。聖母は俳優のグラッソ(9)に、キリストは理髪師のスマルに似ている。(パレ＝ロワイヤル、

(9)　ポール＝ルイ＝オーギュスト・グラッソ(一八〇〇―一八六〇)は喜劇俳優。フローベールはのちにこの俳優と個人的に知り合うことになる。〔底本注〕

モンパンシエ商店街七番地(10)。）

しかし、そのすばらしい詩情《ポエジー》が、あの格別崇高なノールのフレスコ画を(11)（遠くからだが、確かに）思い出させる絵については、何を言えばよいのか。ひとりの司教が床に就いている。まさに死なんとしているのだ、この哀れな老人は。しかし、それでも最期まで自分が司教であることを確《しか》と見てもらうために、赤いキャロット(12)をかぶったままでいる。掛け布に輪郭がくっきり浮き出たその体は、濡れ布巾《ぶきん》にくるまれた豚の内臓の腸詰め《アンドゥイユ》の膨らみを思い起こさせる。司教の傍らでは、白短衣《スルプリ》をまとった司祭が十字架を差し出して接吻させようとし、またそこから遠からぬところでは、司教に仕える女中がエプロンの裾で目を拭きながら泣いている。ベッドの頭では、羽をつけた天使が身をかがめ、猊下《げいか》に良き助言をささやいている——が、猊下はいささかためらっている。というのも、足のところでは、カラスのくちばしと胸の悪くなるようなぶよぶよした乳房をもつ緑の悪魔が、大仰な身振りで司教を魅惑しようと試みているからである。部屋の中はロザリオ、吊り香炉、聖体器、聖体、聖遺物、子羊の蠟《ろう》像であふれている。画面の前景には、大ろうそくを手にして瀕死の人の間近でひざまずく、ミサ答えの少年の後ろ姿が見られる。少年が履いている頑丈そうな靴の黄色い底には、悪魔の歯を思わせる恐ろしげな鋲《びょう》が打ちつけてある。両脚は、もちろん遠近法に従って、腰の真ん中へと縮まりながら上がってゆくように描かれている。それだけに、靴底の描写はいっそう素朴に思われ、見ていて楽しくなってくる。しかし、地獄は猛り狂っているのだ。緑の悪魔の吐き出す臭い息が、黒い風のようになって広がってゆく。不気味な鳥が飛び回っている。蛇が椅子の脚の桟に巻きついている。テーブルの

(10) 一八四七年の「商業総年鑑」によると、この所番地に、スマルという理髪師が実在している。〔底本注〕

(11) ノールはナントの北二〇キロ程にある、エルドル川流域の町。第二章（マクシム・デュ・カン担当）に、ふたりがこの町を訪れ、「教会のフレスコ画」を見学したことが記されている。そしてデュ・カンは注で、それらが「いわゆる傑作」である旨を述べている。第三章・注(2)も参照のこと。

(12) 赤いキャロット（椀形の帽子）をかぶる聖職者は司教ではなく、枢機卿（司教のキャロットは紫）。光線や絵の褪色のせいで紫が赤と見えたのか、単なる思い違いか。もっとも、第五章には、赤いキャロットをかぶったミサ答えの少年の図が登場することを考えれば（86頁10行目）、少なくともこの紀行文においては、キャロットの色を聖職者の身分と厳密に対応させる必要はないのかもしれない。なお、底本の注によれば、ここで言及されている絵は、その後紛失した。

下では恐ろしい竜《ドラゴン》が身をよじり、よだれを垂らし、ほえている。立ち会う者たちは司教の魂を思って恐怖を覚え、どきどきし、震えている。このような御方が地獄に行かれるとすれば、何と残念なことであろう。行かれるのだろうか、行かれないのだろうか。絵を見る者はミサ答えの少年の冷静さを保ちながらも、助任司祭(13)と極度の不安を、女中と苦しみをともにせずにはいられない。

幸いにも、三位一体が司教を救済すべく見張っている。高いところに、教皇のなりをした永遠の御父がいる。そこから距離を置いて少し下には、十字架に磔《はりつけ》にされたキリストが、そしてさらにその下の三つ目のクッションの上には、聖母マリアがいる。三者は司教の方に可愛らしい天使を遣わしている。天使たちは光輝く百合《ゆり》を手にして宙を渡ってゆく。そして、明るいベージュ色の雲の上を堂々と歩いてゆくので、藍色の半長靴《コチユルン》のばら色の紐《ひも》が結びつけられた天使たちのふっくらしたふくらはぎは、いっそう丸みを帯びている。

おお、神聖なるカトリックの教えよ、確かに汝《なんじ》に霊感を受けて数々の傑作が生み出されはしたが、その一方で、汝のために何と多くのガレット(14)が作られたことであろう。

この恐ろしい絵を見つめていると、そしてまた、多くの人がまじめな気持ちでこの絵を眺めたことであろう、別の人びとにはこの絵はおそらく美しいと思われたのだろう、また別の人びとはこの絵の前にひざまずき、そこにこの上ない霊感を見いだしたかもしれない、などと考えていると、われわれは思わず悲しい、憂鬱な気分になってしまった。それにしても、どんなときでも、絶えず心をあらゆるものに差し向け、醜いものにも美しいものにも、卑しいものにも崇高なものにも同じ情熱をもって執着し得るとは、いったい人間の心

(13) 前出の「司祭」と同一人物。助任司祭は小教区の主任司祭を助け、場合によっては代理を務めることもある司祭。

(14) カトリックに結びつけられるガレットとしては、公現祭（一月六日）を祝って作られる、中にそら豆などを入れた、丸くて平たいパイ菓子が考えられるが、一般にはガレットは、丸くて平たいビスケット、またはそば粉を原料としたクレープ（どちらもブルターニュ地方の名物）を意味する。いずれにしても、それは、傑作ならぬ、この絵のような醜怪な作品の比喩となっている。

はどうなっているのか。ああ、ああ、こうしたものを制作した者を、そしてそれ以上にそれに見とれる者たちを許すために、われわれの異常な偏愛とばかげた陶酔を思い出そう。かつてどこかの醜女《しこめ》に純情な恋心を抱いたこと、間抜けな奴におめでたくも夢中になったこと、あるいは卑怯者に献身的な友情を捧げたこと——われわれの過去におけるこうしたことのすべてを思い起こそう。

教会をやっと出て、われわれは太陽と、空と、外気と、広々とした空間と再会した。そして鳥がうれしそうに逃げてゆくように、われわれの心から何物かが飛び立ち、こう言うのだった。これだ、自分に必要なのはこれなのだ、神はここにいるのであって、どこかほかの場所にいるのではないのだから。

日が暮れてきた。鐘楼で祈りを告げる鐘が鳴っている。われわれは木の段々の付いた、長くて狭い、草だらけの、高い壁と壁のあいだを通る路地を、町の方へと下っていった。両側の壁は、笠石《かさいし》が葉叢《はむら》の陰に隠れ、至るところに木蔦がへばりつき、足下を踊り子草《そう》が覆っているので、もっぱらこれらの可愛らしい植物を支えるために築かれているかのようである。それは、坂の上から町の下へと家並を縫って流れ下る、緑の奔流と言うべきものであった。われわれが一段一段ゆっくりと下ってゆくと、ひとりの少年が跳ぶようにして下りてきたので、道をあけて通してやった。少年は逞しく、また美しかった。黒いフェルト製の丸い帽子をかぶり、その下の褐色の髪は着ている青い上着を半ば覆い、少年が跳ねるたびに舞い上がり、また肩の上に落ちてきた。背は低かったが体はとてもしなやかで、未晒《みざら》しの麻布の、折り目の入ったゆったりしたズボンの中で自在に動く腿《もも》の動きに合わせて、思い切り反った。白い脛《すね》当てに締めつけられた堅いふくらはぎはぴんと張り出し、厚い木靴を履いた足はシャモワ(15)の脚先のように軽快だった。少年はわれわれの近くで足を止めると、靴下留めの尾錠を締め直した。横から青白い顔が見えた。前傾姿勢をとっているので、その顔にふさふさした髪がひだのついたカーテンのようにかぶさり、そのまま肘のところまで垂れ下がっている。少年は尾錠を締め直すとさっと身を起こし、われわれが見ている前でまた一段一段、跳ぶようにして下り始めた。そして、ぴょんぴょん跳ねながら遠ざかっていった。

われわれはその少年と聖十字架《サント・クロワ》教会の中で再会した。ひざまずき、顔を天の方に上げ、聖母の連禱を唱えていた。われわれに気づくと、黒い目の真剣なまなざしをこちらに向け、疑いせんさくするように、瞬時、われわれを見つめた。それからまた元の態度に戻り、祈りを続けた。

この聖十字架教会は一一世紀のロマネスク様式の美しい教会であり、環状の建築様式、拱門《きょうもん》によって分けられた丸天井、脚が角柱の中にはめ込まれた円柱、せり上がった半円アーチ、数段からなるふたつの階段で上る中央に置かれた内陣——こうしたものがこの教会に何やら後期ローマ帝国風の、またガロ・ロマン風の様相を与えている。細長い窓を透って上からやってくる光は、仕事場《アトリエ》に射す外光のようにほとんど垂直に下りてきて、白く穏やかな静けさをあたりに放っている。ここにあるのは、ゴシック様式の大聖堂の神秘的な息吹にあふれた、尖頭アーチに象徴されるような、夢想にふけるキリスト教ではない。それよりもっと昔の、もっと古代ローマ的なものであり、もっと原始的な神学、もっと熱

(15) 高山に生息する野生のヤギ。

カンペルレの聖十字架教会

い詩《ポエジー》を感じさせるものである。アルルの修道院の回廊(16)やカロリング朝(17)の大公会議を思い出す。

教会はひとでいっぱいだった。誰もが祈っていた。眺めていたのはわれわれだけだった。群衆は厳かな喜びに包まれて歌い、祭壇で祭式を執り行う司祭のか細い声が長く延びて消えるたびに、側廊から、ポーチの下から、至るところから、力強い声がいっせいに聞こえてきた。それはまるでひとつの胸からあふれ出てくるような、果てしない愛の叫びとなっていた。同じ一ヶ所にひざまずいた女たちは、白い頭巾をのせた頭《こうべ》を垂れていた。女たちの顔は見えなかったが、いっせいに曲げられた背中と、一列に並んだ合掌する手が見えた。

男たちは許されるままに、あるいは気まぐれから――至るところに――あらゆる方向に――立ち――座り――またひざまずいていた。しかしながら、男たちはぎこちないようにも、ぼんやりしているようにも見えなかった。それどころか、銘々が孤独な瞑想にふけったり、他の信者たちの魂によって自らの心を温めたりしながら、まるで我が家にいるかの

(16) アルルのプロヴァンス・ロマネスク様式の聖トロフィーム教会に隣接する修道院の回廊。フローベールは一八四〇年にここを訪れている。

(17) フランク王国を八―一〇世紀にかけて支配した王朝。なかでも第二代の王シャルルマーニュ（カール一世）大帝（七四二―八一四）は、教皇より西ローマ皇帝の冠を授けられ、教会改革に尽力し、西方キリスト教世界を統一した。

ようにそこにいるように感じられたのである。そして男たちの体が示す態度は、恐らく心が疲れているかしゃんとしているかによって、物憂げであったり威厳に満ちていたりした。そこに見られるのは、褐色の長い髪の下のいかめしい顔、荒野よりも荒々しい粗野な目つき、力強く息を吸う幅の広い胸、物思わしげな表情、無骨で厳かな様子であった。しかし男たちの剝き出しの日焼けした額、こごまったがっしりした肩、犂《すき》の柄を思わせる手持ちぶさたの灰色の手、さらには大切にされているために軽く見える重い靴——いつの間にか、こうしたすべての荒々しさは優美さに変わり、力強さは優しさと化し、素朴であるがゆえにたいそう穏やかな、ほとんど感動的な崇高さを帯びていた。美しかった、この男たちは——美しい、なぜならば、身丈に合った、体に適した、日々仕事をするうちに自然と皺《しわ》んだその衣服のつつましさが、また、まさしくそのためにつくられたこの教会の中に存分に立ち込めるその信仰の誠実さが、男たちの真の姿を示していたからだ。昔の衣服をまとい、古めかしい顔をし、先祖以来のこうした宗教心を発揮する男たちは、黄色く色づくことなく散るイチイの葉のように、変身することなく消え、変遷することなく姿が見えなくなるひとつの民族の最後の名残であり、こうして男たちは、前の諸世代の人びとを人目にさらしていたのであり、また、その民族の全体を自分たちだけで体現しているように思われたのである。恐らくそのためであろう、男たちには何かがいっぱい詰まっているように見えたし、一人ひとりが自分の中に、普通ひとりの人間の中に含まれているもの以上のものを担いもっているように思われたのだった。

ロマネスク様式の教会の下には、ロマネスク様式の地下聖堂《クリプト》がある。この四辺形の地下室は、丸天井ではなく、平らな天井に覆われている。天井は床のように板石《タイル》張りで、四列の円柱に支えられている。円柱のうち二本は、それぞれが、ひとつに束ねられた四本の小円柱からなる支柱として並べられ、小円柱は全長の三分の二のところで分離している。円柱はどれも細長い葉模様が施された重たげな柱頭をもち、次々と連なる超半円のアーケード状の装飾によって互いに結びつけられている。見学者は暗がりを手探りして進み、奥にあるたったひとつの窓から洩れてくる薄明かりのおかげで、黒々とした、濡れた、緑色のふたつの墓を、敬すべき二基の墓を目にすることができる。一番目の墓の上には、修道僧の彫像が横たわっている。広範囲にわたる剃冠《ていかん》(18)のために、石でできたその古い頭部が剝き出しになっているので、それと分かる。手に一冊の本をもっている。顔は蝕まれている。死者の顔に見られるごとく、鼻がなくなっている。そして痩せた体は、まっすぐな大きな皺を寄らせて足の方に流れるように伸びる長い布にくるまれている。この修道僧の近くには、床に置かれた薄板状の石の上に、司教杖とともに、腕を組んだ大修道院長の像が横たわっている。二匹の犬が、横縞によって等分割された無色の盾形紋を支えている。先のとがった靴を履いた足を支えるものは何もない。頭部は四角い小さな天蓋によって護られている。一番目の墓は、この地で殉教した聖ギュルロのものと見なされている。それゆえに、石棺には穴がひとつあいていて、祭りの日ともなると病人たちがやってきて、病を治そうとそこに腕を突っ込むのである。しかし、二番目の墓に葬られた死者はその名を残していない。われわれはろうそくでこの死者の像をあちこち照らし、その顔が誰のものなのか知ろうとした、そこに横たわるのがかつてわれわれが知り合いになった人物であるかのよう

(18) 聖職者の頭頂の小さな円形の剃髪。

に。人間はいつもこうしたものに対して、遠方から来た旅人や封印された手紙を前にしたときのように、どうしても正体を知らずにはいられないという気持ちにさせられるものなのだ。

旅の一日はこんなふうに過ぎてゆく。川、茂み、子供の美しい顔、墓――これだけで一日を過ごすのに十分だ。草の色を楽しみ、水の音に耳を澄まし、いろいろな顔をじっくり眺め、すり減った石のあいだを歩き回り、墓に肘をつく。そして翌日はまた別の人たち、別の土地、別の廃墟に出会い、正反対の感想を抱く。で、かくして生まれた相異なる感想を比較してみる。こいつが楽しいのだ。ほかの楽しみに引けをとるものではない。たとえばロスポルダンで、われわれは墓地で祈りを捧げている女を見かけたのだが、見ていると、ナントの大聖堂で目にした女が思い出された。ロスポルダンの女はひざまずき――こわばり――身動きせず――体をぴんと伸ばし――頭《こうべ》を垂れ、怒りと悲しみに満ちた探るような目で地面を見つめていた。そのまなざしは白い墓石を貫き、中に入り、下りてゆき、墓の下にあるものを吸い上げていた。ナントの女は、反対に、大ろうそくの蠟《ろう》のように顔色が白く、祈禱台に身を傾け、うっとりして口を開け、目を天へ、いや、天の先のもっと高いところへ向け、その心は外に飛び出し、無限の広がりのうちを漂っていた。ふたりとも、並外れた渇望にとらわれながら祈っていた。そして間違いなくどちらにとっても、もはや世界には、おのおのその絶望とその希望の対象しか存在していなかった。最初の女は虚無にとりつかれ、二番目の女は神のもとへ心が昇ってゆくところだった。一方にとっての哀惜は、他方にとっての願望となっていた。そして、二番目の女は絶望がひどくきついために、倒錯的な快楽に浸るようにその絶望に喜びを見いだしていたのであり、また、最初の女は願望がとても強いので、責め苦にさいなまれるようにその願望に苦しんでいたのである。そういうわけで、女はふたりとも人生に悩み、そこから逃れ出たいと願っていた。墓前で祈っていた女は失ったものと再会するために、そして聖母の前で祈っていた女は崇めるものとひとつになるために。苦しみ――望み――祈り――同じ夢想――そして何という隔たり！　一方の夢想は思い出の上を巡り、もう一方の夢想は永遠へと向かっていた。

　このロスポルダンという村で、カンペルレで別れたばかりの男たちをまた目にした。同じ物腰、同じ衣服――大きな帽子、大きなチョッキ、青や白の上着、幅広の革のベルト、折り目のあるたっぷりしたズボン、木底靴、同じ顔の表情、同じ体つき。この日は市《いち》が立つ日だったので、広場は農民と荷車と牛とであふれていた。動物の鳴き声と荷車の軋む音に混じって、ケルト語のしゃがれたような音節の響きが聞こえてきた。しかし、人の群れには混乱も騒ぎも笑いもなかった。酒場の入口でおしゃべりする者もいなければ、ひとりとして酔っている者もいない。行商人もいなければ、婦人向けのプリント地を売る店も、子供向けの彩色ガラス細工を売る店も一軒もない。うれしさも、華やぎも、活気もちっとも感じられないのだ。売りたい者は、諦め顔でじっとしたまま、お得意がやってくるのを待っている。広場を幾組か番《つがい》になった牛が歩き回り、その角《つの》を誰だか子供が抑えている。そうかと思うと、痩せた駄馬が群衆の真ん中を速歩《トロット》で進む。群衆は悪態をつくわけでも不平をもらすでもなく、道をあけてやる。それから、一瞬互いに見つめ合い――話がまとまる。すると、それ以上ぐずぐずせず、我が家に引き上げてゆく。実際、村は遠いし、荒野は広大で、日が暮れてくる。家には誰もいない。母親はギョリュウ林[19]へ出かけ、冬に備えて小枝を刈っているし、子供は海岸で海草を採ったり、羊の番をしたりしている。作男はどうかというと、大抵の場合、そんなものはいない。普通、耕作者はそれぞれがほんのわずかずつ土地をもち、独りでどうにかこうにか耕し、その土地の主《あるじ》になっている——というよりむしろ、奴隷だ。なぜなら、人間は土地を肥やすことができず——土地は人間を養うことができず、こうして耕作者は己の土地のためにむなしく身をすり減らすのであるから。いったいどうしてそんな土地を去らないのか。どうしてスイス人のように傭兵にならないのか、アルザル人のように故国を離れないのか。どうして頑固な愛着をもってそこに住み続けるのか。誰にも分からない。耕作者自身にも分からない。

したがって、われわれのところで出会うような、あの裕福で、腹の出た、でっぷりとした農夫、酔顔《すいがん》で、金ではち切れんばかりのかばんを肩からぶら下げた農夫には、この地のどこでも出会うことはないだろう。あの連中ときたら、連れ立って市《いち》にやってきて——大騒ぎし——長々と時間をかけて値切り——大声を上げて言い争い——互いの手をたたき合い——カフェでドミノをやってわめき——肉と蒸留酒をしこたま味わい、コーヒーを一日に三〇杯も飲み、夜もたっぷり更けてやっとのこと、馬の背に揺られて居眠りしながら帰ってゆくのだ。主人を乗せた小柄な馬は、道に沿って軽やかに、小走りに走り、中庭の柵のところまで来ると、腹に届くほどたっぷり寝わらが敷かれたありがたい自分の厩《うまや》に気づき、おのずと足を止めるのである。ところが、ブルターニュの農民は何も食べずに帰る。外で食べるとあまりに高くついてしまうのだ。いつものそば粉で作ったクレープと、一週

（19）落葉性の小高木。

間かけて煮込んだとうもろこし粥《がゆ》の碗を、また目にすることになる。この食事をブルターニュの農民は一年中、テーブルの下をうろつく豚たちの、そして同じ部屋の片隅の、糞尿の混じった寝わらの上で餌を反芻する雌牛の脇で、とっているのである。

そのうえ、どうして快活でいられようか。農民は町から何を持ち帰ったのか。馬を売ってしまったのだから、これからは重い荷物を運んだり、自分で犂《すき》を引いたりしなければならなくなる。たいした進歩だ。そうやって手に入れたわずかばかりの金が、農民にとって何の役に立とう。明日になるか、来週になるか、あとで誰かがやってきて、理解できない言葉で、知らない法の名において、農民にその金を要求するだろう。金を稼ぐだけの価値があるのか。それで、農民はあまり仕事をしないのだ。不器用に、気乗りせずに、もっとうまくやれるのではないかと気にかけることもなく、働くのである。

疑い深く、嫉妬深く、目にしても理解できないすべてのものに面食らい――こうして、農民はそそくさと町を――市《いち》の立つ町を去り、藁葺きの我が家に戻る。家は目の詰んだ垣の向こうにあり、葉の生い茂った木々の下に隠れている。ここに帰ってくると、家庭で、溜まり場で、聖堂区主任司祭のそばで、教会の聖人像の足下で、身がぎゅっと締め直される。そしてそれらに心を向けることで、心はおのずと密度を増し、活力が涌いてくる。ほかでどんなことが起こっているのか、農民は何も知らない、二十歳《はたち》になったら息子が戦うために出かけてゆくこと、それからパリと呼ばれる町があること、そしてフランスの王はルイ＝フィリップであること、を除いては。フランス王については、まだ生きているのか――よく会うのか、王のところで夕食をとるのか、などと――通訳を介して――会う者に質問し、その近況を尋ねることであろう。

それがどんな者であろうと、よそから来た者はブルターニュの農民たちにとっては、常に、どうしても理解したくなるような何か不思議な、漠然とした、まばゆいものなのである。農民はよそ者に見とれ、眺め入り、所持しているすてきな時計を目にしたくて時間を尋ねる。農民はよそ者を食い入るようにじっと見つめる――好奇心にあふれた――物欲しげな――また、おそらく憎しみの込もったまなざしで――というのも、よそ者の方は金持ち――それも、たいそう金持ちであり――遠い町――巨大でにぎやかな町――パリに住んでいるからである。

どこかに到着すると、たちまち乞食たちがわっと寄ってきて、腹が減っているのでしつこくまとわりつく。施しをする――乞食たちは去らない――再び施しをする――乞食の数が増える――やがて、乞食の一群に取り囲まれてしまう――最後の銅貨にいたるまでポケットをすっかり空《から》にしても、乞食たちはひたすら懇願の文句を唱え、両脇にぴたりとくっついたままである。困ったことに、その懇願の文句はひどく長く続くのだが、幸い、こっちには何を言っているのか分からない。こちらが立ち止まっていると、乞食たちは動かない。こちらが立ち去ると、乞食たちはあとをついてくる。言って聞かせようが、身振りを使おうが、何をやっても事態は好転しない。まるで、こちらを怒らせようと決意でもしているかのようだ。実際、連中のしつこさは腹の立つ、容赦のないものである。そうなると、こちらを閣下と呼んで乗っている二輪馬車の前を気取って歩くイタリアの乞食の、おどけたところのある善良な卑しさや、こちらを将軍と呼んで葉巻の吸殻をねだり、そいつをどぶから拾い上げると面と向かって笑って見せるパリの浮浪児の、無礼だが愛想のよい下劣さが、何とも急になつかしく思われ始めるのだ。

南方の貧しさには、人を悲しませるようなものは何もない。それは、絵のように生き生きとし、色彩豊かで、陽気で、のんきで、シラミを大気で温め、ぶどう棚の下でまどろむ貧しさである。ところが北方の貧しさは、寒さを覚える貧しさ、霧の中で震え、ぬかるんだ土を裸足で苦労して歩く貧しさであり、病気になった動物のようにいつも涙で濡れ、しびれ、哀れっぽい表情をし、噛みついてくるように思われる。こうした土地にいる人びとの何と貧しいことか。この人たちにとって、肉はめったにお目にかかれぬ贅沢品《ぜいたく》である。われわれの案内人のひとりは、「そいつはあっしの最高の幸せというもんで。うまいこと手に入れたら、ぶったたいてやりまさぁ」と、われわれに言ったものだ。パンにしても、毎日食べているわけではない。われわれを運んでくれたロクミネの御者は、八ヶ月ものあいだまったく口にしていなかった。こうした生活をしていては、民族は美しくならない。それゆえ、多くの障害者、手や腕のない者、生まれつきの盲人、せむし、粃糠疹《ひこうしん》(20)にかかっている者、佝僂《くる》病を患っている者らに出会うことになる。だが、コナラのうちでも貧弱なものは海風にあたってしおれてしまうが、丈夫なものはそのためにますます生長し——凍てつく寒さの中で堅くなってゆくように、こうした貧困という貧困を何ひとつ残さず経験してきた者は、そのためにいっそう健康で、まっすぐで、頑強であるように思われる。今、日の前にいる、実にいかめしく、たくましく、暗い緑の草木に覆われたその土地のように——長い髪の下に寡黙な表情を湛えている人たちは——まさしくそうした人たちなのであ

(20) 皮膚の表面の角質細胞が糠状《ぬか》に剝がれ落ちる皮膚病。

る。

町中《なか》では、言葉はそのままだが、そういった特色が消えてしまう——まず、この地方特有の服装をあまり目にしなくなる——そうした服装は、仕立屋やお針子がだんだんと侵入し、欲望をかき立てるような何か美しい流行服の版画が一階の小さな店のショーウィンドーに張り出されるようになったせいで、田舎へ追いやられてしまったのである。町の住人は、毎晩、逓《てい》送取扱所に駅馬車が止まるのを目にする。そこで、乗客係とおしゃべりをした御者からでも、小包を運ぶ使い走りからでも、何らかの情報を確実に得ることができる。日が暮れるころには、家の戸口で、新聞を読んでいるので世の中で何が起こっているかを知っている執達吏、町役場の役人、あるいは郡庁の職員とおしゃべりをする。こうして町の住民は、少しずつ非ブルターニュ化してゆき、次第に農民への軽蔑を深め、ついには農民から離れてしまう。一方、それ以上に農民も、互いの理解が難しくなるにつれ、町の住民から遠ざかってゆく。まだ町で見られる最もブルターニュ的なものは、下女として仕えるために連れてこられる哀れな娘たちである。仕事漬けの日々の中で、生まれながらの性格を失わないために、娘たちは誰と接触しているのであろうか。娘たちが、卵とバターを毎週持ってくる男と一緒になり、通りで足を止めるのを見るとよい。男は娘たちに何と言っているのか。娘たちの村や両親のことを話しているのだ。結婚祝いにと、兄弟がすてきな銀の耳飾りを送ってくる。身につけぬわけにはゆくまい。やがてパルドン祭[21]がおこなわれる、出かけねばなるまい。そこで娘たちは出かけてゆき、祭りに加わり、故郷の特徴を最もよく示すすべてのものによって、すなわち言語と衣装とによって、元気を取り

(21) ブルターニュ地方の各地でおこなわれる、罪の許しを乞うための宗教的な祭り。

戻すのである。それゆえ、主人の家に戻っても、娘たちの心はかの地にとどまったままであろうし、また、現に日曜の晩課のあと、広場や本街道の入口で、一〇人、二〇人と群れをなしておこなっているように、散歩をしながら一緒に故郷のことをおしゃべりするであろう。こうしてこの頑固な下層階級の人びとは、他の人びとのあいだをくるくる動き回っても角《かど》がとれることもなく、すでに雑種と化した住民の真ん中で生き残っているのである。カンペールの定食用のテーブルで、女中——肩幅が広く、顔はきつく、堅苦しい身なりをし、白い頭巾をかぶり、袖を端まで伸ばし、頭巾のうしろから四角い飾りリボンを垂らした娘であった——が、金縁の眼鏡をかけたお大尽、すなわち間接税監査官に泡雪のクリーム添え(22)を出しているところを眺めながら、私は次のように考えていた。つまり、ここにあるのは面と向かい合ったふたつの社会であり、ある時代の他の時代に対する究極の関係なのだ。すなわち、古い肖像画が現代の戯画の前に屈伏している。そこから私は次の原則を導き出した。現在は過去にへつらわせながら、礼を言うことすらしない。

カンペールは本当のブルターニュなるものの中心地ではあるが、ブルターニュとはまた異なっている。岸のあいだを流れ、船を浮かべる川に沿う、楡《にれ》の若木の立ち並ぶ遊歩道がカンペールをひどくしゃれた町にしているし、オデー河の小さな三角洲をそれだけで覆い尽くしてしまう大きな県庁舎が、この町にまったくフランス的な、そして行政的な様相を与えているのである。ここに来た者は、自分が県庁所在地のひとつにいることに思い当たる(23)。と、すぐさま、大・中・小の村道を含めた郡の区分、初等教育委員会、貯蓄金庫、県会、そしてその他の近代的な発明品——こうした、地方色を夢見る素朴な旅行者にとっ

(22) 泡立て、茹でた卵白にクリームを添えたデザート料理。
(23) カンペールはフィニステール県の県庁所在地である。

カンペール

ては、地方色に恵まれた土地からその色合いを少し、いつも奪い取るもののことが思い出されてくるのである。

このカンペール＝コランタン(24)という地名を、まるで地方の滑稽さと頑迷さに付けられた名前そのものであるかのように口にする者がいるが、ここは魅力的な、こぢんまりした土地であり、もっと敬われている他の多くの土地と比べても遜色がない。確かにカンペルレに見られた奔放さ、たっぷりと生い茂った草、派手な色彩といったものは見いだせないが、私はここにある散歩道ほど快い景観をもったものをほとんど知らない。散歩道は水辺に沿ってどこまでも続き、間近にそびえる山のほぼ垂直に切り立った断崖が、その上に、豊かな緑の草木の濃い影を投げかけている。

このような町をひとわたり見学し、そのひだの一番奥まで知るのにはそれほど多くの時間を要しないし、また時折は、思わず足が止まり、心が喜びに包まれるような一角に出くわすこともある。実際、小さな町は、小さなアパルトマンと同様、最初のうちは、暮らすにはより暖かく、より便利であると思われるものだ。だが、そうした幻想に浸っているがよい。小さなアパルトマンには宮殿の中よりもたくさんのすきま風が吹くし、小さな町にいると、砂漠にいる以上に退屈を覚えるものなのだ。

われわれが好きなあの楽しい小道、あるときは壁に沿って、またあるときは畑の中を、それから茂みのあいだや芝の中を、上り、下り、曲がり、戻り、そしてその間に、小石やマーガレットやイラクサがかわるがわる姿を見せるあの小道——ぼんやり思索にふけったり、あれやこれや気ままにおしゃべりしたりするのに向いた、あてどのない小道、そうし

(24) フローベールが後述するように、今日のカンペールは、その初代司教コランタンに因《ちな》んで、数世紀にわたり、カンペール＝コランタンと呼ばれていた。

た小道のひとつを通ってホテルへと、つまり町へと帰る途中のことだったが、一軒の四角い建物のスレート葺きの屋根の下から、訴えるようなうめき声や震え声が漏れ出てくるのを耳にした。そこは畜殺場だった。

戸口で一匹の大きな犬が、舌を鳴らしながらあたりに広がる血をすすり、投げてもらったばかりの牛の腸から、歯の先で、青い繊維状のものをゆっくり引っ張り出していた。各作業室の戸は開いていた。中では畜殺業者が、腕をまくってあくせく働いている。天井から下がった棒を脚先の腱《けん》に通され、頭を下にして吊るされた、膨らんではち切れんばかりになった牛が、腹の皮をふたつに裂かれる。皮の裏に付いた脂肪の層が、皮と一緒にゆっくりと分離してゆき、その内側に、とても美しい色をした緑、赤、黒のたくさんのものが、小刀が切り裂くにつれ、次々と現れてくるのが見える。内臓からは湯気が立ち、生暖かい、むかつくような蒸気とともに、いのちが噴き出してゆく。その近くでは、地面に横たわった子牛が、流れる血に、おびえた丸い大きな目を向け、脚を縄できつく縛られているにもかかわらず、痙攣したように震えている。脇腹は脈打ち、鼻の穴は大きく開けられている。

他の畜舎は、長く続くあえぎ声、震える鳴き声、しゃがれたうめき声であふれていた。殺殺される獣の声、死にかかっている獣の声、間近に死をひかえた獣の声を、それぞれ聞き分けることができる。特異な鳴き声、深い苦悩に満ちた抑揚が聞こえてきたが、意味がほとんど理解できる言葉を発しているようであった。このとき、恐ろしい町が、ヒトの畜殺場が存在するであろう、食人種のバビロンやバベルといったような、身の毛がよだつ途方もないある町が、私の頭に浮かんだ。そして私は、こうしてわめき、泣きじゃくりつつ殺されてゆく動物たちのうちに、人間の断末魔の苦しみに潜む何事かを見いだそうと努めた。主人の糧《かて》となるべく、首に縄を巻かれ、環《わ》に繋がれてそこに連れてこられた、奴隷の群れを思い浮かべた。主人たちは、緋色のテーブルクロスで唇を拭きながら、象牙のテーブルの上で奴隷たちを食する……そのとき奴隷たちは、動物たちよりもっと打ちひしがれた恰好をし、もっと悲しい目つきをし、もっと悲痛な祈りを唱えるであろうか。

若者が鉄の槌を取った。縄を解かれたばかりの哀れな子牛が、その若者の前に押し出された。若者は手にした道具を振り上げると、子牛の両の目のあいだの頭蓋骨めがけて、いきなり打ち下ろした。鈍い音がした。子牛は口から泡を吹き、舌を歯のあいだに挟んで、即死した。

子牛は抱えられ、運ばれたが、その間、じっと身動きしなかった。解体するために、滑車で引き上げられた。小刀が入れられると、子牛の肉の全体がぶるっと震えたが、それからまた元の死んだ状態に戻った。子牛は死んでいたのだろうか。誰に分かろう。何か御存知か、哲学者や生理学者よ。あなたがたは死がどんなものであるのか、本当に確信をもっておいでか。もうおもてに何も動きが表れないということは、魂がもはや意識を失っているということであると、また、魂は、それが生命を与えている肉体が絶えず腐敗してゆく様を、ゆっくりと、微細にわたって感じたりはしないと、誰があなたがたに言ったというのか。死骸を構成する各部分は、よそに行ってそこで別の生を再び生きたり、そのまま同じ生を生き続けたりし、そうやって、——私はウサギがニューファンドランド犬に生きたままむさぼり食われ、頭は食い尽くされてしまったのに、後脚をまだ激しくばたつかせているのを見たことがあるが、いくらかそのウサギに似て――存在物の半分は新しい存在のうちに引き入れられ、もう半分はそれまでの存在のうちにとどめられたままとなるのであろうが、そうなるまで、死骸は、それを蝕むすべてのうじ虫に咬まれるたびに苦痛を覚えたりはしないと、誰があなたがたに言ったというのか。畜殺場を出ると、相変わらずご馳走を楽しんでいる番犬をまた目にした。主菜たる生《なま》のはらわたはほぼ食べ終えていた。口のまわりを舌でなめ回している。デザートに羊の腹膜が出されたところだった。犬はとても肉付きがよく、また、獰猛に見える。

カンペールでは、大聖堂も見た。それは一五世紀の大きな教会で、四角い塔には実に見事に造られたふたつのとても大きな開口部があり、後陣は、片方の肩に預けられた瀕死のキリストの頭さながらに右へと傾き、そのうえ、オタン(25)作の、優美というより魅力的な、柔らかいというよりふにゃふにゃした感じの、ずいぶん可愛らしい聖母像があるのだが、われわれにはおもしろいものではなかった。

それから、聖マタイ教会で非常に美しいステンドグラスを見かけたのだが、存分に眺め回す余裕がなかった。というのも、われわれの方に教会の番人がやってきて、激昂した声で、「教会から出ていくんだ！　出ていってくれないか！　ええっ、いいから出ていくんだ！」と叫び、そのすごい剣幕によって、内陣から追い出されてしまったからである。そこにとどまるためには、闘うか、この猛獣のような男に袖の下を握らせるかしなければならなかったろう。が、どちらも、われわれの性格にも自尊心にも反するやり方であった。

カンペールのことで、これ以上何か要求することがおありですか。まだ何かお知りにな

(25) オーギュスト＝ルイ＝マリー・オタン（一八一一―一八九〇）は彫刻家で、ダヴィッド・ダンジェの弟子。〔底本注〕

りたいことでも？　カンペールという名はどこから来たか、ということですか。カンペールとは合流点という意味であり、それは、この地がオデー河とエール〔ステール〕川の合流点に位置するからです。* どうしてそこにコランタンという名を付け加えたか、ということですか。それは、「ブルターニュ王グラロンの時代に生きた、偉大な宗教家にして廉直な生活の人であった」(26) カンペールの初代司教コランタンに因《ちな》んでいるのです。今度は、歴史上の重要な出来事がいつ起きたか、お知りになりたいですか。では、お教えしましょう。大聖堂は一四二四年七月二六日、ベルトラン・ロスマデック司教によって創建され、一五〇一年に完成を見ました。それが何日のことであったかは知りません、何とも残念ですが。さらに、町は一三四四年に、シャルル・ド・ブロワによって奪取されました。それから、一三四五年に一度、モンフォール伯(27)によって攻囲されました。それからまた一五九四年に、ドーモン元帥(28)に降伏する前に、二度にわたって攻囲されたのです。でも、おお読者よ、あなたは攻囲陣の描写など求めておられない（私は、自分には読者などいないことをいつも忘れてしまう）。ならば、同様に、コルヌアーユの司教たちの滑稽な入場ぶりを詳述することもやめておきましょう。この司教たちは、手袋と司教冠をロクマリアの小修道院(29)に、長靴と拍車** を大聖堂の戸口に置いてゆかなければならなかったのですが。また、聖セチーリアの祝日(30)の前日に、グラロン王(31)の彫像にぶどう酒の入ったグラスを差し出す古くからのしきたりについて詳述することもやめておきましょう。教会の鐘撞《つ》きのひとりがぶどう酒を一息に飲むと、グラスは群衆に向かって投げられ、それを壊さずに参事会へ持って行った者には、褒美として、ルイ金貨が一枚与えられたというのですが。実際、こうした事柄

(26)　ダルジャントレ著『ブルターニュ史』第3版（一六一八年）からの引用。〔底本注〕

(27)　シャルル・ド・ブロワ（一三一九―一三六四）およびモンフォール伯（ジャン・ド・モンフォール　一二九三―一三四五）については、第三章・注(61)を参照のこと。なお、シャルル・ド・ブロワは、フランス王フィリップ六世の甥にあたる。

(28)　ジャン・ドーモン（一五二二―一五九五）はフランスの元帥。フランソワ一世以下六人の王に仕え、数々の武勲を立てる。カンペール攻囲中に負傷し、それがもとで死去。

(29)　カンペールのはずれにあるノートルダム＝ド＝ロクマリア教会に隣接するベネディクト会の小修道院。フローベールが後述。

(30)　一一月二二日。

(31)　大ブリテン島から渡ってきた移民の頭《かしら》である伝説上の王。その権威の下、四八六年から四九〇年にかけて諸侯の所有地を統合し、カンペール司教区を創設し、サクソン人の海賊を撃退することに貢献した。〔底本注〕

はすべて、知ってゆく際はおもしろかったのですが、繰り返して述べるとなると、今度は同じくらい退屈なものとなるのでして、もしあなたがこうした事柄に興味がおありでしたら、われわれではなく、書物がそいつを提供してくれましょう。われわれは書物を読むこともありますし、書物を著したいという野心さえもっているのですが、書き写すほどには書物を高く評価していないのです。

＊　したがって、カンペルレはエレ川の合流点を意味する。(32)

＊＊　これらはガンゴの領主の所有物だった。領主は長靴を脱がせると、馬とともに持って行ってしまうのであった。

カンペール滞在中のある日のこと、われわれは町の一方の側から出ると、平地を八時間程歩いたのち、反対側から帰ってきた。

ホテルのポーチで、案内人がわれわれを待っていた。案内人はすぐに先に立って早足で歩き出し、われわれは後を追った。それは白髪の小柄な爺さんで、布製のハンチングをがぶり、穴のあいた靴を履き、大きすぎて胴のまわりがだぶついた、古い褐色のフロックコートをまとっていた。話すときの言葉は早口で分かりにくく、歩きながら両膝をぶつけぶつけし、体はぐらついていた。が、それでも気が立ち、ほとんど熱に浮かされてでもいるように断固とした様子で、どんどん前進していった。時折ではあったが、木の葉をむしり取ると、それを口に押し当てて涼を取っていた。爺さんの普段の仕事は、近郊を走り回って手紙を届けたり、伝言を伝えたりすることである。そうやって、ドゥアルヌネやカンペルレやブレストに、さらには四〇里離れたレンヌにまで出かけてゆく。レンヌには、

(32)　フローベールが依拠していると思われるフレマンヴィルの著書（『フィニステールの古文化財』）に、「エレ川とイゾール川の合流点にあるカンペール＝エレ（カンペルレ）」という記述が見られる。〔底本注〕

かつて、往復四日かけて行ってきたのだ。「わしの望みのすべては」と爺さんは言った、「生きてるうちにもういっぺんレンヌに行くことなんじゃよ」。爺さんにとっては、またレンヌに出かけること自体が目的であり、レンヌに行き、長い道のりをこなし、そうしてそれを自慢できるようになりたいのだ。爺さんは街道という街道をみな知っている。町や村のことは、鐘楼にいたるまで承知している。畑を横切って近道をし、庭の柵を開け、家の前を通りながらそこの主《あるじ》にあいさつをする。鳥のさえずりを耳にしているうちに鳴き声を真似することができるようになった爺さんは、木の下を歩きながら鳥を真似て口笛を吹き、そうやって己の孤独を慰めるのである。

　われわれはまず、町から一キロ程のところにある、ロク・マリア〔ロクマリア〕に立ち寄った。これは、往時、コナン三世(33)によってフォントヴローの大修道院(34)にゆだねられた、かつての小修道院である。小修道院は、哀れなロベール・ダルブリセルの大修道院のようには、卑しい使われ方をされなかった(35)。打ち捨てられてはいるが、汚《けが》れていない。そのゴシック様式の扉口《ポルターユ》は、看守たちの声で満たされていない。そして、残っているのが取るに足りないものであっても、精神は反発も嫌悪も感じない。厳粛な古いロマネスク様式によるこの小さな礼拝堂の中にあって、細部で好奇心をそそる唯一のものは、支柱をもたず、そのまま床の上に置かれた大きな聖水盤であり、多面形に刻まれたその花崗《かこう》岩は、ほとんど黒くなっていた。口が広く、底が深いこの聖水盤は、子供の体をすっかり浸すのに適した、カトリックの真の聖水盤を見事に体現しており、われわれの教会にある、指の先を浸すだけのあの口の狭い盥《たらい》とはわけが違う。そこに湛えられた澄んだ水は、底に広がる緑が

(33)　ブルターニュ公（一一一二―一一四八）。
(34)　フォントヴローはソーミュールの南東一〇数キロに位置する町。一〇九九年に、ブルターニュの修道士ロベール・ダルブリセルによって、ベネディクト会の大修道院が建立された。第二章の地図も参照のこと。
(35)　フォントヴローの大修道院は、一八〇四年以来、国の刑務所となった。フローベールとデュ・カンは旅の途中ここを訪れ、その印象をデュ・カンが記述している（第二章）。

かった層のおかげで、すなわち、幾世紀にもわたって宗教的な静寂に包まれ、どんな音にも反応しなくなったこの植物のおかげで、いっそう透明度を増し、角はあちこち擦り減り、全体は青銅色の重い塊《かたまり》といった趣のあるこの聖水盤は、おのずと窪みが穿《うが》たれ、そこに海水が溜まった岩に似ている。

小修道院のまわりをぐるりと回ると、すぐに川の方へ下りていった。船で川を渡ると、平地の奥へと入っていった。

平地には人気《ひとけ》がなく、不思議なほどがらんとしている。溝の縁に樹木――エニシダ――ハリエニシダ――ギョリュウが生え、荒野《ランド》(36)が広がっているばかりで、人の姿はどこにも見当たらない。空は青白く――大気を湿らす小糠《こぬか》雨が、一面にヴェールでも掛けたように、この地を灰色で包み込んでいた。われわれは、青葉のアーケードの下に吸い込まれるように入ってゆく、窪んだ道を進んでいった。重なった枝がたわんで頭上に丸天井をなしており、かろうじて立ったまま通ることができた。葉に遮られた光は、冬の夕方の光のように、緑がかり、弱々しかった。しかしながら、ずっと奥の方には強烈な日の光があふれ、葉の縁でたわむれ、ぎざぎざを照らし出しているのが見えた。それから、かさかさに乾いたどこやらの斜面の頂に出た。斜面はずっと平らに下っていて、その単調な黄色い広がりと対照をなすような草の一本も生えていなかった。時折、それとは反対に、ブナがそびえ立つ長い並木道が現れた。光を反射して輝く太い幹の根元には、苔が生えていた。道には轍《わだち》が続いていて、目にできるかもしれないと思っているどこかの城館へと導いてくれるかのようだった。だが、並木道は急に途絶え、その先はどこまでも平地が広がるのだった。ふた

(36) ハリエニシダ、ヒースなどの野生の低木しか生えない荒れ地で、特にブルターニュ地方やガスコーニュ地方に見られるものを指す。

つの小さな谷のあいだに広がる緑の平地には、垣根のつくる気まぐれな線が黒い切り傷のように何本も刻まれ、あちこちに林の木立が染みとなって点在し、ハリエニシダの茂みが彩りを添え、そうかと思うと、丘の方にゆるやかに上り、地平線へと消えてゆく牧草地の端で何か畑が耕されていて、それが白く映っていた。牧草地の上方遥かかなたには、霧を通して、ぽっかり開いた穴のような空の中に、青くくねるものが現れた。海だった。

鳥は鳴いていない。いないのかもしれない。葉が密生し、草が足音を消し、静まり返った土地が悲しげな顔つきをしてこちらを見ている。ここいらは、荒廃した存在を、耐え忍ばれた苦しみを受け入れるのにうってつけの土地のように思われる。そうした存在や苦しみはここで、木々やエニシダのゆっくりしたささやきを聞きながら、涙を流す空の下、己の苦い思いを孤独に育むことができるだろう。冬の夜、狐が乾いた葉の上を忍び歩き、瓦が鳩舎から落ち、荒野のイグサが風に激しく打たれ、ブナの木がたわみ、そして月明かりに照らされて狼が雪の上を駆け回るとき、よく響く長い廊下で風が唸り声を上げるのに耳を傾けながら、火の消える炉のそばに——たった独りで座る——、まさにそんなとき、心の奥底からこの上なくいとおしい絶望を、忘却の淵に沈んだ恋とともに引き出すのは、快いことに違いない。

われわれは廃墟と化したあばら屋を見た。そこにはゴシック様式の門から入っていった。もっと先の方には、尖頭アーチ形の扉が刳り貫かれた古い壁面が立っていた。そこでは葉を落としたキイチゴが一本、そよ風を受けて左右に揺れていた。中庭のでこぼこした地面は、ヒースやスミレや小石で覆われている。堀の古い残骸が微かに見分けられる。埋まってしまった地下室に、二、三歩足を踏み入れる。中庭を歩き回る。眺め、そして立ち去る。この地は贋の神々の聖堂と呼ばれており、推測によれば、聖堂騎士の所領だったところである。

案内人はまた先に立って歩き出した。われわれもまた後についていった。

木々のあいだから鐘楼が姿を現した。われわれは耕されていない畑を横切り、溝の高い縁を越えた――家が二、三軒現れた。プロムラン村だった。小道がそのまま村の通りとなっている。村は、木の植わった庭によって仕切られた数軒の家から成っている。何という静けさ。というより、何ともひっそりしている。戸口はがらんとしているし、庭には人《ひと》気《け》がない。

家の主《あるじ》たちはどこにいるのか。みんな出かけてしまったようだ――小さな峡谷を通る共和派兵士(37)の様子をうかがうために、エニシダの陰に身を隠して待ち伏せしようと、出かけてしまったようなのだ。

教会は見すぼらしく、ちょっと例を見ないほどがらんとしている。派手に色を塗りたくった美しい聖人像はないし、壁に絵が掛かっているわけでもなければ、天井からランプが吊り下げられ、まっすぐに伸びた長いロープの先端で揺れているわけでもない。内陣の片隅には、油でいっぱいになったコップが床の上に置かれ、その中で灯心が燃えている。丸みを帯びた石柱が、青い塗料が褪《あ》せた木製の丸天井を支えている。白いステンドグラスがはめ込まれた窓からは、野原にあふれる真昼のまばゆい光が射し込み、それを、教会の屋根を覆い隠す周囲の木々の葉が緑に染めている。扉（木製の小さな扉で、掛け金で閉め

(37)　フランス革命時に王党派に与する者の多かったブルターニュ地方では、七月王政末期のこの時代も共和派への警戒心が解かれていなかったことが窺える。

るようになっている）は開いていた——一群の鳥が入ってきて、飛び回り、うるさく鳴きわめき立て、壁にぶつかった。鳥たちは丸天井の下を旋回し、祭壇の方に行ってそのまわりでたわむれ、そのうちの二、三羽は聖水盤の縁に飛びかかり、水の中にくちばしを浸した。それから鳥たちはみな、来たときと同じように、いっせいに飛び立っていった。こんなふうに鳥の姿を教会で目にするのは、ブルターニュではめずらしいことではない。なかには教会に棲み着き、身廊の石に巣を引っかけているのもいる。それでも、誰もかまう者はいない。雨が降ると、鳥たちは急いで飛来する。だが、ステンドグラスに日が再び現れ、樋《とい》から雨水が落ちなくなると、たちまち野原へと帰ってゆく。こうして雷雨が続くあいだ、二種類の頼りない被造物が、神の加護を受けたすみかにしばしば同時に入ってくることになる。すなわち、そこで祈りを唱え、恐怖におののく己の心を護ってもらうために人間が、そして、そこで雨が通りすぎるのを待ち、体がしびれた雛たちの生えかけの羽を温めるために鳥が。

これらの見すぼらしい教会からは、ある奇妙な魅力が発散している。人の心を動かすのは、教会の貧しさではない。誰もいなくても、そこには住んでいる者がいるように思われるのだから。人の心を奪うのは、むしろ教会の慎ましさなのではないだろうか。というのも、鐘楼が低く、屋根が木々の下に隠れてしまうこれらの教会は、神の在《お》わす広大な天の下で己を小さくし、へりくだっているように思われるからである。実際、教会が建てられたのは、思い上がった考えによるのでもなければ、その地のあるお偉方が、今はの際《きわ》にふと敬虔な気持ちを起こしたがためでもない。反対に、教会に認められるのは、ある欲求の簡素な表れ、ある欲望の素朴な叫びであり、そこは牧人が乾いた葉でこしらえた褥《しとね》、疲れたときにゆったり横になれるようにと魂が己のために建てた小屋のようなものである、と感じられる。実際、これら村の教会は、町の教会以上にそれらを擁する土地の特徴を深く帯び、父から息子の代へと、同じ席に来て同じ敷石にひざまずく家族の者たちと、もっと多く生活を共にしているように見える。毎日曜日、毎日、教会に入り、教会から出るたびに、この人たちは親族の墓を目にしないだろうか。教会は親族が完全にいなくなってはいない、拡大された家庭のようなものであり、かくしてそこで祈っているあいだ、親族は自分たちの近くにいるのだ。こうしてこれらの教会は調和を感じさせ、そしてこの調和の感覚に包まれながら、あれらの人びとの生は、洗礼室と墓地のあいだで成就されるのである。われわれのところでは事情が違う。永遠を柵の外へと追いやるわれわれは、われわれの死者を郊外に追放し、斃《へい》獣処理業者やソーダ工場のある界隈に、肥料用の乾燥人糞を収めた倉庫の脇に住まわせているのである。

午後の三時ごろ、われわれはカンペールの町の入口付近にある、ケルファンタンの礼拝堂に到着した。礼拝堂の奥には、三位一体の家系図を描いた、一六世紀の美しい大ステンドグラスがある。ヤコブが一家の始祖をなし、てっぺんには十字架に磔《はりつけ》になったキリストが、さらにその上には、頭に教皇冠を戴いた永遠の御父が描かれている。四角い鐘楼の各面は、角灯《ランタン》のように、長くまっすぐな窓が透かし細工を施されて刳り貫かれた四辺形となっている。鐘楼は屋根の上にじかに載っているのではなく、ほっそりした土台に支えられている。土台の四面は次第に狭まり、ほとんど互いに一点で接し合うほどになって、屋根の棟に向かって鈍角をかたち作っている。ブルターニュでは、ほとんどすべての村の教会が、こうした鐘楼をもっている。

町に帰る前、われわれは回り道をして、聖《メール＝デユー》母の礼拝堂を見に行った。礼拝堂はふだん閉まっているので、われわれの案内人は、途中で、鍵をもっている番人を呼びに行った。番人は幼い姪《めい》の手を引いて、われわれに同行した。その姪は、道すがら、立ち止まっては花束を採っていた。番人は小道を先に立って歩いていた。しなやかに、そして幾分なよなよした感じで反るその若者らしいほっそりした胴は、空色のラシャ地の上着によってぎゅっと引き締められ、また、頭のうしろにきちんと載せられ、髷《まげ》に編んだ髪を留めている黒い小さな帽子の三本のビロードのリボンが、肩の上でゆらゆら揺れていた。

聖母教会(38)は小さな谷、というよりむしろ峡谷の底にあり、ブナの葉に覆い隠されている。こうした場所で、こうして鬱蒼《うつそう》と生い茂る草木が醸《かも》し出す静寂に包まれ、恐らく、実際には一六世紀のものだが一三世紀のもののように見えるそのゴシック様式の小さな扉口のせいで、聖母教会は、何やら、古い小説や古い恋歌《ロマンス》に出てくるあの人目をひかぬ礼拝堂を思い出させるような雰囲気をもっている。そうした小説や恋歌では、ある朝、ひばりの鳴き声が聞こえる中、聖地へと出かける小姓に騎士の称号が与えられるのだが、星々の光が淡くなる一方で、格子からは城主の奥方の白い手がすうっと伸びる。すると、出発する小姓はそこに口づけをし、あふれる愛の涙でその手をたちまちのうちに濡らすのだった。

われわれは教会に入った。番人の若い男は帽子を脱ぎながらひざまずいた。と、たっぷり撚《よ》り上げられたブロンドの髪が現れ出た。髪は背中を伝って落下しながら、ゆらゆらと

(38) 前出の「聖母の礼拝堂」と同じもの。ここでの礼拝堂《シャペル》は、小教区教会ではない小教会を意味する。

広がっていった。一瞬、上着のごわごわしたラシャ地に引っかかり、それまで丸められていたためについた癖の跡《あと》をとどめていたが、また少しずつ落ちてゆき、ばらけ、広がり、まるで本物の女の髪のようにあふれていった。真ん中で分け目がつけられた髪は、両の肩に等しく波打ちながら流れ落ち、剝き出しの首を覆い隠していた。金《きん》の色調を帯びたこのなだらかな広がり一面に光がうねり、若者が祈りながら頭を動かすたびにそのうねりは変化し、そして走り去っていった。若者の傍らでは、姪の女の子が同じようにひざまずき、摘んできた花束を下に置いていた。そのときだけだが、また初めてのことだが、私は男の髪の美しさを、そして剝き出しの腕を思わずそこに突っ込みたくなるようなその髪の魅力を、理解した。自然の壮大なる蛇足を至るところで切り詰めることに存する進歩とは、奇妙な進歩である。その結果、そうした蛇足をまったく手つかずの完全な状態で発見すると、われわれはまるで驚異が暴かれたのを目にしたかのように、驚くことになるのである。

おお、理髪師よ、おお、カール鏝《ごて》よ、おお、バニラやレモン入りの整髪剤よ、万国のかつら師よ、あらゆる型のブラシよ、あらゆる臭気を放つ香油よ、髪を君たちの巻き毛と編み毛で飾れ、ざんぎり頭に剃れ、ペリネ＝ルクレール風(39)にくるくる巻け、洋梨型に仕立て上げろ、しだれ柳風に伸ばせ、その上に君たちの魚膠《ぎょこう》を、マルメロのシロップを、固定用の整髪料を、てかてか光る艶出しのワックスを振り撒《ま》け。切れ、刈れ、ぎゅっとカールしろ、たっぷりとポマードを塗れ。だがそうしたところで君たちは、あの若者の髪ほどに格調高い気品、肉感的な優美さを湛えた髪を私に見せてくれることは決してあるまい。あの若者の髪は、恐らく白い角《つの》製の太い櫛でのみ梳《と》かされていたであろうし、また、空から落

(39) パリの蹄鉄屋ペリネ＝ルクレールは、百年戦争中の一四一八年五月二九日、ひどい仕打ちをしたアルマニャック派に報復するために、対抗するブルゴーニュ派の人びとをパリに導き入れたが、その数日後に死体となって発見された。この歴史の一挿話をもとに芝居が創られ、一八三二年に上演され、大成功を収めた。〔底本注〕

ちる雨と露だけがその混じりけのない水で濡らしていたのだ。

翌日の正午、カンペールの通りにキャラコのシーツがぴんと張られた。鐘が鳴った。舗石にバラとハナダイコンが撒かれ、四つ辻に緑の円柱で飾られた舞台のようなものが立てられた。円柱には、色紙でできた花飾りが巻きついていた。この日は何かの祝日にあたる日曜日で、これから行列が通るところだった。

戸口の前には、田舎の衣装をまとった女中たちの姿が見られた。ブラウスの袖には色糸で刺繍が施され、顔は垂れ布の持ち上がった大きな頭巾と固い飾り襟《コルレット》に挟まれ、その飾り襟のうしろの方は、太い筒形襞《ひだ》のある襞襟《ラフ》のように見える。褐色のスカートには、折り目のあるゆったりしたズボン（*bragou-brass*）の折り目のようにまっすぐな、小さなプリーツが細かくつけられ、剝き出しになった靴には、足の甲の部分に幅の広い銀の尾錠がついている。窓には、まるでそこが二階のボックス席といわんばかりに上流社会の人々が陣取り、行列を見物しようと待ち構えていた。

鐘が一段と激しく鳴った。歌声が聞こえ、太鼓が打ち鳴らされ、銃が発射された。すると通りの両側から、二列になって少年たちが現れた。その真ん中では、白短衣《スルプリ》をまとった司祭が行ったり来たりしていた。木製の本を頼りに行進の指導にあたっていたのだが、本は勢いよく閉じられると、まるで洗濯べらを打ったかのように鳴り響いた。少年たちは上着の上からボタンをかけてズボンをはき、右手に火の消えた大ろうそくをもち、大声を張り上げて歌っていた。少年たちのうしろからは少女たちがやってきた。全員が白いドレスを着て、青いベルトを締めている。少女らの真ん中には誰か聖職者がいて、やはり列から列へと忙しく移動し、少女たちを前に進めたり、止めたり、再び歩き出させたり、歌わせたり、黙らせたりしていた。最後に聖歌隊員と司教座聖堂参事会員がやってきた。一同は教会の美しい上祭服《カズラ》(40)をいかめしくまとい、口を開け、目を伏せ、歩調をとって歩いていた。私は特に、金の縫い取りのある紫のビロードの上祭服を覚えている。

そこではこの上祭服だけが——唯一——見事に——輝きを放ち、そのためにほかの上祭服はみな影が薄くなっていた。上祭服で身をくるんだ男は、そんな上祭服が着られてうれしかった。深い喜びを感じていた。歌いながらも思わず笑みが洩れてしまうし、日輪を戴いた聖体器が刺繍されたうしろの裾を見せびらかしたくて、肩を左右に揺すらずにはいられなかった。実際、司教座聖堂参事会にこれと比肩し得るような上祭服がなく、この上祭服を着る権利を有する者が六〇名いて、行列は年に七、八回しか執り行われないとなれば、この参事会員は一〇年も前からこの上祭服を待ち、期待し、じりじりし、胸を焦がしてきたかもしれない。というのも、不当な優遇、勝利を収めるためにライバルたちがおこなう卑劣な行為、不公平なひいきといったことも考慮に入れなければならないからだ。それゆえに、この参事会員は上祭服を手にすることができるだろうかと不安を抱きながら年をとり、痩せてしまった。今日、ようやく参事会員は上祭服を手にし——身にまとっている——背中に掛けている——通りで——上祭服が見られている——参事会員が見られている——上祭服の下の参事会員——参事会員の上の上祭服。何と上祭服が似合っていることだろう。参事会員は上祭服の匂いを嗅ぎ、吸い込み、裏地の下で体を膨らませ、上祭服に隈なく包まれようとしている。上祭服に視線を巡らせ、その刺繍に見とれ、飾り紐にうっと

(40) 司祭がミサのときに白衣の上に羽織る袖なしの祭服。

りしている。上祭服は重いので、参事会員は汗をかいている。上祭服に押しつぶされんばかりだ。が、結構なことではないか。そのために、参事会員はさらに多くの喜びを覚えるにすぎない。上祭服をいっそう両肩の上に感じるにすぎない。そして参事会員は肩をわざと動かしては、上祭服がそこにあること、ちゃんと身を覆っていること、なくなっていないことを確信するのだ。ああ、誰も取り戻すことができないように、どうして上祭服はこの参事会員にぴったりと貼りついていないのか。やがて返さなくてはならないのだし、いつまたそれが着られるかといえば、恐らくそんな機会はもう二度と訪れないであろうから。ああ、人生において、同じ日が再び戻ってくることはないのだ。どんなにか参事会員は愛していることか、熱愛していることか、美しさが心を満たすこの上祭服を。そしてそれとともに、あのカトリックの良き信仰を。それなしには上祭服は存在していないであろうし、それに敬意を表して上祭服は作られたのだ。それゆえ、参事会員はどんな心持ちで、どんな信仰をもって、どんな誇りを感じながら歌っていることであろう。こんなふうに衣装をまとった男は、並外れた声の持ち主であるべきだ。そこで参事会員の声だが、その声は一切のものを圧していた。聖職者らしいたっぷりした音量で、轟き渡っていた。がなり立てるようなその歌声はひっきりなしに続き、子供たちの叫び声、群衆が足を踏み鳴らす音、そしてセルパン(41)の唸るような響きをかき消していた。息を切らしたセルパン吹きは、それでも疲労のあまり顔が蒼白になっていた。

また別の上祭服が、深紅色のビロードの移動天蓋に覆われて、進み出た。上祭服をまとっていたのは、ロシア革製の葉巻入れのような淡黄色の偏平な額をもち、睫毛《まつげ》が白く、

(41) 一七—一九世紀中頃に用いられた低音管楽器で、蛇《セルパン》のようにくねくねと湾曲したかたちをしている。

眉《まゆ》が赤く、髪がキノコ状に丸められた男、間抜けというより下品な横顔をし、表面よりも内側の方がずっと腺病質であると思われるような輩のひとりであった。男は気取った、大げさな様子をして、金《きん》でできた聖体をうやうやしく抱えていたが、聖体は、白い木綿の手袋をはめたその緊張した両手の中で震えていた。男のまわりではミサ答えの少年たちが撒《さん》香し、聖歌隊員たちがわめいていた。男は歩く先に撒かれる花を踏みしめながら進んでいたが、その手にもつぴかぴか光るものを仮祭壇(42)に掲げると、そのたびに、行列を護衛する兵隊、国民軍兵士、憲兵をも含め、みんながひざまずいた。移動天蓋から垂れ下がる四本の繻子《しゅす》のリボンは、どの縫い目にも刺繍がしてある黄色い南京木綿の服を着たふたりの小僧っ子と、銀の星を散りばめた青いドレスを着たごく幼いふたりの少女とによって、握られていた。子供たちの剝き出しの腕にはブレスレットがはめられ、頭には冠が載せられ、背中にはばら色の翼がつけられていた。

それから、ヴァイオリンやコルネットやファゴットを演奏しながら、町の住民が続いた。そのあとに、サーベルを引き抜いた憲兵が一二人、それから二縦列になった国民軍が、さらにそのあとに、鼓手長に率いられた一個中隊が続いた。鼓手長は手にもったステッキをくるくる回し、軍帽の羽飾りを揺らしていた。

カンペール(43)でも、その周辺でも、もうやることが何もないので、われわれはフィニステールの探検旅行に出ることにした。われわれはフィニステールの海岸をずっと歩いて、ブレストまで行くことになっていた。八〇里の行程である。靴に継ぎを当て直してもらうと、われわれは出発した。最初の宿泊地はコンカルノーだったが、この町をよく見ること

(42) 聖体祭の行列に際し、司祭が聖体を安置するための、祭壇のかたちをした台。
(43) ブルターニュ半島最西端の県。

はできなかった。どしゃ降りだったのだ。雨は太い川となって家々の足下を走り、そして港の胸壁の穴に激しく流れ込んで、からっぽの小舟が横向きに寝かせてある泥州に注いでいた。雨水はそれらの小舟の上に流れ落ち、帆布《ほぬの》に染み込んだ。疲れた旅人のように泥の中で眠っている小舟は、しかし次に潮が満ちてくると起き上がり、海に出てゆくだろう、船底の板にへばりついている、そして波にもまれながらどこまでもついてゆく褐藻類や小さな貝殻を引き連れながら。

海は遠かった――視界は砂の上に広がったあと、雨が刻む無数の溝によって汚された空のどんよりした色調の中へと、たちまち消えていった。

町は城壁に囲まれ、満潮になると、その裾に波が打ち寄せる。石落としは今もアンヌ王妃(44)の時代とまったく変わらぬ姿を見せており、また、ぎざぎざのある石がつくる線が霧の中にくっきり浮かび上がり、まっすぐに、低く、城壁の上に伸びている。

夕立と夕立の合間に、われわれは城門と跳ね橋を通り抜け、そこから一里程のところにあるトレガンのぐらぐら石を見に行った。草木が青々と茂る街道は、曲がり角が相次ぎ、起伏に富んでいた。道幅が広く、緑に包まれていた。視線は、解き放たれた若駒のように、野原を駆け巡り、みずみずしい草の上を転げ回っていた。

われわれが進むにつれ、地面に散らばった石は数と大きさを増し、その不揃いなかたちが黄色いハリエニシダの房のあいだに目立つようになってきた。そうした石の真ん中の、三、四メートル程小高くなった場所に、円錐を逆さにした恰好の花崗岩が、ほとんど地面すれすれに張り出した岩の上に置かれて立っている。これが例のトレガンのぐらぐら石で

(44) アンヌ・ド・ブルターニュ。第一章・注(31)を参照のこと。

コンカルノー

あり、かつて夫たちは、妻の貞節が守られているかどうかを知るために、この石を揺らしにやってきたのである。もし石がぐらつけば、あなたは寝取られたということを、もし石が動かなければ、明日また来なさいということを意味した。この石のことを書いている者たちは、自分たちは石を動かしたと断言しているのであるが、独身であるわれわれに対して、石は、肩で何度突いても、エジプトの大ピラミッドもかくやと思われるほどに、びくともしなかったのである。

二時間後、われわれはコンカルノーに帰っていた。前よりもっと激しい雨が降っていた。宿屋の女将は、そのまま居るようにと、愛想の限りを尽くして懇願した。確かにその言葉のうちには、犬をも引き止め、虎をも惹きつけるだけのものがあった。にもかかわらず、われわれはすぐそのあとで、何でもいいから、今晩、美女の本場フエナンまで乗せてってくれる乗物はないか、と問い合わせた。まず馬車が見つかり、次にわれわれを連れていってくれる男が、それから馬が、最後に馬具が見つかった。それらを案配し、やっとのことで準備万端整い、われわれはおんぼろ馬車に乗り込んだ。馬車はわれわれ二人でも窮屈で、御者が乗る余地などなかった。そこで御者は歩くことになった。御者は動きの鈍い駄馬の頭絡《とうらく》(45)をつかみ、そうやって上り坂では馬を引っ張り、下り坂では抑えた。疲れると御者はうしろの車軸に腰掛けたが、馬車は止まることなく、そのまま同じ速度で進み続けた。垣に引っ掛かったり、小石にぶつかったり——轍《わだち》に落ちたり——溝で止まったりしながら、馬車はジグザグに進んで行った。その間ずっと、先の曲がった幌がわれわれの目の前で揺れ、おかげで景色を見ることができなかった。時折、われわれは身をかがめて、何かを、

(45) 馬など荷を運ぶ動物の首のまわりにつけた紐や綱。動物を繋ぎとめたり引いたりするのに用いる。

つまり、木の茂み、森の中の空き地、曲がりゆく小道、リンゴの木のあいだで花を咲かせている茨――そして枝を通して見える海、こうしたものを目に捕らえた。しかし、やがて上り坂のせいで梶棒が持ち上がり、頭上には空しか見えなくなってしまう。かと思えば、下り坂に差しかかると、馬の飛節《ひせつ》めがけて前のめりの姿勢になってしまい、幌と泥よけのあいだからしか光が届かなくなってしまうのだった。そしてこの幌と泥よけは、何かというとわれわれを覆って閉まり、馬車ががたごと揺れるたびにぶつかり合っていた。

ラ・フォレでわれわれは防波堤を渡った。防波堤は、この世で最もすばらしい入江のひとつを真ん中で切り分けながら、道路をそのまま海の中へと導いている。入江は、樹木に覆われたふたつの小さな丘のあいだの土地へと突き出した恰好だ。その両側の小さな丘の木々は下の方にまで生えていて、葉の先端を波に浸している。葉が四方に広がる茂みとなり、ゆるやかな曲線を描いて垂れ下がる様は、川縁《べり》の柳を思わせる。

教会が現れた――われわれはぼろ馬車を止め、教会をひとわたり見に出かけた。ケルファンタンの鐘楼(46)のように透かし細工を施した鐘楼は脇をふたつの小鐘塔に固められ、小さな正面扉口《ポルターユ》の上には小尖塔《ピナクル》がそびえ、そこから蛙と犬の顔が浮き出ている。向かい側では、あのブルターニュの古き良きキリスト受難像《カルヴェール》――刻まれ、彫られ、花形装飾《フィニアル》や人物群を戴き、一方の側には聖母マリアが、そして反対側にはキリストと使徒たちが描かれるキリスト受難像――のひとつが、雨のせいで緑色になっている。

教会の内部のことは、ほとんど覚えていない。内部は見なかったような気がするのだ。フエナンの教会も同じで、私が覚えているのは、石柱に彫り出された大きな聖水盤と、畑

(46) 本章173頁16行目を参照のこと。

の入口の枝折戸《しおりど》のような恰好で、墓地の入口を閉ざすために横向きに並べ置かれた幅の広い板石にすぎない。

それに、悦楽の地であることをあれほど誇りにしているこのフエナンなる場所がわれわれに提供してくれたものといえば、食べることは食べたがひどいオムレツ――何とか眠りはしたがものすごいベッド、そしてひっきりなしに降る雨だけだった。雨は降り続いていたが、翌日、帽子の縁を下ろし、防水コートを着ると、われわれは再び出発した。

その日は、フィニステールにおけるわれわれの勇ましい日々のうちでも、とびきりの一日となった。体は風に吹かれて冷え、日に照りつけられて熱くなった。雨が皮膚の繊維という繊維を、汗が体毛という体毛を濡らした。昼飯は生のアーティチョークで済ませ、おまけに道を間違えた。

長いあいだ、といってもわれわれには長く感じられなかったが、木の茂る平地を、窪んだ道を――荒野を――耕作地を横切って――小道を――本街道を進んだ。疲れるとリュックサックの留め金を外し、コナラの根元や溝の背面に横たわり、パイプをふかしておしゃべりをしながら、雲が流れゆくのを眺め、時間が過ぎるに任せた。ベノデでは渡し船で川を渡った。コンブリでは道に迷い、道路工夫が教えてくれなければ、カンペールの方に戻ってしまうところだった。

夕方の五時にやっと、埃と泥にまみれてポン＝ラベにたどり着いた。服に付着した埃と泥が、宿屋の部屋の寄せ木張りの床にあふれた。それはあまりに凄まじく、どこかに身を置くだけでそうやって汚してしまうので、ほとんど恥じ入るような気分になった。

ポン＝ラベはひどく静かな小さな町で、舗装した広い通りによって縦に仕切られている。この町に住む貧しい金利生活者も、きっと町以上に無能で、地味で、間が抜けているようには見えないだろう。

どこにあっても何か——城の取るに足らぬ残骸だの教会だの——を見たいと思う者は、教会を見なければならない。とはいえ、教会財産管理委員会がこれまでに思いついたあらゆる塗料のうちで最も厚い塗料で塗りたくられていなければ、まあまあの教会である。聖母の小聖堂は花でいっぱいだった。白い磁器の花瓶や青いコップに生けられた黄水仙、ハナダイコン、バラ、パンジー、スイカズラ、そしてジャスミンの花束が祭壇に色とりどりあふれ、大きな燭台のあいだを通って聖母像の顔の方へ伸びて、銀の冠の上にまで届いている。その聖母の冠からは長いひだのあるモスリンのヴェールが垂れ下がり、両腕に抱えられた幼子キリストの石膏像の金の星に引っ掛かっている。聖水の匂いと花の香りが漂っていた。そこは、芳香で満たされた、不思議で穏やかな、教会の中でも別世界というべき一隅であり、神秘的な欲望を発散したり、悲嘆に暮れて祈りを長々と吐露したりするのに絶好の、愛情を込めて飾られた、人目につかない避難所であった。

男は、生活環境によって抑圧され、貧困によって鎮められてしまった、己の心のうちの官能への欲求をすべてここに持ち込み、それを聖母マリアの足下に、この天上の女性のまなざしの下に置き、そしてそこで、楽しみたい、愛したいというあのいやしがたい渇望を、かき立てつつ満たすのである。たとえ雨が屋根から入り込み、身廊にはベンチも椅子もなくても、新鮮な花で飾られ、大ろうそくに火のともったこの聖母の小聖堂は、どこも、誰の目にも、ぴかぴか輝く、磨かれた、小ぎれいなものと映るだろう。そこには、ブルターニュ地方の宗教的な優しさのすべてが集められているように思われる。そこにあるのは、いわば、この地方の心の最も柔らかいひだである。それこそがブルターニュの弱みであり、情熱であり、また宝である。平地には花が咲いていないが、教会の中に花がある。人びとは貧しいが、聖母は豊かである。いつも美しく、みんなのために微笑んでいる。そして、心を悲しませている人びとはここにやってきて、火の消えぬ暖炉にあたるように、聖母の膝の上で体を温めるのだ。ブルターニュの人びとがこうした信仰に対して示す激しさは、驚きをもって迎えられる。しかし、信仰がこれらの人びとにもたらす歓喜と悦楽を、これらの人びとが信仰から得る楽しみを、すべて知ってのことだろうか。禁欲主義は高級な快楽主義であり、断食は洗練された食道楽ではあるまいか。宗教は、それ自体、ほとんど官能的といえる諸感覚を含んでいる。それゆえ、祈りには祈りの放蕩が、苦行には苦行の熱狂が存在する。そして、夜やってきて、服を着けたこの彫像の前にひざまずく男たちは、同じ場で、心臓の鼓動とぼんやりした陶酔をも感じるのだ。その間、通りでは、学校帰りの町の子供たちが足を止め、窓から秋波を送る多情な女を眺めてうっとりし、心を乱すのである。

ブルターニュの人びとの陰気な性格について得心するには、いわゆるおらが祭りを見物する必要がある。この人たちは、踊るのではなく回るのであり、歌うのではなく口笛を吹くのである。その日の晩、われわれは付近の村に出かけ、麦打ち祭を見物した。中庭の塀の上に乗ったふたりのビニウ(47)奏者が、楽器から耳障りな音を絶え間なく吹き出し、その音

(47) ブルターニュ地方のバグパイプ。

に合わせて、蛇行したり交錯したりする男女の長い二つの列が、一列になって次々に小走りに走る。列はそれぞれ元に戻り、ぐるぐる回り、切り離され、まちまちの間隔を置いて再び結ばれる。重い足が拍子にお構いなく地面を踏みつけ、その一方で、楽の鋭い音が、すばやく重なり合いながら、かん高い、単調な調べを奏でる。もう踊りたくない者は抜けてゆくが、それによって踊りが滞ることはなく、抜けた者も、一息入れるとまた戻ってくる。われわれはこの風変わりな運動を一時間近く眺めていたが、その間、群衆の動きが止まったのは、たったの一度だった。動きが止まったのは、楽士たちが演奏を中断してりんご酒を一杯ひっかけたためであったが、それが済むと、長い列は再び動き出し、またぐるぐる回り始めた。中庭の入口では、クルミがテーブルの上で売られていた。その脇には蒸留酒の入った酒壺が、また地面にはりんご酒の入った大樽が置いてあった。少し離れたところに、革製のハンチングをかぶり、緑色のフロックコートを着た男がいた。その傍らには、白い肩帯でサーベルを吊るした、上着姿の男がいた。ポン＝ラベの警察署長と、配下の田園監視官であった。

やがて、署長殿はポケットから懐中時計を取り出し、監視官に合図をした。監視官は数人の農民のところへ行き、話をした。それで、集会は解散となった。

われわれ四人は連れ立って町に帰った。道すがら、神がお造りになった調和のとれた組み合わせのひとつに、ここでまたたっぷりと感心させられることとなった。神はこの警察署長をこの田園監視官のために、また、この田園監視官をこの警察署長のためにお造りになったのだ。ふたりは互いにぴったり嵌《は》まり合い、噛み合っていた。同じ事実に基づいて同じことを考え、同じ着想から似たような結論を得ていた。署長が笑うと監視官は微笑み、署長がまじめな態度をとると監視官は沈んだ面持ちをした。フロックコートが「そうせねばならん」と言うと、上着は「そのつもりでおりました」と答え、フロックコートが「その必要がある」と続けると、上着は「絶対に必要でございますな」と付け加えた。そして、こんなふうに親しげに相槌を打っていても、身分と権威の上下関係はそれぞれはっきりしており、明確に定められていた。したがって、監視官は署長より大きな声を出すことはなかったし、背も署長より少し低く、署長のうしろを歩いていた。礼儀正しいひとかどの人物で、また口達者でもある署長は、心のうちで自問し、独り思いを巡らせ、自分だけでしゃべり、そして舌打ちをした。一方、監視官の方は、おとなしい、よく気のつく、考え込むタイプの人間で、自分の方であれこれ気づき、間投詞を発し、鼻の頭を掻いた。道々、監視官は署長にいろいろな噂について尋ね、意見を求め、指示を仰ぎ、署長の方は、質問し、瞑想にふけり、指示を与えていた。

町の一番はずれの家並に差しかかると、そのうちの一軒から鋭い叫び声が聞こえてきた。通りは興奮した群衆でいっぱいだった。そして何人かが、来て下さい、来て下さい、署長、喧嘩です！　と言いながら、署長の方へ走って来た。

「女がふたり殺されました！」

「誰が殺《や》ったんだ」

「それがまったく分かりませんで」

「何だってそんなことに」

「女たちが血を流してます——」

「どうやって殺った」

「熊手を使いまして——」

「殺った奴はどこにいる」

「ひとりは頭を、もうひとりは腕をやられました——入って下さい——署長を待ってるんです——女たちは中です」

そこで署長は家の中に入り、われわれも後に続いた。嗚咽《おえつ》と叫びと話し声が入り交じり、人波が押し合いへし合いしていた——互いに足を踏んだり、肘で押したりし——また口汚くののしる者もいたが——何も見えなかった。

署長は、まず腹を立てた。が、署長はブルトン語を話さないので、署長に代わって怒ったのは、監視官であった。監視官はみんなの肩をつかんで戸口の方に押してゆき、集まった人びとを家から追い出してしまった。

部屋にいる者が一〇人余りになったころ、われわれは部屋の隅に、腕からぶらんと垂れ下がる肉片と、血がたらたらとしたたる、髪と思われる黒々とした塊をやっと認めることができた。喧嘩騒ぎで傷を負った老女と若い娘であった。痩せていて背が高く、焦げ茶色の肌に羊皮紙のように皺《しわ》が寄っている老女は、左腕を右手で押さえて立っていた。わずかにうめき声を漏らすだけで、苦しんでいるふうはなかった——が、娘の方は泣いていた。腰を下ろし、口を開け、頭《こうべ》を垂れ、手のひらを両膝にぴたりとつけた恰好で、痙攣したように体を震わせ、声をひそめてすすり泣いていた。どんな質問をしてもふたりはうめくばかりで、そのうえ、殴りつけるところを目撃した者たちの証言も一致しないので、誰が殴ったのか、どうして殴ったのか、知ることはできなかった。寝ている妻をいきなり襲ったのは夫だ、と言う者たちがいれば、言い争いをしていたのは女たちで、家の主《あるじ》はふたりを黙らせるためにぶちのめそうとしたのだ、と言う者たちもいた。正確なことは何ひとつ分からない――署長殿はすっかり途方に暮れ、監視官はただ呆然とするばかりだった。

当地の医者が不在だったので、あるいはこの善良な人びとが、あまりに高くつくという理由で医者を呼ぼうとしなかったので、われわれは厚かましくも、「たいしたことはできませんがお役に立ちましょう」と申し出た。そしてわれわれは旅行セットと、事故に備えてリュックサックの底に突っ込んでおいたわずかばかりの絆創膏、包帯、綿撒糸《めんざんし》(48)を取りに走った。

もしわれわれの友人たちが、われわれがこの家のテーブルの上に、携帯していたメス、ピンセット、三本のはさみ――そのうちの一本の刃は金めっきを施した銀製である――をもったいぶって並べるのを目にしたなら、それは間違いなくちょっとした見物《みもの》となったであろう。署長はわれわれの博愛的な行為に感心し、やじ馬連中はわれわれを無言で見つめていた。黄色いろうそくが鉄製の燭台の中で溶けてゆき、その芯が長くなると、監視官が指で切っていた。最初にばあさんの方の手当てをした――ばあさんはしっかりと一撃を食らっていたのだ。あらわな腕は骨が見えており、長さ一〇センチ程の三角形の肉が、まるで袖飾りのような恰好で垂れ下がっていた。われわれはその肉片を、傷口に正確に合わせながら、元の場所に戻そうと努めた。それから、そこいら全体を包帯でぎゅっと締めつけ

(48) 古布をほぐしてできた糸の山で、包帯やガーゼをつくるのに用いた。

た。こんなふうに乱暴に圧迫したために壊疽《えそ》になり、それがもとであの患者が死んでしまった可能性も大いにある。

　若い娘の方のけがの状態はよく分からなかった。どこから出血しているか見えなかったが、髪に血が流れていた。血は髪の表面で油っぽい斑となって凝固する一方、うなじを伝って糸を引くように流れていた。われわれの通訳をつとめる監視官は、髪を結っているウールの細布を取るよう、娘に言った。娘が細布に手をやり一気にほどくと、艶のないくすんだ黒髪が、残らず、まるで滝のように広がっていった。そして、血に染まった髪がその黒髪に赤い筋を何本もつけていた。この柔らかくて濃い、豊かな、湿った美しい髪をそっとかき分けてみると、確かに後頭部に、くるみの実ぐらいの大きさの、卵形の穴のあいた瘤《こぶ》が見つかった。われわれはその周辺一帯の髪を剃った。傷口を洗い、拭ったあと、綿撒糸に膏《あぶら》を溶かし、絆創膏を使ってそれを傷口にあてがった。その上にガーゼを載せて細布で固定し、さらにそれを縁なし帽で覆った。

　そこへ治安判事が現れた。判事が最初にしたことは、熊手を見せるよう要求することであった。そして唯一気にかけたことは、熊手を矯《た》めつすがめつ眺めることだった。判事は熊手の柄を取り、爪の数を数え、振りかざし、試し、鉄部を打ち鳴らし、木部をたわませなどしていた。

「こいつが本当に凶器に使われたのかね。ジェローム、確信があるのかい」と判事が言った。

「そういう話ですが」

「現場にはおられなかったんですね、署長さん」

「ええ、判事さん」

「殴るのに熊手を使ったのか、それとも何か鈍器を使ったのではないか、そこのところを知りたいんですがね。犯人はどんな人間なのか。この熊手はもともと犯人のものなのか、それともほかの誰かのものなのか。あの女たちに傷を負わせたのは本当にこいつなのか、それとも、いま言いましたように、鈍器ではないのか。女たちは告訴を望んでいるのか。どんな方向で報告書をこしらえればよいやら。どう思われます、署長さん」

哀れな女たちは何も答えず、相変わらず苦しむばかりだった——そして、法による報復を請求する件については、一晩とくと考えてもらうことにした。若い娘はほとんど話すことができず、老女もまた、考えることがひどく混乱していた。近所の人たちの言うところによれば、それは老女が酔っていたからだった。それで、われわれが痛みを和らげているあいだ、老女が何の反応も示さなかったわけが分かった。

われわれが何者なのか知ろうと、われわれをじろじろ眺め回したあと、ポン＝ラベの当局者らは、「土地のために御尽力いただき」と感謝しつつ、われわれにお休みを言った。われわれは旅行セットをリュックのポケットにしまい、署長は監視官とともに——監視官はサーベルとともに——そして治安判事は熊手とともに立ち去った。

宿の部屋に上がるや否や、ふたりの憲兵の訪問を受けた。憲兵たちは、旅券[49]に記載されているわれわれの姓名、住所、職業を見せてほしいと言った。それらを、多分ひどく心配しながら待っている警察署長と治安判事に、急いで報告するためだった。しかし、われわ

(49) この時代のフランスでは、国内旅行においても、旅券の携帯が義務付けられていた。

れは、何の職にも就かず、何の称号も授からず、何の資格も与えられないという、この上ない幸福を享受している身なので、憲兵たちは、ポン＝ラベで——ほかでもそうだが——まるで知られていないふたつの名前を知るだけで満足するほかなかった。

それでも憲兵たちは、われわれが個人的な気晴らしのために徒歩旅行をしている男たちであるとはどうしても思えなかった。そんなことは、信じがたい、ばかげたことに思われたのだ——この男たちは、ほかの連中よりもうまくやって褒章を手に入れようと、野心に駆られて旅をする画家か図面引きだ。政府から給料をもらって、街道の視察や、灯台の点灯人の監視にあたっているのだ——秘密の任務を帯び——人びとの不意を襲ってまんまとやり遂げるために、口外したくない非合法の仕事をしているのだ。この男たちの中には、何か不可解で、矛盾した、陰険なものがある……憲兵たちはわれわれをほとんど怖がっていた。それほどに、われわれはふたりに奇妙に思われていたのだ。

いや、そんなことはない、われわれはそうして怪しまれるいかなる動機にも駆り立てられていない。われわれは諧謔《かいぎゃく》を好む観察家にして、文学好きの夢想家にすぎないのだ。われわれは太陽を眺め、巨匠たちの作品を読んで人生を送っている——そんなことをしても、油脂や長靴や法律を作るのとは違って、懐を肥やすことはできないし、そうしたことを憲兵たちはほとんど理解しないし、ブルジョワたちは哀れんで嘲笑するのであるが、しかしそうであるがゆえに、あなたがたが自分たちの地平線や砂浜や牧草地を広げてくれているのは、まったく結構なことに、そこを歩き回るわれわれだけのためであり、そして、われわれの魂を無上の喜びで満たしてくれるすばらしい詩人たちよ、あなたがたがやって来てくれたのも、またわれわれのためであるのだ。

そしてわれわれは、人の生は整理棚を満たし、番号を受け取るためにのみ神によって創り出されたと思い、それを店や——事務所——あるいは帳場の付属物にしてしまうあの甚だしい頽廃ぶりをあざ笑いながら、床に就いた。

それからわれわれは、ああして手術をしたにもかかわらず、心地よく眠った——そして、夜明けとともに、われわれの患者たちがどうなったか問い合わせることもなく、ペンマールに向けて出発したのである。

第八章　ペンマールからランドナデックまで

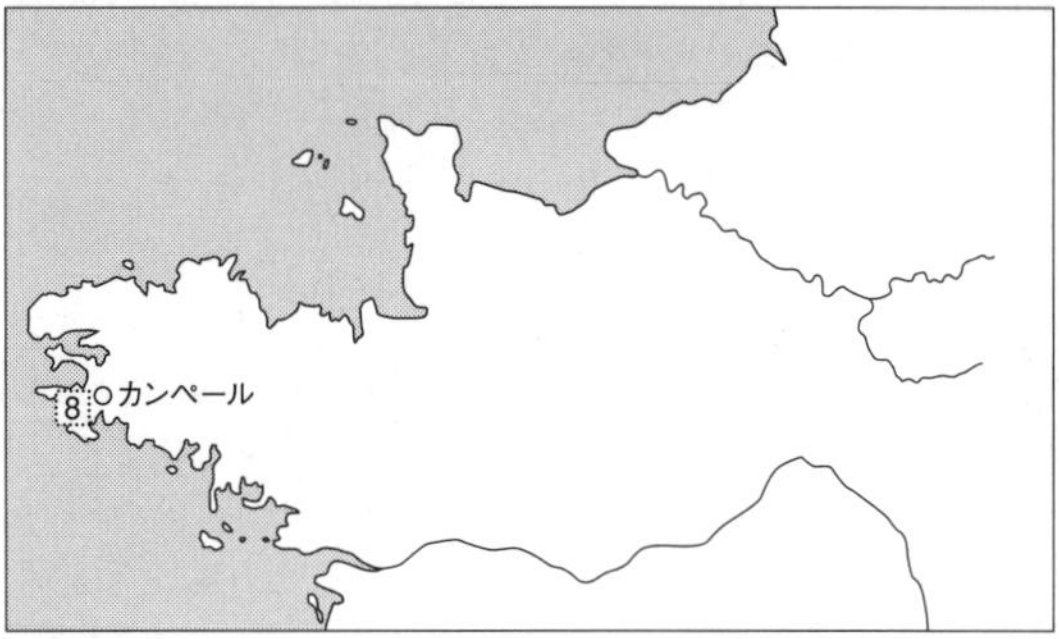

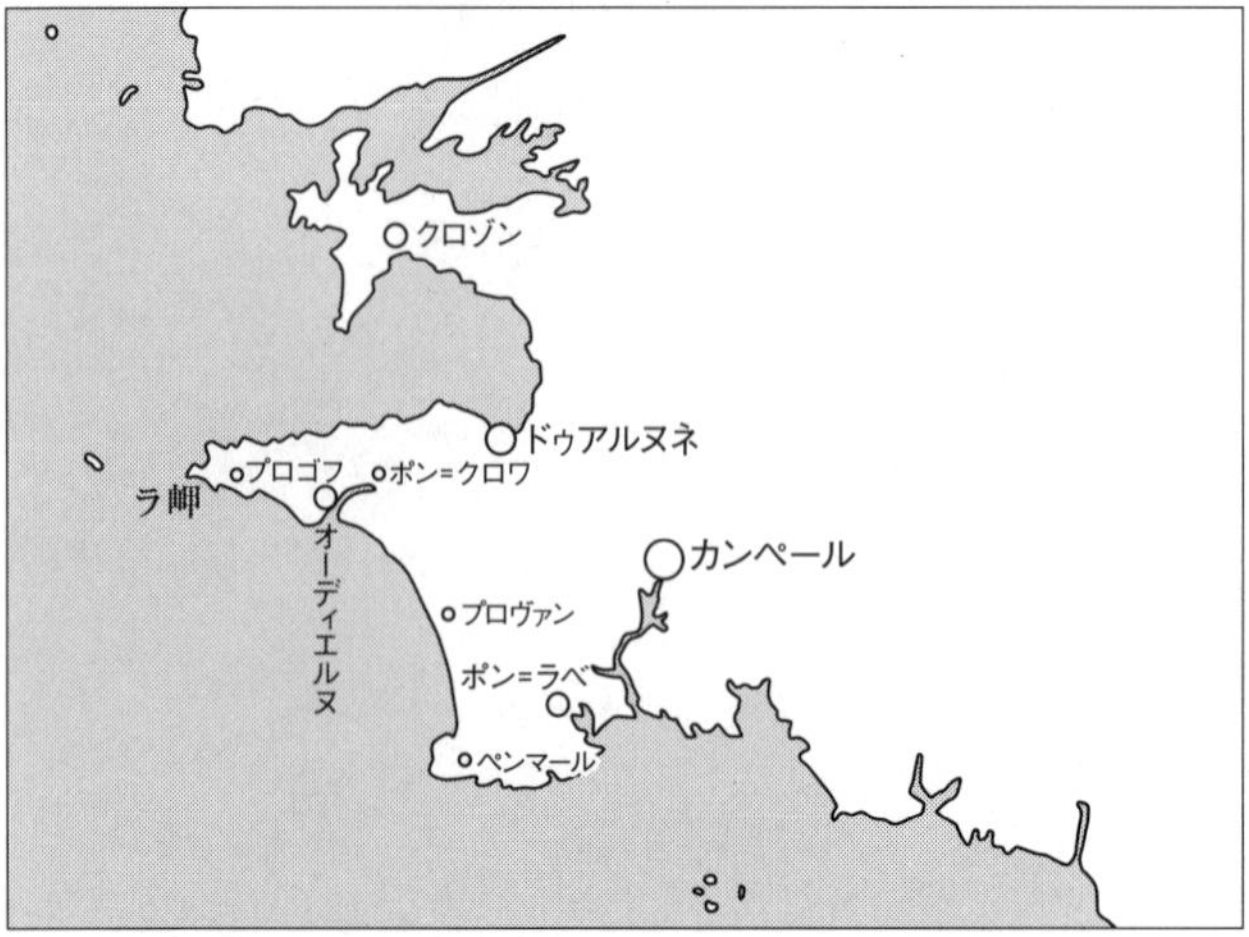

■順路：ポン＝ラベ►ペンマール►プロヴァン►オーディエルヌ►プロゴフ►ラ岬►プロゴフ►ポン＝クロワ►ドゥアルヌネ►クロゾン（およびその周辺）

第九章　クロゾンからサン＝ポルまで

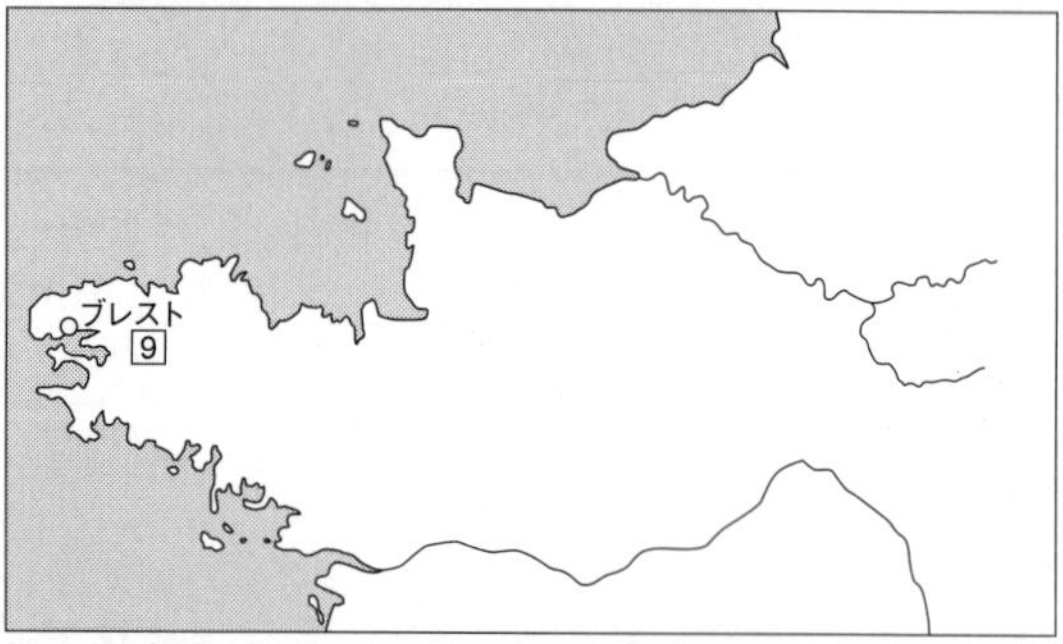
ブレスト
9

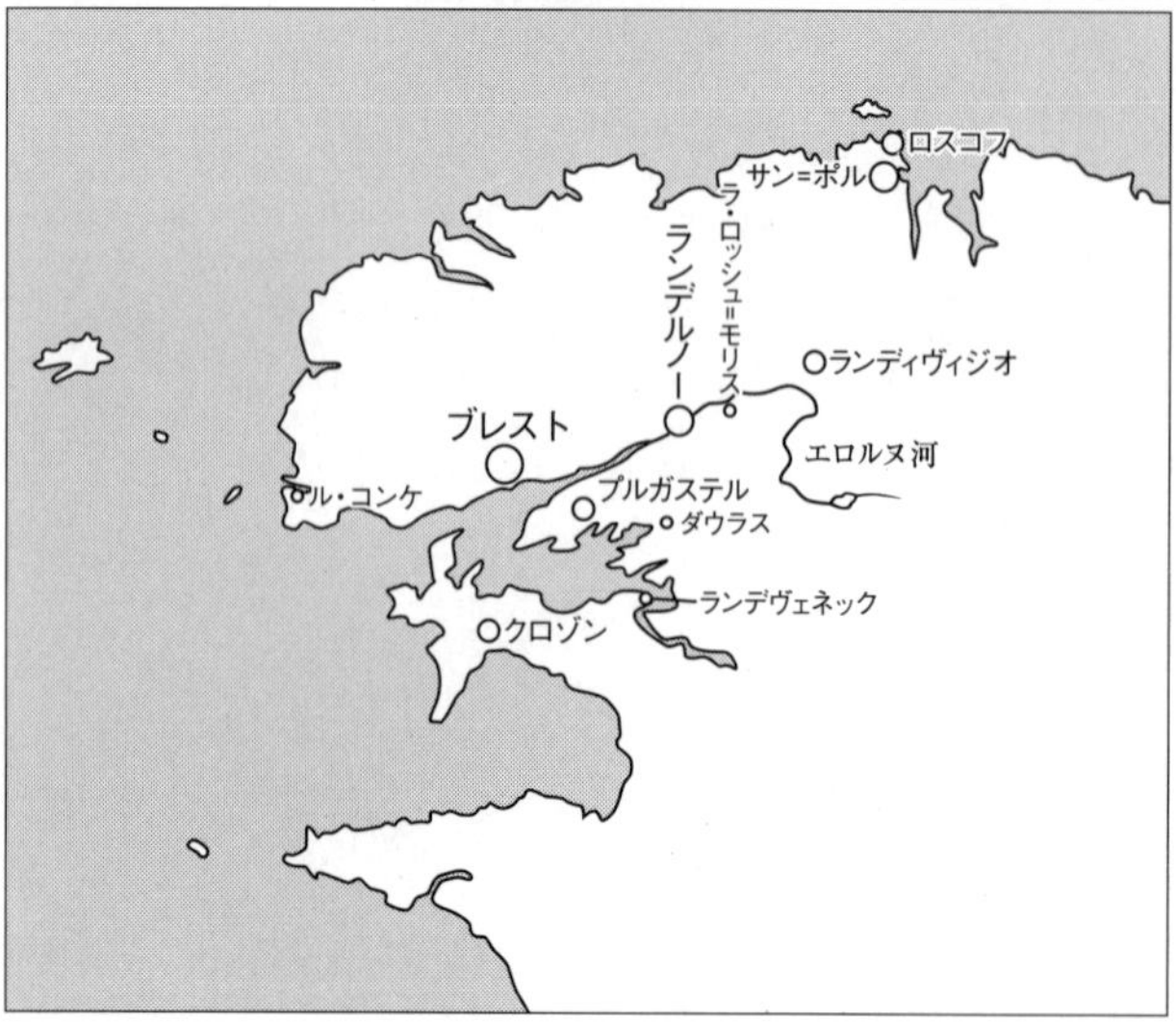
ロスコフ
サン=ポル
ラ・ロッシュ=モリス
ランデルノー
ランディヴィジオ
ブレスト
エロルヌ河
ル・コンケ
プルガステル
ダウラス
ランデヴェネック
クロゾン

さあ、出発だ！　空は青く、日は輝き、われわれの足は草の上を歩きたくてうずうずしている。

クロゾンからランデヴェネックまでは木も家もなく、平地だけがずっと続いている。擦り切れた古いビロードを思わせる赤茶色の苔が、平らな地面の上に見渡すかぎり広がっている。時折、実りを迎えた小麦畑が、いじけた背の低いハリエニシダの真ん中に頭をのぞかせる。ハリエニシダはもう花盛りを過ぎ、春前の状態に戻ってしまっている。

深く刻まれ、縁が乾いた泥にぼってりと覆われた荷車の轍《わだち》が、隣り合い、不規則的に数を増しながら眼前に現れ、ずっと伸びてゆき、折れ曲がり、そして見えなくなる。こうした崩れた轍と轍のあいだのところどころには、たっぷりと草が生えている。

風が荒野《ランド》をヒューヒュー吹いている。われわれは前進する。陽気な微風が大気中を転げ回り、その微風のそよぎが、頰を伝う玉の汗を乾かしてくれる。そして足を止めると、動脈が脈打っているにもかかわらず、微風が苔の上を音を立てて流れ去るのが聞こえる。

時々、風車がこつ然と現れ、われわれに道を教えてくれる。大きな白い羽根が空中を勢いよく回り、その骨組みの木がギーギーと軋んだ音を立てている。羽根は降りてくると、地面をかすめ、また上がってゆく。粉挽きが開け放たれた屋根窓の前に立って、われわれが通るのを眺めている。

　われわれは道を続ける。前進する。村を遮り隠しているに違いない楡の若木の垣根に沿って行くと、木の植えてある中庭で、ひとりの男が木に登っているのが垣間見えた。木の下には女がいて、上から男が投げ落とすプラムを青いエプロンで受け止めていた。私は、その女の肩へとあふれるように落ちる豊かな黒髪を、空に向けて上げられた両腕を、仰向いたときの首の動きを、そして垣根の枝を通して私の耳に届いたよく響く笑い声を覚えている。

　たどっている小道がさらに狭くなる。突然、荒野が消え、海を見下ろす岬の頂に出る。海はブレストの方に広がってゆき、果てることがないように思われる。それに対し、もう一方の側では、海は陸地に深く切り込み、低木に覆われた小丘のあいだを曲がりくねりながら進んでゆく。湾はそれぞれふたつの山によって狭められ、山はそれぞれ両脇にふたつの湾を抱えている。海原にほとんど垂直に切り立つこれら緑の広い斜面ほど美しいものはない。丘は頂で盛り上がり、麓で平らになり、地平線上で窪み、その広く開いた口が再び高原に繋がっている。そしてムーア様式の半円アーチの優美な曲線を描き、そのアーチを丘ごとに繰り返し、そうやって草木の緑と地面の起伏を続けながら、丘は互いに結びついている。丘の足下では、沖合から吹き寄せる風に押された波が、幾重にも皺《しわ》を押しつけていた。そこに太陽が照りつけ、水泡《みなわ》が輝いていた。きらきら光る泡の下では、波が銀の星となってきらめいていた。そして、あとはどこまでも平らな海面が広がるばかりで、その海の青さには、いつまでも見とれて飽きるということがなかった。

小さな谷に陽光が差しているのが見えた。谷のひとつにはすでに日差しがなくなり、林の塊がいっそうぼんやりと霞み、また別の谷には、影が幅の広い黒い筋となって伸びていた。

小道を下り、岸辺の高さに近づくにつれ、さっきわれわれの正面にあった山々がより高くなり、また湾がより深くなるように思われた。海が大きく広がっていった。われわれは視線を行き当たりばったりに走らせながら、注意を払わずに歩いていた。前方にはじき飛ばされた小石は勢いよく転がり落ち、道端に生えるいばらの茂みの中に消えていた。

ランデヴェネックに着くと、リュックサックをどこかに預けようと、一軒のひどく簡素な居酒屋に入った。客は、腰掛け代わりに置かれた樽の上に座っていた。この居酒屋で、この地のゴブレットのひとつで——仮面舞踏会ではく短袴《キユロツト》を思わせる、ピンクと青の帯状の縞のある陶製のやつだ——まずい蒸留酒を一杯やったあと、われわれはそのまま大修道院へ赴いた。

大修道院で残っているのは、三つの拱門《きようもん》から成る扉口《ポルターユ》だけである。そして三つの拱門のうち、他のふたつより低い真ん中の拱門だけが刳り貫いてある。それぞれの拱門の両側には扶壁《ふへき》があり、その向こうのアーチ形の長い小さな窓は、要塞の狭間《はざま》のように、外から内へとだんだんに広がっている。真ん中の拱門の内側では、数本の短い円柱が刳形《くり》を支え、それぞれ柱頭には、一面に複雑な組合わせ模様が施されている。

中庭に面して口を開けた割れ目を通るか、斜めに置かれた梯子《はしご》が入る邪魔になる扉口を通るかしてこの壁面を越えると、奥には、白みがかったぎざぎざの刻み目を空の青にくっきりと浮かび上がらせた、内陣と後陣の廃墟が現れる。廃墟は半円をかたち作り、それを側廊の丸い小聖堂が挟んでいる。小聖堂は半円アーチ形の窓とともに外部に扶壁を備え、その窓のほとんどは円柱で支えられているが、円柱の脚は角柱に収まっている。

中庭の地面は波を打ち、盛り上がったり窪んだりしている。それは、茨や木蔦がその不揃いな縁取りでもって緑に覆う、でこぼこないくつもの面からなるごつごつした起伏である。側廊の小聖堂の中からは、窓に開いた穴を通して、牧草地のかなたに海が見える。牧草地は、リンゴの木の丸みを帯びた梢のせいで、緑の丸屋根《ドーム》を連ねたようにでこぼこしているが、ロマネスク様式の窓の傷んだ半円アーチの中に、一幅の絵となって収まっている。

大修道院長の彫像が壁にもたれている。右手の中指にはめられた大きな指輪、細長い顎《あご》、突き出た頬骨、出目《でめ》、軽くウェーブのかかった髪、長い総《ふさ》で縁取られた長袍《ちょうほう》祭服、そして大修道院長の杖を戴いた上部《チーフ》に三つ叉《また》形のレイブル(1)が重ねて描かれた、横帯《フエス》が三本入った銀地黒斑模様《アーミン》の盾形紋。断定はできないが、これは四四八年に没した修道院の初代大修道院長、聖ゲノレかもしれない。すなわち、主《しゅ》が波によってのみ込んでしまう前にイスの町を離れるようグラロン王(2)に勧め、また、王が娘の美しいドラギュとともに馬に跨がって全速力《ギャロップ》で砂浜を逃げてゆくと、波がすでに馬の飛節を打ちつけるようになった頃合いに、馬の尻に乗せている悪魔を追い払うよう雲の中から大声で命じた、あの聖人である。命令に従ってグラロンは娘を波の中に突き落とした。波は娘をのみ込むと動きを止め、そして王は走り続けたのである。

この彫像の顔をゆっくり眺めるために、われわれは床に横たわったもうひとつの彫像(3)に

(1) 紋章の図像の一つで、盾形上部に横帯を置き、そこから何本かの長方形または台形の縦棒を下げた模様。多く、本家と分家、嫡出と非嫡出を区別するために用いられる。

(2) グラロン王については第七章・注(31)を参照のこと。なお、この伝説の記述は、フレマンヴィルの『フィニステールの古文化財』(一八三二年、一八三五年)に拠っている。〔底本注〕

また、イスは、グラロン王治世時のコルヌアーユの首都であったとされる町(諸説あるが、現在のドゥアルヌネ湾の沖合にあったとする説が有力のようである)。伝説によれば、グラロン王の娘は放蕩生活を送っていたが、ある時、若い男の姿をした悪魔に出会う。そして悪魔にそそのかされて、水門を開ける鍵を父のもとから盗み出す。やがて海が、堤防に護られていた町に襲いかかる。結局、フローベールが記述した挿話を経て、王だけが助かる。

(3) 彫像は、一五二二年に没した、ランデヴェネックの最後の修道会所属大修道院長の姿を描いたものである。〔底本注〕

腰を掛けていた。こちらはある司教の彫像である。司教は杖をもち、バラ形やオリーブ形の装飾に縁取られた長袍祭服をまとい、親指に指輪をはめ、そして左腕の下にも司教杖が見える。その腕を、ひどくゆったりした袖の先の、大きなボタンで閉じられた狭い袖口が締めつけている。両手は結び合わされ、司教が眠る枕をふたりの天使が支えている。足元に横たわる飼い犬が盾形紋の上に載っている。盾形紋は、上部に三つ叉形のレイブルが施された、三つずつ置かれた九つの中抜き菱形《マスクル》模様で、その右《デキスター》側を舌の色が体の色と異なる獅子が、そして左《シニスター》側をグレーハウンドが支えている。

こうした下らないことを読み取りながら時を過ごしているあいだ、頭に斑点のある黄色い子牛がわれわれの近くを歩き回っていた。子牛はすらっと伸びた弱々しい脚をふらつかせ、母親の乳でまだ濡れているその白い鼻孔のまわりでは、蠅がぶんぶん音を立てて飛んでいた。扉口《ポルターユ》の向こうの山の麓では、山を覆い尽くすブナの大木が梢を揺り動かし、古い壁面には日が照りつけている。暑い風が渡ってゆく。イラクサ、マーガレット、アンゼリカ、ニワトコ、ヒース、ハッカなど、あらゆる種類の植物や灌木が混ざり合い、甘い香りを漂わせている。何か柔らかい、神経にこたえる、悲痛で、むかつくようなものが降ってくる。くすぐったいような鈍い快感とつかみどころのない渇望とにすっかり満たされたわれわれは、無気力な気分にとらわれた自分を感じていた。

そして草の上に横になってそこにいると、われわれの前に不意に大柄の若い娘が現れた――髪はブロンドで肌は白く、茨のあいだを裸足で歩き、着ているものといえば赤いラシャ地のペチコートだけで、その紐が、黄色い目の粗い布地のキャミソールを、腰のまわりで締めつけていた。手には先の方が折られた葦をもち、何も言わずにわれわれを見つめながら立っていた。

娘は立ち去り、それからまた姿を現した。話しかけると笑い、そしてすぐに離れてゆくのだった。

それからわれわれは立ち上がり、棒《ステッキ》をまた手に取ると、出発した。壁を越えるときに、石をいくつか崩してしまった。手を触れると、セメントが粉々になって散っていった。

このわれわれもまた破壊者ということになるのだろうか。時も人間も上品な趣味も産業も打ち倒すことができなかったものを、無邪気な観察者が、単に感嘆して己の好奇心を発揮しただけで、そうとは知らずにこうして破滅させてしまうのだ。

小舟が二〇分でわれわれを停泊地の反対側に運び、岩の窪みの中の、海草で覆われた薄い石が敷き詰めてある場所に下ろした。そこをしばらく滑り降りて、土のあるところに出ることができた。平地に足を踏み入れたところで、はたと困ってしまった。ダウラスに泊まらなければならないのだが、どの方向を取ればよいのか分からなかったのである。

道は、壁よりも目の詰んだ、豊かに生い茂った生け垣に沿って曲がってゆく。上ったり、下ったりした。そうしているあいだに、小道は次第に闇に包まれてゆき、平地はこの夏の宵の美しいしじまの中で、すでにまどろみ始めていた。

結局、たどるべき道を教えてくれる人には誰にも会わず、道を尋ねた二、三人の農民も意味不明の言葉を叫んで答えるばかりなので、われわれは地図とコンパスを取り出した。そして沈みゆく夕日によって正しい方向を知ると、ダウラスめざしてまっしぐらに突き進む決心をした。すると、たちまち手足に活力が甦ってきた。われわれは田野《でんや》に向かって突進し、垣根を抜け、溝を越え、ありとあらゆるものを打ち倒し、ひっくり返し、めちゃくちゃにし、壊し、柵が開けっ放しになろうが、収穫物に損害を与えようが、一切気にかけなかった。

坂を上り詰めると、牧草地に横たわるロピタル村が見えた。牧草地には川が流れていた。そこに橋が一本架かっている。その橋の上には水車があり、くるくる回っている。牧草地を過ぎると、また丘が上りになる。丘を元気よく登っていると、縁の高く盛り上がった斜面で、黒と黄からなる一匹の美しい山椒魚が、日の光に照らされて、生け垣の根元にいるのが目に入った。山椒魚は斑点のある胴をくねらせながら、ぎざぎざのある脚で前進し、細長い尾を埃の上に引きずっていた。山椒魚が活動する時間だった。苔の下に埋まった大ぶりの石の奥にある洞穴から出てきて、古いコナラの朽ちた幹に巣くう虫を探しにゆくところだったのだ。

足の下で先端のとがった敷石が響いた。われわれの前に街路が姿を現した。ダウラスに着いたのだった。まだ明るかったので、一軒の家の、壁に差し込まれた鉄棒に、四角い看板がぶら下がっているのが見えた。もっとも、看板がなくとも、そこが宿屋であることは紛う方なく知られたであろう。家も人間と同じように、その顔に職業が書き込まれているからだ。そういうわけで、われわれはその宿屋に入った。そして腹がぺこぺこだったので、すぐに食事にしてくれるよう、特に注文したのだった。

戸口の方を向いて座り、夕食を待っていると、ぼろをまとったひとりの少女が、イチゴの入った籠を頭の上に載せて宿屋に入ってきた。少女はイチゴと引き換えに大きなパンの塊をもらうと、それを両手でしっかり支えるようにしてもち、まもなく宿屋から出ていった。鋭い叫び声を上げ、猫のような敏捷な身のこなしで逃げていった。逆立ち、埃をかぶって灰色になったその子供っぽい髪は、風に吹かれて痩せた顔のまわりに舞い上がり、垂直に地面を打つ剝き出しの小さな足は、走ると、膝に当たるずたずたになったぼろ切れの下に隠れるのだった。

食事に出てきたのは、いつもながらのオムレツとお決まりの子牛の肉、そしてあとは大部分が、少女が持ってきたイチゴであった。食事が済むと、あてがわれた部屋に上がった。螺旋階段は踏み板の木が虫に食われていて、新たな幻滅に打ちひしがれた感じやすい女の心のように、歩く足の下で、うめくような音を立てて軋んでいた。階段を上ると、部屋がひとつあった。ドアは、納屋の扉のように、外からかける掛け金で閉められるようになっていた。われわれが泊まったのは、この部屋である。かつて黄色く塗られた壁の漆喰は剝げ落ち、天井の梁は屋根の瓦の重みでたわみ、そして上げ下げ式の窓のガラスには灰色がかった垢《あか》がべっとりと付着し、まるで磨りガラスを通ってくるかのように光が和らいでいた。ベッドは四枚のクルミ板でできていたが、それが互いにぴったりと合ってはおらず、また丸くて太い脚は虫に食われ、乾燥してひびだらけだった。それぞれのベッドの上には藁布団とマットレスが敷かれ、それを緑の掛け布団が覆っていたが、その掛け布団はネズミに嚙まれて穴が開き、総《ふさ》をつくる糸はほつれていた。割れた鏡のかけらが色褪せた枠に収まっている。猟師が使う小型の獲物袋が釘に吊るされ、その近くには、結んだ跡の皺《しわ》が見て取れる、古い絹のネクタイが一本——こうしたものからすると、ここには誰かが住み、そして恐らく毎晩泊まっているのだ。

赤い木綿の枕の下から、ぞっとするようなものが出てきた。ベッドの掛け布団と同じ色のナイトキャップである。といっても、糸目が見えなくなるほどべっとりと脂に覆われた、擦り切れ、伸びきり、よれよれになった、べとつく、手触りの冷たい帽子《キャップ》である。私は確信するが、持ち主はこれにとても愛着を感じ、ほかのどんな帽子よりも暖かいと思っているのだ。ひとりの男の人生が、ひとつの生活全体から流れ出る汗が、そこに、その臭い脂の層のうちに凝結している。こんなにも脂の層が厚くなるまでに、どれだけの夜が必要だったろうか。どれだけの悪夢がその下でうごめいたことか。どれだけの夢がそこを通りすぎたろう。もちろん、美しい夢もあったろうが。

思いやる気持ちにひどくほだされ、われわれはその汚いものを窓から投げ捨てず、足でベッドの下に押し込んだだけだった。もしそこに、ナイトキャップとお似合いの履き古したスリッパを見つけていたら、どうなっていただろう。そしてまた、そんなわれわれのことを根掘り葉掘り調べる者がいたとしたら、どんなにか見事な報告書が書かれたことであろう。

おお、安楽、*comfort* よ、と私はおずおずとベッドにもぐり込みながら思った。おお、安楽よ、現代の幸福の理想よ、お前はまるでダウラスには入り込んでいない、ここではお前の心地よさは認められていない。だが、ここにいる人たちは、安楽をもたらす窓の日除け、絨毯《じゅうたん》、ドアカーテン、飾り棚、暖房装置といったものを知らないのだ。英国流の優雅さが何と無視されていることか。何というサービスの怠慢ぶり。テーブルクロスやナプキンの何という不潔さ。何とお粗末なナイフ。何と醜悪な銀器。この地のどこを探しても、軽石のひとつも見つからないだろう。ここの連中はお茶の入れ方があるなどとは思ってもいないし、きっとここの家のどこにもまともな便所 ***Water-closet*** は備えられていないだろう。

われわれは一四時間眠り続け、翌日も、教会を見学しながら鼾《いびき》をかいていた。この教会の建立に関しては美しい伝説が語られていて、そこには竜《ドラゴン》とその子、ふたりの聖人、怒り狂う領主などが登場する。しかし、私は伝説にも教会にもうんざりだ。もともと私にはたいして考古学的な才がないということもあるが、そればかりでなく、分かっていただきたいが、少なくとも日に一度、身廊、扉口《ポルターユ》、側廊、柱頭、拱門《きようもん》、アーケード状装飾、円柱、支柱、半円アーチ、尖頭アーチといったものに付き合わされるのは、いやなものである。どんなに魅力的なものでも、やたらに振りまかれた日には、我慢のならないものになってしまうのだ。かつてピレネー山脈で抱いた滝に対する嫌悪感を、私は生涯忘れないだろう。(4) あまりに多くの滝を愛でた結果、滝がとことん嫌いになっていたのだ。新たな滝を見るために進路の変更を余儀なくされると、胃がおかしくなった。滝の音、泡、動きに無性に腹が立っていたのである。乾ききった平野に出なければ、もう息を吸うこともできない有様だった。泥灰岩坑で暮らせれば、と思ったものだ。

教会のポーチの下には、かなり素朴な顔つきをした、痩せた一二人の使徒の像がある。内部はロマネスク様式であるが(といっても、ああ、ピエロの顔よりも白くなっている)、あるものといえば、奉納物として聖母像に吊るされた数個の駝鳥の大きな卵だけ。そして

(4) フローベールは一八四〇年、父の友人であるクロケ医師らとピレネー地方を旅行している。

それらは、イスラム教徒が回教寺院《モスク》に供える卵を想起させる。そのためにしばし足を止め、詩心を働かせてふたつの卵を比べ、心のうちで微笑むのだが、やがて、鳥肌が立つほど耐えがたい納骨堂を目にし、報いを受けるはめになる。

途中で道に迷うのは怖いし、また早いうちにブレストにたどり着きたかったので、案内をしてくれる者がいないか、問い合わせてみた。「あの方なら連れて行って下さいますよ。ブレストにお帰りになるところですから」と、厨房のテーブルに肘をつき、蹄鉄工と酒を飲んでいるお客を指さしながら、宿屋の女将は言った。

酒瓶が空くとその男は立ち上がり、鼈甲《べっこう》の嗅ぎタバコ入れから一つまみタバコを取り出すと、われわれの方を向き、あなたがたはブレストへ行かれるのですか、と尋ねた。

「ええ」

「私もです——すると、同道ということになりますな——おしゃべりができ——気晴らしになります」

男は小柄で、腹が出始めていた。黒い髪は——うしろが短く刈られ、左の鬢《びん》がカールし、その巻き毛が瞼の端まで伸び、また右に傾けてあみだにかぶった帽子は、細長い顎のせいでいっそう反り返って見える狭い額をあらわにしていた。頬の肉が垂れ下がっているにもかかわらず、顔は痩せていた。男はしじゅうまばたきをし、絶えず微笑を浮かべていた。丈が短すぎるラスティング(5)のフロックコートが猫背の背中を包み、その窮屈な袖からは赤らんだ大きな二本の手が——だらんとし、たくましいというよりぽってりした感じの、そして皮膚が湿り気を帯びているように見える手が——出ていた。淡い緑の花束の刺繡が施

(5) 梳毛糸《そもう》を繻子《しゅす》織にした、毛足の短い布地。

された、肩掛け《ショール》に用いるような黒繻子のチョッキの下には、ぴんと糊のきいた真っ白な木綿のシャツがこれ見よがしに広がり、その上には、毛髪状の安全鎖に付いた黄金色《ブロンド》の二本のリボンが伸び、鎖はチョッキの幅広のポケットの中に収まった美しい金時計をつないでいた。たわんだネクタイの上の短い首は思いのままに動き、ボタン穴が擦り切れ、膝が膨らんだ大きな前垂れ付きのズボンは、脚の中ほど、革が堅くてたわむことのない頑丈な長靴《ブーツ》の胴のところで終わっていた。

男は地面を見つめ、頭を下げ、右肩を上げ、早足で歩いた。その右肩の下には、高級な木材でできた、端から端まで鋭いとげが付いたものすごい棍《こん》棒をはさみつけていたのである。

で、その男のしゃべること、しゃべること！　絶えず話し続け、われわれが知らない人たちの逸話を物語ったり、会話をそっくりそのまま再現してみせたり、自分の政治的信条、料理の好み、健康状態、商売、交際、食費、家、妻、義父、子犬、煙を出すストーブ等々について語ったりしたのである。男はジュネ氏といい、ブレストに定住し、商売で年に六万フランの稼ぎがある。武器販売人、兵隊、警察のいぬ、娼婦の監督官、診療所の管理人と、次々に職を変えてきたが、今や身を落ち着け、結婚し、家を持ち、斡旋人、すなわち、「ブルターニュでの言い方では」人の売買をしているのだった。

このような生活を送ってきた者は、かかわり合いになる人間に合わせて己をつくり替えてきたに違いないから、そうしたさまざまな面を一つ一つ知ってゆくのは面白いことだろう、と思われるかもしれないが、とんでもない。ジュネ氏ほど平凡で、無価値で、生彩がなく、面白みに欠けるものはない。裁判官のように愚かで、『有用なる人物たちの伝記』と同じくらい退屈なのだ。己の稼業の卑しさなんてことは露ほども考えず、自分はとても誠実な人間だと思っている。正規の手続きを踏んですべての売買契約を結んでいるから、というわけだ。

話しぶりは率直で、振舞いはきちんとしている。唯一の趣味はお金で、唯一の楽しみはぶどう酒である。恐らくぶどう酒を飲む習慣のおかげで、ああした無気力で、しまりのない表情をしているのであろうが、そのうわべの善良さが、灰色の小さな目に潜む狡猾さと、薄い唇に浮かぶ冷酷さを和らげている。

悪徳には手を出さない。賭け事は危険であり、女は有害だと見なしているのだ。「そんなものに手を出したら、どこへ連れてゆかれるか分かったもんじゃない。年代物のぶどう酒の瓶なら、止《や》めたいところで止められるがね」。几帳面で、活動的で、抜け目がなく、用心深く、泥棒を恐れる人間である。一目置かれるとうれしそうにする。法律をたいそう重んじ、公証人、代訴人、執達吏といった、法律に携わる連中を敬っている。短刀を携帯し、決して帽子を脱がない。

道々、若者に出会うと呼び止め、身を売って兵隊になるつもりはないか、と誘っていた。そもそも、この男にとって、身代わり兵(6)は完成されたタイプの兵隊なのである。なぜなら、身代わり兵は何をも恐れず、何にも固執せず、数百フランと引き換えに己の命を捧げるから、一言で言えば、「徒刑囚のようなものだから」である。これは、われわれの軍隊の名誉を擁護するご立派な人たちをほとんど満足させることのできないような定義であるが。

(6) 補償金と引き換えに、他人の代わりに兵役に就いた男。

ジュネ氏は芝居を好まない――いろいろあるが、これが、警察を離れた原因のひとつなのである。毎晩、劇場に通わなければいけないというのは、ジュネ氏には恐ろしく嫌なことだったのだ。それから、人にこんなふうにも言われていた。「ジュネさん、間違ってますよ。あなたのような人は、警察なんかに使われていちゃあいけませんよ」。もっとも、ジュネ氏は教会にも行かない。われわれに言明したところでは、生まれてからこのかた、教会には三度と足を運び入れたことがない。それに、ジュネ氏はヴォルテール主義者であり、進歩の信奉者なのである。しかしそれ以上に、政府の信奉者である。ジュネ氏は戦争を望んでいる。「戦争となれば、商売繁盛ですからなあ」。

とはいいながらジュネ氏は、プルガステル(7)では、キリスト受難群像《カルヴェール》を見ることができるようにと、われわれと一緒に足を止めたのだった。これは花崗岩でできた四角い小さな記念碑《モニュマン》で、それぞれの面がイエス・キリストの生涯の一場面を表し、また四隅は、各場面に権限をもつ福音史家によって占められている。登場人物たちは少しごてごてしているものの、動感にあふれ、生き生きとし、目を楽しませてくれる。キリストを捕らえている男たちは、力一杯縛りつけようとし、筋肉がはち切れんばかりである。キリストに面と向かって舌を出し、顔をしかめている男は、そのあまりの形相が笑いを誘う。エルサレムに入るわれらの主を乗せているロバは、いかにもロバらしい、気の良さそうな、穏やかな顔つきをしている。らっぱを吹き、太鼓をたたきながらキリストをカルヴァリオの丘に引き立てる兵隊たちの先には、顔を上に向け、とてつもなく尊大な態度で馬に跨がる士官がいる。十字架の足下には、涙にくれるマグダラのマリアの三つ編みにした美しい髪が、こぼ

(7) エロルヌ河を挟んでブレストの南東約五キロに位置する町で、一七世紀初頭につくられた、ブルターニュの典型的な、かつ規模の大きなキリスト受難群像《カルヴェール》があることで知られる。本章の地図も参照のこと。

れ出たように広がっている。これらすべての人物にテニールス(8)の絵に描かれた衣装、すなわち反り返った丸い小さな帽子、太鼓腹を包むたっぷりしたプールポワン(9)、大きな袖、半ズボン、それに膨らんだ顔、見開かれた目をあてがうならば、何かとても素朴で、とても高貴なものを感じさせる揺るぎない空想力と、まったく中世風の詩《ポエジー》とが一つに調和した世界が現れ出るであろう。たとえこの記念碑が、低地ブルターニュで猛威を振るった何らかの疫病に関して四年前に立てられた誓願を果たすべく、一六〇二年に建造されたものにすぎないとしても。

もっともこうしたことはみな、ジュネ氏にとってはまったく無駄なことであった。それがどんな意味をもつのか、考えてみようともしなかった。最後の晩餐の場面を見ながら、皿をトランプの札と、盃を骰子《さいころ》と取り違え、ひどくあきれた様子で言ったものだ、「博打をやっている。滑稽ですな」。

プルガステルのキリスト受難群像

プルガステルから海辺まで、林のあいだを通り、急坂を下ってゆく。坂道からは停泊地の一部が、少なくともブレストからランデルノーの川まで伸びるあたりが見える。傍らには白い岩

(8) フランドルの画家テニールス父子の子の方であろう。ダヴィッド(ダーフィット)・テニールス二世(一六一〇—一六九〇)は、細やかな描写と調和のとれた色使いで、特に民衆的主題をもつ風俗画にすぐれた。

(9) 中世から一七世紀まで用いられた、上半身を腰下まで覆う男性用胴衣。

からなる断崖がそびえている。岩肌には燧《すい》石層が水平に幾筋も刻まれ、波が打ち寄せる側は切り立ち、剝き出しになっているが、背後の台地はコナラとブナで覆われ、葉があふれんばかりに生い茂っている。そして横腹にぽっかり口を開けた小さな谷を下ってゆくと、すばらしい景観が現れる。

ここで船に乗り、ランデヴェネックのときと同様、入江をひと巡りするのは止めにする。停泊地の海岸線の不揃いな凹凸が気まぐれなかたちをした無数の湾となって陸地に突き出ているので、ひとわたり歩くのに、ときには丸一日を要してしまうことだろう。

海に出る前に、ジュネ氏はのどが渇き、知ってる居酒屋があるんで一緒に入らないか、とわれわれを誘った。すみやかに給仕をしてもらえないと思うと、ジュネ氏は自分で貯蔵庫にぶどう酒を取りにゆき、食器棚からグラスを取り出した。われわれはジュネ氏が酒代をもつことをひどく心配していたので――そうなれば、埋め合わせをしなければならなくなったであろうから――、なるたけ早く勘定を払い、酒をあおり、退散した。ジュネ氏は反対に、腰を下ろし、テーブルにつき、涼を取っていたかった。イチゴを注文したり、コーヒーはないかと尋ねたりした。その間、船頭はわれわれを待っていた――潮が満ちていた――出発しなければならなかった。

船は竜骨《キール》を叩きつけながら弾むように進み、波が船倉の床に跳ねかかった。その泡が乗り込んだ客たちに飛び散った。ハンチングが水に落ち、ジュネ氏の長靴《ブーツ》は濡れてしまった。潮が満ち、風が強かった。重い艇は波に翻弄され、入江の奥へと押しやる北西風に揺さぶられ、ほとんど前進しなかった。ひと漕ぎしてオールを返す間に船首が持ち上がり、波の頂に止まって回転した。波は波頭《はとう》が白く、反り返った部分は緑で、ざわめき、無数に現れ、おどけたような狂おしい動きで、上になり下になりして押し合っていた。われわれの前には舷側砲を備えたブリッグ(10)がいたが、総帆を張り、風をいっぱいにはらみ――丸々とした腹を見せながら通りすぎ、そして船底にピチャピチャあたる水をかき分けながら、ゆっくりと立ち去っていった。水平線上に、ブレストが、灰色の点のようになって現れてきた。付近一帯は、白い岩からなる二〇里にわたる圏谷《カール》の中に、海が広がっていた。艇の底の床には鳥籠がひとつ置いてあった。籠には朝捕らえたツグミが一羽入れてあり、町に運ばれてゆくところだった。ツグミは波の音を聞き、怖くて鳴いていた。

鳥籠の脇では、若い女が両手で顔を隠し、絶望したような様子で、やはり床に座っていた。女はすすり泣き、神に祈り、助けてほしいとみんなに哀願し、プルガステルには決して帰らないと誓い、死ぬんだと叫んでいた。それは肌の浅黒い、肉付きのよい、薄汚れた感じの小柄な女で、髪はもじゃもじゃで、ひどい身なりをし、青い靴下をはいた幅の広い足は、紐《ひも》のない靴に窮屈そうに収まっていた。そして擦り切れた黒いエプロンをしていたが、その下の腹は丸く膨らんでいた。身籠もってだいぶ経つのだ。船が岸から離れるにつれて女の恐怖はつのってゆき、誰かにしがみつきたい、何かをつかみたいという気持ちから、女は次第に私に近づいてきた。一段と強い波が船を襲い、その弾みで女は私の足下に身を投げた。そして私の脇腹に抱きつくと、私の腿《もも》のあいだに頭を差し込み、そのまま身を起こそうとしなかった。イヤリングが私の手をこすった。私の膝の上で女の胸が波打つのが、そして私の体にすり寄せられたその全身が恐怖で震えているのが感じられた。

(10) 横帆を艤《ぎ》装した二本マストの帆船。

私はうれしかった。いったいどうしてだろう。われわれは自分が他人よりも強いと感じると、いっそう愛するようになるからだろうか。あるいはむしろ、男の男らしさは女の弱さによって補完され、そのためにうぬぼれてさらに高まり、己の欲望をかき立てるものなので、こうしてちょっと触れ合っただけで、そこに男と女の関係のすべてが、そしてそれぞれの性格そのものの交流のようなものが現出したからではないか。いずれにしても、そこにはやさしさがあふれていた。私は航海がもっと長ければ、と思った……女は目やにをためていた。

われわれは誰よりも先に飛び降りようと、下船の機会をうかがっていた。つき合うのがまったくもって耐えがたくなっていたジュネ氏を置き去りにするためである。もうしばらくでもこの男と一緒にいるくらいなら、ブレストは諦めて、野宿でもするほうがましだった。堪忍袋の緒が切れていた。面食らい、頭がぼうっとなっていた。ところが、最初に船の外に出たのは、ジュネ氏であった。そして岸辺に居酒屋があったので、そこでわれわれにお返しがしたいと言い、早速、お決まりのぶどう酒を一本申し出た。

「結構です。暑過ぎますから」

「じゃあ、ビールを少しどうかね」

「それはちょっときついです――歩けなくなります」

「リキュールは?」

「やらないんです」

「アニス酒とか」

「本当にどうも。急ぎますので」

「コーヒーだ、そう、コーヒーがいい」

「いえ、いえ、いえ、本当に結構です、ではこれにて」

ジュネ氏は黙り、一瞬ためらい、それから崇高なまでの身振りを交えて言った、「よかろう、ともかく私は飲んでゆこう。――まあいいから行きたまえ――そのうち追いつくから」。

われわれがどんなに急いで逃げていったことか。それは走るなんてものではなく、飛んでゆく、という感じだった。われわれは羽よりも軽かった。ジュネ氏を恐れる気持ちとジュネ氏から解放された喜びから、さながら二両の機関車に引っ張られる一両の車両の猛スピードで、前へ前へと突き進んだのである。絶えず背後からジュネ氏の声が聞こえてくるような気がしたが、ジュネ氏の帽子を目にするのが怖くて、どうしても振り向くことができなかった。

しかし、ブレストは現れなかった。汗をかき、急いだにもかかわらず、道路は相変わらず伸びてゆき、坂道はどこまでも上っていった。道行くたくさんの人に出会った。船乗り、兵隊、女中の腕に抱かれた子供、外の空気を吸ったり、自家用の小型馬車で別荘に夕食をとりにいったりする町の人たち《ブルジョワ》。すべてのものが、それでも町の近いことを告げていた。にもかかわらず、町は後退していった。とうとうわれわれは精根尽き果て、小麦畑に入り、地面に倒れ込んだ――息を切らした駄馬のように、へとへとになって。

雲行きが怪しくなったので、じきに、またリュックサックを担がざるを得なくなった。

そして一五分程すると、幸いにも、ブレストの家々の屋根が見えた。町に入ろうとして最初に目にした人は、何とジュネ氏であった。恐らく休んでいるあいだにわれわれを追い越していったのだろう、ジュネ氏は憲兵とおしゃべりをしているところだった。だが、今度はもう怖くない。われわれはすでに町に到着したのだから。少なくとも、ほとんど到着していた。というのも、ブレストの城門に出るには、まだ通りを一本下ってゆかねばならないからである。それは本街道から続く長い通りで、ところどころに豚肉屋や酒屋が並び、またそれらの愛国的な看板が輝きを放つ脇には、各階に彩色した花飾りのある、そして一〇〇人が会食できる集会室をもつ、崩れかかった大きな居酒屋が並んでいる。

人びとはわれわれを見るために立ち止まった。そうするだけの価値があったのだ。胸ははだけ、シャツは風で膨らみ、腰にネクタイを巻き、リュックサックを肩に掛け、埃《ほこり》で白くなり、日に焼け、破れた服をまとい、擦り切れ、継ぎの当たった靴を履きながら、われわれは気まぐれで、横柄で、うぬぼれきった、立派な態度をしていた。靴の金具が石畳に当たって鳴り響いた。背中ではリュックサックが拍子をとり、棒《ステツキ》は一緒に下ろされ、パイプから立ち昇る煙は帽子のつばの上でねじれ、ちょうど羽飾りのようになっていた。

士官殿らはこうした形《なり》にびっくりし、放心したような様子でわれわれを眺めていた。子供たちが数人、遠くから後をつけてきた。われわれは呼び止められ、旅券の提示を求められた。

それでもホテルに着き、お湯で体を洗うことができ、やっとのことで清潔なベッドで眠り、肘掛け椅子に腰を下ろすのは、われわれにはとても快適なことであった。われわれは文明の提供するあらゆる喜びに浸った。入浴し、そして、子牛はまったく食べなかった。

技師、建造者、あるいは鍛冶屋でないなら、ブレストはそんなに楽しい町ではない。確かに港は美しい。すばらしいと言ってもいい。お望みなら、巨大と言うこともできる。いわゆる圧倒するものがあり、大国を彷彿させるものがある。しかし、大砲と砲弾と錨の山という山、動きも変化もない海を、ガレー船のようにつなぎ止められた海を取り囲み、どこまでも伸びる岸壁、そして機械の音と、列を作って移動し、黙々と働く徒刑囚の鎖の絶え間ない音とが耳障りに響く、まっすぐに建つ大きな作業場——この暗く、無情で、強制されたすべての機械装置《メカニズム》、この組織化された不信の堆積がたちまち心を倦怠で満たし、目をうんざりさせるのだ。視線は舗石、砲弾、港に刻み目をつける岩、鉄の山、環をはめられた厚板、船の剝き出しになった骨組みを収める乾ドック——こうしたものの上を嫌というほどさまよい、そしていつも徒刑囚の監獄の灰色の壁にぶつかる。そこでは男がひとり窓辺に身をかがめ、格子がしっかりはまっているかどうか、ハンマーで打ち鳴らして確かめている。

ここには、地上の他のどこにも類がないくらい、自然が欠けている。自然が締め出されている。ここにあるのは自然の否定であり、自然に対する頑なな憎悪である。それは、岩を砕く鉄製のてこにも、徒刑囚を追い立てる看守のサーベルにも認められる。

海軍工廠と監獄のほかにも、あるものといえば、兵舎、衛兵詰所、要塞、壕《ほり》、軍服、銃剣、サーベル、そして太鼓といったものばかりである。朝から晩まで、窓の下では軍楽が響き渡り、通りを兵隊たちが何遍も通る。行ったり戻ったりし、演習をおこなっている。

ブレスト――軍港の眺め

絶えずらっぱが鳴り響き、兵隊たちは歩調をとって歩いてゆく。すぐに理解できることだが、真の町は海軍工廠であり、この町は海軍工廠によってのみ生き長らえることができるのであり、海軍工廠が町にあふれているのである。あらゆる形態の下に、あらゆる場所において、隅々にいたるまで、管理が、規律が、罫紙が、枠が、規則が、繰り返し姿を現す。不自然な均整ぶり、ばかげた清潔ぶりには恐れ入るばかりだ。たとえば、海軍病院では病室にワックスがかけられているので、治った脚で歩行を試みる患者は、ころんでもう一方の脚を折ってしまうに違いない。だが、美しいことは美しいし、ぴかぴかに光っていて、自分の姿を映すことができるほどだ。各病室のあいだには中庭がある。が、そこに日が射すことはなく、草は入念に引き抜かれている。調理場はすばらしい。だが、ずいぶん離れたところにあるので、冬には、どんな食事も、病人のもとに届けられるころには氷のように冷たくなっているに違いない。肝心なのは病人だろうが。なのに、シチュー鍋の方がぴかぴか光っているではないか。われわれは、フリゲート艦から落ちて頭蓋骨を折り、一八時間経ってもまだ手当てが受けられないでいる男を目にした。だが、リネン室の管理がとてもよく行き届いているので、男のシーツは真っ白であった。

監獄の病院では、ひとりの徒刑囚のベッドで、一腹の子猫がその男の膝に乗ってたわむれているのを見て、私は子供のように感動した。徒刑囚は紙で小さな玉をいくつもこしらえてやり、それを掛け布団の上で、とがった爪で縁にしがみつきながら子猫たちが追い回した。それから徒刑囚は子猫たちを仰向けにひっくり返し、撫でてやり、抱いてやり、そしてシャツの中に入れた。また仕事に遣られる徒刑囚は、恐らく一度ならず、自分の持ち場で、ひどく悲しくなったり疲れたりするとき、ごつごつした手の中に柔らかなうぶ毛を感じ、胸の上に暖かい小さな体がうずくまるのを感じながら、子猫たちとだけ過ごした自分の静かな時間のことを思うだろう。

しかしながら私は、規則はああした気晴らしを禁じている、あれは恐らく修道女の慈悲によるものだったのだ、と思いたい。

もっとも、徒刑囚の監獄においても平等など嘘であって、まず、なんと言おうと階級の差は消えないし、そのうえ、ほかの場所同様ここでも、規則には例外がつきものなのである。というのも、番号の付いた縁なし帽から、時折、微妙に香りのついた髪がいくらかはみ出していたり、赤いシャツの縁の、白い手を包む袖口の部分が、しばしば、わずかに折り返してあったりするからだ。それに、ある種の職業、ある種の人間に対しては、特別な計らいが存在する。そうした連中は、法律や、仲間の嫉妬があるにもかかわらず、どうやってその特異な地位を獲得し得たのであろうか。その地位のおかげで、ほとんどかたちだけの徒刑囚でいられるのだが、その地位をしかし、誰にも奪い取られることなく、まるで既成事実であるかのように保持しているのである。ボートをこしらえている作業場の入口に、仕事に必要な器具がすべてそろった、歯医者の机を見つけることができる。壁の上の、ガラスのはまったきれいな枠の中には、わずかに口を開いた入れ歯が並んでおり、人が通りかかるとその入れ歯の傍らに腕利きが立ち、手短に商売の宣伝をする。男は一日中その診療所にいて、ひたすら道具を磨いたり、臼歯を糸で数珠状につないだりしている。そこでは、どの番人からも遠く離れているので、道行く人たちと気儘におしゃべりしたり、医学界の最新の情報を得たり、営業の認可を受けた者のごとく稼業を営んだりすることができる。今、男は患者にエーテル麻酔をかけているところだろう。もう少しすれば、生徒をとり、講義をするようになるかもしれない。だが、もっとも恵まれた立場にあるのは、主任司祭ラコロンジュ(11)である。当局は、徒刑囚たちに影響を及ぼすために、ラコロンジュを徒刑囚と作業台をつなぐ仲介者として利用し、一方、徒刑囚の側も、赦《ゆる》しを得ようとラコロンジュに訴えかける。ラコロンジュはたいそう小ぎれいな小さな部屋に離れて住み、使用人に世話をしてもらい、プルガステル産のイチゴを盛った大きなサラダボールを何杯も食し、コーヒーを飲み、新聞を読む。それに、司祭様たちには、まったく特別な敬意が払われている。司祭様たちは集まり、仲間うちで宗教会議をもち、ミサの手伝いをし、告解を聴き、また喜んで聖体拝領を執り行いもするのだ。これはちょっとした神学校であり、施設付き司祭館である。これであと司祭服さえそろえば、幻想は完璧なものになる。

ラコロンジュが監獄の頭であるとすれば、腕にあたるのがアンブロワーズである。

アンブロワーズは身の丈が一メートル九五程ある見事な黒人で、世が一六世紀であれば、貴族に仕えるすばらしい刺客となっていただろう。ヘリオガバルス(12)はこの種の異形の者を自分のところで養い、夜食をとりながら、男がヌミディア(13)のライオンを両腕で締め殺したり、剣闘士らを殴り殺したりするのを眺めて、楽しんでいたに違いない。アンブロワーズの黒一色の肌は銅《はがね》のように青光りし、すらりとした胴は虎の胴のようにたくましく、また歯はぞっとするくらい白い。

筋骨が隆々としているのがものをいって、監獄の支配者に納まっているアンブロワーズ

(11) カンタン版の脚注にのみ、「(ド)ラコロンジュは愛人を絞殺し、被害者の切断した手足が、沼に浮かぶ袋から発見された」とある。〔底本注〕

(12) ヘリオガバルス(二〇四—二二二) はシリアの太陽神の神官であったが、一四歳で軍に推されてローマ皇帝となる。が、その治世は乱脈を極め、親衛隊兵らによって母親とともに虐殺された。

(13) 古代ローマ時代の北アフリカの王国で、現在のアルジェリア北東部に存在していた。

は――ひどく恐れられ――敬服されている。ヘルクレスのようだという評判のおかげで、新入りの徒刑囚を試すのがその務めとなっており、今にいたるまで、こうして施された試練はことごとくこの男の栄誉と化してきた。膝の上で鉄の棒を曲げ、拳《こぶし》の先に三人の男を持ち上げ、両腕を開いて八人の男をなぎ倒し、そして毎日三人分の食事をたいらげる。食欲が桁はずれだからだが、のみならずあらゆる種類の欲望をもち、つまり英雄にふさわしい体質をしているのだ。お気に入りは若いアラブ人の男で、すっかりご執心で、アラブ人の方は死ぬのが怖くて言いなりになっている。

われわれは、アンブロワーズが植物園で草木に水をやっているところを目にした。そこではいつも、アロエと矮性の椰子《やし》の向こうにある自分の温室で、忙しく苗床の腐植土を掘り返したり、温床《フレーム》の掃除をしたりするアンブロワーズの姿が見られる。一般の人たちが入場できる木曜日になると、アンブロワーズはオレンジの植木箱のうしろで愛人たちを迎える。そして、自分が望んでいるよりも多い、何人もの女の相手をする。実際、その魅力によるのか、肉体の力によるのか、はたまた金の力によるのか、アンブロワーズは女を手に入れることができるのだ。金はいつもたくさん持ち歩いていて、己の黒い肌を喜ばせるとなるや否や、豪勢につぎ込んでしまう。したがって、アンブロワーズはある層の御婦人方にたいそう人気がある。この男を監獄にぶち込んだ連中は、恐らく、あんなにも熱烈に女たちに愛されたことはないだろう。

植物園の真ん中には、草木が縁を覆い、しだれ柳が陰を落とす、水の澄んだ池があり、そこに白鳥が一羽浮かんでいる。白鳥は動き回っている。脚でひと掻きして池を端から端まで横切り、何度も何度も巡り、もうそこから出るつもりはない。暇つぶしに、金魚を丸呑みして楽しんでいる。

もっと先には、海の向こうからやってきた珍獣を収容するための檻《おり》が、壁に沿っていくつか建ててある。収容された動物たちは、いずれパリの博物館に送られる運命にある。檻はほとんどが空《から》であった。ひとつの檻の前の、鉄柵で囲まれた狭い中庭で、上等な長靴を履いた徒刑囚が、小型の野生猫の訓練をしていた。徒刑囚は野生猫に対し、まるで犬が相手であるかのように、言いつけに従うよう教え込んでいた。つまり、自分が隷従するだけでは足りないのだ、この徒刑囚は。今度は自分が別のある存在に、隷従を強いているのだ。こん棒で殴るぞ、と脅されていたのが、今度は自分がこん棒で野生猫をひっぱたいている。その野生猫は、恐らくいつかこの恨みを晴らそうと、金網を跳び越え、白鳥を絞め殺しにゆくことだろう。

ある晩のこと、月の光が舗石に輝き、ブレストの善良な市民《ブルジョワ》が奥方や女中の腕の中で眠っているあいだ、われわれは、いわゆる汚らしい通りに散歩に出かける用意をした。そうした通りはたくさんあるのだ。それだけで町の一地区全体を占める徒刑囚の監獄は別にして、戦列歩兵部隊、海軍、砲兵隊が、それぞれ自分の通りを占有している。監獄の壁の裏手に至る平行する七本の小路は、もっぱら看守と徒刑囚の女たちであふれる、クラヴェルと呼ばれるものを形成している。そこには、木造の古い家がぎっしり折り重なるようにして建っている。家々の戸はどれも閉まり、窓はぴしゃっと閉じられ、鎧戸《よろい》はふさがっている。ここでは何も聞こえない。誰にも会わない。天窓に明かりひとつ見えない。ただ、それぞれの小路の奥で、風に揺れる街灯が、長く伸びた黄色い光を舗道の上に揺らしているばかりだ。おかげで、それ以外の場所は、いっそう闇が深い。月の光を浴びて、これら屋根の不揃いな、ひっそりと押し黙った家々は、奇妙なシルエットを投げ出していた。

それらの家はいつ開くのか。夜がたっぷりと闇に包まれ、しいんと静まり返った頃合に、いつとも知れぬ時間に、開くのだ。すると、持ち場からこっそり抜け出してきた看守や、作業場から逃げてきた徒刑囚が、家の中に入ってゆくのである。両者はしばしば一緒になって、助け合い、身を守り合いながら入ってゆく。それから夜が明けると、徒刑囚は壁を乗り越え、看守は顔をそむけ、こうして誰も、何も見なかったことになるのである。

水夫が住む地区では反対に、あらゆるものがその姿を見せ、またひけらかされる。あたり一帯が輝き、うごめいている。通りかかると、楽しげな家々からざわめきや光がこちらにあふれ出てくる。人びとは大声を上げ、踊り、口論し、楽しんでいる。一階の、天井の低い大部屋に、ネグリジェを着た女たちが、ケンケ灯(14)が掛けてある白塗りの壁に沿って、ベンチに腰掛けている。入口にいる別の女たちが、こちらに声を掛ける。その女たちの生き生きした顔が、明かりのともった陋屋《ろうおく》を背景にして、くっきりと浮き出ている。陋屋の中では、庶民階級の男たちが無骨に女たちを愛撫する音とともに、グラスのぶつかり合う音が響きわたる。肉付きのよい肩に下卑た接吻の音が響くのが、そして、褐色の肌をした水夫の膝に載せられた気のよい赤毛の娘が、腕に抱かれてキャッキャと笑い声を上げるのが聞こえてくる。娘の淫らな胸はシュミーズからあふれ、髪はボンネットからはみ出している。通りは人でいっぱいで——淫売屋も人であふれ——戸が開いていて——男たちが

(14) 一八〇〇年頃に発明されたオイルランプの一種。

入ってゆく。外にいる連中は、窓ガラスを通して中を覗こうと寄ってきたり、自分らの顔の方に身をかがめる半裸の淫らな女と静かに言葉を交わしたりしている。男たちがいくつも群れをなして立ち止まり、そして待っている。こうしたことが、気取りもなく、欲望の駆り立てるままにおこなわれているのである。

良心的な旅行者として、物事を間近に観察したいと望む旅行者として、われわれは中に入っていった。

しかしこんなことは、やることであって、語ることではない——それはぶしつけというものだ。いかがわしい本ができあがってしまう。何だって？　売春婦のところに出かけて、しかもそれを書くだって！　われわれはどこまで来てしまったのか。何とけしからん文学だ。これ以上の破廉恥はない。シニカルで、不道徳なことだ。どうして赤面せずにいられよう……

われわれは、経済学者がいうところの、悪臭を放つが役に立つ下水渠のように、神が町なかに設けたあの施設のひとつに入った。それは最悪のものではなかったが、それ以上に、最良のものではなかった。

赤い壁紙を張った部屋には、娘が三、四人、丸いテーブルを囲んで座っていた。そしてわれわれが入ってゆくと、ソファーに座ってパイプをふかしていた、ハンチングをかぶった客が、丁重にあいさつした。娘たちの身なりは質素で、パリ風のドレスを着ていた。マホガニー材の家具は赤いユトレヒトビロードで覆われ、石の床はワックスで磨かれ、壁は第一帝政の戦闘場面を描いた絵で飾られていた。おお、徳よ、汝は立派だ、悪徳はとても愚かなものなのだから。私のそばには、それを見たらどんなにたくましい色情症の男も意気阻喪してしまうような手をした女がいた。それで、どうしたらよいか分からなくなり、われわれはそこにいる女たちに酒をおごった。さて、私は葉巻に火をつけ、部屋の片隅に横になった。そしてそこで、ひどく悲しい気分になり、絶望に打ち沈みながら、女どもがしわがれた声でキャアキャアわめき、リキュールのグラスを空けてゆくあいだ、こう考えていた。

あの女性《ひと》はどこにいるのか。どこに。この世では死んでしまい、もう男たちが再び目にすることはないのか。

その女性はかつて美しかった。岬の縁にある神殿の柱廊を上ってゆき、白い貫頭衣《トウニカ》の金の総《ふさ》飾りがそのばら色の足に垂れ下がっていたときに。あるいは、ペルシャのクッションに座り、カメオの首飾りを指でもてあそびながら、賢者たちと語らっていたときに。

その女性は美しかった。夜、樹脂を燃やしてぱちぱちはぜる松明《たいまつ》の下、スブラ(15)の通りの客をとる小部屋 *cella* の入口に裸になって立ち、テベレ河(16)に酒宴の騒ぎが繰り返し延々と響きわたるあいだ、生まれ故郷のカンパニア地方(17)の哀歌をゆっくりと歌っていたときに。

その女性は美しかった。旧市街《シテ》の自分の古い家の鉛色のガラス戸の向こう、騒々しい学生や放埒な修道士のあいだにいて、この連中が、巡査を怖がることなく、大きな錫《すず》の壺をナラ材のテーブルに思い切り叩きつけたり、虫に食われたベッドが連中の体の重みで壊れたりしたときも。

その女性は美しかった。かかとの高い靴を履き、くびれた腰をし、白い髪粉を振ったか

(15) 古代の首都ローマの、人で賑わう、いかがわしい下町。
(16) ローマを流れる河。
(17) イタリア南西部。

つらをかぶり、いい匂いのするその粉を肩に落とし、一輪のバラを髪に斜めに挿し、頰に付けぼくろのある姿で、賭博台に肘をつき、田舎者たちが所持する金貨を横目で見ていたその女性は。

その女性は、また美しかった。コサック人のヤギ革の服やイギリス兵の軍服に囲まれ、男たちの群れの中に進み出て、賭博場の階段で、金銀細工商の陳列台の下で、カフェの光の中で――「飢え」と「金」のあいだを行ったり来たりしながら――胸元をきらめかせていたその女性は。

何を悼《いた》んでいるのか。君主制か。信仰か。貴族、それとも司祭か。私は、娼婦の死を悼んでいるのだ。

大通りで、ある晩また、その女性《ひと》が通るのを見た。ガス灯の火に照らし出されたその女性は、軽やかな身のこなしで、押し黙り、あたりに視線をやりながら、靴底を引きずって歩道を滑るように歩いていった。私は街角でその青ざめた顔を、そして髪に挿した花に雨が降り注ぐのを目にした。そのとき、その優しい声は男たちを誘い、剝き出しの肌は黒繻子の縁で震えていた。

それが最後の日となった。翌日、その女性は再び姿を見せることはなかった。

その女性が帰ってくるのではないか、と恐れることはない。今はもう死んでしまった、確かに死んでしまったのだから。着ているドレスは高級で、身持ちがよく、品のない言葉に傷つき、稼いだ金を貯蓄銀行に預けるその女性は。

その女性がいることで清められていた通りは、まだそこに残っていた唯一の詩的なもの《ポエジー》を失ってしまったのだ。どぶは漉《こ》され、汚物は篩《ふるい》にかけられた……以上が、火の消えた葉巻を噛みながら、御婦人方のソファーの上で私が考えていたことである。そこでは、それ以外のことはしなかった。そして立ち去りながら、あの娼婦の典型が失われたことを、われわれは心のうちで嘆いていた。その平板なカリカチュアを見せつけられ、倦怠を覚え、心がすくんでしまっていた。かつては、散歩をしていると、熊、軽業師、タンバリン、赤い服を着せられてヒトコブラクダの背中で踊る猿、といったものに出会う幸運にも恵まれていた。だが、そうしたものはみな、姿を消してしまった。どれも等しく追い払われ、永久に締め出されてしまったのだ。ギロチンは城門の外に置かれてひそかに使われ、徒刑囚は外から見えないように密閉された馬車で護送され、行列は禁止されてしまったのである。

しばらくすると旅芸人も消え、動物磁気による催眠術の会(18)や改革宴会(19)に取って代わられているだろう。そして、スパンコールをちりばめたドレスをまとい、長い平衡棒を手にして空中を跳びはねる綱渡りの女芸人は、ガンジス河の舞姫と同じくらいわれわれから遠い存在となってしまうだろう。

まるで幻想そのものであるかのようにざわめき、とても物悲しいがとてもにぎやかで、とても苦いがとてもおどけていて、内的な悲壮感と華々しい皮肉とに満ち、惨めさが温かく感じられ、優美さが悲しく感じられた、あの精彩に富んだ美しい世界——それは過ぎ去った時代の最後の叫びであり、また、それを生み出したのは、地の向こうの果てからやってくるといわれ、鈴の音を響かせながら、熱狂的な喜びのぼんやりした追憶やかすかなこだまのようなものをわれわれにもたらしていた、遥かなる人種である——、そうした

(18) 一八世紀末にドイツの医師メスメルらが創始した一種の催眠療法。全宇宙を満たすある流体を催眠術を用いて人間の体内で正常に働かせることによって、病気の治療が可能とされた。そしてその流体が磁気であると考えられた。メスメリズム(動物磁気説)はパリで成功を収め、多くの信奉者をもった。

(19) 七月王政末期の改良主義者による晩餐会。

世界のすべてのうち、残っているものといえば、屋根の上に丸めた布を載せ、車体の下に泥だらけになった犬たちを連れて本街道を去ってゆく有蓋馬車、白い鉄製のコップを使って小さなコルク玉を消す黄色い上着の男、シャン＝ゼリゼ大通りの見すぼらしい人形芝居、そして城門の外の居酒屋でギターを弾く男たちだけである。

確かに、その代わりに、もっと高尚なおかしさを含んだたくさんの滑稽なものが、われわれの前に急に現れ出てきた。だが、新たに登場したグロテスクなものは、かつてのグロテスクなものに匹敵するだろうか。あなたは親指トムとヴェルサイユ美術館のどちらがお好みか。

灰色の布製の四角いテントに囲われた木の舞台の上で、上っ張りを着た男が太鼓をたたいていた。男の背後には、羊、牛、御婦人、殿方、そして軍人を描いた、色塗りの横長の看板が立っている。一本の腕と四つの肩をもつ、ゲランド(20)の二匹の若い奇形の動物だった(21)。二匹を操る同じ見世物師もしくは興行師は、声を限りに叫び、この二匹のたいした代物に加え、これからすぐ猛獣たちの戦いが始まることを告げていた。舞台の下に一頭のロバが見えた。その脇には、三頭の熊が眠っていた。そして小屋の中から洩れてくる犬のほえ声が、太鼓の鈍い音に、若い奇形の動物の飼い主のとぎれとぎれの叫び声に、そしてもうひとりの妙な男の叫び声に混じっていた。この男は、動物の飼い主のようなずんぐりした、率直な、陽気な、元気な男ではなく、背の高い、痩せた、陰険な顔つきをした男で、ぼろぼろの旅行用マントをまとっていた。動物の飼い主の相棒である。ふたりは旅の途中で出会い、商売を一緒にやることにしたのだった。ひとりは熊とロバと犬を、もうひとりは二

(20) ブルターニュ半島南岸、ロワール河口付近の町。塩田で知られる。
(21) フローベールらは旅の途中ゲランドを訪れ、そこで、ここに登場する二匹の動物の見世物を一度観ている。そして、第四章を担当したデュ・カンがそのときの様子を記述している。同章の地図も参照のこと。

匹の奇形の動物と、興行で役に立つ灰色のフェルト帽を持ち寄った。

空の下に剝き出しになった劇場の壁は、灰色の布である。布は風に打ち震えており、杭によって留められていなければ、飛んでいってしまうところだ。闘技場のまわりには見物人を制するための手すりが張りめぐらされ、その離れた一角には、確かに、立派な覆いをかけられ、ほどいた干し草の束を齧《かじ》っている二匹の若い奇形の動物の姿が認められる。闘技場の中央には長い杭が地面に打ち込まれ、また、ところどころにあるもっと低いほかの木片には犬が紐《ひも》でつながれている。犬たちは暴れ、ほえながら紐を引っ張っている。太鼓が相変わらず打ち鳴らされ、舞台には叫び声が響き、熊たちは唸り声を上げ、群衆が集まってくる。

まず初めに、哀れな熊が連れてこられた。ほとんど全身が麻痺しているといったふうで、まるでやる気がないように見えた。熊は口籠《くつこ》をはめられた上に、首のまわりには鉄の鎖がぶら下がった首輪をかけられ、鼻の穴には言う通りおとなしく動いてもらうために紐が通され、頭には耳を保護する革製のフードのようなものがかぶせられていた。熊が中央のポールに繋がれると、鋭い、しわがれた、猛り狂った犬のほえ声がいっそう高くなった。犬たちは立ち上がり、毛を逆立て、尻を上に、口を下にし、脚を広げて地面をほじくった。そしてこの犬たちをさらに煽り立てようと、ふたりの飼い主が、互いに向かい合う恰好になって、犬たちと同じように唸り声を上げた。最初に三頭の番犬が放たれた。犬たちが熊に襲いかかると、熊は杭のまわりを回り始めた。犬たちは押し合いへし合いし、ほえ立てながら熊を追う。じきにひっくり返され、熊の脚に踏みつぶされそうになるが、すぐにまた起き上がると、跳び上がって頭にしがみつく。熊は頭を揺さぶってみるが、身をよじって咬みついている、このどうにも手に負えない肉の冠を取り除くことができない。ふたりの飼い主は犬たちにじっと目を注ぎ、熊がまさに絞め殺されようとする瞬間《とき》をうかがっていた。そしてその瞬間が訪れると、犬たちの方に駆け寄り、熊から引き離しにかかった。首をもって引っ張り、さらに攻撃をやめさせるためにしっぽを噛んだ。犬たちは痛くてうめき声を上げたが、言うことをきかなかった。熊は犬たちの下でもがき、犬たちは熊に咬みつき、男どもは犬たちを噛んでいた。なかでも、若い、白いブルドッグが、その獰猛さで際立っていた。熊の鎖に牙で齧りついたその犬は、尾を噛まれても、それをふたつに折られても、ふぐりを握られても、耳をちぎれんばかりに引っ張られても、熊を一向に放そうとしなかった。そこで、その口をこじ開けるために、スコップを取りに行くはめになった。一同は離れ離れになると、それぞれ休みをとった。熊は横になり、犬たちは舌をだらりと垂らしてぜいぜい喘ぎ、汗まみれの男たちは口の中に残った犬の毛を取り除いていた。そして、乱闘のせいで舞い上がった埃が空中に散らばり、周囲の観客の頭上に降りてきた。

残りの二頭の熊が、相次いで連れてこられた。そのうちの一頭は、庭師の真似をし、猟に出かける恰好をし、ワルツを踊り、帽子をかぶり、一同にあいさつをし、死んだふりをした。この熊のあとに、ロバの番がやってきた。ロバは我が身をよく守った。後脚で犬たちを、まるでボールのように、遠くに蹴飛ばした。尾を巻き、耳をたたみ、鼻面を伸ばして速く走った。そして、まわりをぐるぐる回り、顎《あご》の下に飛びかかろうとする犬たちを、前脚の下に引き戻そうと絶えず努めるのだった。にもかかわらず、犬たちから引き離されたときには、すっかり息を切らし、恐怖で震え、血にまみれていた。血の滴《しずく》が、傷跡のせいで疥癬《かいせん》に罹ったようになった後脚を伝って流れ、汗と一緒に、角質のすり減った蹄《ひづめ》を濡らしていた。

しかし、一番すごかったのは、犬同士の、敵味方の区別のない闘いであった。そこには犬という犬が、大きいのも小さいのも、狼犬《シエパード》もブルドッグも、黒いのも白いのも、斑《ぶち》も赤褐色のも、一匹残らず加わった。闘いに先立ち、たっぷり一五分程かけ、犬同士の敵意がかき立てられた。飼い主たちは脚のあいだに犬を挟みつけ、敵になるほかの犬たちの方に顔を向けさせ、それを激しく揺さぶった。特に、痩せた方の男は、心底から仕事に打ち込んでいた。男は激しく己の体を揺すって、胸の中から、かすれた、残忍なしゃがれ声を吐き出しては、苛立つ犬の群れに隈なく怒りを吹き込んだ。譜面台を前にしたオーケストラの指揮者のごとき真剣な様子をして、この乱れた調和《ハーモニー》を自分の方へ引き寄せ、操り、強めていった。しかし、番犬たちが解き放たれ、いっせいに唸り声を上げながら互いに体を引き裂き合うと、男を熱狂がとらえた。男は無上の喜びを覚え、もはや自分で自分が分からなくなり、わめき、拍手喝采し、身をよじり、足を踏み鳴らし、襲いかかる犬の恰好をし、犬たちのように体を前に投げ出し、犬たちのように頭を振った。男は自分も咬みつきたい、咬みつかれたい、犬になりたい、犬の口をもちたい、と思っていたのだ。そうすれば、あの中を、埃と鳴き声と血にまみれて転げ回り、毛むくじゃらの皮膚の中に、生暖かい肉の中に己の牙がぐさりとめり込むのを感じ、あのめまぐるしく動く群れのただ中に我が身を浸し、全身でもがくことができるのだ、と。

危ない瞬間があった。犬という犬は折り重なり、脚と腰と尾と耳からなる一団となってうごめき、ばらばらになることなく闘技場の中を揺れ動いていたが、その犬の群れが手すりの方に寄ってきてぶつかり、手すりを壊し、片隅に控える二匹の若い奇形の動物に危害を加えそうになったのだ。奇形の動物の飼い主は青ざめ、飛び上がり、そして相棒が駆けつけた。そのときである。ふたりは犬たちの尾をものすごい勢いで嚙み、犬たちを殴りつけ、蹴飛ばしたのである。何ともすばやい行動だった。犬たちはどこ構わずつかまれ、群れから引き離され、肩ごしに放り投げられ、納屋に入れる干し草の束のように空中を飛んでいった。それは、あっという間の出来事だった。だが、私の目には、二匹の若い奇形の動物がステーキ様になって口の中に飲み込まれようとする瞬間が浮かんだ。そして、この動物たちの背中から出ている腕のことを思って、私は身震いした。

恐らく犬たちの急襲に動揺したのだろう、二匹の奇形の動物はおずおずと姿を見せた。雌牛は後ずさりし、羊は角で突く恰好をしていた。とうとう、黄色い総《ふさ》飾りの付いた緑の覆いがめくり上げられた。動物たちの突起物が人目にさらされ、かくして興行は終わった。この種の文学（それは、詰まるところ、他の多くの文学と同じくらい文学的である）が、ブレストではひどく愛好されている。われわれが二度目にそこに行ったときには、町のブルジョワが闘いを挑ませるために自分の犬を連れてきていたし、また、砲兵が三頭の熊と格闘しようとしていた。生憎《あいにく》、そこに伍長が通りかかり、砲兵を兵舎に帰してしまった。観客は、そしてわれわれも、憤慨した。

それからブレストでは何を見たらよいのか、何があるのか。ひどく間の抜けた家々、上演されていない劇場（上演されていればどうだろう）、哀れな教会、真四角の練兵場、それと、海が見渡せ、大木の植わった、確かにとても美しい散歩道。が、この散歩道には、夜ともなると、土地の良家の人びとが集まってくる。

港のもう一方の側には、ルクーヴランスの旧市街がある。屋台、古道具屋、屑鉄屋が中央に一列に並ぶまっすぐな通りを上ってゆくと、ようやく、一番はずれの城壁の手前に設けられた空き地に出る。その日は空に雲がなく、空も海も真っ青だった。停泊地の入口では、沖合から吹く風が岩礁に当たり、それが一本の白い線となって水平線のこちら側一帯に長く伸びている。錨を下ろした大きな船がじっと動かずに浮かんでいる。われわれの近くでは、水夫が狭間にもたれ、望遠鏡を眺めている。シャツ姿の庶民風の男が、幼い子供を荷車に載せて引っ張っている。小僧っ子らが壕《ほり》の中で遊んでいる。イラクサが城壁の裾で緑に色づき、日の光が歩哨の赤銅色の革具に輝いていた。

ブレスト周辺の平地には、クロゾンやランデヴェネックの近郊に見られた、静かな野蛮さといった趣はない。しかし、木はもっと多く、もっと緑で、ほとんど黒に近い。ル・コンケまでの道は緑の中を漂うといった感じで上り下りし——丘を巻き——牧草地を横切り、かと思うと、大ぶりなエニシダのあいだを糸を引くように伸びてゆく。ミシェル・ノブレの墓[22]を見ようと思ってロクリストに足を止めてはいけない。教会はひどいし、墓はばかげたものだし、ミシェル・ノブレは美男子でなかった聖ウィンケンティウス・パウロ[23]に似ているのだから。ル・コンケもまた、住人が出ていってしまったのではないかと思われるような静かな小さな町で、遠からぬところに取り壊された聖マテュー大修道院がなければ、

(22) アンクル版によると、「これはミシェル・ル・ノブレの墓ではまったくなく（……）、無名の騎士の墓である。伝道師ミシェル・ル・ノブレはというと、ル・コンケの教会近くの家で一六五二年に亡くなり、墓はその教会内にある」。〔底本注〕
なお、ロクリストはル・コンケの南東一キロ程にある町。

(23) 聖ウィンケンティウス・パウロ（一五八一—一六六〇）はフランスの司祭。フランス各地で精力的な布教、慈善活動を展開し、一六二五年にはパリにラザリスト会を設立した。

わざわざ足を運んで見るだけの価値はないだろう。空の下にあらわになった〔大修道院付属〕教会の寂れた身廊は雨にさらされ、柱頭のまわりに聖者らのトルソが彫られた円柱と円柱のあいだには、敷石の代わりに、草が生い茂っている。剝き出しの壁は煤《すす》と青銅の色を帯びている。それらの変化する色調が互いに溶け合うかと思うと、またそれぞれの色は、引き裂かれた垂れ布の不揃いな切れ端のように、壁石の上にてんでんばらばらに伸びている。他の場所では、教会上部の至るところから草が細い筋となって垂れ下がっていて、大量の涙でも流れ落ちているように見える。建物の土台に波が打ち寄せる一方で、海から吹く風が、ステンドグラスの失われた尖頭アーチ形の窓から入ってくる。そしてその窓の縁には、ダイシャクシギがとまっている。教会には側廊がひとつしかなく、もう一方の側には、もっと背の低い、ふたつの控え身廊がある。角柱と円柱が交互に並んでいる。中心部の丸天井は、束ねた小円柱に支えられていた。そこに建てられた灯台の近く、格子を巡らした庭に、キャベツ、アサ、そしてネギが植えられている。

ここにて旧世界が終わる。ここは旧世界の突端、旧世界の極限なのだ。背後には全ヨーロッパが、全アジアが控え、前方には海が、ひたすら海が広がる。とはいえ、空間がわれわれの目にどんなに広々としたものと映っても、そこに限界があることが知られるや否や、常に、その空間は遮られたものとならないだろうか。わが方の浜辺からイギリス海峡のかなたにブライトン(24)の歩道が見えないだろうか。プロヴァンスの別荘から地中海全体を、崩れ落ちる大理石に覆われた岬、黄色い砂、垂れ下がる椰子《やし》、口を広げる湾——こうしたものがその縁に刻み込まれた岩の窪地にできた、紺碧《こんぺき》の広大な池のようなものとして、一望

(24) イギリス海峡に面したイングランドの町。

の下に収められないだろうか。しかし、ここには、遮るものはもう何もないのだ。思いは風のようにすばやく駆けてゆける。そして広がり、さまよい、道に迷い、出会うものといえば、風と同じように、ただ波、波ばかり。それから先の方で、そう、ずっと先の方で、かなたで、夢想の視界のうちで、ぼんやりとしているが恐らくアメリカ大陸に、名もない島々に、どこかの赤い果実と蜂鳥と野蛮人の国に、あるいは、鯨が息を吐いて潮を吹き上げる極地のひっそりした夕暮れに、あるいはまた、明かりが煌々《こうこう》と灯る、色ガラスででも出来ているかのような大都会に、磁器製の屋根のある日本に、金の鈴で飾られた寺院《パゴダ》の中に透かし細工の階段のある中国に、出会うのだ。

こうして、この無限に対して倦怠を覚える精神は、それを絶えず満たし、活気づけることによって、狭めるのである。隊商の通らない砂漠、船の浮かばない大洋、お目当ての宝物が埋まっていない地中など、考えられないのだ。

われわれは断崖を通ってル・コンケに戻った。断崖の下で波が跳ねていた。沖合から打ち寄せる波はじっと動かない大きな岩の塊にぶつかると、揺れ動きながら一面を海水で覆った。半時間後、ほとんど野生のままの二頭の小柄な馬が曳くベンチ付きの馬車に運ばれ、ブレストへの帰路についた。翌々日、われわれはとてもうれしい心持ちでブレストを出発した。

沿岸地帯を離れ、イギリス海峡に向かって北上すると、土地の様相が変わる。ごつごつした感じが減り、ケルト色が薄れ、ドルメンはほとんど見られなくなり、小麦畑が広がるにつれ荒野が少なくなる。こうして少しずつ、肥沃で平坦なレオン地方に入ってゆくのである。そこは、ピートル・シュヴァリエ氏が実に親切に言ったように、「ブルターニュのアッティカ」(25)である。

ランデルノーには、川縁《べり》に、楡《にれ》の若木の植わった散歩道がある。この地でわれわれは、犬がしっぽに結びつけられたシチュー鍋を引きずり、おびえながら通りを走ってゆくのを目にした。

ラ・ジョワユーズ゠ガルド(26)城に行くには、まずエロルヌ河(27)の岸に沿って進み、それから誰も通らない、土中にえぐれた道を通り、林の中を長時間歩かなければならない。時折、低木がまばらになると、枝の向こうに牧草地が、あるいはまた河を遡る船の帆が、姿を見せる。われわれの案内人は、前方遠く、離れたところにいた。われわれはふたりだけで、落ち葉のあいだの柔らかい芝にヒースの紫の茂みが生え出る、林のあの気持ちのよい地面を踏みしめていた。イチゴやキイチゴやスミレの匂いがする。木の幹の表面に、長いシダがか細い棕櫚《しゅろ》風の葉を伸ばしている。むしむしとうっとうしく、苔が生暖かく感じられる。葉叢《はむら》に潜むカッコウが長く鳴く。林間の空き地では、羽虫がくるくる回って羽を鳴らしていた。

心は穏やかで、歩行する体は揺れ、気儘に楽しむ気まぐれなおしゃべりは、さながら広い河口から流れ出る河のように、あふれては消えていった。われわれは音や色について語らい、大芸術家やその作品、そして考えることの楽しみについて話した。文体の表現、絵の細部、彫像の顔の表情、垂れ布のデザインなどをあれこれ思い浮かべた。ある偉大な、すごい詩句を互いに繰り返し口にした。他人にとっては未知の美が、われわれを果てしな

(25) フローベールはピートル・シュヴァリエの「北コルヌアーユはブルターニュの石のアラビア〔アラビア半島の砂漠地帯〕であり、南コルヌアーユはブルターニュの繁栄するアルカディア〔古代ギリシアの地方〕である」(『ブルターニュ今昔』、一八四四年)という文を念頭に置いているのであろう。〔底本注〕

なお、アッティカは、アテナイを中心とする古代ギリシアの地方。

(26) ラ・ジョワユーズ゠ガルド(喜びの砦)は、アーサー王に仕える円卓の騎士ランスロ(ラーンスロット)が、その手柄に対し王より与えられた城の名。

(27) ブルターニュ半島西端を流れ、ブレストの停泊地で大西洋に注ぐ河。本章の地図を参照のこと。

い喜びで包み込んだ。われわれは詩句のリズムを繰り返し、その言葉の意味を掘り下げていったのだが、その際、とても強い韻律を与えたので、詩句は歌われているようだった。それから遠くの景色がいくつも繰り広げられ、まばゆい人の姿が現れ、丸屋根に映るアジアの月明かりに愛の衝動を覚え、響きのよい名前にうっとりと心動かされ、古い本の中に見いだされる起伏に富む文を無邪気に楽しんだ。

そしてジョワユーズ＝ガルドの中庭では、埋められた地下室の近くの、木蔦が覆う唯一の拱門《きょうもん》の半円アーチの下に横になり、シェークスピアのことをしゃべったり、星には誰か住んでいるだろうか、と話し合ったりした。

それから気高いランスロ(28)、妖精が母親から連れ去り、湖底の宝石の宮殿で養育したあのランスロの廃墟と化した住処《すみか》をほとんど一瞥しただけで、われわれは出発した。小さな魔法使いたちは姿を消し、跳ね橋は飛び去り、美しいジュヌヴィエーヴ(29)が、巨人たちと戦うためにトレビゾンド(30)に出発した恋人を思いながら散歩した場所を、今はトカゲが這っている。

われわれは同じ小道を通って、また森に帰ってきた。影が長く伸び、藪《やぶ》と花の見分けがもうつかなくなり、真向かいの低い山々はその青みがかった頂を白んできた空に大きく映していた。町からこちらへ半里、ずっと人の手になる岸のあいだを流れてきた川は、そのあとは思いのままに走り去り、好きなだけ水をあふれさせながら牧草地を横切ってゆく。川は長いカーブを描いて遠くの方に伸びてゆき、そして夕日に染まった水たまりは、草の上に置き忘れた大きな金の皿のように見えた。

(28) 前述のように、ランスロは円卓の騎士物語群の「ブルターニュもの」の登場人物で、アーサー王に仕える騎士のひとり。妖精ヴィヴィアンヌに湖底で育てられたことから、「湖のランスロ」と呼び習わされる。アーサー王の妃であるグニエーヴルと不倫の恋に陥り、不幸な運命をたどることになる。

(29) アーサー王の妃グニエーヴル（グウェナヴァー、グウィネヴィア）の別綴りの名と思われる。

(30) トレビゾンド（ギリシア名トラペズス、現トラブゾン）は黒海沿岸の都市。古くから主にローマの支配の下、繁栄してきたが、ビザンティン帝国の首都コンスタンチノープルが十字軍によって占領されると、この地に亡命政権としてトレビゾンド帝国が建国された（一二〇四年）。コンスタンチノープル陥落後も存続したが、一四六一年にオスマン・トルコ軍によって滅ぼされた。

エロルヌ河はラ・ロッシュ＝モリスまで、岩の多い丘の麓を迂回する道路の脇を蛇行する。河の流域に丘の丸い頂がでこぼこと突き出ている。われわれは、轅《ながえ》の上に座った子供が操る静かな二輪馬車に揺られ、ゆっくりと道を進んでいった。子供がかぶっていた帽子は紐が付いていないので風に吹き飛ばされ、そのたびに、馬車を止めて帽子を拾いに降りてゆかねばならなかったが、その間われわれは、景色をたっぷりと愛でることができた。

ラ・ロッシュ＝モリスの城は、山の頂に作られた禿鷲《はげわし》の巣といった感じで、まさに城伯《ブルクグラーフ》(31)の城というべきものであった。城に到達するには、ほとんど垂直に切り立った斜面を登ってゆくことになるのだが、斜面に沿って並ぶ崩れた石積みの塊が、階段の役目を果たしてくれる。一番高いところに出ると、窓の幅の広いアーチが今も残る、平らな石の塊を積み重ねてできた壁面を通して、田園風景がすっかり見渡せる。林、野原、海に向かって流れる川、白いリボンとなって伸びてゆく道路、まちまちの稜線にぎざぎざが入った山々、そしてその真ん中に広がって山と山を隔てる広大な牧草地。

階段の断片が壊れた櫓《やぐら》に通じている。あちこちで草のあいだから石が顔を出し、その石のあいだに岩が姿を見せている。時折、岩はおのずと人工的なかたちを帯び、それに反し、廃墟はさらに崩壊を進め、自然の装いを夢見、自然へと帰ってゆくように思われる。

城壁の大きな破片を伝って、木蔦が下から這い上っている。根の部分は細いが、次第に扇状に広がってゆき、上るにつれて緑も濃さを増し、根元では明るい色が、てっぺんでは黒々としている。縁が葉の下に隠れた通り口の向こうには、青空が覗いていた。

かつて騎士デリアンが、友人のヌヴァンテールと聖地から戻る途中殺した例の竜《ドラゴン》が生息

(31) 神聖ローマ帝国における城市（または城砦）の司令官。最初役職であったが、のちに貴族の称号となった。

していたのは、この付近であった。確かにデリアンは、水から不運なエロルヌを救い上げるや否や――エロルヌは、奴隷、臣下、従僕らを次々と竜に引き渡すと（エロルヌにはもう妻と息子しか残されていなかった）、自らは櫓のてっぺんから真っさかさまに川へ飛び込んだところであった――、竜を攻撃し始めた。だが、致命傷を受け、自分を打ち負かした相手の巻き布《エシャルプ》で結わかれた怪物は、やがてその相手の命令に従い、プルバンズュアル（Poulbeunzual）*に行って海に溺れたのである。ちょうどバ島(32)のワニが――のちにルーアンの怪獣《ガーゴイル》(33)が聖ロマンにそうされたのと同様――ブルターニュの聖人の頸垂帯《ストラ》で結わかれ、このブルターニュの聖人、すなわち聖ポル・ド・レオンの命令に従って実行したように。

＊　プルブザヌヴァル（Poulbeuzanneval）――獣が溺れた沼――の短縮形。

こうした古い時代の恐ろしい竜たちは本当にすごかった。歯が口の奥まで生え、炎を吐き、鱗《うろこ》に覆われ、蛇の尾と、コウモリの翼と、獅子の爪と、馬の体と、鶏の頭をもち、バシリスクに似ていたのである(34)。そして竜と戦った騎士も、また何とたくましい殿様であったことか。まず騎士の跨がる馬が後ろ脚で立ち上がり、恐怖を覚え、騎士が繰り出す槍は獣の鱗に当たって粉々に砕け、獣の鼻の穴から吐き出される煙によって騎士は目が見えなくなった。騎士はやっとのことで地面に降り立ち、丸一日戦ったあと、竜の腹の下をぐさりと剣で一突きする。剣は鍔《つば》元まで突き刺さったままとなり、そこから黒々とした血がどくどくあふれ出してくる。それから民衆は熱狂して騎士を見送る。そのあと騎士は国の王となり、美しい姫と結婚するのだった。

だが、あの竜たちは、どこからやってきたのだろうか。誰がこしらえたのか。あれは、

(32)　ブルターニュ半島北岸、ロスコフの北西二キロ程に位置する島。
(33)　多くゴシック様式の教会に見られる、怪奇な人間・動物をかたどった軒先の吐水口、またその人間・動物像。
(34)　バシリスクはひと睨《にら》みで相手を殺す力があるとされる伝説上の怪蛇。

大洪水以前に生息していた怪物たちのぼんやりした記憶だったのか。かつて竜が夢見られたのは、そして、恐怖にとらわれた人間たちが背の高い葦の中を歩くその足音を聞き、洞窟に風が激しく吹き込むときにその唸り声を耳にしたのは、魚竜類や翼足類の骨に基づいてのことなのか。もっともわれわれは、円卓の騎士の国に、妖精の土地に、メルラン(35)の故郷に、今は消滅してしまった数々の叙事詩を生んだ神話の揺籃の地にいるのではないか。恐らくこうした叙事詩は、架空のものと化したあれら古代の世界を明らかにしていたであろうし、また、のみ込まれていった都市について何事かをわれわれに語っていたであろう。イス、ヘルバディラ(36)といった、魅惑的な王妃たちの愛に満ちあふれた輝かしくも凶暴な地のことを、その上を襲った海とその記憶を呪った宗教とによって二重に、永久に消されてしまった地のことを。

この地方には、語るべきことがたくさんあるだろう(37)。実際、語る必要のないものなどあるだろうか。しかし、どんなに冗漫な人間も、語るべき主題がない場合には簡潔であることを余儀なくされるのであるからして、ランディヴィジオ(38)は例外である。

私の観察するところ、良き土地は、一般に、もっとも醜い土地である。そうした土地は、貞淑な女に似ている。男たちは貞淑な女を敬して遠ざけ、ほかの女を見つけようとする。このあたりは、確かに、ブルターニュでもっとも肥沃な一角だ。農民はほかの土地ほど貧しくない。畑はほかの土地よりよく耕されている。菜種《なたね》は見事だ。道路も手入れが行き届いている。で、そういうことは、死ぬほどに退屈なことなのだ。

サン＝ポル・ド・レオンからロスコフにかけて、キャベツ、蕪《かぶ》、あまたの甜菜《てんさい》、とてつ

(35) 魔法使いメルラン（マーリン）はアーサー王の仲間のひとり。妖精ヴィヴィアンヌに恋をし、あえてその虜《とりこ》となる。

(36) イスについては、本章・注(2)を参照のこと。ヘルバディラ（フランス語名エルボージュ）は、現在のグラン＝リュー湖（ナントの南西一〇キロ程）にあったとされる町。伝承によれば、五八〇年頃、住民の数々の罪と異教への愛着に対する神の罰として、水にのみ込まれた。

(37) ヴォルテールの『良きバラモンの物語』の結論、「そこには大いに語るべきことがある」の言い換え。フローベールはこの話《コント》がとても気に入っていて、この文をしばしば引用している。〔底本注〕

(38) ランデルノーから東北東に一五キロ程行ったところにある町。本章の地図を参照のこと。

もない量の馬鈴薯が、どれもこれも溝の中に整然と植わり、田野を覆っている。これらの野菜は、ブレスト、レンヌ、さらにはル・アーヴルにまで出荷される。これがこの地の産業なのだ。それでもって商売繁盛というわけだ。だが、それが私にとって、この私にとって、何だというのか。そんなことで私がうれしくなる、とでもお思いか。

ロスコフでは、海が家々の前に泥の多い砂浜をあらわにし、それから曲線を描いて狭い湾に入り込み、沖合では、亀の背のように膨らんだ無数の黒い小島を点々と浮かべている。サン＝ポル周辺の平地は生気がなく、荒涼としている。ゆるやかに波打つ地面のくすんだ色調は、空の淡い色にそのまま溶け込んでいる。展望がきかず、その狭い視界を画する基本線がなく、視線を端の方へ移しても、色の変化がない。野原を進んでゆくと、あちこちで、灰色の石塀の向こうにひっそりと建つ農家のような建物に出くわす。それは、主《あるじ》が足を運ぶことのない、打ち捨てられた城館である。中庭の堆肥の上では豚が眠り、入口の半円アーチの下の、敷石と敷石のあいだにできたすき間では、雌鶏が燕麦を齧《かじ》っている。入口に彫られた盾形紋は、外気にさらされてきたために傷んでいる。穀物倉として使われているからっぽの部屋は、天井の漆喰が、まだ残っている塗料ともども剝がれ落ちようとしている。その塗料も、梁掛けに張りめぐらされた蜘蛛の巣のせいで、くすんでいる。ケルサリューの門の上には、野生のモクセイソウが生えていた。ここでは、樋嘴《ひはし》のように壁から突き出た獅子とヘルクレスの像が脇を固める小尖塔《ピナクル》付きの窓が、まだ小塔の近くに立っている。ケルランでは、大きな螺旋階段で、私は狼を捕らえる罠にぶつかってしまった。犂《すき》べらや、錆びた鋤《すき》の刃や、瓢簞《ひょうたん》に入った乾いた種が、部屋の寄せ木張りの床に適当に並んでいたり、窓辺の斜間《はすま》に置かれた大きな石の椅子に載っていたりする。

ケルゼレには、石落としのある小塔が三つ残っている。そして中庭には、幅の広い掘割の溝がまだ認められる。溝は、水面にできる舟の航跡が広がりながら消えゆくように、少しずつ上っていって、中庭と同じ高さになる。塔のひとつの陸《ろく》屋根からは――ほかの塔の屋根はとがっている――、林に覆われたふたつの低い丘のあいだの畑の先に、海が見える。雨が入らないように半分閉ざされた二階の窓からは、大きな壁に囲まれた庭が見下ろせる。芝一面にアザミが生え、菜園には小麦が蒔かれ、そのまわりをバラの木が縁取っている。

穂がその実った頭《こうべ》をいっせいにたわめる畑と、壕《ほり》の高い縁にびっしり植えられた楡の若木のあいだを、細い小道が、藪《やぶ》を縫って伸びていた。小麦畑にはヒナゲシが咲き乱れていた。縁が高く盛り上がった堤からは、いろいろな花や茨が顔を出している。イラクサ、野バラ、小枝をつけた若木、光沢のあるたっぷりとした葉、黒い桑の実、ジギタリスが、それぞれの色をひとつにし、枝を絡ませ合いながら、さまざまな葉叢《はむら》を見せ、不揃いな小枝を突き出し、そして灰色の土埃の上に、影を網の目のように交差させているのだった。

古い水車小屋の水車がイグサに絡まれながら回っている牧草地を横切ると――それには、橋代わりに水の中に置かれた数個の大きな石の上を歩き、この水車小屋の壁に沿って進まなければならないのだが――、やがてサン＝ポルへ通じる本街道に再び出る。街道の奥の方には、どの角にも切れ目の入った、クレスケール[39]の鐘楼の尖塔がそびえている。てっぺんに手すりの付いた塔の上に建つ、細くて、すらりと伸びた尖塔は、遠くからは絶好の見物となる。しかし、近づけば近づくほど、尖塔は縮み、醜くなってゆく。そして仕舞いに

(39)　サン＝ポル＝ド＝レオンのクレスケール礼拝堂（一四―一五世紀に建造）は、その鐘楼（七七メートル）の見事なことで知られる。

は、彫像が失われてポーチががらんとした、どの教会とも変わるところのない教会が見いだされるばかりと相成る。大聖堂もまた、ごてごてと刺繡のような飾りを施された、重々しいゴシック様式である。しかし、サン゠ポルには、それよりもさらにひどいものがあるのだ。宿屋の定食である。

それでも、給仕をしてくれるのは、感じのよい娘であった。白いうなじの上に揺れる金の耳飾り、モリエールの芝居に出てくる侍女がかぶるような、垂れ布がまくれ上がった頭巾、そしてとりわけ生き生きとしたその青い目を眺めていると、娘には料理とは別のものを注文したくなっても不思議はなかった。だが、一緒に食事をした連中ときたら！　何という連中であろう。みんながみんな常連の客である。上席を占めていたのは、ビロードの

クレスケールの教会

上着とカシミアのチョッキを身につけた男だった。栓の抜かれた酒瓶の中にナプキンを浸し、それぞれの中身を確かめてゆくのが趣味だった。スープをよそうのは、この男の役目である。その左隣では、袖口と襟が毛皮様の細かく縮れたウール地で飾られた、明るい灰色のフロックコートをまとった紳士が、帽子をかぶったまま食事をしていた。この紳士は、町の中等学校《コレージュ》で音楽教師をしているのだが、音楽にうんざりしている。もう、たくさんなのだ。八〇〇フランから一二〇〇フラン程度の収入が得られるのなら、どんな職でもいいからを見つけたい、と願っている。金銭に対する執着はほとんどない。それよりも、人に敬われたいのだ。この紳士が望んでいるのは、ひたすら社会的な地位なのである。紳士はいつも食事が始まってからやってきたので、そのつど新たに料理の支度をしてもらっていた。皿を下げさせると、ものすごいくしゃみをし、唾を遠くへ飛ばし、椅子の上で体を左右に揺すり、小声で鼻唄を歌い、テーブルに身をかがめ、そして爪楊枝《つまようじ》の音を立てるのであった。

一緒に食事をしている連中はみな、この紳士に尊敬の念を抱いている。女中は紳士の話ぶりに感心し、さらに、私が確信するところ、紳士に惚れている。紳士のうぬぼれが、その微笑み、話す言葉、沈黙、身振り、かぶり物から漏れ出て、その下劣な人格の上に、まるで汗のように、隈なく流れ落ちてゆく。

われわれの向かいには、白髪がまじり、縮れ毛で、ぽってり太り、ずんぐりとし、手が赤く、厚い唇から涎《よだれ》を垂らし、食べ物を噛み噛みかん高い声を発する御仁がいて、こちらを見つめるその様子たるや、顔めがけて水差《カラフ》しを投げつけたくなる気持ちを抑えるのにひどく苦労する体のものであった。それ以外の点では、男は傍観者に甘んじ、みんなのすることに合わせていた。

ある晩、近郊に住むひとりの婦人のことが話題になった。その婦人は、かつて家を飛び出し、愛人とアメリカに駆け落ちし、そして先週のこと、郷里に戻ろうとサン＝ポルに差しかかり、この宿屋に立ち寄ったのだった。みんなはその大胆さに驚き、婦人の名にあらゆる種類の形容詞を冠した。その全半生を思い起こし、軽蔑をもって笑い、不在の当人に向かって罵りの言葉を投げつけ、真っ赤になっていきり立ち、婦人にここにいてもらい、「てめえが何をしたのかちょっと言ってやりてえ。何と答えるか知りてえもんだ」などと口にするのだった。奢侈《しゃし》を咎める大仰な演説や徳義心に駆られた憤慨、お洒落《しゃれ》に対する嫌悪、そして道徳に関する格言、二重の意味にとれる言葉や肩をすくめる動作――すべてがその女性をやっつけるために競って用いられた。しかるに当の女性は、これらの無作法者たちが示す激しい敵意から判断するに、反対に、洗練された物腰と気高い性格の持ち主であり、繊細な神経と、恐らく何らかの美しい顔を具えているに違いなかった。意に反し、われわれの胸は怒りでどきどきしていた。サン＝ポルでさらにもう一晩食事をとっていたら、きっとわれわれの身には何か事が生じていたことであろう。

第一〇章　モルレーからサン＝マロまで

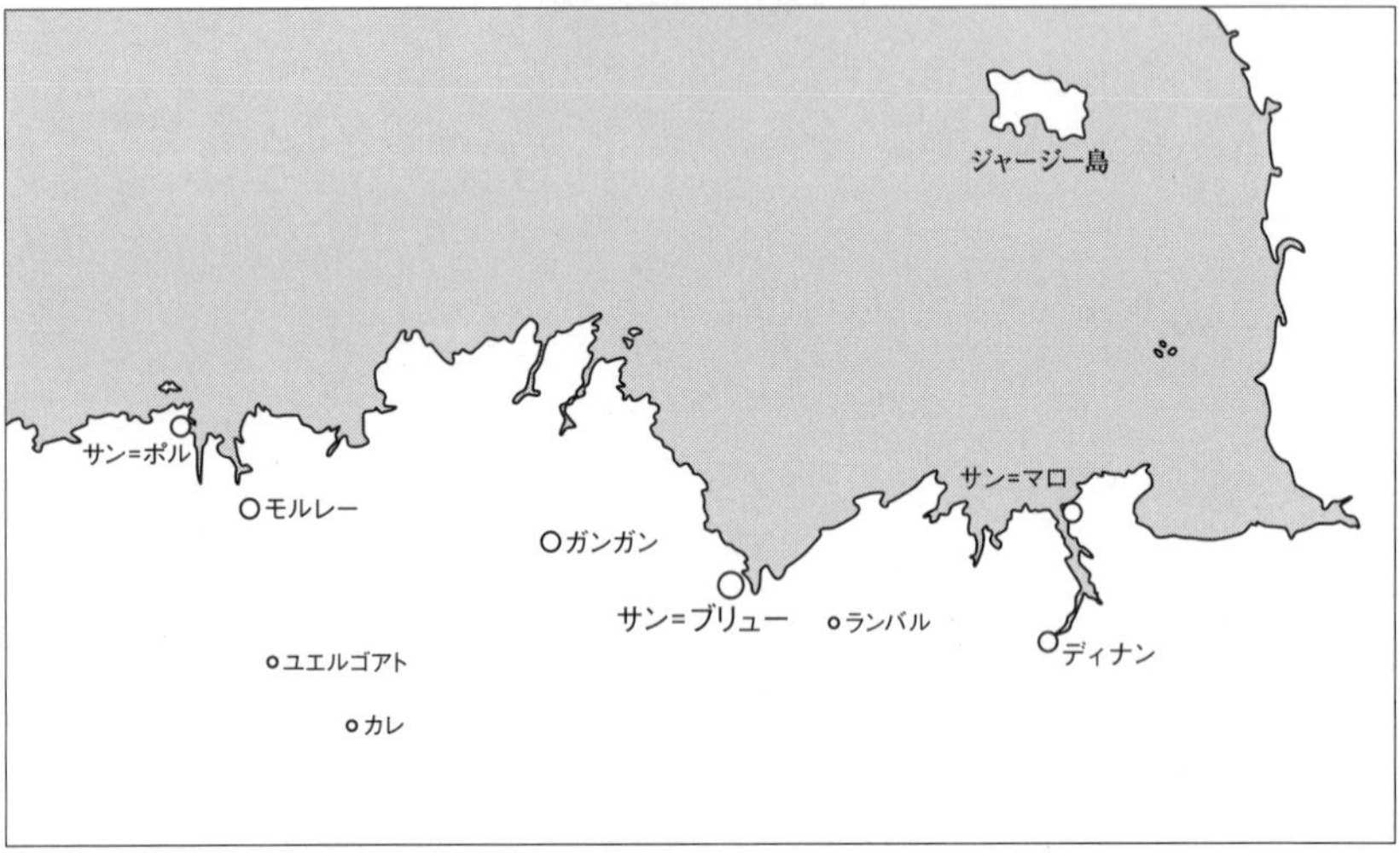

■順路：サン＝ポル►モルレー►ユエルゴアト►カレ►ガンガン►サン＝ブリュー►ランバル►ディナン（およびその周辺）►サン＝マロ

第一一章

サン＝マロ、コンブール、モン・サン＝ミシェル

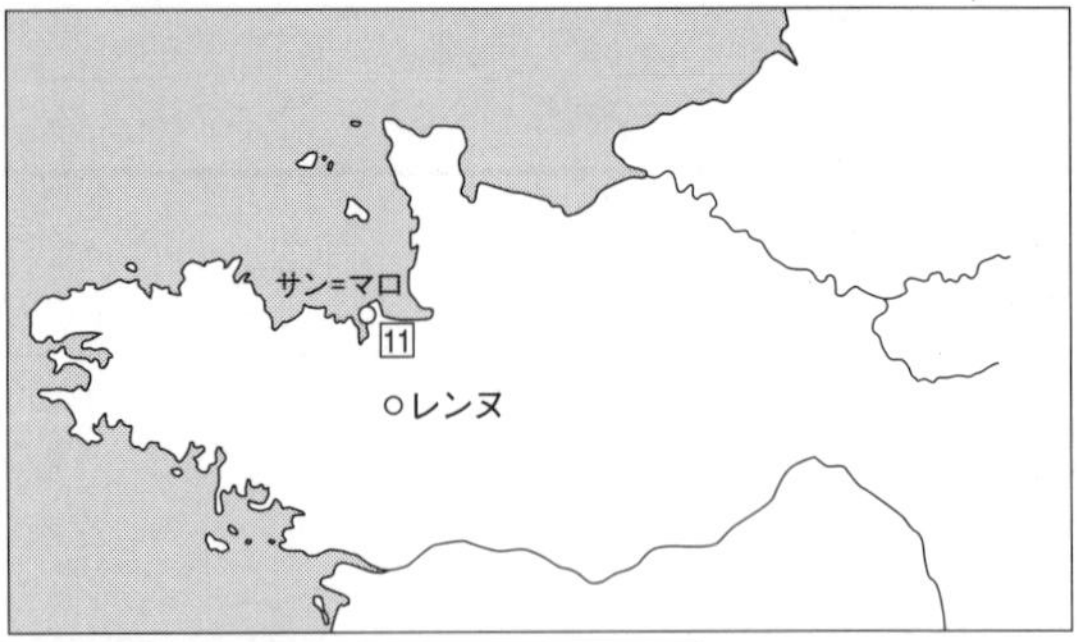
サン=マロ
11
レンヌ

サン=マロ
カンカル
サン=セルヴァン
ディナール
モン・サン=ミシェル
ドル
ポントルソン
ディナン
コンブール
ランス河
レンヌ
ヴィレーヌ川

海の上に築かれ、城壁に囲まれたサン＝マロは、訪れる者には、波の上に置かれた石がつくる冠のように見える。石落としは冠の花形装飾である。波は城壁に打ちつけ、また干潮になると、城壁の裾の砂に砕け散る。海草で覆われた小さな岩は、砂浜から頭だけをおもてに出している。まるで、この黄金色の表面に点々とつけられた黒い染みのようだ。列をなして、垂直に、一体となって立つ大きな岩は、それらの不揃いなてっぺんで要塞の土台を支えている。そのために、灰色の要塞はさらに下へと延び、高さを増している。

城壁が描く単調な線は、塔があるためにあちこちで膨らみ、またほかの場所では、城門の鋭くとがったアーチに刺し貫かれている。そしてその上方には、ぎっしりと隣り合わせになった家々の屋根が覗かれる。瓦やスレートで葺かれた屋根には小さな天窓が開き、縁がぎざぎざになった風見《かざみ》が回り、赤い陶器製の煙突が立っている。煙突からは青みがかった煙が立ち昇り、渦を巻きながら空へ消えてゆく。

付近一帯の海には、木も芝も生えない、荒涼たる小さな島々がそびえ立っている。遠くから見ると、それらの島には、狭間《はざま》が穿《うが》たれた壁面がいくつか認められる。壁面は崩れ落ち、嵐が発生するたびに、そこから大きなかけらが運び去られてしまうのである。

町と向き合って、停泊区の反対側には、港と外海とを隔てる長い突堤によって陸地に繋

サン＝マロ

がれた、サン＝セルヴァン地区が広がっている。がらんとして、ほとんど人気《ひとけ》がなく、さながら、泥の多い広大な牧草地にゆったりとくつろいで横たわっている、といった恰好だ。その入口には、互いに幕壁によって結ばれた、上から下まで黒い、ソリドール城の四基の櫓《やぐら》が立っている。七月の日に照りつけられ、造船所の立ち並ぶ界隈に入り込み、タールがぐらぐら煮える鍋や、おが屑を燃やして船の骨組みを炙《あぶ》る火のあいだを縫い、砂浜を長いこと歩き回ったわれわれに報いてくれるのは、これらの櫓だけである。

城壁の上を歩いて〔サン＝マロの〕町をひと巡りするのは、この世でもっともすばらしい散歩のひとつである。ここには誰もやってこない。大砲用の銃眼に腰掛けて、深淵に足をぶらつかせる。眼前には、ふたつの緑の丘のあいだの小谷を思わせるランス河口が、それから海岸、岩、小島が、そして至るところに海が見える。背後では、敷石に靴音を規則正しく響かせながら、歩哨が歩き回っている。

ある晩、われわれは長いあいだそこにいた。夜は穏やかで――夏の美しい夜だった――月は出ていなかったが、空には星がきらめき、海の風がかぐわしかった。町は眠っていた。窓の灯《あかり》がひとつ、またひとつと消えてゆく。遠くの灯台が闇の中に点々と赤く光っている。われわれの頭上に広がる闇は青かった。そして、ゆらめきながら光を放つ星がそこに無数の穴を開けていた。海は見えなかったが、音が聞こえ、匂いがしていた。そして、城壁に激しく打ちつける波が、石落としの大きな穴から泡のしずくをわれわれのところまで飛ばしていた。

町の家々と城壁に挟まれたある場所には、草の生えていない溝の中に、砲弾の山がいくつも並べられている。

そこからは、一軒の家の三階に、「ここにてシャトーブリアン生誕す」と記されているのを見ることができる。

さらに先の方で、城壁は太い塔の腹の部分に突き当たって止まる。キカングローニュ塔である。その姉妹分《きょうだい》であるジェネラル塔と同様に、この塔は幅があって背が高く、でっぷりとし、並外れて大きく、中央部が双曲線を描くように膨らみ、いつもしっかりと立っている。

いまだ無傷で、ほとんど出来立てといえるほどのこれら二基の塔は、もしその銃眼の石が海に崩れ落ちているなら、そして廃墟につきものの薄暗い葉の茂みがその頂の上で風にそよいでいるなら、恐らくもっと価値が出ることだろう。実際、人間や情熱と同じように、大建造物は思い出によって成長し、死によって完全なものになるのではなかろうか。

われわれは城の中に入った。ひょろひょろした菩提樹が地面に丸い影を投げている、人《ひと》気《け》のない中庭は、修道院の中庭のようにしんとしていた。管理人の女房が指揮官のところに鍵を取りに行った。女房はひとりの美しい少女をともなって戻ってきた。少女はよそ者見たさについて来たのだった。腕を剝き出しにし、大きな花束をもっていた。自然に縮れた黒髪が可愛らしい紐付きの帽子《カポット》からはみ出し、ズロースのレースが、黒紐で踝《くるぶし》のまわりに結わえつけられた山羊革の小さな靴に擦れていた。階段で少女はわれわれの前を走って進み、われわれを呼んだ。

塔は高いので、上るのに時間がかかる。狭間では強烈な日の光が、まるで矢のように壁を貫いて射し込んでいる。狭間の穴に顔を寄せると、そこからは、次第に沈んでゆくように見える海と、どんどん大きくなってゆくので、そこに我が身が消え入ってしまうのではないかと思えるような、どぎつい色をした空とが眺められる。船はボートに、マストは細い棒に見える。鷲は、われわれを蟻ぐらいの大きさに思っているに違いない。鷲はわれわれだけを見ているのだろうか。われわれには町や凱旋門や鐘楼があることを知っているだろうか。

塔のてっぺんに出ると、銃眼の付いたぎざぎざの壁が胸の高さほどあるにもかかわらず、あらゆる高い頂にあって人をとらえる、あの心の動揺を覚えずにはいられなくなる。悦楽を味わう精神と苦痛を覚える神経との闘いから生じる、不安と喜びの、うぬぼれと恐怖の入り交じった官能的なめまいである。そのとき人は大いなる幸福を感じる。走り出し、身を投げ、飛び、大気の中に広がり、風に支えられたら、と思う。それなのに、膝はがくがく震え、頂の縁に近づくことができない。

ところが、ある晩、縄でここをよじ登った男たちがいたのだ。といっても昔のこと、並外れた信念と熱狂的な恋愛の時代、あの驚くべき一六世紀のことである。この世紀、どんなにか人の声は激しく震えていたことか、どんなにか人は心が広く、充実し、豊かであったことか。この時代について語るのに、「目を楽しませるために申し分なくつくられた光景」という、フェヌロンの言葉(1)を用いることができないだろうか。というのも、その前景をなすもの——信じていたことが、山が崩れるようにその土台から揺らぎ、新しい世界が発見され、失われた世界が掘り起こされ、ミケランジェロが丸屋根《ドーム》の下で描き、ラブレー

(1)「遠くから、雲の中に消える丘や山が見えていた。それらの奇妙な姿は、目を楽しませるに申し分ない眺望をつくり出していた」(フェヌロン著『テレマックの冒険』)を参照のこと。〔底本注〕
なお、フェヌロン(一六五一—一七一五)はフランスの高位聖職者。ルイ一四世の孫の教育係として書いた教育的小説『テレマックの冒険』(一六九九年)は、絶対王政を批判する大胆な政治的見解によって、王の不興を買った。

が笑い、シェークスピアが見つめ、モンテーニュが瞑想する、といった事柄——は言うに及ばず、この時代以上に発達した情熱、荒々しい勇気、激しい意志、そして、あらゆる生得の宿命の下でもがき、のたうちまわりながらもしっかりと拡張される自由——これらを、ほかのどこにも見いだすことができないからだ。それゆえ、個々の出来事は歴史から何とくっきり分離し、そうでありながらまた何と見事に歴史へと回帰し、歴史の色彩を輝かせ、歴史の地平を掘り下げていることか。偉大な人物が、生きたまま、三列になって目の前を通りすぎる。これらの人物に出会えるのは一度限りである。しかし、人びとはこれらの人物を長いあいだ夢見、そしてもっとよく把握するために、その人物像を完成させようと努めるのだ。なかんずく、その種族が一五九八年頃、ヴェルヴァンの講和(2)とともにほぼ消滅してしまった、あの荒くれた古兵《ふるつわもの》たちはすばらしかった、そしてまた恐ろしかった。すなわち、ラムーシュ、ウルトー・ド・サン・トファンジュ、敵の首を握りしめて帰還したラ・トランブレ、あるいは人びとの話題の的となったあのラ・フォントネル、といった連中である。これら不屈の男たちは、その剣も心も、ひるむことを知らなかった。無数の相異なる勢力を力ずくで制して味方につけながら、夜中に馬を駆って城内に進入しては町の人びとの眠りを破り、海賊船を仕立て、田畑を焼いた。そして人びとは、まるで王に対するかのように、この男たちに降伏したのだった。自ら群衆に切りつけ、女を犯し、金貨をかっさらったあの乱暴な地方総督たち、すなわち、プロヴァンスの残忍な暴君にしてルーヴル宮の香水をつけた寵臣デペルノン(3)、自らの手でユグノーたちを絞め殺したモンリュック(4)、あるいは、マキアヴェリを読んでヴァランスの人(5)の真似をし、またその妻が

(2) ヴェルヴァンは北フランスのラン(Laon)北東三〇キロ程にある町で、一五九八年、アンリ四世はこの地でスペインと講和条約を結ぶ。これにより、スペインはフランスへの内政干渉から手を引く。

(3) デペルノン公（一五五四—一六四二）はアンリ三世の寵臣のひとり。プロヴァンスの地方総督としては、その尊大さと暴力的行為により、貴族の反感を招いた。〔底本注〕

(4) ブレーズ・ド・モンリュック（一五〇二—一五七七）はギュイエンヌ地方でユグノーと戦った（一五六一年）。その後、ギュイエンヌの地方総督補佐官・大提督となったが、その残忍な弾圧ぶりで有名になる。負傷して引退すると、『戦記』を執筆した。〔底本注〕

(5) マキアヴェリの『君主論』（一五一三年）の題材となったチェーザレ・ボルジアのこと。〔底本注〕
　チェーザレ・ボルジア（一四七五—一五〇七）は一四九八年、フランスのヴァランティノワ公（ヴァランティノワの首都がヴァランス）に叙せられた。

(6) バラニ（あるいはバリニ）殿事《こと》ジャン・ド・モンリュック（一五四五—一六〇三）は、ブレーズ・ド・モンリュックの甥。その妻ルネ・ド・クレルモンは実に精力的な女性で、バラニはこの妻の働きによって、アンリ四世からカンブレー（フランス北部、

鎧《よろい》・兜《かぶと》に身を固め、馬に跨がって戦闘の真っただ中に赴いたあのカンブレーの王バリニ(6)といった連中を、これまで誰が描いてみようと考えただろうか。

　この時代のもっとも忘れられた男のひとりに、少なくとも、ほとんどの歴史家が名を挙げるだけで事足れりとしている人物のひとりに、アンリ四世の勇猛果敢な敵、メルクール公(7)がいる。メルクール公はアンリ四世に対してマイエンヌ(8)よりも、旧教同盟(9)よりも、そしてフェリペ二世(10)よりも長く抵抗した。しまいには武装を解かれ、ということは、敗れ、おとなしくなったのだが（条約の二三条項を伏せておくという条件で）、さて、そうなると何をしたらよいか分からなくなり、お役に立とうとハンガリーに出かけ、トルコ人と戦い、ある日、五〇〇〇人の部下を引き連れてトルコ全軍に攻撃を仕掛けた。それからまたそこでも敗北し、そしてフランスに帰る途中、ニュールンベルクで熱病に冒され、床に就いたまま、四四歳で亡くなったのだった。

　サン＝マロにいるせいで、メルクール公のことが、今、私の記憶に蘇ってきたのである。メルクール公はサン＝マロといつも衝突し、この町を支配することも、味方につけることもできなかった。というのも、サン＝マロの人びとは、自分たちの利益を図って戦《いくさ》をし、自分たちの力によって商いをしようと考えていたからである。そこでこの町の人びとは、実は旧教同盟員であったにもかかわらず、アンリ四世を受け入れない一方で、公を拒絶したのであった。

　サン＝マロの総督フォンテーヌ殿によってアンリ三世の死を知らされると、町民はすぐさまナヴァール王(11)の承認を拒否した。人びとは武器を取り、バリケードを築いた。フォン

エスコー川沿いの町）の統治権を与えられた。スペインがカンブレー奪取を狙ったときには、尻込みするバラニに代わって妻が、スペイン側に付こうとしていた住民の説得に乗り出した。しかし、その努力も実らなかった。〔底本注〕

(7)　メルクール公に関しては、第三章・注(23)を参照のこと。

(8)　マイエンヌ公シャルル（一五五四―一六一一）は、ブロワ城で暗殺された兄ギーズ公アンリ一世の後を継ぎ、旧教同盟のリーダーとなる（一五八九年）。しかし、アルクとイヴリーで敗れ、アンリ四世に降伏した。

(9)　フランスにおける宗教戦争のカトリック側の政治・軍事組織（一五七六年以降）。アンリ三世、アンリ四世と抗争を繰り返したが、アンリ四世の新教誓絶（一五九三年）を機に、内部分裂を起こしつつ、力を失ってゆく。

(10)　スペイン王フェリペ二世（一五二七―一五九八）は、国内外で、カトリック勢力圏の拡充に力を注いだ。フランスの宗教戦争にも介入し、旧教同盟と手を結んでフランスの王位への野心を抱くが、失敗に終わる。

(11)　アンリ四世となる王のこと。なお、ナヴァール（ナバラ）王国は、九世紀から一六世紀にかけて、スペイン北東部、ピレネー山麓西側に南北にわたって存在した国

テーヌは城に閉じこもり、こうして双方が防御態勢を固めた。徐々に、町民側が攻勢に出た。町民はまずフォンテーヌに、町民の自由権を守る意思のあることを言明するよう要求した。フォンテーヌは、時間が稼げるという思惑から、この要求をのんだ。翌年（一五八九年）、町民は、総督の息のかからない将軍を四人、自分たちのために選び出した。さらに翌年（一五九〇年）になると、鎖を張りめぐらす許可を得た。フォンテーヌは再び許可を与えたが、その頃、王はラヴァル[12]に居り、フォンテーヌは王の到着を待っていたのだった。これまで受けた屈辱という屈辱の、これまで重ねた譲歩という譲歩の、恨みを一挙に晴らす時が、今まさに訪れようとしていた。が、フォンテーヌは気持ちがはやる余り、己の心のうちを明かしてしまった。たまたまサン＝マロの人びとが、これまで取りつけた約束について念を押したところ、フォンテーヌは、王がお出でになるなら、城門をお開けする、と答えたのだった。それを聞いて、町の人びとは態度を決めた。

城には四基の塔があった。フォンテーヌは、そのうちで一番高い塔（ジェネラル塔）にもっとも厚い信頼を寄せていたが、サン＝マロの人びとがよじ登ろうとしたのは、まさにこの塔なのである。こうした大胆さは、ボワ＝ロゼによるフェカンの断崖の登攀[13]や、ゴブリアンによるブラン城の攻撃[14]が証明するように、当時にあっては、珍しいことではなかった。

人びとは示し合わせ、幾晩も続けてフロテなる人物、すなわちラ・ランデル殿のところに集まり、敵方のスコットランド人砲兵に渡りをつけた。そして霧の出ている夜に、武装して全員で出発し、町の城壁の下に赴き、綱《ロープ》を使って外側に滑り降り、ジェネラル塔の

家。

(12) サン＝マロから南東に一〇〇キロ余り、レンヌとル・マンの中間に位置する町。

(13) フェカンはノルマンディー地方北部、イギリス海峡に面した港町。宗教戦争さ中の一五九二年のある晩、町の北にそびえる海抜一〇〇メートルの断崖を、旧教側の兵士五〇名を率いたボワ＝ロゼは、寝返った敵兵が上から投じたロープを伝ってよじ登り、断崖上の砦を奪い取った。

(14) 底本ではゴブリアン（Goebriant）であるが、カンタン版ではゲブリアン（Guébriant）となっている。ゲブリアンであれば、ゲブリアン伯ジャン＝バティスト・ビュード（一六〇二―一六四三）のことであろうか。ゲブリアン伯はブルターニュの旧家の出身で、フランスの元帥。ルイ一三世の下で三〇年戦争に係わるなどして数多くの武勲を立て、一七世紀の名将のひとりに数えられる。またブラン（Blein）城も、ナントの北北西三五キロ程にあるブラン（Blain）城のことであるかもしれない。この城を拠点として新教徒はルイ一三世に対抗して戦ったが、一六二九年、リシュリューの命によりその一部が破壊された。なお、Blain の語源は、「頂」を意味する古ブルトン語 blein であるとする説がある。

下に近づいた。

一同は塔の下で待った。突然、壁の上で、何かが軽く触れる音がした。小さな糸玉が落ちてきた。用意してあった縄梯子《ばしご》をそこにすばやく結びつけると、縄梯子は塔伝いにするすると引き上げられた。そして塔の上まで引き上げられると、例の砲兵の手で、砲眼に据えられたカルヴァリン砲(15)の先端に縛りつけられた。

最初にミシェル・フロテが登り、それからシャルル・アンスラン、ラ・ブリネが、そしてそのほかの者が続いた。夜は闇に包まれ、風が吹いていた。歯で短刀をくわえ、足で梯子の段を探り、手を前方に伸ばし、ゆっくりとよじ登っていった。突然、(すでに中程に差しかかっていたのだが)体が落ちてゆくのが感じられる。縄がほどける――一声も叫び声を発することなく――そのままじっとしていた。みんなの体の重みで、カルヴァリン砲が傾いてしまったのだ。カルヴァリン砲は砲眼の下枠に当たって止まった。それからまた一同は登り始め、こうして全員が次々と塔のてっぺんにたどり着いたのだった。

歩哨兵たちはあっけに取られ、警報を発する暇もなかった。守備隊員らは眠っていたが、なかには、太鼓の上でさいころ遊びをしている連中もいた。一同は恐怖にとらわれ、主塔《ドンジョン》へと逃げた。謀反人らはそのあとを追った。階段で、廊下で、部屋で、戦《いくさ》が繰り広げられた。出入り口で押し合いへし合いする者、殺す者、のどをかき切る者。町の住民が助太刀としてやってきた。また別の住民は、キカングローニュ塔に梯子を掛け、難なく侵入し、略奪を始めた。城の副指揮官ラ・プロディエールは、ラ・ブリッセ〔ラ・ブリネ〕を見つけると、「ひどい夜になりましたな」と言った。「しかしラ・ブリッセは、おしゃべり

(15) 一五―一七世紀に使用された、砲身の細長い大砲。

などしている時ではないことを、相手に分からせたのである」(16)。まだフォンテーヌ伯の姿は発見されていなかった。一行がフォンテーヌ伯の寝室に行くと、部屋の入口で伯が死んでいるのが見つかった。臣下に手燭《てしょく》を持たせ、そのあとについて部屋を出ようとしたところを、住民のひとりに小銃で狙い撃たれ、弾が貫通したのだった。「危機に直面しながら急ごうとせず」と、報告書の著者は語る*、「フォンテーヌは、まるで婚礼にでも出かけるかのように、飾り紐(17)を一本残らずきちんと付け、悠然と服を着ていたのだった」。

＊ 謀反人たちが塔をよじ登ろうとする前にその館で落ち合った、ラ・ランデル殿事《こと》ジョスラン・フロテ。ベネディクト会修道士叢書に収められた、タヤンディエ師著『ブルターニュの世俗と教会の歴史』第二巻、三八六頁以下を参照のこと。

このサン＝マロの思いがけない出来事は、王を大いに苦しめたが、メルクール公にとっては何ら助けとならなかった。メルクール公はサン＝マロの人びとが、公が選ぶ総督を、たとえば、まだ子供であったが公の息子を、つまりは公自身を受け入れることを、強く望んでいた。しかし人びとは、頑として、誰をも受け入れようとしなかった。公は町の人びとを守るべく、軍を遣わした。が、軍は拒絶されてしまった。そこで兵士たちは、町の外にとどまらざるを得なかった。

しかしながら、そのためにサン＝マロの人びとが王の側に接近した、ということはなかった。というのも、それからしばらくして、ラ・ムーセ侯爵とドゥヌアル子爵が町の人びとに捕らえられ、牢から出るのに侯爵は一万二〇〇〇エキュ、子爵は二〇〇〇エキュ支払わねばならなかったからである。

(16) すぐあとのフローベール自身の注でも言及されているが、ジョスラン・フロテの記述からの引用。そしてフローベールは、フロテの記述を、タヤンディエ師の著書に拠っている。〔底本注〕
(17) ルイ一四世時代まで用いられた服飾品。両端に金具が付いた紐もしくはリボンで、衣服を締めたり飾ったりするものとして、特に、半ズボンを胴衣《プールポワン》に留めるものとして使用された。

それから、ディナン(18)やその他の旧教同盟の諸都市との商取引をポン・ブリアンに邪魔されるのを恐れて、サン＝マロの人びとはこの人物を捕まえてしまう(19)。

また、自分たちが勝ち得たばかりの自由を、町の一時的な支配者である司教によって奪われるのではないかと思い、この司教を投獄し、一年経ってやっと釈放する。

サン＝マロの人びとがどういう条件でアンリ四世を受け入れたかが、最後になって分かる。すなわち、自分たちの身は自分たちで守る、守備隊を受け入れない、六年間は税金を免除される、等々がその条件であった。

ブルターニュとノルマンディーのあいだで暮らすこの一握りの住民は、同時にふたつの性格をもっているように思われる。ひとつは、ブルターニュに由来する頑固さ、石のような抵抗力であり、もうひとつは、ノルマンディーに由来する激しい情熱、ほとばしる感情である。船乗りや作家となってあらゆる大海を旅するサン＝マロ人を、とりわけ特徴付けるものは、大胆さである。その荒々しい性質は、粗暴であるがために詩的であり、強情であるがためにしばしば偏狭なものともなる。ラムネ(20)とブルセ(21)というふたりのサン＝マロ出身者のあいだには、次のような類似点がある。すなわち、どちらも、その体系において常に同じように極端にまで進み、また、前半生において支持していたものに対し、後半生を費やして、同じように激しい信念をもって闘ったのである。

町の中では、背の高い家のあいだの曲がりくねった小さな通りを、製帆職人や鱈《たら》売りのけちな店に沿って進む。馬車を見かけることはなく、贅沢を感じさせるものは何ひとつない。船倉のように暗くて、臭い。ニューファンドランド(22)や塩漬けの肉の臭い、長い船旅が

(18) サン＝マロの南方二〇キロ程、ランス河を見下ろす場所に発展した町。本章の地図を参照のこと。

(19) フローベールが依拠していると思われる、モリス師・タヤンディエ師著『ブルターニュの世俗と教会の歴史』によると、サン＝マロ近くに住むポン＝ブリアン殿は王の側につくことを表明し、自らの城館を要塞化した。サン＝マロの住民はこうした事態に不安を覚えた。〔底本注〕

前出のラ・ムーセ侯爵とドゥヌアル子爵も、当然、王を支持する立場にあったと考えられる。

(20) フェリシテ・ド・ラムネ（一七八二―一八五四）。聖職に就くと、最初は教権政治原理の擁護者であったが、その後、カトリック自由主義を経て、革命的教義の唱導者となった。その生涯の前期は『宗教無関心論』（一八一七―二三）によって、後期は『一信者の言葉』（一八三四年）によって画される。〔底本注〕

(21) フランソワ・ブルセ（一七七二―一八三八）。その有名な『医学諸学説の診断』（一八一七年）は、一切の旧理論の批判の書であり、それまで見解を共にしていたピネルによって打ち立てられた全体系を、逐一覆すものとなっている。〔底本注〕

(22) カナダ東端、ニューファンドランド島とラブラドール地方東部からなる州。漁業が盛ん。

醸《かも》す饐《す》えた臭いがする。

「毎晩、そこでは見張りや見回りが、マスティフと呼ばれる大柄なイギリス犬をともなっておこなわれる。夜になると、犬たちは飼い主に連れられて町の外に配備され、おかげで、そのあたりにいても楽しいことはない。しかし、朝になると、犬たちは町のある場所へ連れ戻され、そこで、夜のあいだ溜まりに溜まった怒りをすべて収めるのである」。*

＊ ダルジャントレ著『ブルターニュ史』(23)、六二頁。

犬たちは、ル・モレ氏をむさぼり食ったこともあった(24)。この犬たちによる取締りは、今見たように、当時の文章によってその存在が確認されているのであるが、こうした取締りが姿を消したことを除けば、この町は、外見上、恐らく、ほとんど何の変化も遂げてこなかった。サン＝マロに住む教養ある人びとでさえ、われわれはひどく後れてしまった、と主張しているのである。教会でわれわれの目に止まった唯一の絵は、レパントの戦い(25)を描いた大きな油絵である。この絵は勝利の聖母に献じられたもので、聖母は、画面の上方にあって、雲の中を舞っている。前景では、高等法院の人びと、冠をかぶった王女、王など、あらゆるキリスト教徒がひざまずいている。奥の方では、両軍がぶつかり合っている。トルコ兵は海に突き落とされ、キリスト教徒は腕を天に差し向けている。教会は醜く、乾燥し、飾りがなく、見た目には、ほとんどプロテスタント教会である。奇妙なことに、この地は危険と向き合っているにもかかわらず、私はこの教会で奉納物をほとんど目にすることはなかった。どの小聖堂にも、花も大ろうそくもない。血の滴るキリストの心臓もなければ、けばけばしく飾り立てられた聖母像もない。詰まるところ、ミシュレ氏の憤激を

(23) 一六一八年版。ここでのフローベールの引用は、一字一句正確なものである。〔底本注〕

(24) サン＝マロの猛犬による取締りから生まれた言い回しに、「あいつはサン＝マロに行ったことがある」というのがある。「脚が極端に痩せた男」という意味だが、サン＝マロの猛犬にふくらはぎ（フランス語で「モレ mollet」）を食べられたのがその理由というわけである。フローベールは「ふくらはぎ」を「ル・モレ氏」と擬人化して戯《ざ》れているのである。

(25) オーストリアとトルコとのあいだの（ギリシアのレパントにおける）海戦（一五七一年）。〔底本注〕
オスマン帝国がヴェネチア領キプロス島を攻略したことが発端となり、ヴェネチアにスペイン、ローマ教皇などが加わったキリスト教国の同盟軍がオスマン軍を敗った。

買っているようなもの(26)は、何ひとつ存在しないのである。

城壁の向かい、町から百歩程のところに、グラン・ベ島が、四方を海に囲まれて立っている。この小さな島に、シャトーブリアンの墓がある。岩に刻まれたその白い一角は、作家が己の屍を埋めようと定めておいた場所なのである。

ある日の夕方、潮が引いているときに、われわれは島に出かけた——日は沈みかけ、海の水はまだ砂の上を流れていた。島の裾には、滴《しずく》を垂らした海草が、大きな墓碑に沿って並ぶ古代の女たちの髪のように、広がっていた。

島には人気《ひとけ》がない。珍しい草が生え、そこに、小さな房をなす紫の花や、大ぶりのイラクサが混じっている。頂上には荒廃した砲台《トーチカ》と、周囲の古い壁が崩れかかった中庭とがある。この残骸の下の方、丘の中腹に、三メートル四方ほどの空間が斜面からじかに切り出されている。その真ん中に花崗岩の平たい墓石が立ち、その上にラテン十字(27)形の十字架が載っている。墓は三つの部分から成る。土台の部分、墓石の部分、十字架の部分、である。シャトーブリアンはその下で、顔を海の方に向けて眠るだろう。岩礁の上に建てられたこの墳墓の中で、その不滅の存在は、その生涯がそうであったように、他人から離れ、雷雨にさらされるであろう。波は幾世紀にもわたり、この偉大な思い出のまわりで、ずっとざわめくことだろう。嵐になるとその足下に跳ねかかり、あるいは夏の朝、白い帆が揚げられ、ツバメが——はるばると穏やかな——大海原を越えてやってくると、水平線の憂いを含んだ悦びや、たっぷりとした風の愛撫を運んでくるだろう。こうして日が過ぎ、故郷の砂浜の波が揺りかごと墓のあいだを絶えず揺れ動いているうちに、冷たくなったルネ(28)の

(26) フランスの歴史家ジュール・ミシュレの大作『フランス史』の「フランス概観」には、「サン＝マロの外観はひどく醜く、陰気である。そのうえ、われわれが半島のどこにおいても、衣装、絵画、遺構に見いだすことになる、何か奇妙なものが（……）。たとえば、トレギエやランデルノーで目にする、傾いたり、トランプのカード状に切り抜かれたり、手すりによって重々しく段状に重ねられたりする鐘楼、内陣が身廊に対して斜めになっているカンペールの曲がりくねった大聖堂、ヴァンヌの三重の教会等のうちに」とある。〔底本注〕

(27) 縦棒の下方が長く伸びた十字。

(28) シャトーブリアンのフルネームはフランソワ・ルネ・ド・シャトーブリアンであるからシャトーブリアンその人を指すが、その小説『ルネ』の主人公ルネとダブらせていると考えることもできよう。

心臓は、この永遠の音楽が刻む果てしないリズムに合わせ、ゆっくりと、虚無の中に散ってゆくのであろう。

われわれは墓のまわりを回った。手で墓に触ってみた。もうそこに主人が収まっているかのように、墓を見つめた。そして、傍らの地面に腰をおろした。

空はばら色に染まり、海は穏やかで、風は凪いでいた。大洋の静かな水面にはさざ波ひとつ立たず、沈む日がそこに金色の光を注いでいる。海は端の方だけが青みがかり、霧の中に蒸発してゆくように見えるが、そのほかはどこも赤い。水平線の奥の方ではさらに燃えるように赤く、緋色の太い筋が、そちらの方へ果てしなく伸びてゆく。太陽はもう光線を放っていない。すでに光線は太陽の表面から落ち、水にその光を溶かし込んでいるので、海面に浮いているように見える。太陽は、ばら色に染めていた空からその色調を自らへと引き寄せながら沈んでゆき、光線がいっせいに弱まると、それにつれて淡い青《ブルー》の影が現れ出て、空いっぱいに広がる。やがて太陽は波と接触し、日の円盤は端から欠けてゆき、真ん中まで沈み込んでしまう。一瞬、太陽が水平線によって真ふたつに切断されたと見える。海面上に出ている方の半分は静止し、その下のもう半分はかすかに震えつつ、長く伸びている。それから太陽は完全に姿を消した。そして、日が沈んだあたりで揺らめいていた日の反映も消えると、突然、ある物悲しさが海上に漂い始めたように思われた。

砂浜が黒くなったように見えた。町の家々のうち、一軒の家の窓ガラスは、それまで夕日を受けて火のごとく輝いていたが、その光が消えた。静寂がいっそう深まった。しかし、いろいろな音が耳に届いていた。波が岩にぶちあたり、ドドッと落ちてくる。脚の長い羽虫がわれわれの耳元でぶんぶんいっては、そのほとんど目に映らぬ群れのつくる渦巻きの中に姿を消す。そして、城壁の下で水浴びをしている子供たちのがやがやした声が、笑い声や大声をともなって、われわれのところまで聞こえてきていた。

子供たちが泳ごうとしたり、波間に潜り込んだり、岸辺を走ったりする姿が、遠くから眺められた。

われわれは小島を下り、砂浜を歩いて渡った。潮が寄せ、どんどん満ちてきた。浜辺の窪みは海水でいっぱいになってきた。岩穴では泡が震え、そうかと思うと、打ち寄せる波の端《は》に煽られ、ちぎれた綿のようになって舞い上がり、跳びはねながら消えていった。

裸の少年たちが、水浴びから上がってきた。そして、砂利浜に脱ぎ捨てておいた服を着ようと、おぼつかぬ足で小石の上を進んでいった。シャツを身につけようとすると、肌着は濡れた肩に貼りついてしまい、少年たちはいらいらして白い上半身をくねらせた。その間、頭と腕はシャツに覆い隠されたままで、袖は風にはためき、吹き流しのようにパタパタ鳴っていた。

われわれのそばをひとりの男が通った。びしょ濡れになった髪が、首のまわりにまっすぐ垂れていた。海水に洗われた体は輝いていた。黒ひげの縮れ毛にはしずくが玉をなし、水を落とそうと男は髪を振っていた。胸郭の上には毛むくじゃらの筋が一本、きりっと見事に盛り上がった筋肉のあいだを走っていたが、その広い胸が、泳いだ疲れのためにまだ波打っていた。そして、両脇にかけて象牙のような滑らかな線を描く平らな腹に、穏やかな動きを伝えていた。たくましい腿は、次々と異なる筋の面を見せながら、ほっそりした膝の上でスムーズに動き、その膝からは、しっかりと、また柔らかに、頑丈ですらりとした脚が伸び、その先端には、かかとが短く甲高で、指の間隔のあいた足があった。男は砂の上をゆっくりと歩いていった。

ああ、この世の初めの日々に造られたときのように、その生来の自由な姿をもって現れるとき、人間のかたちとは何と美しいものであろうか。この美しいかたちは、今日では包み隠されてしまい、もう太陽の下には現れぬよう永遠に強いられているので、どこにも見いだすことができない。人類が、偶像を崇拝するかのように、あるいは激しい恐怖心をもって、かわるがわる、繰り返し口にしてきた、そして哲学者たちが探究し、詩人たちが歌っていた、あの自然という偉大な言葉は、何と失われてしまったことか、何と忘れ去られてしまったことか。大声の飛び交う大道芝居小屋や、押し合いへし合いする群衆から遠く離れて、まだ地上のあちこちに、美の欠如感に絶えず付きまとわれている貪婪《どんらん》な心の持ち主が存在し、言い得ぬことを言い、夢見られることを実行しようとする、あの絶望的な欲求を自らのうちに常に感じているならば、そうした者たちが走り寄り、生きなければならない理想の祖国ともいうべき場所は、自然、やはりこの自然なのだ。だが、どうやって？　どんな道を通って？　人間は森林を伐採し、海という海に船を走らせ、また町の上空には家々の暖炉から立ち昇る煙が雲をなしている、というのに。人間の栄誉、人間の使命とは、と、また別の連中が言う、そうやって、神の御業《みわざ》を攻撃し、打ち負かしながら、絶えず前進することではないのか。こうして人間は神の御業を否定し、破壊し、押しつぶしてゆく。そしてそれは、人間が恥じ、罪であるかのごとく覆い隠している、この肉体にまで及んでいるのだ。

こうして人間は、もっとも珍しく、もっとも知りがたい存在となってしまい（私は人間の心のことを言っているのではない、ああ、モラリスト諸君）、その結果、芸術家は、人間がどんなかたちをしているのか、どんな特質がそのかたちを美しいものとしているのか、御存じないということに相成ってしまった。学識深い詩人のうち、今日、女性とは何であるかを承知しているというのは、誰であろうか。が、これまで、どこで女性を見たというのか、哀れな詩人よ。サロンでコルセットやクリノリン(29)越しに、あるいは自分のベッドでお楽しみの合間に考えを巡らせたにしても、女性について何を知り得たというのか。

しかしながら、体のかたちは、この世のどんな修辞学にも勝って、それを眺める者に、プロポーションの段階的変化を、面と面の融合を、要するに調和の何たるかを教えてくれる。こうして古代の諸人種は、ただ自分たちが存在したという事実によって、自分たちの血の純粋さと態度の気高さを、巨匠たちの作品に溶かし込んだのである。ユウェナリス(30)を読んでいると、私には剣奴《けんど》の喘ぎがぼんやりと聞こえてくる。タキトゥスには、元老院議員の寛衣《トウニカ》のひだに似た言い回しがある。そしてホラティウスのいくつかの詩句は、ギリシアの女奴隷の左右に揺れる腰のようであり、長短の母音がクロタル(31)さながらに響いている。

だが、なぜ、そうした馬鹿げたものを気にかける必要があるのか。そんな遠い過去に探りを入れるのはやめて、いま作られているもので満足しようではないか。今日求められているものは、むしろ、剝き出しのもの、単純なもの、真実なものとは、およそ反対のものではないのか。事物を覆い隠し、飾り立てることのできる者たちに、富と成功を！

(29) スカートを膨らませるためにその下に用いられた、鯨のひげやしなやかな鋼《はがね》の輪でできた骨組み。第二帝政期に流行した。
(30) ユウェナリス（五五頃―一四〇頃）は古代ローマの風刺詩人。一六編の『風刺詩』によって、当時はびこっていたさまざまな悪徳を激しく告発した。
(31) 古代ギリシアのカスタネット。

洋服屋《テーラー》は今世紀の王であり、ブドウの葉はそのシンボルだ。法律、芸術、政治と、至るところ、パンツがあふれている。偽りの自由、化粧張りした家具、テンペラ画――公衆が好むのはこういったものだ。連中にそいつをくれてやれ、詰め込んでやれ、そうしてあの馬鹿どもの腹をいっぱいにしてやるといい。

連中は版画に飛びついて絵には目もくれず、ロマンス(32)を口ずさむ一方でベートーヴェンには眠りこけ、ベランジェ(33)なら何でも諳《そら》んじられるのに、ユゴーの詩は一行たりとも覚えやしないだろう。

そうした連中がテーブルについて、ひどくもたれる品々をたらふく食い、混ぜ物ばかりの品々に酔いしれる様を眺めるのは、楽しい。連中の口には月並みな料理が合う。急いで、――明日はまた、スクリーブ(34)、ヴェルネ(35)、ウジェーヌ・シュー(36)など、消化がよく、腹に溜まらないのでいくらでも食べられるものが控えている。

とりわけて田舎の人間は、悪趣味なものを、模範にしたいくらいのしつこさをもって楽しむ。そうした御当人自身の悪趣味さ加減は、その対象以上に、心底愚かしく、無残なまでに馬鹿げたものである。田舎の人間はそうしたことについて、都会の人間ほどの繊細さを示さない。都会人は、趣味を変えることはないにせよ、少なくとも、流行は変えているのだから。田舎では、『夫婦の愛』(37)や『フォーブラス』(38)が、毎年、何千部売られていることだろう。どの田舎の家にも飾られている、ねちっこい目つきをした淫らな娘、「ヨーロッパ」と「アジア」(39)は別にしても。

しかし、醜いもの、間抜けなもの、俗悪なものが紙の上にどんなかたちを取り得るかを

(32) 一八世紀末から一九世紀にかけてフランスで流行した恋愛詩による通俗的な声楽曲、また甘美な旋律をもつ叙情的な小器楽曲。
(33) 第五章・注(71)を参照のこと。
(34) ウジェーヌ・スクリーブ(一七九一―一八六一)はフランスの劇作家。ゴルドーニやディドロの影響を受けつつ喜劇を創作し、当時のブルジョワ社会に好評をもって迎えられた。また多くのオペラやオペレッタの台本も刊行した。
(35) ヴェルネ家は代々画家を輩出しているが、ここで言及されているのはオラース・ヴェルネ(一七八九―一八六三)と思われる。熱烈なナポレオン主義者として海洋画、とりわけ戦争画で名を揚げる。その後、王政復古期、ナポレオン三世統治下でも人気を博した。
(36) ウジェーヌ・シュー(一八〇四―一八五七)はフランスの小説家。人道主義的観点から下層社会に生きる人びとを克明に描くその風俗小説は、大成功を収めた。代表作は新聞連載小説『パリの秘密』(一八四二―四三)。
(37) 第一章・注(97)を参照のこと。
(38) ジャン=バティスト・ルヴェ・ド・クーヴレ(一七六〇―一七九六)の好色的な小説『騎士フォーブラスの恋愛』(一七八七―八九)。〔底本注〕
(39) ヨーロッパ、アジアを、それぞれ

知るためには、カンカル(40)の宿屋に飾ってある数枚の見事な絵を見ておく必要がある。

天井の低い部屋には、黒い木製の額縁が五枚、壁に掛けてあり、その額縁の中には、赤、青、黄といった派手な色が雑然と寄せ集められ、それが、まるでひとつの雑色の染みであるかのように、漆喰の白壁に浮かび出ている――こんな光景を想像していただきたい。最初の額縁に近づくと、その下に、「結婚の申込み」と記してあるのが読める。画面には、豪華な家具の備わった客間が描かれている。緑の絨毯《じゅうたん》、赤い壁紙、暖炉の両脇に据えられた呼び鈴の美しい紐、そして暖炉の上を飾る、鎌を手にする〈時〉(41)をかたどった置き時計。ひとりの若い男！　何という若者だろう。これぞ若い男の理想の姿だ。ぴかぴかのボタンの付いた青い服、ビロードのチョッキのショール・カラーのあいだからぴんと伸び、ダイヤのピンで留められたピンクのネクタイ。ひどく神話めいたタイツ風のグレーのズボン、きれいな腿、小さな口、魅力的な髪、にこやかで内気な表情――こんな若者が、父親によって、安楽椅子に座った婦人と、スツールに腰を据えた若い女性に紹介されているところである。レース飾りをごてごてと身につけた母親は、軽い病を患っているふうで、いささか加減の悪そうな様子をしているが、恋を見つめる寛大な老人たちが見せるあの感じのよい微笑を浮かべている。未来の夫たる若者の父親は、まったく申し分のない男である。名誉勲章を付け――燕尾服を着て――裕福そうで――丸々と太っている。若い女性の父親の方はというと、こちらは相当に年の行った、何とも敬すべき老人で――髪はだいぶ白く――襟がとても高く、樋《とい》のようなかたちに反り上がった、卵黄色の――上質のフロックコートをまとっている。

にふさわしい恰好をした美女によって形象化した版画。〔底本注〕

(40)　サン＝マロの東一〇キロ程、モン・サン＝ミシェル湾西方の港町。牡蠣《カキ》の養殖で有名。本章の地図も参照のこと。

(41)　時の神は、時間を刈る鎌を手にした姿で表象される。

みんなが同時に微笑んでいる。感動、恋、父親の愛、母親の愛、親に対する愛。喜び、希望、実に快い満足感、経験したことのない動揺――こうしたものが共有され、それぞれの心を引き裂き、掻き乱し、そしてうっとりさせているのだ。

二枚目の絵は「結婚」を描いている。場面は教会の中。祭壇には司祭がいて、大ろうそくには灯《ひ》がともり――婚約者は白衣を身にまとい――指輪が取り交わされているところである。母親は涙を流し、若者の父親は隅の方にいて、感激しつつも微笑んでいる。女たちはみな羽飾り付きの帽子をかぶっている。新郎は黒衣をまとい、髪は鉄で出来ているかのようにがちがちに縮れ、ズボンはいっそうぴっちりと体に張りつき、長靴《ブーツ》の先は随分とがっている。まるで智天使《ケルビム》だ(42)。

三枚目の絵は「舞踏会」である。大勢の人が集まっている。贅《ぜい》を尽くした豪華さ、二灯のシャンデリア、華やかなカドリーユ(43)、うんと先のとがった舞踏靴を履いた足が列をなしてどこまでも続く図。至るところ目につく懐中時計の鎖、あふれ返るスカーフやターバン風のかぶり物――完全に目が眩んでしまう。しかしながら、新郎は伴侶を脇に引っ張り、「情熱に燃えた声で言う。ねえ、一刻も早く僕の屋敷に来てもらって、君と褥《しとね》を共にしたいんだよ、君は僕のものだ、さあ！　僕たちの気に入られようと招待客が集まっているこんな祝宴よりもっと楽しい宴《うたげ》の数々を知りたいだろう？　結婚がそいつを君に教えてくれるよ……」

四枚目の絵は「新婦の床入り」である。新婦が服を脱がされている。そこには、すっかり剝き出しになったベッドとナイトテーブルが置いてあり――テーブルの上には手燭《てしょく》と

(42) 天使の九階級のうち二番目の天使で、知と正義を司る。翼をもつ童子の姿で表される。

(43) 四人一組が方形をつくって踊る舞踊、およびその舞曲。一八世紀末から一九世紀にかけて、フランスを中心に流行した。

黄燐《りん》マッチが載っている。母親が娘の耳元で「果たすべき新たな務めに関する謎めいた言葉」をささやいている。細目に開けられたドアの向こうには、「愛に燃えた」新郎が是が非でも部屋の中に入ろうとしているのが見える。しかし、花嫁に付き添う娘たちが新郎を押し返している。「新郎はこの上なく正当で、純粋で、感動的な焦燥にさいなまれているのであるが」、娘たちは、しばらくのあいだ、その願いが叶うのを妨げている。

五枚目の絵は「新婦の起床」である。「ヴィーナスの秘儀がやり終えられた。妻の胎《はら》は、九ヶ月後に夫婦を新しい幸福で満たすことになる創造の種《たね》を受け取った」。

ベッドは乱れている。ナイトテーブルの大理石板の上に、パテの残りと、栓の抜かれたぶどう酒の瓶が見える。その下の奥の方には、尿瓶《しびん》が認められる。そして、女中が汚れ物を箪笥《たんす》に放り込んでいる。「夜が明けるとともにやってきた」親たちは、子供たちの腕の中に飛び込む。新婦は打ちのめされたような表情をし、左右に分けた髪は崩れ、ネグリジェははだけている。もっとも、説明書きが明言するところによれば、新婦は「結婚の新たな襲撃にいささか疲れたのかもしれない。だが、喜びを感じ、心は至福に満たされているのである」。折り返しの赤い――紺青色のガウンをまとい、腰に金色の紐を締め、先の極めてとがった、紫色のビロードの部屋履きを履いた――喜色満面の――新郎は、またもや微笑んでいる父親に、「過ぎし一夜のうっとりするような出来事」を打ち明け、新婦は母親に「強く感じた陶酔」を打ち明けている。母親は娘に、「身分の基礎であり、幾世紀にもわたってずっと一族を幸せにする純潔を、貞節を」守るよう、言い聞かせている。

われわれは空気を吸いに岸壁に出た。日が明るく輝いていた。そこから見渡される砂浜は、泥で覆い尽くされているために、一面灰色だった。クリームのように光沢を帯び、滑らかに広がるその砂浜の上には、からっぽの漁船がありとあらゆる恰好をして乗り上げ、網を垂らしていた。マストのてっぺんから吊るされた網は乾いている。ボートの木の表面には、タールが黒い小さなしずくとなって滲み出ていた。日が射し込む霧の中に、ただひとつ、四方を海に囲まれて、頂がぎざぎざの青みがかったドーム、モン・サン＝ミシェルがそびえている。右の方では、ノルマンディーの海岸が、起伏に富む線で入江のカーブを雄大に描きながら、次第に低まってゆく。そして水平線に至ると、その漠たる輪郭は、ふんわりと浮かぶ白い雲の中へと溶け込んでいた。

われわれは生暖かい泥の上を滑るように進んだ。裸足になった足が踝《くるぶし》までめり込んだ。ところどころに、小石で四角く囲まれた水たまりがあり、その中で、数個の牡蠣《カキ》が、それぞれ緑の殻に収まって眠っていた。まるで、嫉妬の念を心の内に閉じ込めて昼寝をする人たちのように。

カンカルの岩山に行くために、渡し舟に乗った。帆が揚がった。帆は目いっぱい高く張られたので、影がわれわれを包んだ。帆影が水面に映っていた。われわれは静かに――音を立てずに――ゆっくりと進んでいった。

岩山は高さの異なるふたつのとがった頂をもつ。というより、それは、裂け目が入って分離したふたつの岩山であり、満潮時には、その裂け目を通ることができる。岩山は岩の塊が積み重なって出来たものであり、そこにはギョリュウ、イブキジャコウソウ、ヒースが生えている。茂みに小石を投げると、ここに棲み着くウサギが怯えて跳び出してくる。

岩山を上までよじ登り、何カ所かに腰を下ろしつつ隈なく歩き回ると、舟に引き返した。一五分程すると、舟はわれわれを断崖の裾《すそ》の砂利浜に降ろした。

断崖が角まできて途絶えると、突然、空積みの石材で作られた岸壁の上にまっすぐに伸びる、カンカルの村が目に飛び込んでくる。そのあたりの砂の上に仰向けになって横たわり、目の上に帽子を載せ、両腕を真横に伸ばしたまま、私はたっぷり一時間半、ぼろ着を日で熱くしながら、のんびり日向ぼっこを続けた……体はだらんとし、しびれ、生気がなく、寝ころがっている砂浜とほとんど一体のものであるように感じられる。一方、心の方は、それとは反対に、遥か遠くへ飛び立ち、迷える一枚の羽根のごとく、天空を舞っている。

顔を上げたときには、砂浜はすでに消えていた。潮がいきなりといった感じで上げてきて、砂浜をすっかり覆ってしまったのだ。先程までじっと動かなかった漁船も、今は身を起こし、大きくうねる波に揺られて浮かび上がっている。波は、次から次と押し寄せる洪水さながらに、かわるがわる盛り上がりながらやってきて、ものすごい勢いでこの平らな浜辺に打ち上げている。そして打ち上がった波は、浜辺にどこまでも大きく広がっていった。

人をいっぱい乗せた幾艘《そう》ものボートがすれ違い、空《から》になり、岸壁に戻っていった。これから漁に出かけるのだ。漁師たちは舵を握り、櫂座《かいざ》ピンを打ち込み、帆を揚げた。見ていると、漁船は風に乗ろうと間切り《まぎ》(44)をし、間隔をあけながらそれぞれの航路を取り、そして沖合へと消えていった。

(44) 帆船が風を斜めに受けつつ、風上に向かってジグザグに進むこと。

われわれをサン＝マロに連れ帰るべく馬車に馬が繋がれているあいだ、牡蠣を食べ、最後にもう一度あのひと続きの絵を眺めるのがよかろうと思った。宿屋の女将《おかみ》は、前の週に夫を、三日前には娘を亡くした気の毒な女性で、喪服を着ていた。窓辺に置かれた、藁《わら》の詰まった肘掛椅子に座ったままじっとしていて、客を気にかけることもなく、もう夫の船が姿を見せることのない海を、そして、今はほかの家の子供たちが遊んでいるあのがらんとした岸壁を、窓ガラス越しに眺めている。

女将は例の版画を見ても、笑うことはあまりないだろう。

しかし、思うに、女中ならあれが気に入り、夢中になるに違いない。まず、あそこに描かれている装身具が欲しくなるだろう。それから、王妃が味わうようなさまざまな幸福を、ある官能的で裕福な生活を、夢想するだろう。それは、趣味のよい身なりをした美男の愛人とともに過ごし、オランダ布(45)にくるまって愛の恍惚に我を忘れる生活、カシミアの色のようにきらきらと多彩な輝きを放ち、シロップのように甘い生活である。

酔っぱらった水夫が、唄を口ずさみ、飲ませてくれと言いながら、宿屋に入ってきた。返事がないので、水夫はテーブルを拳《こぶし》で激しく叩いた。その振動で、皿の山がガチャガチャッと音を立てた。黒衣の女が顔を向け、水夫に尋ねた。

「どんな御用でしょう?」

水夫は唄を続けながら、飲みてえんだよ、と答えた。

女は手で水夫の言葉を遮って、言った。

「お分かりでしょう、私の心は喪の悲しみでいっぱいなんです。ここでは歌はやめて。出

(45) オランダ産の非常に薄いリネン。

て行って下さいな」。そして、嫌悪と懇願の入り交じった、切々と訴えるような表情をしながら、水夫に繰り返した。「ああ！　お願い、出て行って、出て行ってちょうだい」。

水夫は歌うのをやめ、間の抜けた視線を壁に巡らせた。それから、ドアに体をぶつけながら出て行った。外に出るとすぐにまた、思い切り大声を出して歌い始めた。

サン＝マロでは、泊まっているホテルの中庭で、マイヤール夫人と再会した。夫人はいつものようにガラスの嵌《は》まった納屋の中に座り、指輪でいっぱいになった指で、黄色い部屋着の上につけた台所用エプロンに載せた莢《さや》インゲンを剝いているところだった。

ある朝、ホテルに到着して、マイヤール夫人を最初に目にしたとき（夫人は立っていて、人差し指で鍵をくるくる回していた）、長い眉の下の、こめかみの方へ持ち上がった、驚くほど穏やかで美しい黒い目、産業の生み出すあらゆる虚飾の品々が後ろをごてごてと飾り立てるほっそりした腰、バティスト(46)の半袖ブラウスに付けられたエメラルドのボタン、痩せた首に当たる耳飾り、鎖骨の上で音を立てる首飾り、鎖に小さな飾り物の付いた時計、金製の鼻眼鏡、ブローチやカメオ、前を広く刳《く》ってあり、とてもゆったりとして、今にも口をききそうなほどに表情豊かな黄色いドレス、真ん中から左右にぴったり分けた髪に塗られたポマード、虫歯のある口をほとんど可愛らしいものに見せている微笑み――白状すれば、こうしたものを目にしてわれわれは、夫人の身持ちについて良からぬ先入観を抱いてしまった。だが、夫人の経営するホテルについては、大いに好感をもった。中庭の緑の小灌木、磁器製の花瓶に生けられた花束、窓のまわりを這い上がって花を咲かせているナスターチウム、われわれのベッドのカーテンに付けられた銀の飾り紐、そしてガラスの水

(46) 非常に薄いリネン。

差しの中で泳ぐ金魚にいたるまで、すべてが何やら女性的で、ヴェネチア風で、アンダルシア風で、オダリスクを連想させ、すがすがしく、すてきに思われた。アルモリカの荒野《ランド》を経巡ってきたあとでこうしたものに触れると、うれしくなる。

何と愚かしい推測！　何という判断の誤り！　マイヤール夫人はこの世で最高の母親であり、沿岸の島々を含め、この県でもっとも優しい妻である。夫人には子供が一四人いるが、その子らを、働きながら、規律正しく育てている。長女はデザートを作り、二番目の息子は、いつの日か通訳として家の役に立てればと、英語を学びにジャージー島[47]に発った。

夫人はホテルに骨董品の店を併設し、外来者相手に実に粘り強い売り込みを図り、所持する日本の皿、イギリス編みのレース、蜂鳥の剝製、あるいは、無邪気にもパリシー[48]作で通すつもりのファエンツァ[49]の粗悪な陶器などを、買ってもらおうとしている。また、戸棚の下の方にしまってある、六冊ほどの全集の半端本も見せてくれる。その中にはモリス師[50]の第二巻があり、夫人はそれを、息子のうちで誰かが歴史を勉強したいと将来言い出したら、その子にあげようと思い、取ってあるのだ。「だって、これは立派な学問ですし、それを知るのは、男にとってすばらしいことですからね」。

時々、ホテルに用事があることを店に伝える呼び鈴が鳴ると、マイヤール夫人は客を置いて出てゆく。が、じきに戻ってくる。夫人はこの店で人生を過ごし、品物を売り、買い、再び売り、修理し、拭き、撫で回している。夫にはそうしたことがまったく分からない。芸術の見地からすると、夫は無教養な人間なのだ。

ひとえにこの店が、われわれの判断の誤りの原因となった。というのも、夫人は、いつ

(47)　イギリス海峡に浮かぶ英領チャンネル諸島中最大の島。サン＝マロの北約六〇キロ。第一〇章の地図も参照のこと。

(48)　ベルナール・パリシー（一五一〇頃―一五八九／九〇）はフランスの陶芸家、学者。技法や釉《うわぐすり》薬の面で、フランス陶芸に多大な進歩をもたらした。特に、実物の小動植物を型に取って制作した艶《つや》やかな皿や壺が有名だが、息子や弟子たちも類似の作品を制作したこと、また一九世紀には模倣者が何人も出たことから、パリシーの自作と確認できるものは少ない。

(49)　イタリア北部、ボローニャの南東に位置する町。一二世紀より、陶製食器の製造で有名になる。

(50)　モリス師（モリス・ド・ボーボワ　一六九三―一七五〇）はベネディクト会修道士。フローベール自身が先に注で触れた（262頁）『ブルターニュの世俗と教会の歴史』（一七五〇―五六　二巻）の共著者。したがって、「モリス師の第二巻」とは、この著書の二巻目のことと思われる。

でも愛好家に提供できるようにと、一番美しい品々を身につけているからである。今日は腕輪、今夜は飾り襟《コルレット》、明日は巾着、といった具合に。そのために、悪趣味と取られかねないのだが、それは、真っ正直な投機的行為にすぎないのである。夫人が我が身を飾るのは、体をより高く売るためではなく、体を骨董品の飾り棚にするためなのだ。

しかし、その夫人とも別れるときがやってきた。ある朝、心のこもったあいさつを交わしたあと、その晩はポントルソンに泊まる予定にして、われわれはサン＝マロを発った。

街道の途中にあるドルの大聖堂は見事な様式の教会で、そこに、〔扉の〕三つ葉形のアーチが魅力的な優美さを与えている。飾りはないが、均整がすばらしいためにおのずと豊かな感じがするこの大聖堂は、そのきりっとした尖頭アーチによって、司教たちが抱いた首都大司教座の誇り[51]を十分に偲ばせてくれる。その司教たちの子孫らは、上から下まで金で塗ってある先の曲がった司教杖を、今も内陣に立てている。

ポントルソンに早く着き、すぐに退屈してしまったわれわれは、何かして時間をつぶそうと、退屈な気分を引きずりつつ、小灌木の茂みや沼地に生えるひょろっとした葦のあいだを流れる小川の畔を、ポプラの植わった遊歩道に沿って進んだ。岸の曲がり角に来ると、視界が途絶える。さもなければ、視線は、長い列をなす木が等間隔に横切る平らな牧草地の上を、ぼんやりと、何ら面白いものを見いだせずに、漂っている。

前日にチョウザメ[52]が釣り上げられたということで、三、四人の土地の男が濁った水の縁に立ち、四角い大きな網を沈めたり、引き上げたりしていた。そうやって男たちは、夢見られた獲物の重みで網の目が裂けるのが感じられる瞬間を、今かいまかと待っているの

(51) アンクル版によると、「フローベールは（……）八四八年にブルターニュ人の君主であったノミノエの、ブルターニュ全土に優越する司教座を確立したいとする意思をほのめかしている。その意思は一一九九年まで持続することになる」。〔底本注〕
実際、ドルは一二世紀まで、ブルターニュの宗教的首都であった。

(52) フランス学士院図書館所蔵の手書きの写しやコナール版では、「鮭」となっている。〔底本注〕

だった。期待しては失敗を繰り返すばかりの男たちにたっぷりと付き合ったのち、われわれは夕食を食べに行こうと、再び宿屋の方へと向かった。

　ポントルソンからモン・サン＝ミシェルに通じる街道は、砂地であるために、足を取られる。われわれの駅馬車は（われわれは駅馬車に乗って移動することもあるのだ）、灰色の土をいっぱい積んだ夥しい数の荷車によって、しょっちゅう邪魔された。このあたりで採れるその土は、どこへやら輸出され、肥料として使われるのだ。海に近づくにつれて荷車は数を増し、そうやって数里にわたり、列を作って進んでゆく。そして行き着くところ、打ち捨てられたような砂浜が、ようやく姿を現す。荷車はここからやってくるのだ。この白く広がる砂浜には、円錐形に盛られた土の山がいくつもできていて、遠くから見ると、まるで何軒も小屋が建っているかのようだった。そこを荷車という荷車がガタゴトと長い列をなして進み、次第に遠ざかってゆく様を眺めていると、蛮族の一団が移住を開始し、それまで住んでいた平野を去ってゆく光景が想起されるのであった。

　物影ひとつなく地平線が伸び、広がり、白亜質の土地はしまいに黄色い浜辺と溶け合う。土がもっと堅くなる。潮の香りが漂ってくる。まるで海水が引いた砂漠のようだ。平らに重なり合って長く伸びる砂の層が、前景、後景の区別なくどこまでも続き、そこに風紋ができる。風紋は、風がたわむれに砂の表面に描く巨大なアラベスク状の太い曲線の下の影であるように見える。波は遠くに引いていて、もう目にすることもないし、音が聞こえてくることもない。だが、何やら漠としたものがざわめいている。それはとらえがたく、おぼろげで、静寂の発する声そのもののように思える。あたりを支配する沈黙がもたらす眩《げん》暈《うん》にすぎないのかもしれないが。

前方正面に、土台に銃眼のある城壁を備え、てっぺんに教会を戴く、丸いかたちをした大きな岩山がそびえ、塔を砂の中にめり込ませ、小尖塔を空に突き立てている。建物の側面を支える巨大な扶壁《ふへき》は切り立った斜面に支えられるようにして立ち、そこからは、岩と野生の青々とした草木の塊が点々と広がっている。中腹では、何とか段状に並んだ数軒の家が、白い帯をなす城壁の上に姿を見せる一方で、褐色の塊のごとき教会に見下ろされ、そのために、これら大きく一様に広がるふたつの色のあいだで、その鮮やかな色の数々を立ち騒がせている。

駅馬車はわれわれの前方を進んでいた。われわれは轍《わだち》を掘る車輪の跡に従い、遠くから後をつけた。馬車はどんどん遠ざかり、見えるのは幌ばかりであったが、それが逃げてゆく様は、まるで砂浜を這う大きなカニであった。

あちこちに水が流れていた。そのたびに、それらの流れを遠くまで遡らなければならなかった。そうかと思うと、不意にぬかるみが現れ、砂に泥の雷紋《らいもん》をさまざまに描いているのだった。

われわれのそばをふたりの主任司祭が歩いていた。やはりモン・サン＝ミシェルを見に来たのだ。ふたりは下ろし立ての僧服を汚すことを恐れていたので、小川を跨いで渡るのに僧服を体のまわりにたくし上げ、杖にすがって跳んだ。銀色の巻き毛は、跳ねかかった泥が日を浴びて次々に乾いてゆくために灰色となり、濡れた靴は緩み、歩くたびにピチャピチャ音を立てた。

モン・サン＝ミシェル

そうしているうちにも、モン・サン＝ミシェルは大きくなってきた。一瞥すれば、われわれの誰の目にも、その全体像がとらえられるようになっていた。屋根瓦、岩のあいだに群生するイラクサ、そしてずっと上の、要塞司令官邸の庭に面した小さな窓の鎧《よろい》戸の緑の鎧板――こうしたものが、数えることができるくらいはっきり見えていた。

最初の門は狭く、尖頭形をなし、海へと下る土手の砂利道のようなものに通じている。第二の門の傷んだ盾形紋は、石に刻んだ波形の曲線によって描き出され、そこでは実際に波がうねっているように見える。地面の両側には、同じような輪によって束ねられた鉄の棒からなる、二門の巨大な大砲が並べられている。片方の大砲の口には、花崗岩の砲弾が残っている。一四二三年、ルイ・デストゥートヴィル(53)によってイギリス軍から奪い取られて以来、二門の大砲は、四世紀にわたってここに置かれているのである。

通りは、正面に向かい合う五、六軒の家だけで形成されている。このまっすぐな家並が途絶えると、あとは、城に通じる急坂や階段に家が現れる。互いに上に無造作に乗っかるような恰好で、脈絡なく次から次と姿を見せている。

城に行くには、まず稜《りよう》堡《ほ》壁に上る。この大きな壁のせいで、下の方の住居からは海が見えない。割れた敷石の下から土が顔を見せている。銃眼と銃眼のあいだで草が緑に色づいている。そして地面の窪みに溜まった尿が、石を腐食している。城壁は島の周囲を巡り、だんだんと高くなってゆく。二基の塔の角にある望楼を通りすぎると、まっすぐな小階段が現れる。一段また一段とよじ登ってゆくと、家々の屋根が次第に低くなる。崩れかかった煙突から煙が立ちのぼっているのが、数十メートル下に見えるようになる。屋根裏部屋

(53) ルイ・デストゥートヴィル（一四〇三以前―一四六四）は大膳官、ノルマンディー総督。一四二五年、シャルル七世よりモン・サン＝ミシェル城砦の守護隊長に任命され、やがて、付近の領主権を握っていたイギリスとの戦争に突入する。そして一四三四年、モン・サン＝ミシェルに攻撃を仕掛けたイギリス軍を撃退し、大砲を奪い取り、同年八月、トンブレーヌで敵を敗北に追い込んだ。したがって、フローベールの記述にある「一四二三年」は正確ではない。〔底本注〕

の天窓に目をやると、洗濯物が竿の先に吊るされ、繕われた赤いぼろ着と一緒に乾かしてある。また、ある家の屋根と別の家の一階とのあいだで、テーブル大の小さな庭が日に焼かれているのも眺められる。庭に植えられた長ネギは干上がってしおれ、灰色の地面に葉を横たえている。しかし、岩山の反対側、すなわち遥かに海を望む側は、剝き出しで、人気《ひとけ》がない。またたいそう切り立っているために、そこに生え出た小灌木は何とか岩にへばりついている恰好だ。深淵の上にぐっと張り出し、今にも落ちてゆきそうに見える。

とても高いところからゆったりと眼下を眺め、そうやって人の目が楽しめる限りの広がりを楽しんでいると、海を、青みがかった曲線となってどこまでも伸びてゆく沿岸の地平線を、あるいは切り立った斜面にそびえる、三六の巨大な扶壁をもつ「驚異《メルヴェイユ》」(54)の壁を見ていると、そして、感嘆のあまり口をひきつらせて笑っていると、突然、機織りの乾いた音が空に鳴り響くのが聞こえる。布を織っているのだ。杼《ひ》が動き、小刻みに往ったり来たりし、不意にガシャッと音を立てる。全員が仕事に取りかかる。大変な騒ぎとなる。

城の入口は、垂直に立てた二門の大砲をかたどった二基の細い小塔のあいだにある。入口を潜《くぐ》ると長く伸びた丸天井があり、花崗岩の階段がそこにのみ込まれてゆく。階段は二筋の薄明かり、すなわち、下の方からやってくる薄明かりと、落とし格子のすき間を通って上の方から落ちてくる薄明かりとによってかろうじて照らされているだけで、その中央部はずっと陰の中に隠れたままとなっている。したがって、階段は、こちらに向かって下ってくる地下道のように見える。

入ってゆくと、大きな階段の上に衛兵隊がいる。点呼を取る下士官らの声とともに、床

(54) 大修道院の北面を占める、ゴシック様式の一連の見事な建造物に付けられた名。その外観は、要塞を思わせる力強さにあふれている。

を打つ銃尾の音が丸天井の下に響いた。太鼓が打ち鳴らされた。

その間、司令官殿が検《あらた》めたいというので渡しておいた旅券を、看守が返しに来た。そして、ついて来るようにと合図をした。看守はいくつも扉を開け、閂《かんぬき》をかけ、迷宮のように入り組んだ廊下や丸天井や階段を通り抜けつつ、われわれを案内してくれた。どこがどうなっているのか、さっぱり分からない。一度見学しただけでは、一か所に集められたこれらすべての建造物の複雑な見取り図を理解することはできない。そこには、要塞、教会、大修道院、監獄、独房など、あらゆるものが、一一世紀のロマネスクから一六世紀のフランボワイヤン(55)に至る各様式を体現しながら、存在しているのだ。われわれは窓ガラス越しにしか、しかもつま先立って背伸びをしなければ、騎士の間を見ることができなかった。この部屋は今は機織りの作業場として使われていて、そのために、一般の人たちの立ち入りが禁じられているのである。われわれがそこに認めることができたのは、三つ葉装飾が施された柱頭をもつ、四列の円柱だけであった。柱頭は、浮き出た幾筋ものリブが這う丸天井を支えていた。この騎士の間の上、海抜六五メートル程のところに、回廊が築かれている。回廊は四角形の歩廊からなり、歩廊は、花崗岩、凝灰岩、花崗岩状大理石、あるいは砕いた貝殻で作られたスタッコ(56)を用いた、三列の小円柱でかたち作られている。小円柱の柱頭には、アカンサス、アザミ、木蔦《きづた》、コナラが巻きついている(57)。司教冠のかたちをした各尖頭アーチのあいだには、三つ葉形の円花飾り《ロザース》があり、光の中にくっきりと浮かび上がっている。回廊は、今は、囚人たちのための中庭となっている。

かつて、勤勉なベネディクト会老修道士たちの剃髪した頭が瞑想にふけるのが見られた

(55) フランス後期ゴシックに見られる建築様式で、開口部の飾り格子などが火炎形をしている。
(56) 石膏や大理石粉を糊で溶いた塗料で、外壁などを大理石風に仕上げるために用いられる。化粧漆喰《しっくい》。
(57) これらの植物は、無論、柱頭の装飾として岩に彫られたものである。

壁に沿って、看守の制帽が通りすぎる。そして、素足の下のひしゃげた粗末な皮のサンダルに持ち上げられつつ、修道士たちの僧服が掠《かす》めていた敷石に、囚人の木靴が鳴り響く。

教会はゴシック様式の内陣とロマネスク様式の身廊を備えている。つまり、ここには二種類の建築様式が併存し、偉大さと優美さを競っているというふうなのだ。内陣では、窓の尖頭アーチが、愛の憧れを示すかのように高くとがり、すらりと伸びている。身廊では、上下に並ぶ拱門《きようもん》が、半円を積み重ねて一様にその口を開けている。また壁に沿って、椰《や》子《し》の幹のようにまっすぐ伸びた小円柱が、そびえ立っている。小円柱の根元は四角い支柱に据えられ、柱頭はアカンサスの葉模様で飾られ、その先は力強いリブと化してゆく。リブは丸天井の下で曲がり、交差し、そうやって天井を支えている。

正午だった。開いた扉から白昼の光が射し込み、その息吹が建物の薄暗い壁面にあふれていた。

緑の布地の大きなカーテンによって内陣から隔てられた身廊には、テーブルと長椅子が並べられている。食堂として利用されているからだ。

ミサを執り行うときにはカーテンが引かれ、受刑者らは食事をしている席に肘を置いたままで聖務日課に参加できる。うまく考えたものである。

教会の西側にあるテラスを一二メートル広げるために、教会はあっさりと削られてしまった。しかし、何らかの入口を作り直す必要があったので、ひとりの建築家が身廊をギリシア風の正面《ファサード》で閉じようと思いついた。それから、後悔したのか、あるいは自分の作品を洗練させたかったのか（こちらの方が信じられる）、この建築家は、あとになって、

「一一世紀のものをかなり見事に模倣した」と紹介文にある、柱頭付きの円柱をしつらえた。黙ろう、頭《こうべ》を垂れよう。芸術はそれぞれが固有の病毒を、己の顔を損なう致命的な醜さを抱えているのだから。絵画なら家族の肖像画、音楽ならロマンス、文学なら批評、そして建築なら建築家がそれに当たるのである。

囚人たちがテラスを歩いていた。全員が縦一列に並び、腕組みをし、口をきかず、要するに、われわれがフォントヴロー(58)で眺めたあの見事な秩序を保っていた。連中は医務室で厄介になっている病人たちで、外の空気を吸わせてもらっていたのだ。こうして気晴らしをさせて、病気を治そうというのである。

囚人たちのひとりは他の連中よりも足を高く上げ、自分の前にいる仲間の上着を両手でつかみ、よろけながら列についていた。盲人だった。かわいそうに！　神に視力を奪われ、おまけに、人間には話すことを禁じられているのだ。

それでも、囚人は穏やかな様子をしていた。暑い日差しを受けながらも、目を閉じた顔には笑みが浮かんでいた。

案内してくれた看守にチップを渡すと、看守は感謝の念を示そうとして、野生の猫かと思うようなしかめ面をして見せた。そのあと、われわれは上ってきた階段を下りてゆき、五分後には村の中に戻っていた。村では、戸口の前に座った女たちが、膝の上で網をこしらえていた。

モン・サン＝ミシェルから半里ほど、やはり四方を海に囲まれた岩山、トンブレーヌに行くには、水流を避けるためにガイドを雇うことになる。危険のない場所であっても、立

(58)　フォントヴローについては、第七章・注(34)(35)を参照のこと。デュ・カンの記述によると(第二章)、やはり刑務所として利用されている大修道院で、ふたりは、黙々と食事や散歩をする囚人たちを目にしている。

ち止まると、砂が泡立ち、あふれ出てきて、体が砂の中にめり込んでゆくのが感じられる。一〇分で腹まで、半時間すれば肩まで砂に埋まってしまうだろう。

水流を渡ると、脚のあいだを水が荒れ狂った急流のように勢いよく流れてゆく。ずっと水を見つめていると、目が眩んでしまうだろう。四方八方、どこも砂ばかりだ。単調な砂浜がどこまでも続き、そして消えてゆくばかりである。だが、顔をそむけると、モン・サン＝ミシェルが、まるで後を追ってきているかのように、間近に姿を現す。下の方に建つ家々、斜面にへばりつく小灌木、そしててっぺんにそびえる教会と、モン・サン＝ミシェル全体が眺められる。


トンブレーヌは、波の上に横たわる、花崗岩からなる小さな島である。地面すれすれに、草に埋もれた要塞の土台の残骸を、そして岩山のこちら側から向こう側にかけてずっと、馬車の轍《わだち》のような平行する二本の溝を、今でも認めることができる。

この島は、かつてモンゴムリー(59)がカトリック教会から略奪した品を運ばせたところである。モンゴムリーはここで貨幣を鋳造していた。嵐の中を、飛び疲れた鵜《う》が羽を休めに来るこの岩の上で、真新しい、美しいエキュ金貨が跳ねたのだ。

今は跡形もない小さな礼拝堂では、大革命まで、ランプの火が絶えることなく燃え続けていた。

トンブレーヌ！　この名はどこから来ているのか。ウィリアム王(60)に従って征服の旅に出た恋人の後を追うことができず、岩山で長いあいだ待ち続けたが、とうとう悲しみのあまり死んでしまい、ここに埋葬された若い娘の名に由来するのか。あるいはまた、スペイン

(59)　モンゴムリー伯ガブリエル・ド・ロルジュ（一五三〇頃—一五七四）はフランスの軍人。スコットランド親衛隊隊長であったころ、騎馬試合で誤ってアンリ二世を殺してしまう（一五五九年）。イングランドに滞在したのち、帰国してユグノーを率い（一五六二年）、ラ・ロシェル救済を試みるが（一五七四年）、ドンフロンで敗れ、処刑された。〔底本注〕

(60)　ノルマンディーからイングランドに侵攻したのち、イングランド王ウィリアム一世となったノルマンディー公ギヨーム（一〇二七／二八—一〇八七）のことであろう。

の領主によって両親のもとから奪い去られたのち、ここに連れて来られ、凌辱され、殺されたという、オエル王[61]の母親の名に由来するのか。[62] この岩礁の上には、漠とした女と恋の物語が漂っている。

夕方、食事をとっていると、主任司祭に率いられた子供たちの行列が、歌を歌いながら窓の下を通って行った。子供たちは手に大ろうそくをもっていた。そして二列になって歩き、通りから城壁に出る階段を上った。少女たちの白い服がろうそくの明かりとともに上がってゆくのが見られ、また声が遠ざかるのが聞こえた。

夕闇が迫る頃、われわれは塔の上に行き、日が沈むのを眺めた。塔の上で、ひとりの老水夫とおしゃべりをした。老水夫は手すりに寄りかかり、腹ごなしのために、われわれ同様、パイプをふかしていた。長い航海を重ね、これまでにコーチシナ[63]に、またインド諸国に行き、日本や白海を訪れていた。自分が目にしたこれらの国々のことを老水夫がわれわれに話しているあいだ、上げ潮が塔の裾を打ち、星がきらめき、そして時折、「気をつけ」と遠くの方で歩哨たちが叫ぶ声が、闇の中に繰り返し響いていた。

翌日、砂浜が再び姿を現すと、モン・サン゠ミシェルを出発した。灼熱の太陽が、われわれの頭上で、馬車の幌の革を焼いていた。馬は並足で進んで行った。軛《むながい》が軋み、車輪が砂にめり込んだ。砂浜が尽き、芝が現れると、私は馬車のうしろにある小窓に目を当て、モン・サン゠ミシェルに別れを告げた。

コンブールに行くには、ドルまで引き返さなければならなかった。われわれをドルまで連れて行ってくれたのは、ポントルソンの宿駅のお偉い頭《かしら》その人であった。頭は、自家用

(61) 五〇九年、または五一三年にブルターニュ王となったオエル一世。五四五年に亡くなったと考えられている。〔底本注〕

(62) P・ダリュはこれとは別の説を述べている。それによると、ピレネー山脈から降りてきた巨人がエレーヌという名のオエル（王）の姪をさらい、モン・サン゠ミシェルの頂にこもった。巨人は、娘を奪い返そうと駆けつけた住民らを殺していったが、最後にアーサー（王）によって退治された。しかし、美しい娘はすでに巨人の腕の中で息絶えていた。〔底本注〕

これらの伝承では、女性の名が（恐らくみな）エレーヌで、その「エレーヌの墓（tombe d'Hélène）」が島名トンブレーヌ（Tombelaine フローベールの表記ではTombelène）になったということであろう。もっとも底本の注によれば、アンクル版の注は、こうした説はみな誤りで、この地方の住民は、霊魂が究極の安住の地を求めて、小舟に乗ってふたつの岩山に向かうと考えていた、と述べている。したがって、七世紀頃までは、モン・サン゠ミシェルもモン゠トンブ（Mont-Tombe 墓の山）と呼ばれていたという。

(63) 第五章・注（22）を参照のこと。

の二人乗り二輪馬車の泥よけに腰掛け（われわれはそれまで乗っていた馬車から降りていた）、梶棒の上に両足を置き、シャツ姿で口にはパイプをくわえ、そうした恰好で、二頭の連銭葦毛《れんぜんあしげ》の馬を早めの速歩《トロット》で走らせ、鞭を鳴らしていた。遠くに馬車を認めるやいなや、脇に寄れ、と怒鳴った。そして、脇に寄らない馬車を罵り、また脇に寄る馬車も罵るのだった。脇に寄らない馬車に対しては本気になって、脇に寄る馬車にはふざけて。わめき、悪態をつき、猛り狂い、そしておどけた。こうして、まるで本街道が自分の専有物であるかのように、我が物顔に振舞い続けていたのである。

　これとは反対に、ドルからコンブールまでわれわれの二輪馬車を操縦したのはさえない男で、暑さに参って、手綱をかろうじて握ったままうたた寝していた。われわれはと言えば、ほとんどおしゃべりしなかったせいで、何か見ようという気も起こらなかった。

　ヴザン子爵の手になる書状を示せば、城の入口を開けてもらえることになっていた。そこで、到着すると早速、城の管理者であるコルヴジエ氏のところに行った。

　われわれは広い炊事場に通された。炊事場では、ひどいあばた面をして、近眼の大きな目にべっこう縁の眼鏡をかけ、黒い服を着た娘が、スグリの実を壺の中にもぎり落としていた。ジャム用の鍋が火にかけられ、砂糖が瓶でもって粉々に砕かれていった。明らかに、われわれは邪魔であった。しばらくすると、誰かが炊事場に下りて来て、われわれにこう言った。「コルヴジエ様は御病気です。熱があってベッドで震えておられまして、誠に申し訳ないがお役に立てないとのことです。そんなわけですが、あなたがたにはよろしく伝えてほしいとおっしゃっています」。そうしたところが、使い走りから戻ったばかりで(64)、

（64）原文ではイタリック体で書かれている　この節は、使用人の口から発せられた言葉をそのまま文に生かそうとしたものであると思われる。

りんご酒を一杯やったり、バターを塗ったパン切れを食べたりして炊事場で軽い食事をとっていたコルヴジエ氏の使用人が、俺が代わりに城を見せてやろう、と言ってくれた。男はナプキンを置き、舌で歯をなめまわし、パイプに火をつけ、釘に掛けてあった鍵束を取ると、われわれの先に立って村の中を歩き始めた。

大きな壁に沿って歩いたあと、丸いかたちをした古い門を通って、ひっそりした農家の中庭へと入ってゆく。踏み固められた地面には、燧石《すい》の先端がでこぼこと顔を出している。草もまばらに生え出ているが、堆肥が引きずられてゆくせいで、汚れている。誰もいなかった。厩《うまや》はからっぽだった。納屋の中では、荷車の梶棒にとまった雌鶏が、頭を羽の下に隠して眠っていた。建物の下には穀物置場から落ちた麦藁の粉が溜まり、そのために足音がしなかった。

稜堡《りょうほ》壁によって繋がれた四基の太い塔のとがった屋根の下に、船の舷窓《げんそう》に似た銃眼の穴が認められる。そして塔の狭間《はざま》は、小さな窓が不規則につけられた城の本丸同様に、灰色の石に不揃いな黒い口を開けている。入口の三〇段程ある幅の広い階段はまっすぐ二階へと上がってゆくが、そこは、堀が埋められて以来、城内の部屋の一階部分となっている。

ここには「黄色アラセイトウ」(65)は生えていなかったが、乳香樹とイラクサが、緑がかった苔や地衣類とともに生えていた。左手の、小塔の脇では、マロニエの木立が塔の屋根にまで達していて、葉叢《はむら》がその屋根を覆っている。

鍵穴の中で鍵が回り、足で蹴られて押し開けられた扉がべとつく敷石の上で軋んだ音を長く響かせたあと、われわれはすぐに薄暗い廊下に入っていった。そこには板や梯子《はしご》、ま

(65) 「黄色アラセイトウ」はシャトーブリアンの『ルネ』からの引用。〔底本注〕

コンブール城

た樽のたがや手押し車が、所狭しと置いてあった。

　この通路を行くと、城の内壁と内壁のあいだにあり、壁の厚みが迫ってくる小さな中庭に出る。監獄の中庭のように、日は上からしか射してこない。隅の方では、滴《しずく》がじめじめと石を伝って流れ落ちていた。

　また別の扉が開けられた。そこは、がらんとした、音のよく響く、広い部屋だった。床の敷石があちこちで割れている。古い壁の漆喰は塗り替えてある。大きな窓から、向かいの緑の森が、白く塗られた壁に鈍色《にび》の光を投げかけていた。森の下には、一面、湖が広がっている。湖はイグサに囲まれ、草の上に横たわっている。窓の下では、かつて花壇であったところに、イボタノキ、アカシア、リラが入り乱れて生え、それらがつくる野生の低木林が、本街道まで下る斜面を覆っている。街道は湖の堤を通り、それから森の中を続いてゆく。

　からっぽの部屋は物音一つしなかったが、かつては、今ぐらいの時間になると、この窓辺にあの子供が、ルネが座っていたのだ。(66)使用人はパイプをふかし、床に唾を吐いていた。使用人は自分の犬を連れてきていたが、その犬が鼠を探してうろつき回るので、脚の爪の音が敷石に響いていた。

　われわれは螺旋階段をいくつか上った。足がよろける。手探りで進む。すり減った踏み段には苔が生えていた。一筋の光線が壁の割れ目を通り、苔の上に垂直に射し込んでいて、ほんの小さな緑の断片が、たびたび、ぴかっと光る。遠目には、闇の中で星がきらめいているように見える。われわれは至るところをさまよった。長い廊下を、塔の上を、狭い稜

(66)　フランソワ・ルネ・ド・シャトーブリアンは、青春期の二年間を、ここコンブールの城で、家族とともに過ごしている。

堡壁の上を。稜堡壁には、石落としの穴がぽっかり口を開けていて、視線が下へ、深淵へと吸い寄せられる。

中庭に面して、三階に、天井の低い小部屋がある。部屋の、枝の刳《くり》形装飾を施したオーク材の扉は、鉄製の掛け金を外すと開く。手で触れることのできる天井の小梁《ばり》は老朽化し、虫に食われている。大きな、汚い染みの付いた壁の漆喰の下には、木摺《きずり》が見えている。窓ガラスはクモの巣で曇らされ、窓枠には埃がこびりついている。この部屋こそ、あの人の部屋だったのだ。部屋からは西の方が、日の沈む方角が眺められる。*

* 数年前のこと、見知らぬ男がやってきて、シャトーブリアンの部屋を見学した。そして扉に、ユゴーの詩句を書いた。それがどの詩句なのか、私に言える者はなかった。現在の所有者（詩人の甥である）はそれを知ると、早速、指物師に来てもらい、それらの詩句を鉋《かんな》で削り取らせた。「あの方はヴィクトール・ユゴーと叔父さんがお嫌いなんだ、『キリスト教精髄』(67)は別だがね」（これはコルヴジエ氏自身が述べたことである）。

われわれは先を続けた。足を止めずに進んでいった。壁の割れ目、狭間《はざま》、あるいは窓のそばを通ると、外から流れ込む熱い空気のせいで、体がほてった。そして、こんなふうに急に温度が変化すると、城の荒廃ぶりが、どれもいっそう悲しく、寒々したものに感じられるのだった。寝室では、腐った寄せ木張りの床が崩れ落ち、暖炉から、雨の跡が細長い緑の筋となって残る煤けた背板を伝って、日が降りてきている。客間の天井からは金の花形装飾が落ち、その縁枠の上に施された盾形紋装飾は粉々に壊れている。われわれがそこにいると、突然、一群の鳥が入ってきて、鳴き声を上げながら旋回し、そして暖炉の穴から逃げていった。

(67) キリスト教の道徳的、詩的な美を主張するシャトーブリアンの著作（一八〇二年）。中世およびゴシック芸術を賞揚し、これらに対するロマン派の作家たちの関心を集めることとなる。

夕方、われわれは湖畔に、といっても反対側の、牧草地に行った。地面が湖の方に広がってきているので、そのあたりでは、湖が次第に姿を消しつつある。湖はやがてなくなってしまうだろう。そして、今、睡蓮が小刻みに揺れている場所に、小麦が生えることになるだろう。日が暮れようとしていた。四基の小塔に守られ、緑の草木に囲まれ、村を威圧するように見下ろす城は、その暗い威容をいっそう大きく見せていた。夕日は城の前方を移動していたが、日が城にまでは届かないので、城は黒々と映っていた。そして、湖面を掠《かす》める夕日の光線は、じっと動かぬ森の紫色の頂にかかる靄《もや》の中へと消えていった。

われわれはコナラの根元の草の上に座り、『ルネ』を読んでいた。ルネが、揺れ動く葦にとまる身軽なツバメを眺めるその湖の前に、雨のよく降る丘にかかる虹を追うその森の木陰に、われわれはいた。青春の憂愁が奏でる悲しい旋律にそのささやきを加えたあの葉のざわめきに、そよ風の立てるあの水の音に、耳を傾けていた。本のページに影が落ちるにつれ、文章の苦みが胸にひしひしと迫ってきて、何やら広大で、もの悲しく、甘美なものの中に、無上の喜びを感じながら、われわれは溶けていった。

われわれのそばを一台の荷車が、車軸を轍の中でガタゴト鳴り響かせながら通った。刈り取られた干し草の匂いがした。沼地で蛙が鳴くのが聞こえた。われわれは引き返した。

鬱陶しい空模様だった。一晩中、雨が雷をともなって降り続いた。稲妻が走ると、隣家の正面の漆喰の壁が照らし出され、まるで火がついたように明るく光った。私は喘ぎ、マットレスの上で寝返りを打つのにくたびれ、起き上がった。手元のろうそくに火をつけ、窓を開け、夜を眺めた。

夜は黒々とし、眠っているかのように静かだった。ろうそくの火が向かいの壁に私のシルエットを拡大して映し出していたが、それは恐ろしげであった。時折、稲妻が音もなく突然閃き、そのたびに目が眩んだ。

私は、この地から出発し、騒々しい半世紀を己の苦悩で満たしたあの男のことを考えた。まず、教会の鐘楼にツバメを、あるいは森にズグロムシクイをつかまえにゆこうと、村の子供らとここの静かな通りをさまよう男の姿が目に浮かんだ。自分の小さな部屋にいて、悲しげにテーブルに肘をつき、己の夢想が飛び去ってゆくあいだ、窓ガラスを流れる雨を、稜堡壁の向こうを通りすぎる叢雲《むらくも》を眺める男を思い描いた。その部屋で男が過ごした、長い、夢見がちな午後を思い描いた。思春期の耐えがたい孤独を、それがもたらす眩暈、それが催す吐き気、そしてそれがいきなり吹き込む恋愛感情——これらによって心は病むのだ——とともに思った。まさしくわれわれのものである苦悩が宿ったのは、この地——われわれを育んだ天才がその苦悶の表情を示した、まさにゴルゴタと呼ぶべきこの地ではないのか。

のちに偉大な諸作品を生み出す者が、それらを温めているあいだ、どのように思想を練り上げ、また身を震わせたのか、何も語りはしないだろう。だが、それらの作品が構想され、生きられたことを知っている場所を眺めると、われわれの心は躍るものだ。まるでそうした場所が、かつてそこで震えた未知の理想の何ものかをとどめているかのように。

ああ、あの男の部屋よ、男の部屋よ、そのみすぼらしい、小さな子供部屋よ！　わけの分からない幻影が渦巻き、男を呼んだのは、この部屋の中なのだ。幻影は男に絶えず付きまとい、フロリダの風にその髪を飾る木蓮の花を揺らすアタラ、月明かりに照らされヒースの荒野を走るヴェレーダ、豹の爪からその剝き出しの胸を隠すシモドセ、そして色白のアメリー(68)、そしてまた青ざめたルネとして生を享《う》けたい、と求めたのである。

しかし、ある日、男は、我が身を引き剝がすようにして、この部屋から去ってゆく。もう二度と戻らぬつもりで、封建時代の旧い家に別れを告げる。パリに出ると、途方に暮れつつ、人びとと交わりをもつ。それから男は不安に襲われ、旅立つ。

乗り込んだ船の舳先《へさき》に身をかがめ、捨てようとする祖国を嘆きながらも新しい世界を探し求める男の姿が、私の目に浮かぶ。男は到着する。瀑布の音やナチェス族(69)の歌に耳を傾ける。ゆったりとした大河の水が流れゆくのを見つめ、その岸辺に、蛇の鱗《うろこ》や野生の女の目が光るのを眺める。心を大草原《サバンナ》の物憂さに任せる。目にし耳にするものから自ずと醸し出される憂愁があたり一面に漂い、男は、かつて恋を味わい尽くしたように、今、孤独を嫌というほど味わう。男は国に帰り、語る。すると人びとは、その絢爛たる文体の魔力にうっとりとなってしまう。そこには男の超然たる気取りと、波打ち、飾り立てられ、ひだが寄り、原生林を吹き渡る風のように荒々しく、蜂鳥の首のように色鮮やかで、礼拝堂の三つ葉飾りを通して射す月光のように柔らかな文とが認められる。

男は再び旅立ち、古代の埃《ほこり》をその足で絶えず舞い上げる。テルモピュライ(70)の隘路に腰を下ろして、レオニダス(71)！　レオニダス！　と叫び、アキレウスの墓のまわりを走り、ラケダイモン(72)を探し、カルタゴのイナゴマメの木の実を両手に摘み取る。すると、いつもはひっそりしているこれらの大いなる風景は、そこを男が通るにつれ、ちょうどまどろんで

(68)　アタラ、ヴェレーダ、シモドセ、アメリーは、いずれもシャトーブリアンの小説の登場人物。アタラは同名の小説（一八〇一年出版）のヒロインで、インディアンの娘。ヴェレーダとシモドセは『殉教者たち』（一八〇九年）に登場する女性たち。アメリーはルネが慕う姉として『ルネ』に登場する。

(69)　ミシシッピ河下流地方に原住したアメリカ・インディアン。シャトーブリアンはこの部族を素材に、二部からなる『ナチェス族』を創作した（一八〇〇年完成）。『アタラ』と『ルネ』の原形はこの作品の挿話をなしていた。

(70)　ギリシアのテッサリア地方にある隘路。古来、いくつもの戦闘の舞台となった。

(71)　スパルタ王レオニダス一世（?—前四八〇）。クセルクセス率いるペルシアの大軍をテルモピュライの隘路で迎え撃ち、激しく抵抗するも敗れ、三〇〇人のスパルタ兵とともに戦死した。

　ここにはフローベールの誇張が見られる。すなわち、シャトーブリアンは実際にはテルモピュライの隘路に赴いていないし、またアキレウスの墓を訪れてもいない。フローベールはテルモピュライの戦いに心を引かれ、それを題材に小説を書こうという構想をもっていた。〔底本注〕

(72)　古代におけるスパルタの正式名称。

いた牧人が隊商の通過する音を耳にして顔を上げるように、ことごとく活気づくのである。亡命し、弾圧され、栄誉に包まれ、といったことを次から次と経験したのち、空腹のあまり街路で気を失ったこともあるこの男は、王たちの食卓で晩餐に与かることになるだろう。大使や大臣を務め、瓦解する君主制をその手で支えようとし、そして、信じていたものが崩れ去ってしまったさ中、ついに、すでに死者の仲間入りをしたかのように、己自身の栄光に立ち会うことになろう。

ひとつの社会が衰退し、別の社会が出現しようとするときに生を享けたこの男は、それらふたつの社会の繋ぎ目となるために、そして、あたかもそれらの社会に対する希望と思い出を己のうちに総括しようとするかのように、登場して来た。カトリック信仰の死体防腐処理人にして、自由の賛美者であった。旧い伝統を引きずり、古めかしい夢を追う人であったが、政治においては立憲主義者、そして文学においては革命家であった。本能的な、かつ教養ある信仰の人であったが、他の誰よりも早く、バイロンよりも先に、自尊心のもっとも猛々しい叫び声を上げ、己の抱えるこの上なく恐ろしい絶望を表現したのは、この男である。

芸術家としては、狭い美学の中で常に窮屈な思いをした点で、一八世紀の芸術家に通じるものがあった。しかし、そうした狭い美学は、男の広がりゆく天才によって絶えず乗り越えられ、そのために、男の意に反し、その内側の至るところで破綻をきたした。人間としては、一九世紀の人間の悲惨を共有した。一九世紀の人間がそうであるように、落ち着きなくあれこれと心を配り、つまらぬ謹厳さを身にまとった。偉大であることに満足せず、威厳に満ちた人間であると思われたがった。とはいえ、虚栄心に発するそうした執着のせいで、男の紛う方なき偉大さが失われるわけではなかった。なるほど男は、生活の中へ降りてゆかなかった瞑想家、時代とも祖国とも家族とさえも無縁だった、悠揚迫らぬ表情をした大芸術家の仲間ではない。時代の情熱が男をつくったのであり、また男の方もそうした情熱をいくつも生み出した。後世は、男が示した雄々しい頑固さには見向きもしないかもしれない。そして、男の本の題名を、本が擁護した信条の名とともに不滅のものとするのは、多分、それらの本に含まれた数々の挿話であろう。

こうして、たった独り、心のうちでおしゃべりをしながら、私は肘をついた恰好のまま、穏やかな夜を楽しみ、また、瞼にひんやり来る朝の冷気に心地よく浸ったのだった。少しずつ、明るくなってきた。ろうそくの炎の色が薄まるにつれ、中の黒い芯が伸びてゆくように思われた。遠くに中央市場の切妻壁が姿を現した。鶏が鳴いた。雷雨はすでに遠のいていたが、通りの埃の上に落ちたいくつかの水滴が、そこに大きな丸い染みをつくっていた。私は疲れてうつらうつらしていたので、またベッドに横になり、そして眠った。

われわれはとても寂しい気持ちを抱きながらコンブールを立ち去った。それに、われわれの旅も終わりに近づいていた。三カ月のあいだ、実に楽しく繰り広げたこのさすらいの気まぐれな旅も、じきに終わろうとしていた。出発するときもそうだが、帰路につくときも、そう考えただけで、すでに悲しい気分になる。日頃引きずっている生活が発散するむっとするような臭いが、前もって送り届けられるのだ。

うつむいて、話もせず、ずっと続く人気《ひとけ》のない街道を見るともなく見ながら、われわれは緑の葉の香りをかいでいた。ふたりの体は、梶棒のあいだを速歩《トロット》で進む馬の動きに合わせて、左右に揺れていた。坂道に差しかかり、馬が息を切らすと、葉叢《はむら》の下から何か小鳥がさえずるのが聞こえてきた。

エデの村に立ち寄った。われわれは城の廃墟を見るために、案内人は白ぶどう酒を一杯やるために、馬はひと升の燕麦を食べるために。銘々が己の餌にありつこうというわけだ。城で残っているのは、取り壊された城壁だけである。城壁は地面からまだ二メートル余り突き出ていて、大きな円形競技場のような様相を呈している。壁の上をずっと歩くとひと回りできる。そこから広がる景色は、道路がなす何本かの白い直線によって縞模様をつけられた、一枚の巨大な緑のテーブルクロスのように見える。そのテーブルクロスは、牧草地では真っ平らに敷かれているが、そのほかの場所では、いくつにも盛り上がる丘の起伏に従って、波打っている。太陽が輝き、木々は緑に色づき、空は青かった。城壁の近くでは、丘から流れ落ちる小川が、次々と滝をこしらえては、小石の上で跳ねていた。

馬車の音が街道を移動した。馬車は木々に隠れていて、われわれに聞こえていたのは、埃を押しつぶしながら滑る制輪子のしゃがれたような音だけだった。坂を下ったところで、馬車は止まった。私は鼻眼鏡を取り出した。眺めてみると、それは、正真正銘の旅行用ベルリン馬車であった。前部と後部に座席があり、両端にはそれぞれ小間使いと狩猟服を着た従僕がひかえ、四頭立てで御者がふたり馬に跨がり、革張りのトランクやボール箱などの箱類で埋まり、オイルレザー製の袋に収まった傘が外に引っ掛けられていた。

黄色い絹製の日覆いが下りていた。私は人の姿を認めることができなかった。

馬車の中はどうなっているのか。あんなにも急いで廃墟の脇を通りすぎ、ちょっと寄ってみようともしないとは、乗っている連中は何のために旅行をしているのだろう。美しい木陰のそばを通っても、そっちの方に顔を上げることもないし、あの流れゆく川のすぐ近くを通っても、しばし腰を下ろし、川の歌に耳を傾けようともしないのだ。

従僕は制輪子を外すと、すぐにまた馬車のうしろに乗った。ふたりの御者が鞭を鳴らし、馬車が出発した。帯状に長く伸びる街道を突っ走るにつれ、馬車は遠ざかり、小さくなっていった。しばらくのあいだは、疾駆する馬の蹄の音がまだ鳴り響いていたが、やがてそれも弱まり、そしてまったく聞こえなくなった。

さて、われわれの方もまた出発した。二時頃、レンヌに到着した。昼の定食は終わっていて、骨付き背肉《コートレット》を注文したが、待たされた。

夕方、ヴィレーヌ川のほとりを散歩していると、橋の架かっているあたりで、細長い有蓋の運搬車のようなものを目にした。そこには両脇に手すりのある階段を上がって入るようになっていて、その箱のような車体に沿って、赤い綿のカーテンの掛かった、四角い小窓がついていた。中の光がそれらの窓を透って外にこぼれ、付近に集まっていた群衆の顔を真っ赤に染めていた。車の入口では、まだ若い、痩せた、汚らしいなりの、そして両耳に掛かる黒い三つ編みのせいで額の狭くなった女が、手に細い棒をもち、プロヴァンス訛りで金切り声を上げながら、バーバリ(73)の海岸で勇敢な水夫と猛り狂ったアザラシとのあいだで繰り広げられた恐ろしい闘いの様子を語っていた。ところが、そのアザラシはとうと

(73) 中世末期から一九世紀初頭にかけて、一六世紀にオスマン帝国の宗主権の下に置かれた北アフリカ諸国に与えられていた名。

う捕らえられてしまい、馴らされ、仕込まれして、今はここにいて、目にすることができるのだった。

われわれは車の中に入り、細長い大きな桶のまわりにできた列に加わった。灰色に塗られた桶の内側は、壁紙を模したガーネット色の縞模様によって彩りを添えられていた。

桶の上方には鋼板製の笠の付いたケンケ灯があり、その光が黄ばんだ水面に反射していた。水の中には、何か黒くて長いものがじっと横たわっていた。さっきの女がそいつに近づき、細い棒でポンと叩くと、濡れた頭を水の外に出した。左右対称のふたつの切り傷のように見える鼻の穴が、音を立てて膨らんだり、縮んだりしていた。そしてそいつは、ふたつの黒い大きな目で、取り囲んだ人びとを悲しそうに眺めていた。体を動かそうとすると、尾がまわりの板にぶつかった。仰向けになり、海のぬめりでまだねばねばしているその白い腹をわれわれに見せた。そしてまっすぐに立ち上がり、ひれ足を桶の縁に押し当て、その鼻面《はなづら》で女主人の頬を突くと、ブルッと大きく息を吐いて、また水の底の方へと沈んでいった。

気持ちのよい波に揺られてのびのびと暮らし、広々とした砂浜に上がれば、日を浴びながら緑の海草の上に寝そべっていたものだが、そうした波も砂浜も、もうこのアザラシにはないのだ。

よく仕事ができたというので、ご褒美に小ぶりのウナギを二、三匹をもらうと、体の真ん中あたりを食べながらゆっくりと呑み込んでいった。すると、ウナギの両端が口からはみ出し、鼻面の両側に二本の長くて白い口ひげが生えてるように見えた。

隅に置いてあった手回しオルガンが、すぐにポルカを奏で始めた。ケンケ灯の炎がくすぶって長く伸びていた。階段で、女が見物客を呼んでいる。興行は終了したのだった。

以上が、われわれがレンヌで目にしたものである。あのアザラシがいなくなったら、レンヌでは何を見たらよいのだろうか。

第一二章　レンヌからコーモンまで

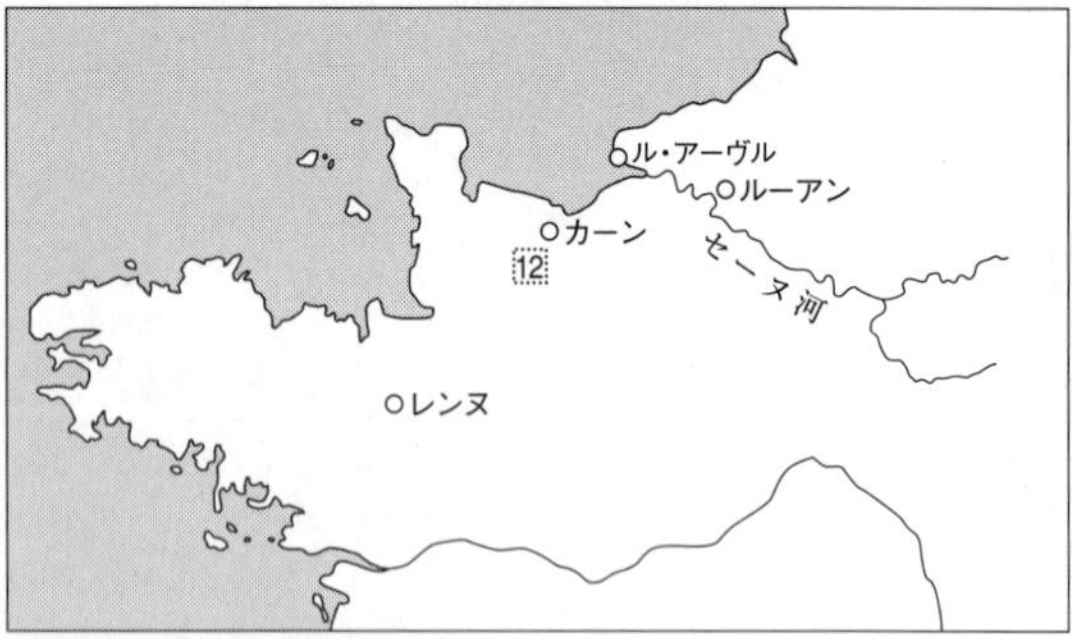

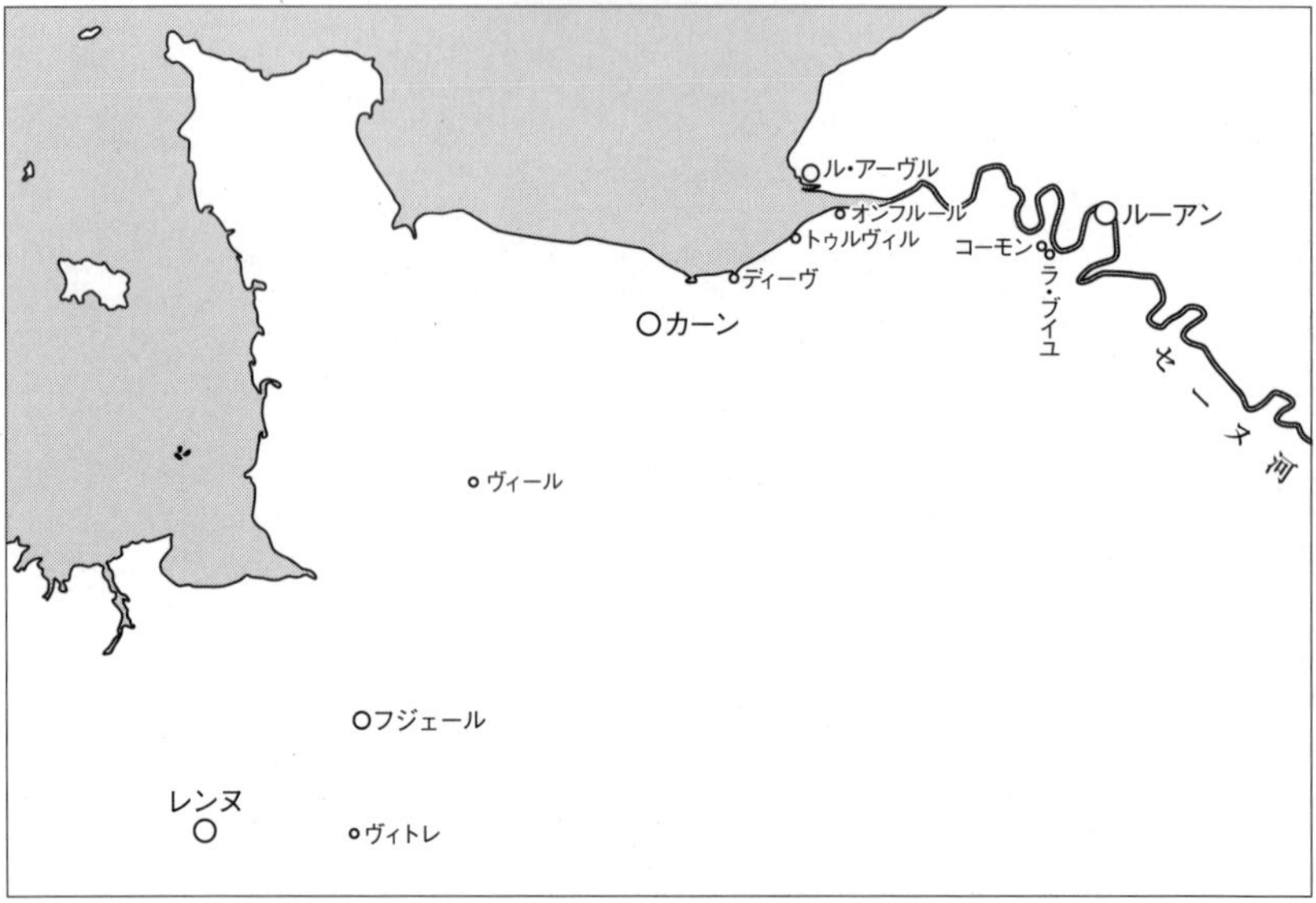

■順路：レンヌ►ヴィトレ►フジェール►ヴィール►カーン►ディーヴ►トゥルヴィル（およびその周辺）►オンフルール►ラ・ブイユ►コーモン

訳者あとがき

I

本書『ブルターニュ紀行』の著者ギュスターヴ・フローベール（一八二一―一八八〇）は、一九世紀フランスを代表する作家のひとりである。

フローベールはフランス北方ノルマンディー地方の中心都市ルーアンに生まれ、少年のころから文学に親しみ、創作に手を染め、やがて『ボヴァリー夫人』（一八五七年）の成功によって、作家として世に認められるようになる。以後、『サランボー』（一八六二年）、『感情教育』（一八六九年）と次々に小説を発表し、写実主義文学の代表者と見なされてゆく。作品としてはほかに、長年にわたって書き継がれた戯曲風作品『聖アントワーヌの誘惑』（一八四九年、五六年、七四年）、短編集『三つの物語』（一八七七年）、遺作となった未完の風刺的小説『ブヴァールとペキュシェ』（一八八一年）などがある。また、生涯を通じて綴った夥しい量の書簡が残されており、作品の中に主観を持ち込まないことを旨とした作家の赤裸々な心のうちを知る上で、貴重な資料となっている。

II

さて、フローベールには、人生を文学に捧げ、ルーアン近郊のクロワッセの館に蟄居して創作に専念した隠者、というイメージが付きまとうが、しかし、この「隠者」が旅と無縁であったかと言えば、必ずしもそうとは言えない。

一八四〇年の八月から一〇月にかけて、一八歳のフローベールは、大学入学資格試験《バカロレア》に合格した褒美として、医師のジュール・クロケらとピレネー地方、南仏・地中海地方、コルシカ島を巡る旅に出る。一八四五年の四月から五月にかけては、妹カロリーヌの新婚旅行に両親とともに加わり、南仏からイタリアに入り、スイスに至る旅をする。そして、一八四七年の五月から八月まで、本書で語られる、トゥーレーヌおよびブルターニュ地方を巡る旅を、友人マクシム・デュ・カンとおこなう。同じくデュ・カンと、一八四九年から五一年にかけて、人生最大の旅、オリエントを巡る旅に出る。エジプトを皮切りに、パレスチナ、シリア、レバノン、ロードス島、小アジア、ギリシア、ペロポネソスを経てイタリアに至る、壮大な旅である。最後に、一八五八年の四月から六月にかけて、古代カルタゴを舞台にした小説『サランボー』の取材のため、主にチュニジアにて遺跡調査などをする。

以上が、フローベールがその六〇年近い生涯のあいだにおこなった、主要な旅ということになる。決してスタンダールのような大旅行家とは言えないが、少なくとも人生の前半期において、オリエントへの旅という頂点に向かうようにして、数カ月に及ぶ旅をさまざまなかたちで重ねている。そして、文学を志す者にとっては当然のこととも言えるが、それらの旅の一つ一つが、結果として、フローベールの創作に重要な意味をもたらしている事実を考えるとき（たとえば、一八四五年の旅で、ジェノバで目にしたブリューゲルの『聖アントニウスの誘惑』が、生涯の作品とも言える『聖アントワーヌの誘惑』に霊感を与えた）、旅は、とりわけ創作を模索している時代のフローベールにとって、決して軽視できない意味合いをもっていることが窺える。

Ⅲ

ここで、トゥーレーヌおよびブルターニュ地方の旅に出発する一八四七年当時に、フローベールがどのような境遇に置かれていたのかを見てみたい。

時代は少し遡るが、ルーアンの高等中学《コレージュ》を修了後、パリ大学法学部に入学するも、勉学に身が入らず、相変わらず文学の創作に熱中していたフローベールは、一八四四年一月、ノルマンディー地方のポン＝レヴェック付近を馬車で移動中、激しい神経性の発作に襲われる。間歇的に再発するこの原因不明の病のため、フローベールは学業を断念して故郷に戻り、父親が新しく購入した、ルーアン近くのクロワッセの館に住むことになる。それは、文学に打ち込む環境が整ったことをも意味する。一八四五年には、先に触れたように、妹カロリーヌの新婚旅行に、両親とともに同行する。

そして翌一八四六年は、フローベールにとって、次々と不幸が見舞う災厄の年となる。一月に、ルーアン市立病院の外科医長であった父親が亡くなる（その後をフローベールの兄アシルが継ぐ）。三月には、女児を出産した最愛の妹カロリーヌが、産褥《じょく》熱のために世を去る。喪失ということでは、年上の親友アルフレッド・ル・ポワトヴァン（その妹は、のちに、小説家モーパッサンの母親となる）の結婚も、フローベールにとっては寂しい別離を意味した。一方で、出会いもあった。六月に、彫刻家プラディエのアトリエで女流詩人ルイーズ・コレと知り合い、以後、この一〇歳年上の人妻とのあいだに、波瀾に富んだ恋愛関係が一〇年近く続くことになる。

したがって、その翌年一八四七年は、人生を画するような、さまざまな予期せぬ出来事が相次いで起こったあとに迎えた、人生の新たな段階へ踏み出すべき再生の時期に当たっていた、と言うことが

マクシム・デュ・カン

できる。この年の春、母親と妹の忘れ形見である姪とともに住むクロワッセの館で、フローベールは『聖アントワーヌの誘惑』の準備に取りかかる。

交遊関係で忘れてならないのは、ふたりの友マクシム・デュ・カンとルイ・ブイエの存在である。ブルターニュへの旅の相棒であるデュ・カンとはパリ大学で知り合い、また、高等中学の同窓生であるブイエとは、パリで再会してのち、終生変わらぬ深い友情で結ばれてゆく。ル・ポワトヴァンとの仲が縁遠くなったあと（そのル・ポワトヴァンは、一八四八年四月に亡くなってしまう）、フローベールが文学を通して最も親しく交わっていたのは、このふたりである。

Ⅳ

一八四七年五月一日、フローベールとデュ・カンは三ヵ月にわたるブルターニュへの旅（実際には、パリを起点にトゥーレーヌ、アンジュー、ブルターニュの各地方を経てノルマンディー地方に至る旅であるが、以後、「ブルターニュへの旅」と呼ぶ）に発つ。もとよりフローベールにブルターニュへの特別な関心があったとは思われず、ヴァンデおよびブルターニュ地方を舞台とした小説の構想をかねて抱いていたデュ・カンの発案であろう（前年の九月には、もうこの旅がふたりのあいだで話題になっている）。フローベールとしては、積年の憧れの地であるオリエントに、あるいはせめてかつて訪れた「コルシカに」でも出かけたかったところだろうが、しかしともあれ、度重なる不幸と境遇の激変のあとで、そして創作を試みるも思うように捗《はかど》らず悶々とした日々を送る中で、どこでもよい、すべてを忘れ去って、思い切り外の空気を吸いに出かけたいという願望は募る一方であり、贅沢は言っていられなかった。「(……) 僕は少し空気を吸わなければ、もっと胸を広げて呼吸しなければと思う。そこで、デュ・カンと出発し、ブルターニュの浜辺をあちこち動き回ることにする。どた靴を履き、リュックサックを背負《しょ》って、歩くんだ」(友人のエルネスト・シュヴァリエ宛の書簡)。そしてブルターニュは、地理的には、母親を気遣う息子、息子の宿痾《しゅくあ》を心配する母親のどちらにとっても、悪くない選択だった。

　いったん旅に出るとなると、ただぶらりと出かけるわけにはゆかない。実務の才に長けたデュ・カンの主導によるものであろうが、ふたりは手分けして、ブルターニュに関するさまざまな資料の蒐集にかかる。当然、そこには野心が働いている。文学者、いや文学を志し、文学によって身を立てようとする者の野心である。

　資料の徹底した蒐集とそれに基づく厳密な描写は、とりわけ『ボヴァリー夫人』以降のフローベールの諸作品を語る上で欠かすことのできぬ特徴のひとつであるが、そうした構えはこの旅においても見て取れる。大袈裟ともいえる資料蒐集は、旅の予備知識を得るためという以上に、この旅を素材にして人を驚かすような旅行記を仕立て、あわよくばそれによって文学者としての盛名を得たいとする密かな願いのあらわれである、と言えるだろう。そしてまた、若いふたりの文学志願者は、そうしたことを実現してきた文学者たちの伝統の中に置かれてもいたのである。

　旅行記というジャンルについて詳述することはできないが、この時代のフランスにおける旅行記について概観すると、フローベールも本書で言及しているシャペルとバショモン共著による南仏を巡る楽しげな旅行記、遠い東方の異国について語るシャルダンやヴォルネの旅行記といった、一七、八世紀の一連の紀行物に次いで、一九世紀に入ると、ロマン派の大作家シャトーブリアンの『パリよりエルサレムへの道』（一八一一年）が刊行される。そこでは旅行に関する実際的知識、訪問地に関する歴史的考証とともに、多くの個人的印象が雄弁に語られるようになる。オリエントへの憧れは多くの文学者や文学青年の心を強くとらえる。そして次の世代のデュマ、ネルヴァル、ゴーティエといった作家・詩人らになると、シャトーブリアン風の大仰さが排され、もっと旅の日常に密着した、いわばルポルタージュ的な旅行記が書かれるようになる。折から一八三〇年、四〇年代は、フランスにおける鉄道の創設・拡充の時期に当たる（フローベールらも、ブルターニュに向かうに、まずはこの近代の産物に揺られなければならなかった）。それにともなう旅の大衆化は、旅行記の書かれ方にも影響を与えずにはおかなかったのである。

モンテーニュの『イタリア旅日記』（一五八〇―八一年）を始め、内外の旅行記の類に触れていたフローベールも、当然、こうして文学の一ジャンルとして確立されてきた旅行記の伝統に棹さすべき自分を意識していたであろう。現に、フローベールは、一八四〇年および四五年の旅においても、旅行記もしくは旅行ノートを綴っている（もっともそれらは、旅の性格そのものによるところもあるが、律儀に旅の逐一を追おうとするあまり、生彩に富んでいるとは言いがたい）。好むと好まざるとにかかわらず、旅行記は、若き日のフローベールに、文学の世界に参入するための通過儀礼のひとつと意識されていた筈である。

V

準備万端整え、意気揚々とブルターニュへの旅に出発したふたりは、旅行記を書き上げる計画を実現するために、最初のうちは現場で執筆していたのだが、それではとても旅の進行に追いつかないと悟り、細かなメモをとることに切り替える。こうして旅行記の執筆は、帰還後の作業となるのである。メモをもとに（といっても、必ずしもそれに忠実ではないが）、また新たな資料も加えながら、全一二章のうち奇数章をフローベールが、偶数章をデュ・カンが書くことになる。クロワッセの館にこもって、ふたりの共同作業が始まる。途中からは銘々で仕事を進め、翌一八四八年の一月にフローベールが、五月にデュ・カンが、それぞれの担当分を書き上げる。こうしてここに、奇妙な構成をもつ旅行記が完成したのである。

『ブルターニュ紀行』の執筆は、しかし、フローベールにとって、それまでに味わったことのない労苦を強いる作業となった。フローベールはのちに回顧してこう漏らしている。「僕が苦労して書いたのは、あれが初めてです」（ルイーズ・コレ宛、一八五二年の書簡）。では、その苦労は何に起因するのか。「この本の難しさは諸要素のつなぎ方に、種々雑多な多くのものをひとつの全体にまとめ上げることにありました」。旅においては何に出くわすか、何が起こるか、何を思うか、予想し得ない。むしろ、予想を裏切る過程が旅であるとさえ言える。当然、旅は、「種々雑多な多くのもの」で満ちあふれる。一方で、旅行記は、原則として、そして特に一九世紀のこの時期においては、フローベール自身が同じ書簡の中で言うように、「すべてを語る」ものである。かつて先達に倣って旅行記の執筆を試みたフローベールは、すでにこの「すべてを語る」ことの難しさを感じてはいただろうが、ここではその困難が、もっと大きな、別次元の試練としてのしかかってくる。

ブルターニュへの旅がこれまでの旅と異なるのは、それが自らの意思で、気の置けない友人と自由気儘におこなった旅であること（無論、綿密な計画は立てた上でのことではあるが）、そして、それが世に問う旅行記としてまとめられるべき旅であること、である。そうした旅を終えて、フローベールは、単に、旅の経過をルポルタージュ風に綴ったり、衒学者よろしく知識を並べ立てたり、己の感想を吐露したりするのではなく、それらをむしろ思う存分実践しつつしかもそのすべてを統一された全体の中に有機的に収めることの必要性を、書きながら感じ始めたのである。言い換えれば、それは、旅行記を小説のようなひとつの「作品」として書こうとする試みである。それは敢えて矛盾を持ち込むことであり、ジャンルを破壊しようとする行為であるとも言える。

こうして、一八四七年九月には一応最終章（第一一章）まで書き上げられた旅行記は、いったん推敲に入ると、思わぬ試練にさらされ、苦難の道をたどることになる。その過程で味わわねばならなかった苦渋を、フローベールは手紙でルイーズ・コレに繰り返し訴えている。それは、『ボヴァリー夫人』執筆時に同じ相手に宛てて綴られることになる、「作品」を書くことの苦しみを訴える書簡群を思わせるほどのものである。苦しみは、すでにここに芽生えていた。そして手紙の中でフローベールは早くも「文体」について語り、「表現」の困難に言及している。それは、ひとつの形容詞、ひとつの関係代名詞を模索するレベルから発する、「作品」を創り上げるための新たな言葉の発見に向けた長い旅の始まりを告げるものである。

VI

いわば力業によってようやく完成にこぎ着けた旅行記であったが、当初の目的であった出版には至らなかった。読者を意識して書くことに意義はあったものの（それによって「作品」への意識がフローベールの中で目覚めたとも言えるのだから）、フローベールらの筆は、旅の高揚がもたらす奔放さにも身を任せ、そのせいで、次第に出版を断念せざるを得ない状況が生まれてくる。手紙の中でフローベールは、「この作品の唯一の取り柄は、感情が素直であること、そして、叙述が忠実であることです。この作品は出版できないでしょう。僕らの知らぬ間に突拍子もない諧謔《かいぎゃく》が紛れ込んでしまったからです。本にすれば、出版界にいる誠実な人たち、あるいは少なくともそう自負する人たちの全員によって、僕たちは粉砕されてしまうでしょう」（ルイーズ・コレ宛、一八四七年一〇月の書簡）と述べている。

二五歳の批判精神旺盛な若者が、感情に素直に、忠実な叙述を心掛ければ、そこに無遠慮な諧謔、皮肉、さらに悪口雑言が入り交じるのは、むしろ当然のことであろう。それに何よりも、「すべてを語る」必要があるのだ。そしてそれは、結局、「作品」を統合する原理によっても取り除き得ぬものであった。ということは、それは「作品」性によって保証された、さらには要請されたものだった、ということになる。デュ・カンはともかく、この二五歳の若者は、己の抑えがたい精神の躍動をも「忠実」に記録することを、推敲を重ねながらも敢えて選択したのである。それは、フローベールにおける、旅行記＝「作品」のひとつの極限的な姿でもある。当初の目的である「出版」を断念しても、己が抱え込んだとんでもない矛盾にどこまでも「忠実」であろうとすること——そこに、作家フローベールの倫理が垣間見られないだろうか。

出版界の良識を考えれば、さらには起こり得るかもしれない裁判沙汰を意識すれば、出版は諦めるしかない。完成したフローベールとデュ・カンの原稿は筆耕の手によって二部清書され、ふたりは、全一二章からなる旅行記の写しをそれぞれ受け取ることで満足するほかはなかった。以後、デュ・カンによって一八五二年、五四年に自身の担当分のいくつかの断章が、フローベールによって一八五八年に第五章のカルナックに関する記述が雑誌に発表されたことを除けば、旅行記はついに世に出ることはなかった。フローベールの担当章が出版されたのは死後の一八八五年、デュ・カンの担当章の出版に至っては一九七四年のことにすぎない。

フローベールの旅行記に関して付け加えれば、長年の夢を実現させるべく再びデュ・カンと出かけたオリエントへの旅、そして『サランボー』の取材のために出かけたカルタゴへの旅においても旅のノートは綴られ、それはそれで貴重な体験の記録となっているが、フローベールは二度と再び出版をめざし、「作品」を意識して旅行記を書こうとはしなかった。次はもう「作品」を書けばよかった。

Ⅶ

『ブルターニュ紀行』の内容に関しては、それこそ「種々雑多な多くのもの」が詰まっているため、ここで詳しく論じることはできない。訳者にとって重要と思われることの二、三を記すにとどめたい。

まず、フローベールらがめざしたブルターニュのことである。フランス北西部に大きな半島となって突き出したこの地方は、特異な歴史と文化をもつことで知られる。新石器時代の巨石文化、紀元前五〇〇年頃から中央ヨーロッパより侵入したケルト人、中世前期にサクソン人を逃れて大ブリテン島から渡来したケルト人、一五三二年にフランス王国に統合されるまで独立性を保ったブルターニュ公国、フランス革命期の共和国政府に対する反乱——その荒々しく変化に富んだ自然と相まって、ブルターニュの歴史はこの地方に独特の言語、風俗・習慣、心性、建造物などをもたらしてきた。そしてフローベールらが旅したころのブルターニュは、今日より遥かに中央から隔絶した、あるいはそこから取り残された、〈異世界〉と呼べるような場所であった。

ほとんど自国内の異国ともいえる地への旅は（農村部ではブルトン語が話され、フランス語が通じないことは、本書にも読まれる通りである）、そこにある異質なものを目にし、感じ、それと交わろうとする者に、特異な体験をもたらさずにはおかない。たとえばフローベールはブルターニュの貧しい農民に接し、驚く。その生活や信仰をいくつかの場面で描き、語り、そして考察する。そこでは、未知のものを前にした己の感性が問われる。そしてそれを旅行記の中に「忠実」に書かなければならない。その結果、われわれがフローベールの記述に読み取るのは、そうした貧しく、素朴で、たくましい農民に潜む崇高さの認識である。フローベールは農民たちの偶像崇拝にもある種の共感を寄せる。おのずとそうした立場は、都市、文明、権威への批判（それを、近代への批判と言い換えることもできるだろう）を含むことになる。そしてそうしたフローベールの感性は、他方で、異様なもの、醜悪なもの、卑猥なもの（奇形の動物、護送される兵士、娼婦など）への親和的なまなざしのうちにも見て取れるものである。

通念ではとらえられない異質なものが、日々、目の前に現れ、それに反応して何事かを逃げずに書かねばならないブルターニュとは、フローベールにとって、否応なく感性が試され、書くことが試される、試練・鍛練の環境である、と言うことができるだろう。

ところで、書くことについては、先に、この旅行記が「作品」として書かれようとしたと述べた。では、それはどのように旅行記に反映されているだろうか。

フローベールらは旅行中にさまざまな人間と出会うのだが、旅の記述がにわかに活気づいてくるように思われるのは、出会った人間との関係が、旅の経過に沿って一種の物語として展開し始める瞬間だと言える。特にそこに会話が含まれれば、それはそのまま小説の一場面を彷彿させるものとなる。その典型的な例として、ポン＝ラベの村人の踊りを見物しているときに出会った警察署長と田園監視官（第七章）や、ダウラスからブレストまで同道することになったジュネ氏（第九章）とのエピソードを挙げることができる。「われわれ」もその「物語」の登場人物なのだが、その「われわれ」も含め、そこでの一連の出来事は小説のごとく記述されてゆく。また、そのことによって、ユーモアが醸成されもする。

さりげない出会いもある。「水彩画の題材」のような町カンペルレで丘の上の教会を見学したあと、狭い路地を下って、麓にある別の教会へ向かう（第七章）。そして、壁を覆う植物が緑の奔流をつくるこの坂道で、フローベールらは少年と出会う。跳ぶようにして下ってゆくその少年とは、麓の教会の中で再会するのだが、上下のふたつの教会をつなぐ空間をこの少年がいっそう息づかせ、そこに鮮やかな運動を導入している。そして少年は、「われわれ」をスムーズに下の教会へと導き入れる役割も果たしている。少年は旅行中にとったメモには出てこないので、フローベールの「創作」の可能性もあるが、いずれにしても、ここには見事な「つなぎ方」が見られる。

「作品」との関係では、旅行記中の「描写」にも注目する必要があるだろう。一口に「描写」と言っても、そこにはさまざまな特徴や機能があるのだが、フローベールに特徴的な「描写」のひとつに、小説の叙述の過程で、ある選ばれた対象や場面を言葉を惜しまずに克明に描く、というものがある。それは叙述の流れの中に屹立する、何か異様で謎めいた岩山のような印象を与える、言葉の集合体である。その特徴がよく示されたもののひとつに、オレーの郵便配達の「描写」がある（第五章）。人馬を、それぞれの粗《あら》を抉り出すかのように描く言葉は、単なる写生の域を越えて、言葉でとらえきれないものをとらえようとする、表現への飽くなき挑戦を思わせる。再会し、去ってゆく郵便配達と馬を、フローベールは「何という光景か《タブロー》」と驚異の目をもって見送り、「書くとなれば、セルバンテスしかいなかった」と述懐している。

旅をしているのであるから、当然、変化に富んだブルターニュの風景が「描写」の対象になる。旅行記にも、見事な風景描写がいくつも見いだされる。野山でも岩でも海岸でもそれら見慣れない風景は、「描写」の練習にうってつけの対象である。しかし、それだけではない。たとえば、クロゾンからランデヴェネックに至る景色の描き方を見ると（第九章）、荒野や岬や海の光景が、プラムを摘む男女を点景として挿入しながら、次々と流れるように、細やかに描写されてゆく。それは、歩いている「われわれ」の視点の移動に従った描写と言えるが、視線は風景の中に溶け込み、まるで言葉と風景が「われわれ」から自立してたわむれているように感じられる。そして気がつくと、「われわれ」は（そして「われわれ」に視線を同化していた読者も）ランデヴェネックに到着している。こうして一連の風景描写は、決して短くはない距離を「われわれ」が徒歩で移動する時間そのものを、「描写」のみによって表現し得ていたことが知られるのである。

こうした、主に小説において発揮され得る表現技法が、旅行記のそこかしこに認められるのも、この旅行記に刻印された「作品」性によるものと言えるだろう。

最後に触れておきたいのが、フローベールと自然との関係である。それは、まさしく多様な自然にあふれるブルターニュでおのずと前面に現れるテーマなのであるが、特に注目されるのは、その自然が、いろいろな場所で目にする教会や城の廃墟とともに語られている点である。フローベールは廃墟を前にして、決してその無残な姿を嘆くのではなく、廃墟とそこに絡む生命あふれる草木を一体のものととらえ（時に大小の動物も加わる）、そこに、自然の永々たる営みを具体的に見て、感嘆する。歴史や伝説に思いを馳せることもあるが、それもまた自然の転変の一コマとして、それを彩るものにすぎない。そしてその自然は、すべてではないが教会、都市（たとえばブレストのような）、さらには知識と相容れないものであり、またそれを歪め、損ね、隠蔽するものを告発する。そこには神も宿れば、官能の匂いも漂う（ふと現れる女性の姿態が、豊かな髪が、何と艶めかしく描かれていることだろう）。

その自然との直接的な交わりが、旅行記の中で幾度か歓喜をもって語られるのだが、その頂点《クライマックス》と言うべき体験が、ベ＝リルで訪れる（第五章）。歩く喜びを感じながら一日中島を巡り、日が沈みかけるころに、もう一度気持ちを奮い立たせて遠方の岩場めざして歩き始める。そのとき、海辺の自然のあらゆる要素がフローベールを包み込み、感覚を刺激してゆく。フローベールは自然と一体となり、自然の中に拡散する自分を感じ、恍惚となる。こうした一種のトランス状態の訪れはフローベールにあっては決して珍しいことではないが、それがここでは実にリアルに、たっぷりと描かれている。

自然との関連でもう一言触れておきたいのは、ロマン派との関係である。大きな視点に立つと一九世紀全体を覆うように思われるロマン主義的なものは、旅行記の中にもさまざまなかたちで現れている。フローベール自身、カンペール近郊の寂しげな平地を歩きながら、孤独や絶望といったロマン派的な心情を思わず語る（第七章）。しかし一方で、ロマン主義的傾向をさまざまな場面で拒絶してゆく。シャンボール城の見学者名簿に記された王党派の大仰な主張や泣き言に「ルイーズとアルフレッド」というただの署名を対峙させ（第一章）、ラ・ガレーヌの森でエロイーズを感傷的な賛辞から救い出そうとし（第三章）、ル・コンケ近くの「旧世界の突端」では無限を夢想で埋めずにいられない精神を冷静に分析する（第九章）。そして、己のうちにも宿すこうしたロマン主義的なものと正対する機会が、シャトーブリアンが生まれ、やがて眠る地サン＝マロで、そして思春期を過ごしたコンブールで訪れる（第一一章）。サン＝マロではグラン・ベ島にあるシャトーブリアンの墓のまわりを回り、墓に手を触れ、そして夕日が海に沈む様を長々と描写する。コンブールでは荒廃した城の中を歩き回り、コナラの根元で『ルネ』を読み、宿の窓を開けて雷雨の夜を眺めながらこの一代の文学的英雄の生涯を独り回顧する。それは、自分を育んだものの懐《ふところ》深くに入り込み、なつかしいぬくもりをいとおしみ、そしてそれをたっぷり味わうことでそこから決定的に別れゆく者の身振りのように見えないだろうか。それぞれの場所でフローベールは、「ある物悲しさ」を、「とても寂しい気持ち」を漏らしている。

VIII

本書の版について。前述した通り、フローベール、デュ・カンの原稿は同じ筆耕の手によって二部清書され、それぞれが全一二章からなる写しを手元に置くことになる。結局生前に出版されることのなかった旅行記のうち、フローベール担当の奇数章の断章が、一八八五―八六年にカンタン版、シャルパンティエ版として、フローベールの姪の監修の下に相次いで出版される。どちらの版も基礎になっているのは、フローベールの自筆原稿である。その後、奇数章のすべてが、やはりフローベールの姪の監修の下、一九一〇年にコナール版として出版される。フローベールとデュ・カンが所持していた写しに基づく版である。しかしこれ以後、版の問題は錯綜を深め、一九四八年にはフローベール研究家デュメニルによる新たな版が刊行される（ベル・レットル版）。シャルパンティエ版とコナール版との折衷版である。こうした問題が生じるのは、最初の三種の版の作成者が、原則とは別に、自筆原稿、写し、フローベールが生前に発表した断章を適宜混ぜ合わせたこと（さらに、フローベールの姪が手直しをした可能性もある）、また、もろもろの事情によって、自筆原稿とその二部の写しのすべてを自由に閲覧することが叶わない状況が続いたこと、などによる。個人蔵となっているフローベールの自筆原稿については、現在も閲覧が困難とされている。

翻訳の底本（*Par les champs et par les grèves*, Edition critique par Adrianne J. Tooke, Droz, 1987）は、校定者がこれまでに刊行された各版や閲覧可能な写し等を綿密に検討した上で、一八四八年に書かれた原稿に最も忠実であると見られる、フローベールが所持していた写し（現在カントゥルー＝クロワッセ市所蔵）に全面的に基づいて作成したものである。したがって、ここには、旅行記を書き上げた当時のフローベールの文の息遣いがそのままに再現されている筈である。今後、フローベールの推敲の跡が残る自筆原稿が閲覧可能となり、草稿研究が進み、それに基づく原典校訂版が刊行されれば、版の問題は新たな段階に入ることになるだろう。

なお、翻訳にあたっては、前出の諸版、クラブ・ド・ロネットム版など他の諸版を参照した。また、『フローベール全集』（筑摩書房）所収の蓮實重彦氏による抄訳を参考にさせていただいた。

本書の題名について。底本の校定者が指摘するように（本書の大扉の題名の注を参照）、確かに、フローベールは書簡では旅行記を常に『ブルターニュ』と呼んでいるが、フローベールが題名として『野を越え、浜を越え』より『ブルターニュ』（あるいは『ブルターニュ紀行』）を好んでいたかは、はっきりしない。単にその方が呼びやすかった、あるいは相手に伝えやすかったということなのかもしれないし、デュ・カンは、内容の信憑性がときに疑われることもあるが、その著書『文学的回想』

（一八八二―八三年）の中で、フローベールが『野を越え、浜を越え』という題名を選んだと書いている。いずれにしても、本訳書の題名は、一般の読者に内容を分かりやすく示すことを優先して『ブルターニュ紀行――野を越え、浜を越え』としたものであり、他意はない。

挿絵として用いた版画について。どの版画も、一八七〇―八〇年代にアシェット社から刊行された、アドルフ・ジョアンヌによるフランス全県の地誌シリーズから転載したものである。版画の制作年代は不明であるが、少なくとも掲載書の発行年代は『ブルターニュ紀行』の時代と数十年の隔たりがあり、また、一九世紀中葉から後半にかけては歴史的建造物修復の機運が高まっていった時期であることを考えると、これらの版画に描かれた事物はフローベールが旅行中に目にしたそれと必ずしも同じものではない、と言わなければならない。そうした問題はあるものの、これらの版画が、本書を読み進める読者にとって、少しでもイメージ形成のよすがとなり得るならば、幸いである。

本書は訳者の怠惰のせいで完成までに長い歳月を要してしまったが、その間、温かい目で見守り、辛抱強くお待ちいただいた新評論編集長の山田洋氏には、心よりの感謝を申し上げる。また、校正など面倒な仕事を担当して下さった同編集部の吉住亜矢さんにも、深謝の意を表したい。

二〇〇七年二月

渡辺　仁

訳者紹介

渡辺　仁（わたなべ　じん）

1951年，神奈川生まれ。現在，明治学院大学非常勤講師。専攻，近代フランス文学。主要論文：「『ボヴァリー夫人』における「描写」の諸問題」（東京水産大学論集／第24・26・28号，1988・1991・1993）。訳書：アンジェル・クレメール＝マリエッティ『ミシェル・フーコー　考古学と系譜学』（共訳，新評論，1992）。

ブルターニュ紀行

野を越え、浜を越え

（検印廃止）

2007年4月10日　初版第1刷発行

訳　者　渡　辺　　仁

発行者　武　市　一　幸

発行所　株式会社　新　評　論

〒169-0051 東京都新宿区西早稲田 3-16-28

http://www.shinhyoron.co.jp

TEL　03（3202）7391

FAX　03（3202）5832

振替　00160-1-113487

定価はカバーに表示してあります

落丁・乱丁本はお取り替えします

装幀　山　田　英　春

印刷　新　栄　堂

製本　清水製本プラス紙工

ISBN978-4-7948-0733-5

Printed in Japan

新評論　好評刊

ローマ散歩（I・II）

スタンダール／臼田　紘 訳

スタンダール最後の未邦訳作品，待望の完訳。
1829年の初版本を底本に訳出。文豪を案内人に
ローマの人・歴史・芸術を訪ねる刺激的な旅。
［A5　I＝436頁・5040円・ISBN4-7948-03249
II＝530頁・6825円　ISBN4-7948-0483-0］

イタリア旅日記（I・II）

ローマ、ナポリ、フィレンツェ（1826）
スタンダール／山辺雅彦 訳

生涯のほとんどを旅に過ごしたスタンダールが，
ことに好んだイタリア。当時の社会，文化，風俗を
鮮やかに切り取る筆致に，小説家の原型が見出される。
［A5　I＝264頁・ISBN4-7948-0089-4（品切）
II＝308頁・ISBN4-7948-0128-9　各3780円］

南仏旅日記

スタンダール／山辺雅彦 訳

1838年，ボルドー，トゥールーズ，スペイン国境，マルセイユと，
南仏各地を巡る著者最後の旅行記，本邦初訳。
文豪の〈生の声〉を残す未発表草稿を可能な限り判読・再現。
［A5　304頁　3864円　ISBN4-7948-0035-5］

＊表示価格はすべて消費税込みの定価です。

新評論　好評刊

スタンダール氏との旅

臼田　紘

生涯を旅に過ごし，世界という巨大な書物に学んだ
スタンダールことアンリ・ベールに導かれ，
作家が愛し，歩き，記した
古きヨーロッパの都邑を訪れる旅。
［四六フランス装　264頁　1890円　ISBN978-4-7948-0728-1］

故郷の空　イタリアの風

大久保昭男

往事茫々，遙かなるものへの誘い——
戦後日本に新生イタリア文学の傑作を紹介し続けてきた翻訳大家の，
《我が昭和，我が友垣，我が人生》。
2006年度［茨城文学賞］受賞。
［四六フランス装　296頁　1995円　ISBN4-7948-0706-6］

評伝ボッカッチョ　1313～1375

中世と近代の葛藤

H.オヴェット／大久保昭男 訳

『デカメロン』を生んだ近代的短編小説の鼻祖
ボッカッチョの実像に迫る最高傑作。
中世と近代の狭間を生きた文人の人間像と文学的評価の集大成。
［四六　528頁　5040円　ISBN4-7948-0222-6］

＊表示価格はすべて消費税込みの定価です。